SEGUNDA PARTE

LA CHICA DEL *Zodiaco*

ANDREA IZQUIERDO

SEGUNDA PARTE

LA CHICA DEL *Zodiaco*

ACUARIO • PISCIS • ARIES • TAURO

Planeta

Obra editada en colaboración con Editorial Planeta – España

Bajo el sello editorial PLANETA M.R.
Avenida Presidente Masarik núm. 111,
Piso 2, Polanco V Sección, Miguel Hidalgo
C.P. 11560, Ciudad de México
www.planetadelibros.com.mx

Ilustraciones del interior: © Lookatcia

Primera edición impresa en España: noviembre de 2022
ISBN: 978-84-08-26344-9

Primera edición impresa en México: enero de 2023
ISBN Obra Completa: 978-607-07-9474-2
ISBN Volumen II: 978-607-07-9563-3

Impreso en los talleres de Litográfica Ingramex, S.A. de C.V.
Centeno núm. 162-1, colonia Granjas Esmeralda, Ciudad de México
Impreso en México –*Printed in Mexico*

PRÓLOGO

Mi hermano duerme durante todo el vuelo, tranquilo, como si nada lo atormentase. Maldito Raül… Me gustaría zarandearlo y pedirle explicaciones por todo lo que ha ocurrido, me da igual que se entere todo el avión de lo que ha sucedido hace apenas unas horas. Creo que tendrán que pasar muchos años hasta que pueda olvidar la imagen de Raül tirado en el sofá, completamente ido, hasta arriba de una sustancia de la cual no conozco ni el nombre.

Si ahora mismo lo dejo dormir es porque quiero que aterrice en España lo más despejado posible, o mi madre… Bueno, ahora mismo ella no estará como para echarle una bronca, si es que todavía sigue entre nosotros.

A su lado descansa Connor, su mejor amigo. Mi nuevo compañero de piso, o, mejor dicho, de mansión. Ha permanecido en la misma posición desde que despegamos. Se ha puesto los cascos y no despega la vista de una serie de vikingos, como si le fueran a hacer un examen en cuanto aparecieran los créditos. Me pone nerviosa esta tranquilidad, pero en el fondo lo prefiero así. No me apetece dar conversación a nadie y menos después de lo que me ha dicho Connor en el aeropuerto, justo antes de embarcar.

Recuerdo la llamada de mi padre cuando estaba en casa de Cameron, el chico capricornio. Más bien, las trece llamadas perdidas antes de que por fin me enterara de lo que había sucedido. A partir de entonces, mis recuerdos se han convertido en un borrón: coger el coche, ir a casa de mi hermano, encontrarme con toda la situación, de la que yo no tenía ni idea, y comprar billetes para el primer vuelo a España.

Y ahora estoy aquí, concentrada, como si pudiera hacer que el avión fuera más deprisa solo con pensarlo. Y es que, a veces, desplazarte a novecientos kilómetros por hora no es lo bastante rápido si al otro lado del océano Atlántico se está muriendo tu madre.

Pienso en Cameron y en todo el dinero que se ha dejado en mí esta semana, aunque sea literalmente millonario, y que en algún momento me gustaría devolverle. Intento quitarme su imagen de la cabeza, pero todos los chicos con los que he estado los últimos meses me persiguen en cuanto intento poner la mente en blanco.

Carlos y Jakob, los chicos libra. Un dúo para olvidar. El primero, el hombre al que más tiempo de mi vida he dedicado, mi casi marido. El segundo, todo lo contrario, con el que menos tiempo he compartido. Una fiesta y mucho alcohol han sido suficientes para saber que ese signo no es para mí.

Theo, el chico escorpio. Demasiado tóxico como para compensar el resto de sus «atributos». Y un poco fanfarrón, para qué mentir.

Ali, el chico sagitario. Podría haber sido un buen candidato si no se hubiera convertido en un auténtico imbécil en el último momento. Al final hay tontos por todas partes, independientemente de lo que digan las malditas constelaciones.

Y luego está Cameron, el chico capricornio. Ya casi lo considero un amigo más que un amante. Hasta podría decir que tenía un poquito de ángel de la guarda. Me ha salvado el culo en tantas ocasiones que voy a tener que hacer una lista para devolverle cada favor, uno a uno. Y, ya de paso, pegarla en la nevera para que no se me olvide.

Gracias a estos cuatro signos he aprendido más sobre mí que sobre ellos. He cruzado el Atlántico y he conocido a decenas de personas, pero, sobre todo, a mí misma.

Aun así, en estos instantes, lo último en lo que estoy pensando es en seguir adelante con el experimento del Zodiaco. No sé cuánto tiempo voy a estar en Valencia con mi madre, puede que la situación se alargue varios meses, así que quizá ha llegado el momento de hacer una pausa.

Me quedo dormida, con ese pensamiento flotando en algún punto de mi mente, y me despierto cuando el piloto anuncia que vamos a aterrizar en el aeropuerto de Madrid.

PRIMERA PARTE

Acuario

CAPÍTULO 1

EL DEL HOSPITAL

Durante las casi doce horas que ha durado el vuelo, he sido incapaz de mirar a Connor a la cara. El viaje en tren a Valencia es más de lo mismo. Mi hermano se pone las gafas de sol y yo intento conectarme al wifi para tener datos y avisar a mi padre de que ya vamos en camino. Cuando lo consigo, me dice que no hay novedades sobre mi madre, lo que es una buena noticia, considerando la situación. Sigue en la UCI y está sedada.

Llegamos a la estación Joaquín Sorolla y, sin buscarlo, veo una cara conocida entre la multitud. Martina, mi hermana mayor, que está embarazadísima. Lleva un conjunto de ropa nueva de premamá y nos espera junto a Gastón, que ya nos ha visto. El hombre nos saluda con la mano para llamar nuestra atención y camino hacia ellos.

—Anna —me saluda mi hermana con un abrazo extraño, casi de lado.

Hace lo mismo con Raül y rezo para que no note nada raro en él ni haga preguntas. Sin embargo, Raül sabe guardar la compostura, como si no hubiera pasado las peores horas de su vida a bordo de un avión transatlántico.

Vivir en una familia como la mía le ha enseñado a mentir muy bien, y eso que ha sido el niño pequeño mimado. Le presenta a Connor y Gastón se ofrece a llevar mi maleta mientras abandonamos la estación. Le digo que no por compromiso, pero en realidad ahora mismo me dejaría hasta llevar en brazos. Mi reloj biológico está en otro huso horario y mi cabeza me martillea con cada paso que doy, como si fuera yo la que tuviera resaca química.

—¿Esta es tu primera vez en España? —le pregunta Gastón a Connor.

Agradezco su intención de aliviar el ambiente, porque la situación es tan tensa que cualquier comentario podría desatar una pelea. Martina está tan embarazada que no debería llevarse más disgustos. Con el de mi madre ha sido suficiente, como para contarle por qué Raül está medio zumbado.

Pista: no tiene nada que ver con el *jet lag*.

Además, no puedo quitarme de la cabeza la última vez que vi a mi hermana. En la cena de Navidad, cuando estaba casi de cinco meses, de la que me levanté y no volví tras una discusión terrible. Si ya era antes la hermana mediana y apestada, ahora sería probablemente la desquiciada, quizá incluso la guarra que se había ido a Estados Unidos a desatarse. No he querido pensar demasiado en ello, pero a veces me pregunto cómo me vería desde España la gente que me conoce.

Ya en el coche, Connor y Gastón mantienen una conversación formal sobre las costumbres españolas. Es todavía más raro escuchar a Gastón hablando en inglés con su acento francés. Miro por la ventana mientras rodeamos mi ciudad natal, pensando en esas calles por las que tengo una mezcla de amor y odio, y de pronto nos desviamos. Claro, vamos directos al hospital. Gastón aparca cerca de la entrada principal y se queda con Connor en el coche para darnos privacidad, pero mi hermana insiste en que no se queden solos en el aparcamiento. Sigo a Martina por los pasillos como un zombi. Espero que no deba repetir yo sola este camino, ya que tengo la cabeza demasiado embotada como para recordarlo, y llegamos a la habitación donde está ingresada mamá.

—Solo puede pasar una persona —nos informa Martina.

Me aparto instintivamente. Ya sé cómo funcionan las cosas aquí. De los tres, yo soy la última, y es un puesto que hace años que he asumido.

Dejo que Raül entre primero a ver a mi madre. Cruzamos miradas un segundo, ahora que no lleva las gafas de sol, y durante un instante pienso en freírlo a preguntas y decirle de todo. Pero sé que no es el momento, así que lo dejo pasar y bajo la cabeza. Como siempre. Cumplo mi papel en la familia y esta vez lo llevo con más honra que otras, ya que me he cansado de participar en esta lucha por ser la favorita de mis padres. Si algo he aprendido estos meses es que, si me paso la vida buscando su aprobación, solo voy a cansarme y a agotarme mentalmente.

Nos sentamos en la sala de espera más cercana, en una esquina.

—Cuéntame más o menos lo que sabes de mamá —le pido a Martina.

—Estaba con papá tan tranquila cuando le pasó, llamaron enseguida a una ambulancia y la trajeron al hospital. Llevará ya… —hace cuentas en su cabeza— un día y medio, más o menos, en la UCI. Le hicieron un TAC al llegar y la intubaron, está sedada, así que no creo que Raül tarde mucho en volver. Además, las horas de visita son muy restringidas aquí. Habéis tenido suerte de venir ahora, porque en el próximo turno no nos dejan pasar más.

—¿Por qué?

Martina se encoge de hombros.

—Solo tenemos dos horas al día para visitarla, en turno de mañana y tarde —dice Gastón—. Justo antes viene el médico y nos informa un poco sobre cómo evoluciona vuestra madre. Ayer nos dijeron que tenía una afectación en la función respiratoria y una hemiparesia severa, aunque afortunadamente es reversible. Eso quiere decir que tiene una mitad del cuerpo paralizada, pero con rehabilitación y paciencia podrá ir recuperándose.

—¿Podrá seguir caminando, entonces?

—Parece ser que sí —responde Martina.

Gastón le pasa el brazo por encima de los hombros para reconfortarla. A mi lado, Connor nos mira como si estuviera viendo un partido de tenis del que no conoce las reglas, solo sigue la pelota de lado a lado y asiente de vez en cuando. Durante un momento pienso en traducírselo al inglés, pero no me apetece hablar con él. De hecho, no quiero saber nada de él. Ni siquiera sé por qué ha venido hasta aquí. Lo más probable, porque se siente culpable de lo que le ha pasado a Raül y querrá tener la conciencia tranquila.

—Normal... —murmuro, todavía en mis pensamientos.

—¿Qué? —pregunta Martina.

Niego con la cabeza, quitándole importancia, y justo en ese momento regresa mi hermano.

—Voy a pasar a verla, aunque sea un momento.

Me levanto de la silla y me acerco a la puerta que separa la UCI del pasillo, pero una mujer me corta el paso enseguida.

—Lo siento, el turno de visitas ya se ha terminado. Puede volver en el siguiente.

Abro la boca para responder, pero no me sale ninguna palabra. Sé cómo son estas cosas y, por más que chille y me enfade, no me van a dejar pasar. Me gustaría ver a mi madre, claro, pero si está sedada tampoco va a cambiar nada que yo entre a visitarla. Murmuro algo parecido a un «gracias» y me doy la vuelta, tan embobada que me doy de bruces con alguien vestido de blanco.

—Perdona, perdón, perdón. Ha sido sin querer, de verdad, perdóname. —Todas las palabras que no habían salido de mi boca hasta ahora se me acumulan y brotan atropelladamente.

—Joder —farfulla el médico.

Me sigo disculpando hasta que él da un paso atrás. Lo esquivo por la izquierda sin mirarlo a la cara de la vergüenza y camino hacia la sala de espera con las mejillas encendidas. Espero unos instantes junto a la puerta para relajarme mientras escucho sus voces de fondo.

—No me ha dado tiempo a entrar —les digo, en cuanto ya estoy un poco más tranquila después de chocar con el médico.

En el poco rato que he estado fuera, casi todos los visitantes que estaban en la sala se han marchado y ya solo quedan una pareja joven, una mujer mayor y nosotros.

—Vámonos a casa —propone Gastón de camino al aparcamiento—, os podéis quedar todos a dormir ahí. Tenemos una habitación de invitados con una cama doble, que será pronto la del bebé, y un sofá cama en el salón.

Asiento, aunque no sé si es una propuesta meditada con tiempo o algo que han decidido mientras he estado fuera.

Me dejo caer en el mismo asiento trasero que he ocupado al venir al hospital y miro por la ventanilla del coche, con la cabeza apoyada, haciendo esfuerzos por que no se me cierren los ojos. Cuando nos paramos en un semáforo miro las calles como si nunca lo hubiera hecho, tratando de encontrar algo diferente a lo que dejé atrás, pero mi fuerza de voluntad es tan débil que me quedo dormida hasta que Gastón aparca el coche. Hago como que no ha pasado nada y arrastro mi maleta sin decir ni una palabra. Antes de que asignen las habitaciones y me toque con mi hermano, me ofrezco a dormir sola en el sofá cama del salón. Sé que esta primera noche me va a costar descansar por el maldito *jet lag*, así que prefiero poder estar sola, a mi bola, sin nadie que me moleste.

El resto del día pasa más rápido de lo esperado y Martina y Gastón acuden a su cita semanal de yoga para parejas que están esperando un bebé. Raül nos ofrece salir a tomar algo para enseñarle la ciudad a Connor, pero no me apetece estar con ellos. Me invento cualquier excusa rápida y les digo que tengo que teletrabajar para que me dejen tranquila. Cuando me quedo sola en casa, me siento como cuando tenía quince años y por fin podía hacer lo que me diera la gana: básicamente, tumbarme en el sofá con el móvil sin que nadie viniera a molestarme.

Pongo un rato la televisión, pero la quito enseguida y aprovecho para darme una ducha bien larga. Me siento como una persona nueva cuando salgo con el pelo mojado y la espalda masajeada por el cabezal de ducha del baño de mi hermana. Dios, esto es como un hotel. Todos los muebles están impecables y la ducha parece que la instalaron hace apenas unos días.

A veces, desearía haber sido ella. Tener una vida más fácil, más tranquila. Martina ya lo tiene todo: un trabajo estable, un marido, una casa y, ahora, un bebé en camino. Toda su vida está perfectamente organizada y vive en una especie de casa de muñecas, limpia y ordenada. Yo he sido más bien lo contrario. Digamos que, mientras ella tiene una carpeta gigante donde guarda todos los documentos importantes por orden alfabético, yo ni siquiera sé, ahora mismo, dónde tengo la tarjeta sanitaria, y ya ni hablemos del título universitario y cosas así.

Me dejo caer en el sofá de nuevo, pero me levanto enseguida. Entro en la habitación de invitados y enciendo la luz. Enseguida me doy cuenta de que la han cambiado desde la última vez que entré aquí. Han pintado las paredes y la mitad de los muebles han desaparecido. En su lugar, ahora, hay un saco lleno de peluches, un armario pequeñito de madera pintado a mano y unos cuadros de animales en las paredes. La cama de matrimonio sigue ahí y justo a su lado hay una cuna enorme, blanca y brillante. Me imagino a mi futuro sobrino ahí metido, mirándome a los ojos, y me da una especie de escalofrío un poco raro.

Niños. No entiendo cómo a la gente le pueden gustar tanto si solo son unos monstruitos que llegan para poner tu vida patas arriba.

Me siento en una mecedora que parece ser también nueva y miro al techo. Paso así un par de minutos, con la mente en blanco, y entonces es cuando todo el peso de la realidad me cae encima de golpe. Estoy en España. No solo eso, sino en casa de mi hermana, con Raül, incluso con Connor, porque mi madre ha estado a punto de morirse y todavía no ha salido de peligro. Se me hace un nudo en la garganta. O quizá lo llevo arrastrando desde que hemos salido de casa de mi hermano y no me he dado cuenta hasta ahora, que me he permitido parar un momento y escuchar a mi cuerpo y mis pensamientos.

Joder, estoy muerta de miedo. Mi mundo se ha detenido, pero siento que el de los demás sigue girando, como cuando te paras en mitad de una concurrida estación de metro. Hacía mucho tiempo que no me sentía así. Ni siquiera cuando cancelé mi boda en la propia ceremonia tuve esta sensación. En ese momento tenía miedo, sí, pero era diferente. Ahí me sentía histérica. Ahora, desamparada.

Cierro los ojos antes de ponerme a llorar, pero un par de lágrimas se derraman por mis mejillas sin poder evitarlo. Me rugen las tripas del hambre, pero soy incapaz de pensar en comer ahora mismo. Es como si tuviera el estómago cerrado. Qué sabio es el cuerpo a veces, que sabe que algo va mal. Terriblemente mal.

Intento calmarme y regresar a la realidad. Me obligo a pensar en que no hay nada ahora mismo que yo pueda hacer por mi madre, excepto estar ahí para mi familia y poder ayudar en todo lo que haga falta. Sin pensarlo dos veces, desbloqueo mi móvil y le envío un mensaje a mi padre para preguntarle cómo está. Creo que es la primera vez en toda mi vida que hago esto y solo sirve para que me sienta más culpable. Lo bloqueo de nuevo y lo dejo en sonido por cualquier cosa que pueda pasar. Me quedo así, quieta, durante no sé cuantos minutos, hasta que escucho la llave girando en la cerradura de la entrada y vuelvo corriendo al salón, como si hubiera hecho algo malo.

—Ya estamos aquí —dice mi hermana.

—¡Qué rápido! —respondo, y no sé si es una simple observación o un lamento.

Gastón me ayuda a sacar el sofá cama mientras Martina me acerca unas sábanas limpias. La hacemos en un momento y no me doy cuenta hasta entonces de que ya son las nueve de la noche pasadas.

—Nosotros ya hemos cenado, así que nos iremos enseguida a dormir. ¿Y Raül?

—Aún no han vuelto.

—Ah..., bueno, pues ya volverán. Llevan llaves, así que... —dice ella a modo de despedida.

—Que descanséis.

—Igualmente.

Los dos se encierran en su habitación y me meto en la cama, aunque sé que no voy a poder conciliar el sueño ni loca. Envío algunos mensajes a Julia, mi mejor amiga de California, y a Lucía, su homóloga en España. Me han estado preguntando continuamente por mi madre, pero apenas he tenido tiempo, ni ganas, ni conexión a Internet para responderles. Solo respondo a mi padre, a quien no he podido ver todavía por su trabajo, pero lo haré por fin mañana. Bloqueo la pantalla e intento relajarme, con el pelo todavía un poco húmedo de mi ducha, paso un tiempo con el móvil y me hago la dormida cuando mi hermano y Connor vuelven del centro sobre las once de la noche.

CAPÍTULO 2

EL DE LOS DESAYUNOS NOCTURNOS

No soy la única que no puede dormir. Giro varias veces en la cama para intentar encontrar una posición cómoda, sin éxito. Escucho unos pasos que salen de la habitación de invitados y cruzan el salón con cuidado, aunque quienquiera que sea no sabe que tengo los ojos como platos ahora mismo. Alguien se mete en la cocina, cierra la puerta con cuidado y enciende la luz. Escucho el sonido de la puerta de la nevera y un plástico arrugándose. Después, varios ruidos que no sé identificar, pero que me indican que alguien está comiendo.

Mierda. Ahora yo también tengo hambre y debería comer algo, aunque no tenga muchas ganas. ¿Por qué la mente humana es tan sugestionable?

Mis tripas rugen como si se estuvieran quejando. Trato de ignorarlas y cierro los ojos. Ya iré a la cocina cuando quien esté ahí haya salido. En este momento, no sé con quién es peor encontrarme, si con mi hermano o con Connor. Con ambos tengo pendiente una conversación, por llamarla de alguna manera. Espero diez minutos, pero al final mi hambre gana el pulso y me levanto para ir a la cocina.

Abro la puerta con cuidado y mi hermano da un bote.

—Joder, Anna, qué susto.

Bueno. Por lo menos, no es Connor.

—¿Qué haces? —pregunto, como si no fuera suficientemente obvio. Raül se ha tostado pan y se ha puesto unas lonchas de jamón serrano por encima. Las señala con la cabeza.

—Voy a hacerme una yo también.

Me entretengo con los ingredientes, esperando a que mi hermano diga algo, pero, como siempre, actúa como si no hubiera pasado nada. Me sirvo un vaso de agua y me siento frente a él.

—¿Qué pasa? —me espeta al ver mi cara de malas pulgas.

Me encojo de hombros.

—Sabes de sobra lo que pasa.

Raül da un mordisco a su tostada.

—Ahora es cuando viene la chapa, ¿no? —me suelta—. ¿No puedes esperar un poquito a que me termine este..., se puede llamar desayuno?

—No.

Raül se frota la cara con las manos y empuja su plato hacia el centro de la mesa. Yo todavía no he tocado el mío.

—¿Cuándo vas a contarme qué pasó ayer? ¿O anteayer? Ya no sé qué día era realmente, con tanto cambio de horas.

Mi hermano me esquiva la mirada y la clava en sus dedos mientras los retuerce.

—Sabes que soy una persona adulta y no tengo que darte explicaciones, ¿verdad? —me recuerda.

—Ya, pero soy tu hermana y la que te recogió cuando estabas hecho una mierda en el sofá de tu casa.

Raül bufa.

—No era para tanto, Anna.

—Sí lo era. Me asusté al verte así.

—Te asustaste porque te acababas de enterar de lo de mamá. Si no, si hubiera sido un día normal, no le habrías dado más importancia.

—Lo que tú digas, Raül.

Nos quedamos en silencio. Espero a que diga algo, pero el imbécil de mi hermano coge una tostada y se pone a morderla como si no hubiera pasado nada.

—Vale, aquí termina nuestra conversación, por lo que veo.

Raül suspira y deja la tostada en su sitio.

—¿De qué más quieres hablar? ¿Necesitas que te haga un diario de toda mi vida privada?

Estoy a punto de entrar en su juego, pero ya estoy cansada.

—Déjalo. Da igual.

Ni siquiera sé por qué me he molestado en preocuparme todo este tiempo por él. Está claro que le da igual todo. Cojo mi plato y me levanto para llevármelo al salón.

—Espera, Anna —me dice cuando ya estoy con una mano en la puerta de la cocina.

—¿Qué?

Siento que va a darme explicaciones de lo que pasó el otro día, de por qué me lo encontré drogadísimo cuando llegué a su casa y lo tuvimos que llevar entre varios al aeropuerto. Sin embargo, me sorprende con una pregunta totalmente diferente.

—¿Cuánto tiempo te vas a quedar en Valencia?

Arrugo la frente de forma involuntaria.

—¿Por qué me lo preguntas? ¿Cuánto te vas a quedar tú?

Su cara cambia en un instante y creo que he dado en el clavo.

—¿Puedes responder a la pregunta sin más? —insiste.

Trago saliva. La verdad es que no lo había pensado.

—Hasta que se mejore mamá, supongo —respondo, pero a mi hermano no parece convencerle mi respuesta.

—Sabes que esto va para largo, ¿verdad?

—Ya…

—Yo tengo que volver a Los Ángeles cuanto antes. No puedo perder mi trabajo. Y no sé por qué cojones vino Connor aquí, si no hacía ninguna falta.

Abro la boca para responder. Para mi propia sorpresa, estoy a punto de defender a Connor y espetarle a mi hermano que lo hizo por acompañarlo, pero Raül sigue hablando.

—Bueno, me da igual si hacía falta o no, yo tengo que volver cuanto antes o… podrían echarme del curro.

Regreso a la mesa de la cocina y apoyo de nuevo mi plato. Hace más ruido del que esperaba y rezo para no despertar a Martina.

—Yo no sé qué hacer. Le debo demasiado dinero a Cameron y no puedo pedirle más para que me pague la vuelta a California. Pero tampoco quiero quedarme aquí... Hablaré con papá luego, a ver qué planes tiene.

Me imagino la vida de nuevo en Valencia, compartiendo piso con casi treinta años. O, lo que es peor, viviendo con mis padres con casi treinta años.

Bueno, hay gente que todavía lo hace y no pasa nada. Tampoco es el fin del mundo. No es culpa mía si los alquileres están tan caros y no me permiten ahorrar para la entrada de un piso. ¿Cómo lo habría hecho Martina? Bueno, ella tenía a Gastón y la casa la habían comprado a medias. Supongo que eso ayudaría un poquito. Pero... ¿mi hermano? Con una casa así, tendría que estar forrado de dinero gracias a su trabajo. Normal que no quiera perderlo. Mi mente viaja a la conversación que tuve con Connor antes de embarcar, pero enseguida la aparto de mi cabeza.

No, no puedo quedarme aquí, pero tampoco tengo pasta para volver. Tendría que pedírsela a alguien. Cameron, el chico capricornio, está fuera de la lista de posibles patrocinadores. Ya lo he molestado demasiado y prefiero deber menos dinero a varias personas que mucho a una. Mis padres..., uf. No. Y a Martina, menos. Sobre todo ahora que el bebé está en camino y tendrán muchos gastos. Connor está pelado también, aunque ha hecho un esfuerzo para venir hasta aquí, así que solo me queda...

—Raül, ¿tú podrías prestarme algo de dinero? Te lo devolvería dentro de unos meses, ahora estoy colaborando con la empresa de Cameron y me van saliendo varios encargos —le pregunto a mi hermano.

Él se recoloca en la silla.

—¿Cuánto dinero?

—Para pagarme el billete de vuelta a Los Ángeles. Te lo devolvería nada más tenerlo, te lo prometo.

Me da la impresión de que Raül se fía de mi palabra, pero hay algo más.

—Ahora mismo no puedo, Anna. Y no me preguntes por qué.

Trago saliva. De nuevo el tema del que hablé con Connor en el aeropuerto. Se supone que no sé nada, pero me gustaría que mi hermano me lo contara. Sobre todo si su casa está en juego.

—¿Por? —No puedo evitarlo, me sale solo.

—Porque no. Lo siento. No tiene nada que ver contigo, de verdad. Es que no puedo. Yo también voy justo.

Me muerdo el labio para no decir lo que estoy pensando. Hace unos días habría pensado en qué clase de persona que va justa de dinero vive en una mansión en California y disfruta de la vida como un rico de manual. Pero ahora, después de que Connor me dijera que a Raül le podrían embargar la casa…

—Ya sé lo que estás pensando —se adelanta mi hermano—, pero voy fatal de pasta, ¿vale?

No, no lo sabe. No tiene ni idea de lo que sé, pero está claro que no me lo quiere contar, así que decido no presionarlo más.

—Vale. No te preocupes. De verdad.

Me recuesto en la silla. A ver cómo consigo ahora unos seiscientos euros, más o menos, para volver a California. Quizá esto es una gigantesca señal del destino para que no vuelva. Un cartel brillante con luces de neón que me está indicando que me he equivocado y que todos estos meses no han sido más que una ilusión.

—La casa en la que hemos estado viviendo es mía. Bueno, del banco, pero ya me entiendes. Pensé que podría pagar holgadamente la hipoteca, pero no sabes los gastos que conlleva una casa así. Y mira que me lo avisaron mil veces, pero… En fin, que no puedo darte ni un céntimo, lo siento.

Me sorprende que mi hermano ahora sí quiera hablar del tema.

—¿Cuánto cuesta la casa en total? —le pregunto, por hacerme una idea.

—Mucho.

—Vale, muy bien, gracias —le respondo entre risas, intentando relajar el ambiente—. Por lo menos, ¿cuánto pagas al mes de hipoteca?

Raül suspira y me parece reconocer una pizca de vergüenza en la expresión de su cara.

—Mejor no te lo digo. En serio. Solo te pido que no te pongas en modo mamá y me empieces a preguntar que por qué la compré, que por qué firmé ese contrato, etcétera. ¿Vale?

Suspiro.

—Vale. Pero si tuviera más información te podría ayudar. No debes guardártelo todo para ti —respondo—. No te estoy pidiendo que me cuentes más cosas para cotillear, sino para ver qué podemos hacer. Al final, los dos queremos lo mismo, ¿no? Quedarnos por aquí lo que sea necesario, hasta que mamá se ponga bien, y después volver a nuestras vidas. Y pagar nuestras deudas.

—Ajá. —Raül da otro mordisco a su tostada y nos quedamos un rato en silencio. Espero a que diga algo, pero se lo calla.

Por primera vez siento que es verdad lo que le he dicho a mi hermano: no quiero saber su situación económica por cotilleo, sino porque realmente estoy preocupada por él. Si tiene deudas, ¿por qué me invitó a su casa? Si hubiera sabido que estaba tan mal, podría haber aportado algo. O, como mínimo, haberlo intentado, buscar trabajo como camarera o…

—Ya sé en lo que estás pensando y la respuesta es no —dice de pronto Raül.

—¿En qué estoy pensando exactamente, según tú?

—En quedarnos a vivir aquí de nuevo.

—Casi, pero no. Aunque lo he pensado antes —reconozco—. Pero creo que ahora mismo es inasumible. Dios…, ¿cómo se consigue dinero rápido, sin lío de papeleos de nacionalidades y permisos y sin que nadie haga preguntas?

Y entonces todo encaja en mi cabeza, como un engranaje perfectamente engrasado que he tenido delante de mis narices en las últimas horas y he sido incapaz de ver. Claro que sé cuál es la respuesta a esa pregunta. Miro a mi hermano, que parece decírmelo todo con la mirada. De pronto, cuadra todo.

—No estaba teniendo buenos resultados en el estudio de grabación, así que tuve que recurrir a venderlas… No me siento orgulloso, pero ha sido la única manera de poder salir adelante estos últimos meses.

—Espera, espera. Cuéntamelo todo desde el principio —le pido.

Raül se levanta y abre la nevera, mosqueado. Saca una botella de agua fría y bebe un buen rato a morro antes de sentarse de nuevo frente a mí. Por fin parece que va a abrirse conmigo.

—Pues cuando empecé a ir mal de pasta…

—No, no —le corto—. Antes que eso. Desde que te fuiste de aquí para irte a vivir a Los Ángeles.

Mi hermano bufa.

—De acuerdo —acepta—. Cuando vuelo a Los Ángeles tengo un contrato de la hostia para ser productor gracias a Alex, ¿te acuerdas de él? Te lo presenté hace un par de años en…

—Sí, sí. Sigue.

—Bueno, pues me voy a Los Ángeles y las primeras semanas son un sueño. Me pagan un mes de hotel para darme tiempo de encontrar un lugar donde quedarme a vivir. Cuando me dicen mi salario, me vuelvo loco. El primer mes paso de tener en la cuenta dos mil euros a unos nueve mil. Bueno, en dólares, ya me entiendes. Así durante muchísimo tiempo. Mi cuenta bancaria empieza a crecer y decido hacer lo mismo que mis compañeros de curro: invertir en comprarme una casa, pensando que va a ser así siempre. Durante el primer año lo es. Mi cuenta no para de aumentar y cambio mi estilo de vida completamente. Hasta que las cosas se empiezan a torcer. Los artistas que llevo no funcionan tan bien y la empresa empieza a estar en números rojos. Nos congelan los salarios y de pronto dejan de pagarnos, poco después de que vinieras tú.

—¿Y entonces? —le corto, al ver que empieza a dudar sobre si seguir.

Raül da otro trago, como si no quisiese que se le escapara nada más. Pero después de haberme contado todo esto ya no hay vuelta atrás.

—Pido el primer préstamo. Es poquito dinero y no tiene intereses, así que no veo ningún tipo de peligro en ello. No sé si existe ese modelo en España, pero en Estados Unidos ahora hay muchos créditos así: el primero es gratis para que veas que «no pasa nada», pero luego…

Asiento.

—Sí que pasa —murmuro, intentando no ser muy dura con él.

Ya sé lo que viene después. Mi hermano va pidiendo un crédito para pagar el anterior, hasta hoy.

—Cuando tienes una hipoteca te ponen muchos problemas para darte un crédito, así que los únicos que consigo tienen unas condiciones de mierda, pero no me importa porque sé que en el fondo todo volverá a ser como antes y lo podré pagar, ¿sabes? Al fin y al cabo, si he conseguido que mi cuenta tenga seis dígitos en cuestión de meses, ¿cómo no me voy a recuperar?

Raül suelta una risa amarga y mira fijamente a su vaso. Lo conozco demasiado como para saber que está tan avergonzado que ni se atreve a levantar la cabeza.

—Empiezo a endeudarme solo por los intereses de los créditos. Le pido a la inmobiliaria que me permita alargar los años de la hipoteca para pagar menos cada mes, pero obviamente no me deja. Lo tengo firmado y está bien clarito. Tampoco tengo pasta para pagarme un abogado que me revise el contrato y se pelee con ellos, así que voy a la vía fácil. Joder, es Los Ángeles, no tiene que ser muy complicado encontrar a alguien que me pueda ayudar y que no sea un puto banco. Salgo de fiesta un par de días, hago contactos y vuelvo una noche a casa con trescientos dólares en negro en el bolsillo.

—De vender drogas —aclaro, para asegurarme de que estamos en la misma línea.

—Sí. —Raül lo dice tan bajito que tengo que imaginármelo por la forma en que se mueven sus labios. Le doy un tiempo para que siga hablando, pero no puede. Se retuerce los dedos con más fuerza que antes.

—¿Por qué no me lo dijiste? Estaba ahí, contigo, en tu propia casa, y todo esto ha pasado delante de mis narices durante meses sin que yo me diera cuenta. Podría haberte ayudado, podría...

—¿Sabes que no todo gira alrededor de ti, Anna? —me espeta, con un tono más alto de lo que debería para las horas que son. Por un momento, tengo miedo de que Martina se despierte.

—¿A qué viene eso? No te estoy echando en cara que no me dijeras nada, sino preguntándote por qué no te dejaste ayudar igual que yo me dejé ayudar por ti.

Raül se deja caer en el respaldo de la silla.

—Perdona, Anna. Sé que tú tampoco lo has estado pasando precisamente bien. Han sido dos meses muy complicados. Al final, hasta yo mismo terminaba consumiendo lo que se suponía que debía vender, porque por un rato era como si todo fuera bien, como si no me preocupara por todos esos temas y…

Se crea un silencio incómodo al que no sé cómo responder. Si nunca me he fumado ni un porro, ¿cómo voy a saber cómo es ese mundo?

—Ya, joder, pero para eso estamos. Para ayudarnos. ¿No? ¿O es que no te acuerdas de lo que hablamos en la piscina aquella tarde hace un par de meses?

Raül recuerda perfectamente nuestra conversación. Después de tantos años juntos viviendo en la misma casa en Valencia, aquel había sido el momento de mayor sinceridad que habíamos compartido. Nos habíamos dado cuenta de que, en el fondo, no tenía sentido enfrentarnos, que era mejor que nos apoyáramos el uno al otro. Al final, ninguno de los dos era el favorito de mamá. Más bien, éramos los apestados, sobre todo yo. A ojos de mi madre, por lo menos Raül había tenido una carrera laboral exitosa. Yo solo era la traductora muerta de hambre que se había equivocado en su carrera profesional, en el amor y en la vida en general.

—¿Qué vamos a hacer? —me pregunta, y por primera vez veo a mi hermano con dudas.

Es tan raro verlo así… Raül, quien siempre ha sido de tener las cosas claras, de salir adelante como sea y frente a cualquier adversidad. El más atrevido de la familia, el que nunca lloraba, pero que ahora me mira con lágrimas en los ojos a las cuatro de la mañana en la cocina de Martina y Gastón.

—Pues salir adelante, joder —le digo, tocándole el brazo con decisión—. Preferiblemente de manera legal y sin movidas turbias de por medio, pero salir adelante. Como lo hemos hecho siempre.

CAPÍTULO 3

EL DE LA TARJETA DE VISITA

Cuando me despierta mi hermano para ir al hospital es como si no hubiera dormido ni dos horas. Me doy la vuelta en el sofá cama, todavía con resaca emocional de la conversación que tuvimos anoche. Sin embargo, ya están por aquí Martina, Gastón y Connor, por lo que hago como que no ha pasado nada y voy directa al baño para darme una ducha y vestirme. Salgo poco después y todos me están esperando.

También ha venido mi padre, a quien no habíamos visto todavía porque estaba trabajando. Me devuelve el saludo con apatía en cuanto ve que me he teñido el pelo de colores y durante el resto del tiempo es como si llevara al demonio encima por haberlo hecho. Apenas me dirige la palabra, pero sus miradas furtivas dicen más que todo lo que pueda verbalizar. Él siempre ha sido así de reservado con sus sentimientos, y más desde que la salud de mi madre se ha visto en peligro. Toma el papel de observador imparcial, quizá como una forma de protegerse del mundo exterior. A veces, siento que he heredado eso de él. Otras, pienso que somos personas completamente opuestas.

Ahora que llevo varios meses sin verlo, me doy cuenta de cómo ha envejecido. Ya no tiene ese aspecto jovial y activo que lo caracterizaba antes y se le nota el estrés en cada arruga de la cara. El pelo ya le clarea por la parte frontal y hasta su vestimenta ha cambiado. Lleva una camisa que lo hace mayor. Me cuesta asumir que el tiempo también pasa para mis padres, que además ahora van a ser abuelos en cuanto nazca el bebé de Martina y Gastón.

—Vamos, que están a punto de empezar las horas de visita y antes viene el médico a contarnos cómo ha pasado la noche y eso —me explica Martina.

Asiento y me preparo el bolso en un momento. Pocos minutos después, entramos en el aparcamiento del hospital y subimos en el ascensor hasta la UCI.

—Por aquí —indica mi hermana.

Los pasillos se parecen tanto que no sé si estamos en el mismo sitio del otro día, aunque cuando veo la sala de espera la reconozco enseguida. Está llena de carteles completamente aleatorios. Uno anima a la donación de sangre, otro a que te hagas revisiones periódicas del corazón. También hay dibujos de niños y anuncios de personas que se ofrecen a cuidar enfermos.

Nos sentamos en el mismo lugar que ayer y esperamos a que venga el médico. Cuando entra por la puerta, enseguida reconoce a Martina.

—Buenos días —nos saluda—. Ostras, cuánto tiempo sin veros a los tres juntos. Tú eres Raül, ¿verdad? Y tú, Anna, por supuesto. Qué chulo tu pelo de colores. Yo soy Adrián Jiménez, íbamos juntos a clase. ¿Os acordáis de mí?

Lo miro de arriba abajo sin cortarme ni un pelo. Sí, ahora que lo pienso, está exactamente igual que cuando coincidimos en el colegio. La única diferencia es que parece que lo ha atropellado el tren de la pubertad. O, mejor dicho, el tanque.

Recuerdo que en clase era de los más bajitos. Ahora me saca un poco más de una cabeza. Tiene la piel lisa, sin imperfecciones, y las cejas y la barba recortadas. Es el típico chico que de primeras dirías que es normal, nada destacable. Pelo oscuro, ojos marrones. Pero tiene algo que llama la atención, no sé qué es. Quizá su tamaño: sus manos son enormes y es bastante corpulento, su espalda debe de ser perfectamente el doble de ancha que la mía. O puede que sea la sensación de tranquilidad y confianza que transmite.

—¡Pues claro! —le respondo, aunque no le doy más conversación. Estoy nerviosa por lo que pueda decir de mi madre.

—Bueno, chicos, pues vamos a hablar de la evolución de vuestra madre. La buena noticia es que parece responder bien a los tratamientos. Por lo menos, no ha empeorado. Sigue sedada e intubada. Me preocupa cómo va a responder cuando se despierte y el tiempo de rehabilitación que pueda necesitar. No quiero moverla a planta todavía, se tendrá que quedar como mínimo cuatro o cinco días más en la UCI. Quizá una semana, como poco.

—¿A qué te refieres con cómo va a responder cuando se despierte? —pregunta Raül, y yo tengo la misma duda.

—Ha sufrido una hemiparesia severa, así que es probable que tarde bastantes meses en poder mover la parte derecha de su cuerpo con normalidad. Lo que pase después ya depende mucho del paciente y del tiempo que el cerebro estuvo sin riego sanguíneo. Lo importante es que se encuentra estable y no ha empeorado —repite otra vez, como si fuera el padrenuestro de los médicos de la UCI.

—Gracias, doctor —responde enseguida Gastón.

—De nada. Si estáis por aquí mañana, nos vemos de nuevo. Cuidaos mucho. Martina, Anna, Raül, me alegro de volver a veros.

Adrián asiente con la cabeza y se alisa la bata. Se aleja en dirección a una mujer que hay en la otra punta de la sala de espera. Hoy está mucho más llena que ayer.

—Quiero pasar a ver a mamá, que ayer no pude —les recuerdo.

—Claro, claro, es al final de este pasillo, nada más salir a la izquierda —dice mi hermana—. De hecho, deberíamos establecer turnos para venir, bueno, para quien quiera venir. No tiene sentido que vengamos todos cada vez. Ni siquiera podemos entrar juntos.

—Vale. Ponedme en el que queráis, me da igual uno que otro. Voy a ver a mamá.

Dejo a Gastón y a mis hermanos organizándose mientras recorro el mismo camino que hice ayer. Esta vez me dan mi acreditación de visitante y puedo pasar sin problemas; una enfermera me acompaña hasta la zona de control y me señala el cubículo donde está mi madre. La disposición es un tanto extraña, no tiene nada que ver con otras zonas del hospital en las que he estado. Los enfermeros observan desde aquí lo que pasa en todos los boxes y tienen pizarras, listas y anotaciones por todas partes, incluso pegadas en notas adhesivas en el monitor de los ordenadores, que parecen del siglo pasado.

Camino hacia el cubículo de mi madre y se me encoge un poco el corazón al verla así, casi podría decir que durmiendo con dulzura, para nada como la he conocido en mis veintiocho años. Parece que ha envejecido una década de golpe. Tiene las mejillas hundidas y está llena de cables por todas partes. A su lado pitan de vez en cuando las típicas maquinitas que siempre he visto en las películas y nunca imaginé tener que ver en persona, no tan pronto. El pecho de mi madre sube y baja despacio, haciendo un ruido como el de Darth Vader tras su máscara. Vista así parece tan pequeña, tan frágil, tan… tranquila… Es como si fuera una persona totalmente distinta. Por un momento, pienso en si podrá escucharme. ¿Eso también será como en las películas? ¿O es más bien un invento para añadir drama a la acción?

Rodeo la cama para colocarme al otro lado, donde hay menos máquinas, y verla mejor. Tal y como decía Raül, no hay mucho que hacer aquí, pero por lo menos me siento bien por estar a su lado. Y, de pronto, noto que algo se me remueve por dentro. Verla en esta situación no me hace pensar en todo lo que hemos discutido, sino en las veces que hemos pasado buenos momentos: el día de mi graduación, cuando nos fuimos de viaje al sur hace un montón de años, tantos que Raül todavía estaba en primaria…

Pienso en todos los años que hemos perdido por ser las dos igual de orgullosas y no querer dar nuestro brazo a torcer. Si las cosas hubieran sido de otra manera… A veces nos centramos tanto en lo que nos falta que nos olvidamos de los que están siempre a nuestro lado, incluso aunque no siempre sean lo mejor para nosotros. Y creo que ambas hemos pecado en dejarnos llevar por lo malo antes que reconocernos lo bueno.

Al final, mi madre siempre ha estado ahí para mí. Sí, ha sido insoportable en muchas ocasiones y me ha atado todo lo que ha podido para que todo saliera como ella quería, pero puedo entender que su protección siempre ha sido por darme lo mejor para mí y mis hermanos. Y precisamente, como conmigo no lo ha conseguido, se ha centrado más. Después de todo lo que ha pasado, lo último que me apetece ahora mismo es entrar en una guerra mental de quién se ha portado peor con quién o quién ha hecho qué. Ahora mismo, cuando pienso en mi madre, no puedo recordar los momentos que nos han separado. En mi cabeza solo da vueltas una incógnita: todo lo que nos hemos perdido por no tratar nuestras diferencias. Quizá si yo le hubiera dicho a mi madre todo lo que me molestaba de ella, podría haber cambiado. Pero, ahora que lo pienso, nunca lo he hecho. Quizá incluso si ella se hubiera sentado conmigo a razonar algún tema en el que no estábamos de acuerdo, podría haberlo intentado ver desde su perspectiva, pero nuestras conversaciones casi siempre terminaban a gritos.

Quizá nos podríamos haber esforzado. Las dos. De esa manera, ahora que la tengo delante, en vez de arrepentirme por todo el tiempo que dejamos pasar, podría estar aferrándome a los buenos momentos que pasamos juntas, pero más allá de los viajes y situaciones puntuales, en el día a día como madre e hija. Lo que nunca fuimos, en realidad.

Sin darme cuenta se me han llenado los ojos de lágrimas y me las seco corriendo cuando escucho unos pasos acercándose. Me aparto para dejar a los enfermeros hacer su trabajo y de pronto me doy cuenta de que es una cara conocida.

—Ups, perdona —se disculpa enseguida Adrián al ver mi expresión—. No quería interrumpir. Pensaba que…

—No te preocupes. Es una mezcla de muchas cosas —le digo, rezando para que no me falle la voz.

—Se va a poner bien, de verdad. No te lo diría si no lo creyera. Sé que todo puede empeorar de un momento para otro, pero he visto cientos de pacientes con la misma patología que tu madre y al final se han recuperado bien. Después de mucha rehabilitación y terapia ocupacional, sí, pero han salido adelante.

Asiento, intentando asimilar sus palabras.

—Sé que ha sido un susto, pero me ha marcado mucho, porque ha venido acompañado de otras cosas y, entonces…, se me ha juntado todo. Pero no pasa nada, lo importante es que ella esté bien.

No entiendo por qué estoy compartiendo tanta información con alguien que apenas conozco, aunque coincidiéramos en clase durante nuestra infancia y adolescencia. Malditos sentimientos. Ojalá fuera más fría y calculadora. Sufriría menos y me saldrían menos arrugas.

—Lo estará, Anna —me asegura Adrián—. Oye, sé que las visitas por aquí están muy restringidas y no puedo saltarme el protocolo, pero puedo dejarte mi teléfono por si alguna vez quieres preguntarme cualquier cosa. Se lo puedes pasar también a Martina y a Raül. Siempre lo llevo encima cuando estoy en el hospital, es mi número de trabajo.

—Gracias, de verdad —le digo, mientras Adrián me extiende su tarjeta de contacto.

¿Quién sigue llevando estas cosas encima en el siglo XXI?

—Bueno, te dejo tranquila —se despide él—. No quiero molestarte.

—No me molestas —respondo, más rápido de lo normal, y no entiendo por qué. Me muerdo el labio y después me río sola por lo bajo—. Tampoco es que ella me vaya a dar mucha conversación…

Adrián sonríe.

—Lo siento, te habrán hecho esa broma un millón de veces —me disculpo.

—Sí, bueno, pero está bien reírse de vez en cuando, aunque solo sea la típica risa tonta por la tensión del momento.

Leo su tarjeta de visita, que tiene una foto de él con unos años menos. Ahí sí que se parece un poco más al Adrián que conocí hace más de una década en el colegio.

—Salgo fatal, pero mi madre me obligó a ponérmela.

—Cosas de madres —respondo.

—Sí. Bueno, en serio, te dejo tranquila. Cualquier cosa, ya sabes.

Me hace el signo del teléfono con la mano y se va pitando del cubículo, dejándome de nuevo con mi madre y los soniditos de las máquinas.

—Si estuvieras despierta, seguro que me habrías dicho que le preguntara si estaba soltero. ¿A que sí? —le digo a mamá; pero, por supuesto, ella ni se mueve.

Guardo la tarjeta en el bolsillo y salgo del box sintiéndome rara. Diferente. ¿Acabo de hacer una broma con mi madre, quien está completamente sedada y sin conocimiento tumbada en una camilla de la UCI? Bueno, eso parece.

Me despido de los enfermeros y, tras devolver mi credencial de visitante, voy hacia la sala de espera. De camino veo el cartel de los baños y decido pasar por ahí primero antes de irnos, aunque me dan un poco de yuyu los baños de un hospital, para qué mentir. Hago pis con cuidado de que no me salpique y me subo los pantalones, distraída. Intento desbloquear el pestillo y no responde. Me río e intento hacerlo otra vez, pero con el mismo resultado.

—Es una broma, ¿no? Tiene que ser una broma.

Trato de abrirlo de nuevo, esta vez aplicando más fuerza, pero parece haberse atascado y no hay manera de que se mueva ni hacia delante ni hacia atrás.

—Joder… —murmuro y me dan ganas de darle un golpe a la puerta del baño.

Bueno, ya se darán cuenta mis hermanos de que no vuelvo…, aunque eso puede llevar un rato, ya que pensarán que todavía estoy con mi madre.

—Joder, joder, joder —repito, entrando en un bucle.

Al final, decido esperar a que entre alguien en el baño para poder ponerlo al corriente de la situación y pedirle ayuda, pero parece ser que nadie en esta maldita zona tiene ganas de hacer pis ahora mismo. Le doy una última oportunidad al pestillo, pero sigue igual de atascado que antes.

Saco mi móvil. No me sirve de mucho, porque todavía no tengo una tarjeta SIM española, así que no creo que funcionen las llamadas. Intento llamar a mi hermana, pero ni siquiera da señal.

Entonces, tengo una idea. Busco las redes wifi e intento conectarme a alguna para llamarlos a través de WhatsApp. Afortunadamente, una red aleatoria que parece ser de la cafetería me deja acceder, aunque solo me da un puntito de señal. Abro el chat con mi hermana y la llamo. Casi me echo a llorar cuando suenan los pitidos pero no lo coge. Hago lo mismo con mi hermano, pero ni siquiera habrá conectado el wifi, así que no me sirve de nada. Lo intento otra vez con mi hermana y me planteo llamar a emergencias, porque no hace falta tener cobertura. Aunque me moriré de la vergüenza si tienen que venir los bomberos a sacarme de aquí. Como siempre, acabaré montando un numerito.

Numerito…

Y entonces me viene a la mente la tarjeta de contacto de Adrián con su número de teléfono. Voy directa a WhatsApp para escribirle un mensaje, pero no me aparece su contacto tras agregarlo a la agenda. Lo que sí me deja es hacerle una videollamada a través de FaceTime.

—Uf, qué palo más grande… —murmuro.

Pero no me queda otra, así que pulso sobre su nombre y espero a que dé señal. Pocos segundos después, la cara de Adrián aparece en la pantalla.

—¿Quién es?

—¡Adrián! Soy Anna Ferrer.

—Ay, Anna, perdona. Es que te veo toda pixelada. ¿Qué pasa?

Tomo una bocanada de aire antes de decirle la verdad.

—Necesito que vengáis a sacarme del baño de las chicas. Me he quedado encerrada.

La conexión va y viene, pero me parece distinguir la risa de Adrián de fondo.

CAPÍTULO 4

EL DE LA TINTA DEL DESTINO

—No te preocupes, no es la primera vez que pasa algo así en el hospital —me dice Adrián cuando entramos juntos en la cafetería.

Tiene una personalidad más afable y tranquila de lo que recordaba. En el colegio formaba parte del grupo de los populares y no había día que no participara en alguna trastada o se metiera en algún lío.

—¿Seguro que no quieres tomarte nada? Te he visto un poco agobiada ahí arriba, ¿eh?

Mi vergüenza pasa de ser del tamaño de una catedral al de una ciudad entera y parte de los pueblos de alrededor.

—No, no, tranquilo. Me quedaré aquí un rato por el wifi, todavía no tengo una tarjeta SIM española.

Adrián parece haberse perdido y entonces recuerdo que no sabe absolutamente nada de dónde he estado en los últimos meses. Años, más bien. Lo pongo al día con un par de frases, pero intento evitar a toda costa el tema de la casi boda con Carlos.

—Como quieras, Annuska.

Me río.

—Dios mío, no me llamaban así desde…

—¿El colegio? —termina él la frase—. Sí, lo sé. Estaba ahí.

Adrián se pide un café solo y se gira hacia mí como última oportunidad para que me pida algo.

—Un botellín de agua, venga. Pero no lo pagues tú —le digo en cuanto lo veo sacar su billetera.

—Tenemos un descuento en la cafetería, no te preocupes.

—¿Seguro?

Adrián ni me contesta y me pasa el botellín mientras espera su café.

—Por cierto, tu hermano está cambiadísimo. Me he imaginado que era él porque estaba con Martina y contigo, porque, si no, no lo habría reconocido si me lo cruzo por la calle.

—¡Qué va! Tiene la misma cara, solo que un poco más alargada.

Pero él no parece estar muy convencido con mi respuesta.

—Si tú lo dices…

—Buah, hace siglos que no sé nada de los del colegio. ¿Tú has vuelto a ver a alguien de clase? Desde que terminamos segundo de bachillerato, me refiero.

—Coincidí en la carrera con Belén, pero la dejó en el segundo año. Y… en una conferencia vi una vez a Zaida, ¿te acuerdas? La hermana de Óscar, que iba a nuestra clase.

—¡Claro! Dios mío, es como si pudiera recitar ahora mismo la lista completa, con nombres y apellidos, de todos los que íbamos a clase. Por orden y todo. Hasta me acuerdo de que era el número siete de la lista de clase.

—¿A que sí? —responde Adrián—. Yo también recuerdo muchas cosas en cuanto echo la vista atrás. Por ejemplo, me acuerdo de cuando eras inseparable de Trini, a quien, por cierto, sigo en Instagram y ya va por su cuarto hijo. ¿Te lo puedes creer?

—¿Trini? Ostras, hacía mucho que no pensaba en ella.

—¿Verdad? Qué bien sienta desbloquear este tipo de recuerdos. A veces, con tanta tensión y estrés en el trabajo, se me olvida que en el pasado tuve una vida donde mi principal preocupación era pasármelo bien y ganar el partido de fútbol de los recreos.

Adrián coge su café y nos sentamos en una mesa un poco más alejada del barullo del comedor. Por lo que veo, es donde se sientan los sanitarios, ya que hay varios con sus uniformes descansando en esa misma esquina de la cafetería.

—¿Y qué ha sido de ti? —me pregunta, aflojándose la bata—. A muchos os perdí la pista. No sé ni qué estudiaste al final ni nada.

—Hice Traducción y me especialicé en documentos legales, aunque hago un poco de todo: trabajo como *freelance* y tengo un contrato indefinido en una empresa de Estados Unidos. Ahora llevo unos meses viviendo con Raül en California.

Adrián silba de asombro.

—Qué pasada.

—¿Y tú? —le pregunto, al ver que no dice nada de su vida.

El chico se encoge de hombros.

—Nada nuevo, la verdad. Entro a Medicina, pasan unos años en los que todo está muy borroso y termino aquí. Pero no me quejo, me gusta lo que hago, aunque me absorba casi toda mi energía y me gaste el sueldo en cafés. Me compré hace poco un piso en Benimaclet y vivo con Menta, mi gata.

No le preguntes su signo, no le preguntes su signo.

—¿Y tú? ¿Estás casada?

—¡Qué dices! —contesto con un tono más agudo del que me gustaría.

Adrián parece leer entre líneas, pero no añade nada más.

—Yo tampoco. Le tengo un poco de fobia al compromiso desde que mis padres se divorciaron y yo he tenido muchos desengaños amorosos. Ahora prefiero ir por libre, la verdad.

—¿Sí?

No, Anna, no. No te interesa. No preguntes.

—Sí, sé que suena muy dramático… —Adrián se ríe y su risa es contagiosa—. Estuve un tiempo en pareja, pero no podía soportar que me estuvieran diciendo todo el rato lo que tenía que hacer. Puede que sea un bicho raro, lo admito, no digo que sea culpa de las chicas con las que he estado. Pero es que al final del día llego reventado a mi casa y no me apetece nada más que ponerme una serie y estar un poco con Menta. ¿Es tan raro?

No puedo evitar que mi mente comience a analizar todo lo que está diciendo. Adrián tiene pinta de sagitario, o quizá de aries… o acuario. Cualquiera de esos tres signos podría cuadrar con lo que va diciendo sobre él.

—Qué va, qué va —respondo. Dios mío, cuánta información en tan poco tiempo—. A mí también me pasa a veces, sobre todo en mi cumpleaños, que es dentro de un par de meses.

Anna. Para. Para ya.

—Y que lo digas. El mío fue anteayer y mis amigos quieren obligarme a celebrarlo este fin de semana, pero me da una pereza…

Una llamada entrante de Lucía interrumpe nuestra conversación. Qué sabias son a veces las amigas, que se huelen el peligro a kilómetros de distancia. Como si tuvieran un radar de estupideces para evitar que cometas otra más.

—Te dejo, tengo que volver, así puedes hablar tranquila. Oye, ha sido un placer verte. Seguimos en contacto para lo de tu madre, así que llámame para cualquier cosa. Encierros en baños incluidos.

—Lo tendré en cuenta. Gracias, de verdad.

Adrián se despide de mí con su (enorme) mano y no me doy cuenta hasta entonces de que ni siquiera he abierto mi botellín de agua. No me da tiempo a coger la llamada de Lucía, así que la vuelvo a llamar y me convence para que me pase a verla en el bar de debajo de su casa.

—¡Dichosos los ojos! —exclama en cuanto me da dos besos y me dejo caer en la silla de la terraza, frente a ella. Siento lo fría que está a través de mis vaqueros y maldigo que Lucía haya vuelto a fumar, porque ahora me toca congelarme mientras podríamos estar dentro—. Me encanta tu pelo, no me lo imaginaba tan…

—¿Tan… peludo? —le sigo la broma.

En el fondo, la he echado mucho de menos, aunque por su culpa quizá vaya a sufrir una hipotermia. Bueno, por lo menos ahora tengo un médico de confianza que podría…

NO. Vale ya.

—¿Cómo está tu madre?

Eso, un cambio de tema radical.

—Bien. Igual que ayer, así que sin novedades. Aunque estamos contentos, en plan… esperanzados, ¿sabes? Es grave, pero saldrá de esta seguro. Aunque el camino será complicado.

Lucía tuerce la boca, sin saber muy bien qué añadir.

—Bueno, aunque hayas tenido que cruzar el charco por una mala noticia, me alegro de tenerte por aquí. Últimamente estoy muy sola y las chicas nunca quieren quedar.

—Eso te iba a decir. —Me alegro de que haya sacado el tema de conversación tan rápido—. ¿Qué tal están todas? ¿Y Alba?

Pregunto por la embarazada del grupo, aunque en realidad lo que quiero saber es qué ha sido de una en particular. Valeria, la tercera en discordia en mi relación con Carlos. La que siempre había estado ahí, disfrazada de amiga, pero en realidad no era más que una víbora.

Lucía habla de fondo, poniéndome al corriente sobre todas, pero no le presto mucha atención porque mi mente ya ha viajado al pasado. A cuando me encontré a Valeria y a Carlos en nuestra antigua habitación, donde dormíamos cada noche, y todas aquellas veces en las que había sospechado que había algo entre ellos mientras Carlos y yo estábamos juntos. Prometidos. Y, por supuesto, de cuando por fin se confirmaron mis sospechas.

—Y de Valeria no sé nada. Bueno…, sé que está con Carlos en plan saliendo seriamente…, pero supongo que de eso tú también te habías enterado, o quizá no querías saber nada.

—¿Cómo?

Mi tono parece pillar desprevenida a Lucía. Los pocos valientes que nos acompañan en la terraza se giran hacia nuestra mesa al escuchar mi grito.

—Pensaba que lo sabías, por las historias de Instagram que subían juntos… —se justifica ella.

De pronto, piensa que ha metido la pata. Que quizá no me lo debería haber dicho, porque ahora va a desencadenar una reacción en mi cerebro. Celos, angustia, enfado. Sin embargo, me sorprendo a mí misma al darme cuenta de que, después del *shock* inicial, me da exactamente igual lo que hagan ya con sus vidas.

—Bueno… En realidad, no me he enterado porque los tengo a ambos silenciados desde hace tiempo. En serio, prefiero no saber nada. Ni bueno ni malo, solo quiero estar al margen.

Y saber cuál es el signo del Zodiaco de Valeria. ¿Sería el suyo más compatible con Libra, el signo de mi casi marido, que Aries, el mío? Hago memoria para intentar recordar la última vez que celebramos el cumpleaños de Valeria. Era mediados de verano, pero no tanto como para ser Cáncer ni Virgo. Probablemente Leo.

Lucía me mira con la cara inclinada y entonces me doy cuenta de que he desconectado demasiado.

—¿Qué?

—Te había preguntado que quién era ese tal Connor. Tía, ¿dónde tienes la cabeza? Sé que lo de tu madre te habrá alterado mucho, pero te veo superrara. Como si estuvieras en otro planeta.

Casi lo estoy. En mi mente pasan imágenes de Carlos y Valeria, quienes parecían ser compatibles. Desde luego mucho más que él y yo cuando pasamos tantos años juntos y estuvimos a punto de casarnos.

—Perdona, sí. Connor —digo, intentando retomar la conversación—. Nada, es el mejor amigo de Raül. Y nuestro compañero de piso, por decirlo de alguna manera. Aunque lo tengo un poco cruzado.

Lucía adopta una expresión que conozco muy bien y hasta me sabe mal que lo haga.

—No, no, no —repito con rapidez—. Para nada, Lu. Cruzado en el mal sentido de la palabra.

Mi mejor amiga enfatiza todavía más esa cara.

—Antes de que me acoses a preguntas, no hay nada entre nosotros ni lo habrá. De hecho, no nos llevamos muy bien. Estoy bastante enfadada con él y no es que le haya hablado mucho, la verdad.

—Ya…

Lucía no parece convencida, pero sé que lo dice desde la ignorancia. Aun así, me recuerda que tengo una conversación pendiente con Connor, pero todavía no sé cómo gestionar que él supiera la verdad sobre mi hermano y fuera incapaz de decirme nada, ni siquiera de avisarme para poder pedir ayuda cuando se empezó a endeudar y a tontear con las sustancias con las que traficaba para sus clientes.

Por un momento pienso en contárselo todo a Lucía, porque necesito soltarlo, pero sé que no es un secreto mío, sino de otra persona, por lo que tengo que callármelo.

—En serio, estás un poco rara —me repite ella—. ¿Seguro que no es por lo de tu madre?

—Sí, seguro.

—¿Es el *jet lag*, entonces?

—¡Sí! Justo eso. Estoy reventada —miento.

En realidad, tengo sueño a todas horas. Intento mantener la conversación preguntándole a Lucía por su vida y su trabajo mientras mi mente sigue funcionando, pensando en otros temas.

—¿Y qué tal va el experimento? Ahora te toca un piscis, ¿no?

—Acuario —le corrijo—. Pero no estoy muy animada, la verdad. No tengo ganas de seguir adelante ahora mismo.

—Claro —dice Lucía—. Es normal, con lo del viaje y el hospital...

De pronto me siento la peor persona del mundo. Después del susto inicial, me doy cuenta de que mis rayadas ni siquiera tienen que ver con lo que le ha sucedido a mi madre. Pero, desde fuera, parece ser que así es como tendría que haber sido. ¿En serio soy tan mala hija? ¿Por eso siempre he sido la última de entre los tres hermanos? ¿Soy una mala persona por tener otras preocupaciones?

—En el fondo, creo que voy a abandonar el experimento. Aprendí mucho de mí misma, de hecho, más que de ellos, y creo que es la mejor experiencia que saco de todo esto, pero no me apetece seguir detrás de otro grupo de chicos mes a mes para demostrar una teoría estúpida, la verdad... No sé... Llega un momento en el que dudo tanto que ya ni siquiera sé si me llena o ha sido un parche para ignorar otros problemas.

—¿En serio?

Lucía parece estar más triste que yo por esa afirmación.

Asiento levemente y agradezco que una camarera nos interrumpa para tomar nota de la bebida.

—Yo creo que estaba guay, aunque no tienes por qué hacerlo todo seguido. Quiero decir, puedes darte un descanso. No hace falta que sea un chico cada mes solo porque corresponde con el mes en el que estamos, ¿sabes? —se explica, aunque la he entendido a la perfección.

—Sí. De hecho, ahora mismo lo último que me apetece es ponerme a buscar a un chico acuario..., aunque...

Estoy a punto de contarle mi encuentro con Adrián, pero sé que si lo hago Lucía va a empezar a ver cosas donde no las hay. Sin embargo, ya es demasiado tarde. Mis palabras se quedan colgando en el aire, pero ella las recoge y me obliga a terminar la frase.

—Aunque... ¿qué?

Le tengo que contar la historia de Adrián, incluyendo mi encierro en el baño. Me obliga a abrir Facebook delante de ella y enseñarle varias fotos del chico, muchas de ellas de fiesta con sus amigos, por lo que aprovecha para analizarlos a todos, ya que está.

—En Facebook saldrá su cumpleaños, ¿no? A ver, dale al botón ese de información...

—No hace falta..., ya sé cuándo es su cumpleaños. Fue anteayer, para ser exactas.

Aun así, toco sobre la pestaña de información para enseñárselo a Lucía y ahí está la fecha: 22 de enero. En efecto, es un acuario de manual, aunque por los pelos. Me da un vuelco el corazón y por un momento me dan ganas de arrancármelo. ¿Es que no sabe estarse quietecito?

—En fin, si eso no es el destino, que te pone delante a un buenorro y con pasta y encima del signo que estás buscando..., ya no sé qué decirte.

—No va a pasar nada con Adrián. Por Dios, Lucía, que es el médico de mi madre.

Mi amiga da un sorbo inocente a su bebida.

—Además, ya está decidido —digo de pronto—. Voy a poner en pausa el experimento. Necesito centrarme en lo verdaderamente importante y no en buscar chicos de cada signo.

—¿Y conocerte a ti misma a través del experimento este no es centrarte en ti misma?

La pregunta de Lucía me pilla fuera de juego.

—¿A qué viene eso? —No la sigo.

—Quiero decir, tú misma me lo acabas de decir. Has aprendido más de ti en estos últimos meses a través de los cuatro últimos chicos que de ninguna otra manera. ¿Por qué no seguir adelante? Ya no por ellos, ni por demostrar que el Zodiaco es una mierda, sino por ti. Por dejarte llevar, por lo que te pueda aportar y enriquecer todo esto. ¿Tú no eres tan aries? ¡Toma decisiones impulsivas!

Si mi cerebro fuera un campo de fútbol, acabarían de pitar un fuera de juego.

—Pero… ¿tú de dónde has salido y por qué eres mi mejor amiga? —le suelto, bromeando.

—Porque te conozco mejor que nadie, Anna. Palabrita del Niño Jesús —dice Lucía, juntando las manos a la altura del pecho.

—Ya, es verdad.

Nos quedamos un rato en silencio y miro hacia el interior del bar. Hace un frío horrible, pero Lucía parece no sentirlo. Claro, como es ella la fumadora…

—Bueno, yo voto por que sigas adelante y disfrutes, que ya suficiente mierda tienes encima como para no poder seguir con tu vida. ¿Te tengo que recordar que cortaste con tu pareja en el altar el día de tu boda, que perdiste casi todos tus clientes con los que trabajabas online y que tu madre está enferma, todo eso en el transcurso de cuatro meses?

No puedo evitar soltar una carcajada amarga.

—Joder, visto así… No sé si me estás animando o echándome la bronca —bromeo, como si me molestara que hiciera una lista de lo que me va mal.

—¡Aprovecha para vivir la vida! Te rayas demasiado, Anna. Al final, el destino es así de sorprendente. Cuando menos te lo esperas, ¡zas! Viene lo malo. Así que intenta poner de tu parte para encontrar lo bueno.

Medito las palabras de Lucía, dándome cuenta de que tiene razón. Siempre hay tiempo para que las cosas malas vengan solas, pero las buenas muchas veces hay que trabajarlas. Aun así, es como si el mundo me estuviera diciendo que me relaje, que pare de golpe todo lo que está sucediendo como quien pone en pausa una serie y la deja para seguir viéndola al día siguiente.

—Si tan inesperado es el destino, que me mande alguna señal por lo menos para saber que voy por el camino correcto, ¿no? —me pregunto en voz alta—. No sé, que me vaya algo bien de vez en cuando. Que me encuentre un billete de veinte euros en el suelo, fíjate, ni siquiera voy a pedir que sea de cincuenta. O que me toque en un sorteo un vuelo de vuelta a Los Ángeles, por ejemplo.

Lucía se ríe y enseguida cambiamos de tema, pero sus palabras se quedan conmigo.

La camarera vuelve por fin a la mesa con nuestro pedido. Mientras me sirve la Coca-Cola en un vaso con hielos que va a hacer que pase todavía más frío, me doy cuenta de que tiene un tatuaje en la mano, junto al meñique. Es su signo del Zodiaco. Tardo menos de un segundo en reconocerlo porque es aries, igual que yo.

—Joder —murmuro.

Si el destino fuera ahora mismo una persona, le pegaría un puñetazo por ser tan inoportunamente oportuno. Parece que, al final, vaya a donde vaya, haga lo que haga, siempre me persiguen las constelaciones.

Las *malditas* constelaciones.

CAPÍTULO 5

EL DE (SÍ, OTRA VEZ) TINDER

Los días pasan tan lentos que no paro de darle vueltas al experimento. Hace una semana que aterricé en España y mis pensamientos han ido cambiando de forma radical. A veces, me dan ganas de bajarme Tinder de nuevo, o de intentarlo con otras aplicaciones, como Bumble. Otras, quiero lanzar el móvil por la ventana.

Bebo un vaso de agua en cuanto me doy cuenta de que no lo he hecho en todo el día y cojo mi móvil. Abro la tienda de aplicaciones y la cierro justo después. A ver, en verdad tengo muchas preguntas en mi cabeza ahora mismo. He conocido la versión más reciente de Tinder en Los Ángeles, pero… ¿cómo será en España?

Miro la pantalla con todas sus aplicaciones. No. Otra vez no. La última vez que conocí a alguien a través de la aplicación terminó regular. No tengo ganas de un escorpio 2.0, gracias.

Aunque…

La curiosidad me puede más que otra cosa, así que vuelvo a abrir la tienda y tecleo esas malditas seis letras. Y ahí está el símbolo del fuego, listo para que yo arda de nuevo en sus brasas. Pulso el botón para que vuelva a descargarse en mi móvil y me muerdo las uñas mientras lo hace. Por suerte, mi perfil se ha guardado desde la última vez, por lo que no tengo que volver a pasar por la elección de fotos y biografía. Recuerdo el día que me lo bajé con Julia y Olivia. Solo espero que esta vez sea mejor que la última, nada más.

Enseguida aparece el primer candidato. Martí, veintinueve años. Piscis. Según su biografía, «diseñador gráfico y cantante, pero con responsabilidad afectiva». ¿Qué significa ese «pero»? «Soy como un Donettes almendrado, parezco duro por fuera, pero en verdad soy un moñas.» Vamos, un piscis de manual, claro.

Sigo pasando varios perfiles. Algunos son más normales de lo que pensaba y me sorprende que aquí la cantidad de chicos con fotos en el gimnasio sea casi la misma que en Los Ángeles.

Veo un par de chicos monos y durante un momento busco su signo, pero ninguno lo ha puesto en su perfil.

Vale ya, Anna. Para.

Sigo deslizando hasta que me encuentro a un sanitario con su uniforme de trabajo. «Soy enfermero, pero no puedo arreglarte el corazón. La última vez que fui el tipo de alguien, estaba donando sangre.»

En serio, ¿por qué la gente pone estas biografías? Aun así, me doy cuenta de que la gran mayoría están buenorros. ¿Será que la aplicación muestra primero a los que más *likes* tienen para que la sigas usando?

—Pues claro que sí —me respondo a mí misma, y me recuerdo a mi abuela cuando hablaba con la televisión, solo que yo estoy haciendo lo mismo con la pantalla de mi móvil y una aplicación para follar.

Doy algunos *likes* por dar y enseguida hago tres *matches*. Siento un subidón de endorfinas, dopamina o lo que quiera que sea en cuanto veo las notificaciones.

Me abre conversación uno que se llama Carlos. Joder, no podría tener otro nombre, no. Tenía que ser exactamente igual que mi casi marido.

Hola, rubia.

Ya empezamos mal. A ver, en mis fotos salgo todavía con el pelo claro, así que voy a darle un voto de confianza. No tiene escrito por ninguna parte cuál es su signo del Zodiaco.

Hola.

Se nota que no tengo muchas ganas de tontear, pero me obligo a hacer un esfuerzo.

Sí, antes era rubia pero ahora
tengo el pelo un poco arcoíris.

Él me contesta al momento. Bien, me gusta que, por lo menos, la conversación fluya.

¿Y eso?
¿Perdiste una apuesta?

¿Tan obvio es?

Joder, se me hace rarísimo que se llame Carlos. Tengo una especie de *flashback* donde recuerdo las horas que pasaba chateando con él cuando empezamos nuestra relación. Sin embargo, por primera vez en mucho tiempo, no miro atrás con tanta rabia, sino más bien con aceptación.

¿Y a qué te dedicas, Carlos?

Soy abogado. Pero te juro
que no soy aburrido.

¿Puedo decir lo típico de que ya
tengo una persona a quien llamar
cuando me metan en la cárcel?

Puedes, pero sería poco
original, la verdad.

Me quedo un rato sin saber qué contestarle. Miro a la pantalla, el cursor parpadea esperando una respuesta ocurrente por mi parte. Veo que se pone a escribir, otra vez.

¿Y qué buscas por Tinder, Anna?

Su pregunta me corta el rollo. El poco rollo que estaba teniendo hasta ahora. Eso, Anna, ¿qué estás buscando? ¿Un nuevo pretendiente acuario? ¿O solo que te hagan un poco de caso porque tienes carencias emocionales?

Puede que sea un poco por lo segundo, pero me niego a pensar en eso ahora. Cierro el chat de Carlos, casi siento alivio cuando elimino el *match* que hemos hecho, y cierro la aplicación. Abro Google y busco las características de los hombres acuario, que hasta ahora ni siquiera sé cómo se supone que tienen que ser según el Zodiaco.

En Internet leo que son inteligentes, tienen conversaciones extrañas y no soportan el fracaso ni que les digan lo que tienen que hacer. Son almas libres a las que no les importa aislarse y distanciarse el tiempo que necesiten. Aman a la humanidad, pero odian a la gente.

Bueno, quizá no puede estar tan mal un hombre así. Por lo menos sé que no será un pesado que no me dejará tranquila.

Con esta pequeña esperanza, retomo la búsqueda de un chico acuario en Tinder. Tengo que decir que no a unos cuarenta o cincuenta candidatos que, o no tienen puesto su signo en su biografía, o son de otro diferente, hasta que encuentro a uno. Por lo que pone en su perfil, trabaja en una ONG y debe de viajar mucho, porque casi todas sus fotos parecen estar hechas en el extranjero. Deslizo a la derecha aunque no hacemos *match* y sigo buscando.

Y, de pronto, veo una cara conocida. Estoy a punto de saltarme a nada más y nada menos que Adrián, el médico de mi madre.

—¿En serio? —murmuro.

No me esperaba encontrarlo en esta *app*, pero ahí está, con una sonrisa tímida y una camiseta color cereza. Se me hace raro sin esa bata blanca tan impersonal. Por el fondo parece estar en la playa. Su pelo oscuro está revuelto por la brisa y oculta sus ojos marrones tras unas gafas de sol RayBan. En la siguiente foto está en Granada, con la Alhambra al fondo, y tiene dos más en un sofá donde salían otras personas que ha recortado. La última es un selfi en el espejo del baño del hospital.

Me planteo durante unos instantes hacia qué lado puedo deslizar hasta que opto por darle un *like*. Al instante, veo que hacemos *match*.

Vaya, vaya. O sea, que no solo es que Adrián me haya dado *like* antes que yo a él, sino que encima está ahora mismo conectado, porque hace solo una hora que me he bajado la aplicación.

Abro su chat, pero no le escribo nada todavía. Según me enseñaron Julia y Olivia, las reglas no escritas de Tinder dicen que la persona a la que le salta el *match* es la que tiene que escribir primero. Sin embargo, tampoco quiero parecer una desesperada, así que lo vuelvo a cerrar. Activo las notificaciones de Tinder y dejo el móvil a un lado esperando a que él me escriba.

Para matar el tiempo, echo un vistazo a las estanterías de Martina. Hace siglos que no leo un libro de papel, pero...

Llaman al timbre. Doy un bote en cuanto escucho el sonido que hace el telefonillo y corro hacia la entrada para ver quién es. En la cámara que apunta a la calle distingo enseguida la cara de Connor. Viene solo.

—Gracias por abrirme, pensaba que no habría nadie en la casa —me dice a modo de saludo.

Asiento con la cabeza. No me apetece saber nada de él y no entiendo por qué está tan charlatán ahora, si apenas hemos cruzado dos palabras desde que llegamos a Valencia.

—¿Qué vas a hacer? Pensaba quedarme en el salón viendo Netflix, si no te molesto con la televisión puesta.

Me encojo de hombros.

—No.

Connor se da cuenta enseguida de que el ambiente está raro.

—¿Quieres verla conmigo? Puedo poner los subtítulos en español si no entiendes bien el inglés.

No tengo tiempo para sus bromas, con las que pretende aliviar la tensión, y menos ahora.

—¿Cuál vas a ver?

—No sé, si te apuntas, puedo poner una que nos guste a los dos. O *Piratas del Caribe*, que es un clásico que nunca pasa de moda. ¿Sabías que el catálogo de Netflix es diferente según el país en el que estés?

—No quiero ver *Piratas del Caribe*, Connor —le suelto—. No quiero ver nada, en realidad.

Me siento como una niña de cinco años con una rabieta y me dan ganas de largarme de aquí, pero realmente no tengo adónde ir. El salón es mi habitación, así que no tengo otra opción que quedarme.

—¿Se puede saber qué te pasa, Anna?

Podría negar con la cabeza y largarme a dar un paseo, pero prefiero terminar esto cuanto antes. Me siento a su lado.

—¿En serio no lo sabes?

Connor me mira con cara de disculpa. Creo que sabe por dónde van los tiros y que tiene tan pocas ganas como yo de continuar con esta conversación.

—No sé por dónde empezar, Connor —reconozco—. Tampoco es que hayamos sido muy amigos ni que tengamos mucha confianza. Por lo menos no la que tengo con Julia o con Harry, desde luego. Pero...

—Te podría haber dicho todo lo que estaba pasando con tu hermano —completa mi frase.

Me sorprendo de que lo haya soltado así, de golpe. Sin anestesia.

—O sea, que sabías por qué estaba enfadada contigo.

Connor asiente, pero no añade nada más.

—Lo que no entiendo es por qué lo has hecho —le explico—. Supongo que es tu amigo, que quieres defenderlo, pero... creo que ahí te equivocaste. Tendrías que haberme dicho algo en cuanto la situación comenzó a empeorar.

Estoy haciendo esfuerzos por mantener un tono neutro, pero siento que algo arde dentro de mí. Tengo ganas de gesticular con los brazos, de hacerle ver toda esta frustración que llevo dentro y no sé cómo gestionar.

Connor inclina la cabeza.

—Sí y no. No lo sé. Al final, es su vida, y es mayor de edad.

Son casi las mismas palabras que me dijo Raül en la cocina cuando nos encontramos de madrugada.

—Ya, pero yo soy su hermana mayor.

—¿Y qué? —me responde—. No lo digo a malas; simplemente, que seas su hermana mayor no te convierte automáticamente en su niñera.

—No he dicho eso —recalco.

—Pero, si lo piensas, es exactamente de lo mismo de lo que te has estado quejando tú todos estos meses cuando hablabas de tu madre.

Su respuesta me cabrea más de lo que debería.

—¿Y tú qué sabes de mi vida y de mi madre? ¿Quién te crees que eres para meterte? —le espeto, subiendo cada vez más el tono—. ¿Alguna vez te he dicho yo algo de tu familia? Ah, no, espera, que mencioné una vez a tus padres y parecía que ibas a matarme de lo loco que te pusiste.

Suelto cada frase con más rabia que la anterior. No me apetece que un niñato se meta en la relación que tengo con mi hermano y que empiece a tocar temas que no me gustan.

—¿Sabes lo que pasa? —masculla Connor, con la mandíbula apretada—. Que tú acabas de llegar. Todo este tiempo el que ha estado ahí para tu hermano he sido yo, que soy su amigo, mientras que tú solo le escribías, si eso, cuando era su cumpleaños o para pedirle algún favor puntual. Nunca le has preguntado por su trabajo, su vida en Los Ángeles o simplemente cómo estaba. Ahora mismo, conozco a Raül mejor que tú y si él tiene un problema lo voy a tratar con él, que es a quien le debo lealtad, y no a ti. Ya sé que eres su hermana, pero…

—Pues sí, no he sido la mejor hermana —admito, y siento un dolor en el pecho cuando las palabras salen por mi boca—. Pero Raül me ha demostrado que haría cualquier cosa por mí sacándome de un agujero negro y quiero aprovechar estos meses para demostrarle que estoy aquí para él. He necesitado darme de golpe con una pared para ser consciente de que mi familia es, y siempre será, lo primero, aunque mi relación con mis padres no haya sido la mejor. Pero ahora que ya me he chocado de frente y me he espabilado, estoy haciendo todo lo que puedo, Connor. Sé que igual no lo ves desde fuera. Tampoco te quiero convencer. Al final, tu amigo es él y no yo. Pero entiende también mi situación y por qué me enfado cuando no te pones de mi parte.

—¿Eso es lo que quieres, Anna? —responde él enseguida—. ¿Que te diga que sí a todo y esté a tu merced?

Resoplo, cabreada.

—No has entendido nada de lo que te he dicho. Te estoy diciendo que no esperemos a que pase de nuevo algo similar con Raül para tener que sentarnos a discutir como dos niños por un solo caramelo.

—Tú eres la que has venido aquí a meter las narices donde no te han llamado —me espeta.

No puedo creer que haya dicho eso.

—Mira, Connor, creo que ya te he dicho todo lo que tenía que decirte. Raül no va a dejar de ser mi hermano, te guste o no. Te he ofrecido llevarnos bien y hacer un equipo frente a esto, pero claramente no vamos a llegar a ningún punto intermedio, así que es mejor que lo dejemos estar y ya.

Connor se levanta y, sin decir nada, se va al cuarto de invitados. Mejor. Apago la televisión, que ha tenido la amabilidad de dejar encendida con Netflix abierto, y cojo el móvil para ver si Adrián se ha pronunciado en Tinder. Sin embargo, no me ha dicho nada, ni a través de la aplicación ni por WhatsApp.

CAPÍTULO 6

EL DE LOS TURISTAS ALEMANES

A la mañana siguiente, ya tengo tres cosas de las que preocuparme. Primero, de que mi madre sigue en el hospital, con el mismo pronóstico. No empeora, pero tampoco mejora. Segundo, de que tengo que convivir con Connor después de la discusión que tuvimos anoche. Y, por último, en tercer lugar, que hoy me toca encontrarme con Adrián después de nuestro *match* en Tinder y de que ninguno de los dos iniciara la conversación.

En el bus, de camino al hospital, me pregunto si le habrá dado a *like* por dar, por la risa y nada más. Dentro del libro de instrucciones no oficial de Tinder está que si ves a un amigo con el que te llevas bien tienes que darle siempre a *like*, a modo de broma. ¿Lo habría hecho así Adrián, solo para saludarme, y ya está? ¿O habría alguna otra intención detrás de que deslizara hacia la derecha al ver mi cara?

Sea como sea, me siento como una adolescente cuando bajo del autobús y camino hacia la entrada del edificio. Llamo a mi padre por el camino, que ya está ahí esperando, junto a su hermano, a mi tía Amparo, una prima de mi madre. Para variar, voy justa de tiempo, así que aprieto el paso antes de perderme en ese laberinto de pasillos y puertas que parecen exactamente iguales. Llego a la sala de espera que hay junto a la UCI y veo a Adrián de espaldas.

Joder, qué fuerte es el paso del tiempo. Cómo nos cambia a todos. Recuerdo cuando lo veía en el colegio, que era un petardo con más energía que todos los de clase juntos. No había quien lo parara. Adrián fue siempre el típico alumno que pasaba desapercibido en lo académico, pero a quien todo el mundo consideraba su amigo. Se llevaba bien con cualquiera que se pusiera en su camino, aunque estuviera en el grupo de los populares y eso lo hiciera un poco «inalcanzable».

Y ahora, todos estos años después..., aquí estamos. Con dos vidas completamente diferentes, cada uno en una punta del mundo, reunidos por casualidad en el hospital.

Y él, siendo puto acuario.

—Buenos días, Annuska —me saluda.

—Doctor —le respondo, con una sonrisa.

Por un momento pienso que va a hacer alguna referencia al *match* que hicimos anoche, pero adopta un tono profesional.

—Traigo buenas noticias sobre tu madre. Esta mañana a primera hora ya la hemos extubado y se ha despertado sin problemas. Está cansada y dolorida, pero se encuentra mucho mejor y, si a lo largo del día evoluciona bien, mañana ya podremos subirla a planta.

Trago saliva.

—¿En serio? ¿Se ha despertado?

Se me llenan los ojos de lágrimas.

—Todavía le queda por delante un largo proceso de rehabilitación, eso sí. De ello dependerá que pueda recuperar la movilidad en la mitad derecha de su cuerpo.

—Pero ¿podrá recuperarla por completo?

Adrián tuerce la cabeza.

—No te voy a mentir, será muy difícil que lo haga al cien por cien como si no hubiera pasado nada. Estos accidentes cerebrovasculares siempre dejan secuelas, por pequeñas que sean. Por eso, tampoco quiero adelantarte nada. Pero puede ser, sí.

Me tomo unos segundos para asimilar toda la información. Una sensación de alivio me embriaga y por un momento siento que esta pesadilla ya va terminando, aunque todavía quede mucho por delante.

—Puedes pasar a verla si quieres, pero estará reventada y no podrá hablar, solo hacer algún ruido. Ya he estado hablando antes con ella y le he explicado por encima lo que ha sucedido y el tiempo que ha pasado aquí. Se lo ha tomado bien, pero está procesándolo todo, así que intenta no decirle nada que pueda alterarla.

—Claro. Sí.

Adrián me señala el pasillo que ya se ha convertido casi en mi segunda casa y me identifico para entrar a visitar a mi madre. Lo primero que me choca es que puedo verle la cara casi por completo. Le han quitado el respirador y un montón de cables que ni siquiera supe para qué servían. La miro a los ojos y me doy cuenta de que los mueve, siguiéndome por el cubículo hasta que me coloco en su lado bueno.

—Hola, mamá.

Mueve los párpados como si me estuviera respondiendo. Imagino que no sería a mí a quien querría ver primero, nada más despertar, pero Martina está en el trabajo, mi padre sigue esperando con su hermano a la tía Amparo y Raül iba a venir en el turno de tarde.

Veo que intenta comunicarse. Las sábanas se mueven donde está su pie izquierdo.

—Ya veo que estás mucho mejor, ¿eh? —le digo, intentando llenar el silencio.

Tengo que contenerme para no echarme a llorar al verla así, a pesar de que ya se haya despertado. La primera vez que me la encontré en este box, completamente sedada, no me chocó tanto la situación como ahora.

Mi madre tiene una apariencia mucho más débil y enferma ahora que ha despertado que antes, cuando solo parecía estar sumida en un sueño tranquilo.

—Están todos bien en casa. —Pondría la mano en el fuego a que eso es lo primero que quiere saber nada más despertarse—. Martina está genial, esperando al bebé, que ya le queda poco. Seguro que cuando dé a luz tú ya estás casi recuperada. Papá trabajando mucho, pero bien también. Ha venido con el tío Rodri y Amparo. Enseguida pasarán a verte.

No sé si he acertado en los tiempos del embarazo de Martina, pero intento animarla y, sobre todo, que no se preocupe. Conociéndola, sé que lo primero que habrá hecho al despertarse es pensar en cuánto tiempo ha estado dormida y si se ha perdido el nacimiento de su nieto.

—Raül también está aquí con un amigo de Los Ángeles que nos ha acompañado. Vendrá a verte después, por la tarde. ¿Sabes que ya te van a subir a planta? Eso significa que podrás estar más tranquila y te dejarán recibir visitas a cualquier hora.

De nuevo, el silencio. ¿Qué más le dices a una persona que no puede responderte, pero que escucha cada palabra con atención?

Me fijo en que no para de mirarme a la altura del pecho y bajo la cabeza. El café de esta mañana me ha dejado una mancha del tamaño de una moneda. Incluso en el estado en que se encuentra tiene que darme un toque, siempre.

Decido pasarlo por alto y seguir hablándole.

—¿Sabes quién es el médico que te atiende a veces? ¿Ese que es alto, grande, con la espalda ancha? Es Adrián Jiménez, iba a mi clase en el colegio. ¿Te acuerdas? Pues al final estudió Medicina y aquí está. Nunca me había pasado esto de reencontrarme con alguien del colegio. La verdad es que es supermajo, en el colegio no éramos muy amigos, pero se le ve buen chico.

Otra vez el silencio. En algún punto de la UCI se produce una emergencia y los enfermeros salen corriendo hacia allí. Estiro el brazo y le cojo a mi madre la mano buena y siento que ella mueve un dedo y lo aprieta con poca fuerza contra el mío.

En cuanto noto su respuesta, se me cae el mundo. Siento un torrente de emociones que me sube desde el pecho a la cabeza y se me nubla la vista.

—Mamá...

Y, de pronto, me echo a llorar. Paso de cero a cien en un segundo y sollozo junto a ella, como si hubiera estado soportando una carga emocional durante demasiados años y ahora por fin pudiera dejarla ir. Lloro por el tiempo perdido, por todas esas ocasiones en las que la relación con mi madre podría haber sido diferente y porque no nos hemos dado cuenta hasta ahora de que nos teníamos la una a la otra, a pesar de todo.

Nos quedamos un rato así, quietas, sin hablar, y me pregunto qué estará pasando por su mente. No sé si han transcurrido diez minutos o media hora cuando Adrián vuelve a entrar en el box. Por suerte, ya no lloro, aunque estoy segura de que tengo los ojos bastante hinchados.

Me pongo de pie enseguida.

—Perdona, no sabía que seguías aquí —me dice, y veo que no está solo, lo acompañan dos enfermeros—. Nos la tenemos que llevar para hacerle una prueba.

—Sí, claro. —Mi voz suena rara.

Cojo mi bolso y me despido rápidamente de mi madre mientras los enfermeros ya rodean su cama.

—Si me acompañas un momento, tengo unos papeles para que los firmes —me dice Adrián.

¿Papeles?

—Vale.

Todavía con el corazón en un puño por lo que acabamos de vivir, dejo atrás a mi madre y sigo al chico acuario por el pasillo.

—No hay ningún papel que firmar, en realidad —reconoce en cuanto llegamos a la entrada de la sala de espera—. Solo quería ver si estabas bien. Te he visto un poco afectada cuando he entrado. Sé que no debería meterme en esto, pero aunque llevemos años sin vernos no puedo pasar por alto que estés aquí.

—Sí, sí —respondo enseguida—. Estoy bien. Se me ha mezclado un poco todo y estoy teniendo una situación complicada en casa de Martina.

—Vaya.

—La verdad es que no tengo muchas ganas de volver, así que me quedaré dando una vuelta por el centro.

Adrián rebusca en el bolsillo de su bata mientras aprieta los labios. Saca una hoja arrugada con lo que parece ser una tabla de Excel impresa en color amarillo, naranja y verde.

—Yo libro esta tarde. Si quieres esperarme un ratito, termino a la una y podemos ir a dar una vuelta. Así desconectas y no te vas sola. Si te apetece, claro.

Su propuesta me pilla por sorpresa, pero me parece una idea fantástica. Voy a la cafetería a hacer tiempo, donde están mi padre, mi tío y Amparo, y charlamos un rato hasta que se hace la una. Acudo a la entrada principal del hospital a esa hora y lo primero que pienso al verlo es lo raro que me resulta con ropa normal, de calle. Aquí se parece mucho más al Adrián de Tinder, desde luego.

—¿Y la bata? —bromeo. Con las gafas de sol y los vaqueros, parece otra persona completamente diferente. Viste con una camiseta ancha de color rosa que le queda demasiado bien, aunque quizá no es lo más apropiado para esta temperatura—. Te vas a congelar, por cierto.

Yo llevo una camiseta, jersey y parka, y todavía siento frío en el cuerpo. Sin embargo, Adrián parece haberse propuesto desafiar la meteorología.

Él niega con la cabeza.

—Tengo una cazadora en la moto.

—¿La... moto?

—Sí, claro.

—Entonces..., yo cogeré el metro, ¿dónde nos vemos?

Pero Adrián parece estar pasándoselo bien.

—¿No quieres montar conmigo?

Inclino la cabeza.

—¿Tienes otro casco? —le pregunto, porque, si no, no entiendo la situación.

—Claro, boba. No quiero que terminemos en comisaría con una multa de tráfico. O, aún peor, en el hospital. No me gusta pasearme por mi lugar de trabajo en mis horas libres.

—Muy gracioso —respondo, mientras se para junto a una moto de tamaño medio.

No entiendo nada de coches ni de dispositivos que tengan motores y ruedas, así, en general, por lo que tampoco sé si es de las buenas. Por lo menos no parece de hojalata, así que decido asumir el riesgo.

—Su casco, señorita.

—Gracias.

Me lo pongo a duras penas. ¿En serio tengo la cabeza tan grande o es que lo estoy haciendo mal? Adrián se da cuenta de que me estoy peleando con él y me ayuda a colocármelo. Aguanto la respiración cuando acerca las manos a mi cuello para atarlo.

No, Anna.

No.

Has mandado a la mierda el experimento. Da igual que sea precisamente acuario. Y que tenga unas manos tan…

—Lista. ¿Has montado alguna vez en moto?

—Ehhh… Sí, claro. Muchas veces.

Trago saliva. Está claro que esta es la primera, pero intento que no se me note que estoy un poquito demasiado muerta de miedo. Intento pensar en que será como ir en bici, aunque algo me dice que no se va a parecer en nada, excepto en que ambos vehículos tienen dos ruedas.

—Pues vamos allá —dice Adrián y, subiéndose él primero, arranca el motor.

Me siento a horcajadas como puedo, intentando no montar un espectáculo, y me agarro a la parte de atrás de mi pequeño asiento.

Adrián parece estar disfrutando.

—¿Adónde vamos? —me pregunta.

—Ni idea —respondo, hablando por encima del ruido del motor—. Tengo un hambre que me muero, así que cualquier sitio me vale.

Él se queda pensando.

—¿Qué es lo que más has echado de menos de Valencia?

—¿Qué? —No escucho nada entre el casco, el motor y los latidos de mi corazón, que está a punto de estallar. Admito que me estoy empezando a poner nerviosa. ¿Cómo de rápido puede ir una moto? ¿Por qué he mentido al decir que nunca he subido a una?

—Algún sitio habrá que hayas echado de menos de Valencia estos meses que has estado fuera.

No tengo que pensar mucho para responderle.

—¿Sinceramente? Sé que es lo más turístico del mundo, pero muchas veces he soñado con comer paella junto a la playa. En Estados Unidos la comida es muy repetitiva, te lo juro. Sabe casi toda igual.

Adrián se parte de la risa.

—Vale. Plan de turistas, entonces.

—Plan de turistas —repito, y la moto se pone en marcha.

Siento que el suelo se mueve bajo mis piernas y pierdo el control de mi equilibrio, haciendo chocar mi casco con el de Adrián. Desde luego, esto no tiene NADA que ver con montar en bicicleta.

—Perdona, perdona.

Pero él responde acelerando para incorporarse al tráfico. Me paso todo el viaje apretando los dientes mientras cambiamos de carril en dirección a la costa. No sé muy bien adónde vamos, pero rezo para que sea rápido. ¿Cómo hace la gente para sentirse segura en estos cacharros? Cualquier golpecito y, pum, al suelo, muerte asegurada.

Adrián se para en un semáforo y aprovecho para tomar aire.

—¿Cómo vas, Annuska? —me pregunta, girando un poco la cabeza hacia atrás.

—¡Genial! —Mi tono no se corresponde con mi lenguaje no verbal, pero espero que cuele. Me duele la espalda de la tensión y estoy a nada de perder la sensibilidad en las piernas.

—¿Vamos a la Malvarrosa?

—¿Qué?

—¿Vamos a la Malvarrosa?

—¡No te entiendo!

Joder, ¿puedo dejar de hacer el ridículo?

—¡Que si vamos a la playa de la Malvarrosa!

—¡Ah! ¡Sí! ¡Vale!

El semáforo cambia al verde y Adrián acelera tanto que pienso que me voy a caer hacia atrás. Instintivamente, me agarro a su cazadora. Dios, su espalda es tan grande que si nos chocáramos de frente con un coche creo que podría salir ilesa.

Adrián coge una salida a la derecha y finalmente veo el mar al fondo. Qué diferente es el Mediterráneo del océano que baña California... En cuanto lo veo, la fría humedad me azota en la cara y huelo la sal que tanto me picaba cuando me bañaba de pequeña.

Cierro los ojos y me dejo llevar por el viento, que juega con mis mechones de colores. Por un momento es como si no estuviera a bordo de una máquina mortal, sino siendo la protagonista de la película que me estoy montando en mi cabeza. No vuelvo a la realidad hasta que noto que giramos a la izquierda y nos ponemos en paralelo a la costa. Qué bonita es, incluso en pleno invierno y sin nadie en la arena, con el cielo nublado y las olas de color azul grisáceo.

Poco después, Adrián reduce la velocidad y aparca junto a unos restaurantes de playa.

—Más turista imposible —dice, mientras se quita el casco con un movimiento que me parece... ¿atractivo? Yo trato de desabrocharme el mío y parezco un pollo sin cabeza.

Me bajo de la moto con cuidado. Mis piernas parecen un flan ahora mismo. Rezo para que no me fallen y me alegro de haber venido con calzado cómodo y no con unos botines con un poco de tacón, por ejemplo.

—Vamos, conozco a la dueña de este restaurante como si fuera mi propia hermana.

La arena de la playa ya ha invadido el suelo del paseo marítimo en algunas zonas. Trato de no resbalarme mientras recupero las fuerzas en las piernas y mi pulso regresa a unos estándares aceptables, lejos del riesgo de ataque cardíaco. A estas alturas del año todavía es posible ver algún turista despistado, pero a finales de enero la gran mayoría de los que pasean son autóctonos, gente del barrio y algunas bicicletas y patinadores.

—Por aquí. ¡Hola, María!

—¡Pero bueno! ¡Si tenemos visita y no me habías avisado ni nada! ¡Pensaba que ya no te vería hasta abril, por lo menos!

Se dan dos besos y yo me quedo a unos metros, sin saber muy bien qué decir.

—Mesa para dos, ¿no? —dice ella, mirando hacia mí.

La mujer tendrá la misma edad que yo, quizá un poco más. Me sorprende que tiene muy poquito pelo y aun así lo lleva recogido en una coleta alta, supertensa. Por el color de su uniforme se nota que es la encargada del restaurante, o puede que incluso la jefa.

—Correcto.

—Pues seguidme por aquí, chicos, si os parece bien.

María nos lleva hacia la mesa más apartada de todo el restaurante, en la planta de arriba y junto al ventanal que da a la playa.

Solo hay un par de mesas ocupadas en esa zona, así que estaremos tranquilos. La verdad es que lo agradezco. Después de haber pasado tanto tiempo en la cafetería del hospital, un lugar así es justo lo que necesito.

María nos toma nota de las bebidas y deja las cartas en la mesa. Me quedo un poco desubicada cuando veo los precios y me parece que Adrián se da cuenta.

—No te preocupes. Aquí tengo siempre descuento, sea cuando sea.

—Tranquilo, no hay problema —respondo, aunque lo hay. Mi cuenta bancaria no está como para gastarme treinta euros en una comida.

—Aquí traigo las bebidas y, para comer, ¿compartiréis un arroz?

—Sí, una paella valenciana. Lo más turístico que tengas. Hoy somos una pareja alemana que ha venido a Valencia para comer paella y ver las fallas, aunque todavía no sea marzo —responde Adrián, tentándome con la mirada. Asiento enseguida, conteniendo la risa.

María también sonríe y se marcha con la comanda, como si ella supiera algo que yo desconozco.

—¿Aquí es donde traes a todas tus chicas para impresionarlas y hacerles la bromita del turismo o…? —tanteo, para ver por dónde va.

—Para nada. No hay ninguna chica en mi vida últimamente, desde hace muchos años. Estoy casado con mi trabajo.

—Muy bien. —Me relajo en la silla.

Casi que mejor. Así no se me ocurrirá decir tontadas durante la comida.

—¿Y qué vas a hacer ahora que tu madre sube a planta? —me pregunta Adrián—. ¿Volverás a Los Ángeles?

Me encojo de hombros.

—Supongo que sí. Mi hermano me necesita para que lo ayude con una cosa, así que… sí. Lo que pasa es que me siento mal por volver tan pronto. ¿Sabes lo que te quiero decir?

—Perfectamente. Créeme, veo casos así todos los días.

—Me raya pensar que la estoy abandonando o algo así.

Pero él niega con la cabeza.

—Para nada. Por lo menos tu madre tiene mucha suerte, os tiene a los tres hermanos y a tu padre, ¿no? Hay muchas personas que llegan y nos cuesta horas localizar a algún familiar o amigo. Incluso días —responde, y por un instante es un alivio poder hablar con alguien que entienda lo complicadas que son estas cosas de hospitales y familiares enfermos.

—¿Y qué pasa cuando no encontráis a nadie con quien contactar? ¿Se avisa a la policía?

—Normalmente, sí, nos suelen echar una mano con eso.

María aparece con una bandeja de pan y un plato de salsas en la otra mano.

—Ahora os saco unos calamares, ¿sí?

—Perfecto, gracias, María.

Temo por los precios, pero tengo fe en que María y Adrián sean tan inseparables como para que mi cuenta bancaria no se hunda tras esta comida.

Adrián me pregunta inocentemente por el chico que salía en mis historias. Carlos. Lo pongo al día por encima y trato de cambiar de tema enseguida.

—¿Y cómo es que hiciste Medicina? No me acuerdo de lo que querías ser cuando estábamos en el colegio, pero no me suena que fueras de los que querían estudiar eso.

Adrián rehúye mi mirada cuando le saco el tema y de pronto me doy cuenta de que he tocado una tecla que no debería. Aun así, se recompone enseguida y me responde.

—Perdí… a alguien importante en mi familia cuando estaba en primero de carrera. Porque empecé haciendo Trabajo Social, que no sé si te lo he dicho.

Muevo la cabeza de lado a lado, pero no lo interrumpo.

—Sé que suena muy tópico, pero fue así como sucedió. Tras el accidente me sentí tan impotente por no haberlos podido ayudar que decidí que estudiaría lo que hiciera falta para trabajar en primera línea de la UCI. Así es como repetí la selectividad. Tardé dos años más que mis compañeros en sacarme la carrera, pero aquí estoy.

Me doy cuenta de que le cuesta hablar del tema, pero tengo demasiadas ganas de preguntar por el accidente. Dios mío, ¿por qué nací tan cotilla?

—Pero eso dice mucho de ti. Y ahora estás siendo la persona que necesitan los que entran en la UCI.

—Pues sí… Aunque no quiero que mi situación suene demasiado romántica. Trabajar en el hospital también tiene sus cosas malas. Nos pagan mal, nos congelan el salario y al final siempre terminamos haciendo más horas de las que deberíamos. Pero nadie me espera en casa más que Menta, en realidad es ella la reina de la casa y no yo. Yo vivo en su mundo y no ella en el mío, no sé si me explico.

—A la perfección. Al final los golpes que nos da la vida nos cambian, pero tampoco podemos dar las gracias a las dificultades solo porque nos hayan ayudado a ser mejores personas o a cambiar. Siguen siendo momentos muy complicados para nosotros que nadie nos enseña a gestionar y que desearíamos no haber vivido, aunque hayamos podido sacar algo positivo de ellos, ¿no crees? —le digo, y agradezco que María aparezca de nuevo con un plato de calamares rebozados entre las manos, porque no sabría qué más decir.

—Totalmente. Por eso no me gusta mucho contar que entré en Medicina por el accidente. No quiero ser el héroe ni que me den una palmadita en la espalda cuando lo cuento. Ni que me miren con lástima. Es cierto que si no hubiera sucedido aquello no habría cambiado de carrera y sería una persona distinta, pero quiero pensar que también habría hecho algo bueno por los demás, aunque fuera desde otro punto de vista, laboralmente hablando.

Adrián da un bocado a un calamar y siento que el ambiente se va relajando un poco más. Comemos un rato mientras hablamos de tonterías y no me doy cuenta de lo mucho que había echado de menos la cocina española hasta que sacan la paella. Apenas he estado cuatro meses fuera, vale. Pero siento que ha sido una eternidad, gastronómicamente hablando.

Charlamos hasta que se empieza a hacer de noche al otro lado de la ventana. Odio el horario de invierno. Los colores del mar se vuelven más oscuros y María viene a despedirse de nosotros sin traer la cuenta.

—Cuidaos mucho, y ya os podéis abrigar si vais en moto, está a punto de llover.

Adrián y ella se despiden con un largo abrazo y repetidas preguntas sobre cómo se encuentran. Después, él deja diez euros de propina y yo hago lo mismo, sin entender muy bien si estamos haciendo un simpa o si es que realmente Adrián es cliente vip de este sitio.

Entonces me viene a la mente un motivo por el que nos ha salido la comida gratis: Adrián fue el médico de María en algún momento. Seguro que le salvó la vida, o algo así de supertópico.

—¿Vamos? Te acerco a casa antes de que empiece a diluviar —me pregunta, para sacarme de mis pensamientos.

—Claro, sí.

La simple idea de volver a subir en la moto, esta vez con la tripa llena, me provoca náuseas. De aquí a la casa de Martina tendré que hacer la actuación de mi vida para que todo se quede en su sitio, y no estoy hablando de mi pelo cuando me quite el casco.

Afronto el viaje con optimismo, incluso cuando conduce más rápido de lo legalmente permitido, ya que, cuanto antes lleguemos, menos sufriré. Adrián frena poco después frente al portal de mi hermana e inclina la moto para que baje. De nuevo, como si fuera un pato, pongo mis pies en tierra firme. Primero el derecho, por si acaso, y luego el otro. El chico acuario baja también y se quita el casco.

—Bueno, muchísimas gracias por traerme —le digo, y justo después miro al cielo. Acaba de tronar y no faltará mucho para que se ponga a llover—. Márchate antes de que te caiga encima, anda. No quiero que pilles una neumonía por mi culpa.

—Vale, Annuska, que descanses.

Solo son las cinco y media de la tarde, pero está tan oscuro que parece que ya sea la hora de cenar, aunque no tenga nada de hambre.

Me despido de Adrián con la mano mientras subo un par de escalones y llamo al telefonillo. No me doy cuenta hasta que entro y me meto en el baño de que Adrián se había quitado su casco para despedirse de mí.

Se había quitado el puto casco.

CAPÍTULO 7

EL DEL MANGO Y LA TOALLA

No voy al hospital al día siguiente. Me da vergüenza pensar en que quizá Adrián se quitó el casco para besarme y yo me di cuenta demasiado tarde. Quizá estoy sacando de contexto su gesto y simplemente quería ser amable, o le apretaba el casco, pero no puedo dejar de darle vueltas desde el momento en que abro los ojos en el sofá cama del salón de Martina. Sueño con la moto de Adrián dando vueltas y cayendo en una espiral donde está él, con esa camiseta de color rosa y su sonrisa tímida.

¿Para qué se lo quitaría si no esa para besarme? ¿Tengo razón o me estoy flipando demasiado? Probablemente he visto demasiadas comedias románticas donde el chico lleva a casa a la chica y la besa en el portal mientras las primeras gotas de lluvia caen sobre sus cabezas.

No, definitivamente, está todo en mi cabeza.

Le escribo un par de wasaps con tono amigable, pero no me los contesta en las próximas horas. Tampoco hay movimiento en Tinder.

Malditos hombres acuario. Realmente es un signo muy difícil de descifrar. Paso el tiempo en mi casa cotilleando en Internet sobre la compatibilidad de ambos signos. Según el primer resultado, la pareja entre mujer aries y hombre acuario es bastante compatible. Hasta puede llegar a terminar en un matrimonio fructífero.

—No, gracias —se me escapa en voz alta mientras consulto otras webs.

Al parecer, los nacidos bajo el signo de Acuario son grandes compañeros, siempre y cuando no les quites su libertad e individualidad. En todos los lugares donde lo consulto me sale que nuestra relación sería explosiva, en el buen sentido de la palabra. Ojalá me hubiera pillado en un momento más activo, y no ahora, que me siento un poco aplatanada.

Escucho pasos en la habitación de invitados y Connor sale por la puerta. Me mira a la cara y cruzamos una mirada tensa. Dios, lo que daría por saber cuál es su signo. Lo pondría en el primer puesto en la lista de signos que odio, independientemente de cuál fuera. Pero parece ser que se divierte guardándoselo en secreto, como si fuera un niño que no tiene otra cosa que hacer que fastidiarme.

—¿Vas a entrar al baño? —me pregunta.

—¿Por?

Connor pone los ojos en blanco.

—Que si vas a entrar o no, porque me voy a duchar —me dice, con un tono poco amigable.

—¿Desde cuándo me tienes en cuenta para tomar una decisión? —le espeto—. Haz lo que te dé la gana, Connor, que es lo que haces siempre.

—Dios, estás insoportable —se queja él mientras abre la puerta del baño y da la luz.

—Sabes que tengo razón, ahora no vengas de santo.

—Vale —responde, con malos humos—. Y recoge tu toalla del baño, que lleva en el suelo desde ayer.

—No es mía, imbécil, será de Raül.

En ese momento, como si lo hubiéramos invocado mediante magia negra, mi hermano sale de la cocina.

—Pero ¿qué os pasa a vosotros dos? ¿Podéis dejar de estar todo el día como el perro y el gato?

—No.

—Ha empezado ella.

Raül pone los ojos en blanco y Connor resopla.

—Sois como niños, en serio, ¿voy a tener que pediros que os deis un abrazo y hagáis las paces? ¿Qué cojones os pasa? —me pregunta otra vez.

—Nada. Da igual —murmura Connor.

—Bueno, pues sea lo que sea tendréis que arreglarlo, porque pronto tendremos que decidir cuándo volvemos a Los Ángeles y si nada ha cambiado los tres seguiremos siendo compañeros de piso. Mi jefe ya me ha llamado un par de veces porque necesita hablar urgentemente conmigo para que regrese, pero no me he atrevido a cogérselo y tengo una reunión online ahora, a y media.

Volver a Los Ángeles. Dejo que la frase resuene en mi cabeza para ir haciéndome a la idea. Ahora mismo, lo último que me apetece es meterme catorce horas en un avión y, sobre todo, pensar de dónde vamos a sacar el dinero para pagarlo.

—¿Y los billetes? —le pregunto a Raül, que actúa como si le sobrara el dinero para poder comprárselos mañana mismo.

—¿Qué pasa con los billetes? —me pregunta, como si no me siguiera.

—Pues de dónde vamos a sacar la pasta para pagarlos.

—Ya, sobre eso… Están carísimos, pero si hacemos tres escalas nos ahorramos seiscientos euros.

—¡Tres escalas! —exclamo. Connor no reacciona, seguramente porque ya lo sabía. Lo habrán estado mirando juntos—. Bueno, si no queda otro remedio…

—Luego te paso el *link*, que tengo que entrar en la reunión.

—¿Para qué día son? —le pregunto.

Raül pone cara de circunstancias. Connor decide que ese es el mejor momento para marcharse a la ducha.

—Ese es el tema. Son para pasado mañana, aunque realmente no aterrizaríamos en Los Ángeles hasta dos días después con tanta escala.

Suspiro. Dos días más en Valencia son muy pocos, es demasiado pronto. Mi hermano parece leerme la mente.

—Créeme, he mirado todas las opciones. En realidad, está bastante bien, nos sale a cuatrocientos euros por persona y mi billete es gratis por las millas que tengo acumuladas, gracias a Dios. Aunque tenemos una escala de cuatro horas y media en París y… otra de catorce en Chicago.

—¿¡Catorce!? —No sé si estoy preguntándolo o gritándolo.

—Sí. Por cierto, Connor había insistido en pagarme una parte de mi viaje, pero tengo lo de las millas que te he dicho. Te lo digo porque igual te va bien que te eche una mano.

Prefiero quedarme sin un euro en el banco antes que pedirle dinero a él. Echo cuentas y con lo que cobré ayer tendré unos setecientos euros, más o menos.

—No hace falta —respondo malhumorada.

—Os lleváis un rollito más raro vosotros dos… Bueno, te dejo. No entres en mi habitación, que estaré reunido. Díselo a Connor cuando salga del baño.

—Vale.

—Adiós.

Raül cierra de un portazo y me quedo a solas de nuevo.

—Catorce horas, ni una más ni una menos —murmuro, mientras me dejo caer en el sofá—. Maldita pobreza, malditas constelaciones y maldito el día en el que a mi madre le dio un ictus.

Pienso en Martina y en mi padre, a quien no le va a hacer nada de gracia que nos vayamos tan pronto. Los dos están ahora mismo con mi padre en el hospital gestionando no sé qué papeles de la rehabilitación de mi madre y cuando se enteren se van a enfadar. O, aunque no digan nada, lo voy a notar en su mirada.

El agua de la ducha comienza a correr en el baño y Raül entra en su reunión. Por fin tengo unos minutos de tranquilidad. Cierro los ojos y pienso en la escala en Chicago. ¿Nos dejarán salir para ver la ciudad, por lo menos? ¿O no se puede abandonar el aeropuerto durante una escala? ¿Será de madrugada y tendremos que dormir tirados en la terminal?

Connor cierra el grifo de la ducha poco después y me quedo sumida en un silencio absoluto. Casi puedo distinguir lo que dice mi hermano en la videollamada. Me da la impresión de que la conversación no es muy amigable cuando empiezan a subir el tono y, de pronto, escucho algo que reconozco.

Mi nombre.

—Sí, se llama Anna Ferrer, pero no tiene seguidores en Instagram.

¿Qué?

Me incorporo como un resorte y me quedo quieta, aguantando la respiración, para seguir escuchando. No puedo oír lo que dice la otra persona, pero sí la voz de mi hermano.

—Sí, sí, fue idea suya. Pero es una cosa privada de ella, o sea, ni siquiera sé si lo sigue haciendo. Por eso no sé hasta qué punto…

¿Perdón?

Mi instinto de cotilla se multiplica por cien mil. Me pongo de pie y camino hacia la puerta de su habitación, rezando para que el parquet no me delate.

—No sé si va a estar de acuerdo —dice mi hermano, y hay algo en su tono que no me gusta. Me preocupa. Por fin estoy lo suficientemente cerca como para escuchar a la persona con la que está hablando.

—Es la única opción que te queda, Raül.

Lo escucho suspirar.

—En cuanto nos lo contaste se me quedó la idea en la cabeza y creemos que puede ser un éxito. —Dicen algo más que no logro entender—. Tampoco estás para decir que no. Tu permanencia en la empresa ahora mismo pende de un hilo.

La puerta del baño se abre y sale Connor, desnudo de cintura para arriba, con una toalla atada bajo el ombligo.

El que faltaba.

Le hago una señal para que no haga ruido y él se acerca y se pone a mi lado. Huele asquerosamente bien a champú de mango, o lo que sea eso.

—¡Pero iba a encargarme yo solo del nuevo álbum de Zac Nelson!

—No te jode, antes de que te marcharas a España de un día para otro sin avisar. Puedo entender que te pongas enfermo, que tengas emergencias... Hostia, no soy tan malo, ¿no? Pero irte así, de un momento para otro... Además, no es por ser un cabrón, no me malinterpretes, pero tienes familia en España, ¿no? Podrían haberse ocupado ellos, quizá no hacía falta que cruzaras el Atlántico. Al final, tu madre iba a estar igual, pero el lanzamiento del álbum se va a retrasar por tu culpa y eso no puedo tolerarlo más.

Connor me susurra si es su jefe y yo me encojo de hombros. Sé que se iba a reunir con él, pero creo que hay más de dos voces al otro lado de la pantalla.

—Anthony, te avisé de que me iba, te lo dije por mensaje en cuanto pude —se defiende mi hermano.

Connor me mira y asiente. Pensaba que Raül tendría una reunión de trabajo, no de control, y mucho menos así de fuerte. No me doy cuenta hasta ahora de que mi corazón va más rápido de lo que ha ido nunca.

—Joder, Raül. Escribirme un mensaje cuando estás embarcando en el avión y tienes que apagar el móvil no cuenta precisamente como avisar, ¿sabes? Podría haberte echado solo por hacer eso, ya sin contar lo desastrosamente mal que han ido tus últimos trabajos aquí, en la empresa. Y el retraso del álbum —insiste.

¿Cómo es posible que mi hermano mandara un mensaje estando tan mal? Ni siquiera lo vi sacar su móvil hasta que aterrizamos en Madrid. Levanto la cabeza y enseguida caigo en quién lo envió.

—Aun así, volviendo al tema de antes, yo no puedo obligarla a hacerlo —dice Raül—. Lo sabes, ¿no? Tendré que preguntarle primero y a ver qué opina.

—Pues procura que diga que sí, y rápido —responde la otra voz—. Esta es tu última oportunidad, Raül, no voy a darte más. Si abriera hoy mismo un proceso de selección para un nuevo candidato en tu puesto, tendría miles de currículums en un día. Me apuesto lo que quieras a que no pararía de sonarme el teléfono y a que medio Los Ángeles estaría comiéndome de la mano para que contratara a su hijo, su sobrina o el amigo de su tía abuela. Me parece que a veces se te olvida.

—No...

Me pongo mala al escuchar cómo tratan a mi hermano. Por un momento, me dan ganas de abrir la puerta y decirle que quién se cree que es para hablarle así, y más para usar mi nombre si ni siquiera me conoce.

—Pues demuéstrame que es cierto, Raül, demuéstramelo de verdad. Últimamente solo tengo palabras y ningún acto. No me sirve de nada el «ya lo haré», ni ninguna promesa en falso que hable sobre el futuro. ¡Dame pruebas y te creeré! Podéis empezar con regresar a Los Ángeles cuanto antes. Comenzaremos a grabar el próximo lunes no, el siguiente. Y la quiero a ella, no a otra. ¿Vale? Venga. Adiós.

Distingo el sonidito que hace Skype cuando se cuelga la llamada y mi hermano se queda con la palabra en la boca. Raül baja la pantalla de su portátil y la cama cruje.

A la velocidad del rayo, Connor se aleja de la puerta y tira de mí para que haga lo mismo. Me tropiezo con su pie y nos caemos los dos al suelo, uno encima de otro, a un par de metros de la puerta de la habitación. Siento una punzada en el tobillo que espero que no sea nada y Connor se queja de la espalda, aunque en realidad he aterrizado sobre su hombro y brazo derechos.

Muevo la cabeza para asegurarme de que está bien y lo veo ahí mismo, a unos centímetros de mi cara, tan cerca que siento su aliento en mi mejilla. Huele a pasta de dientes con sabor a menta. Su cuerpo está ardiendo y todavía está un poco mojado porque acaba de salir hace nada de la ducha. Me imagino que es de esos que siempre ponen el agua hirviendo, ya sea invierno o verano.

Connor aprieta los ojos para reprimir un gemido de dolor y cuando los abre me doy cuenta de que nunca lo había visto tan de cerca. ¿Siempre ha tenido las pestañas así de grandes o es que están así ahora que se han mojado? En una décima de segundo, hago una nota mental para fijarme en ello en otro momento, cuando no estemos uno encima del otro.

Joder, tengo que moverme de aquí.

—Perdón, perdón, perdón, perdón —me disculpo, intentando levantarme, con tan mala suerte que se me engancha su toalla en el otro pie y se la quito de un tirón.

Necesito cinco segundos para analizar la situación que tengo frente a mí. O, mejor dicho, debajo de mí.

Connor está completamente desnudo, y no, no es fruto de una imaginación mía después de embriagarme de su olor a champú de mango. Todo lo que sucede a continuación transcurre en apenas un instante. Intento zafarme de la toalla mojada, pero el corazón me va tan rápido que ni siquiera puedo funcionar como una humana normal y corriente. Estoy tumbada a un lado de su cuerpo, tratando de no fijarme en nada más que en mi pie, que sigue atrapado junto a su pierna. Connor se mueve para ayudarme y el movimiento me distrae. Mi mirada baja por su cuerpo desnudo, repleto de pequeñas gotas de agua que la toalla no ha conseguido atrapar. Recorro su torso, siguiendo la línea de pelo que tiene bajo el ombligo y llega hasta…

Aparto la vista. No puedo hacerlo, no puedo invadir así su intimidad. Me centro en mi pie y trato de incorporarme, ignorando lo que tengo justo al lado, y entonces Connor se mueve para dejarme salir y pone sus caderas justo en mi campo visual. En el punto exacto en el que estaba mirando para evitar, precisamente, lo que acaba de suceder.

Cierro los ojos como acto reflejo, pero ya es demasiado tarde, porque lo he visto todo.

TODO.

ABSOLUTAMENTE TODO.

Ya no hay vuelta atrás.

—¿Qué pasa, te gusta lo que ves? —me suelta él con ese tono fanfarrón, como si nuestra discusión no hubiera existido, y eso solo empeora las cosas. Me arden las mejillas y solo quiero que esta situación termine cuanto antes.

Me disculpo mil veces más mientras intento taparlo de nuevo, pero no encuentro dónde empieza y termina la toalla y tengo su polla demasiado cerca de mi cabeza. Intento borrar las imágenes que han visto mis ojos, pero cuanto más quiero olvidarlas, más se quedan grabadas en mi retina.

No, no, no, no.

Estoy a punto de apartarme a un lado para quitarme de en medio cuando una puerta se abre y aparece mi hermano por detrás, observando la escena desde arriba.

—Pero ¿qué cojones estáis haciendo?

CAPÍTULO 8

EL DE LOS DOCUMENTALES DE ALIENÍGENAS

Siento un alivio tremendo cuando veo que Adrián ha contestado a mis mensajes de ayer. Por un momento, pensé que igual esperaba que nos besáramos cuando me dejó en casa de Martina la otra noche, aunque tampoco es que ninguno de los dos diéramos una señal convincente de que aquello iba a pasar. Me da la impresión de que me estoy rayando demasiado por una tontería y aun así no puedo dejar de revivir aquel momento, pensando en si podría haber sido distinto.

Aunque, desde luego, si hay un momento que he revivido desde anoche, ese ha sido mi encontronazo con Connor. Por llamarlo de alguna manera.

¡Annuska! Perdona que no haya podido responderte antes. Ya sabes. Guardias locas. Y que soy un desastre con el móvil. Oye, acabo de ver a Raül y me ha dicho que os marcháis mañana. ¿Nos vemos antes de que te vayas?

Dejo unos diez minutos de prudencia para responder. Tampoco quiero parecer muy necesitada de atención, pero por otro lado no puedo jugar ahora la carta de ser la dura. O intentar parecerlo, vaya.

¡Claro! ¿Te va bien esta noche?
¿O tienes guardia?

Perfecto. ¿Te paso a recoger a las nueve?

¿En moto?

Sí. Podemos cenar por el centro si quieres.

Claro, ¡genial!

Ok, nos vemos luegoooo.

Me ducho con prisas y paso el resto de la tarde mirando el reloj hasta que son las nueve menos diez. Bajo al portal de Martina, no sin antes retocarme el recogido en el espejo del ascensor. Es un poco más noventero de lo que estoy acostumbrada; me siento distinta, pero me gusta. Aunque enseguida me arrepiento de dejar las orejas al aire en cuanto el aire frío me recibe en la calle.

Adrián llega un par de minutos tarde. ¿A quién quiero engañar? Tengo ganas de volver a sentir ese cosquilleo adolescente al ver a Adrián y subirme en su moto. Es el nivel justo de adrenalina que necesito ahora mismo: un reto fácil y sencillo que sé que puedo plantearme y que me muero por conquistar.

Enseguida distingo el sonido del motor acercándose al portal de Martina. Se quita el casco para saludarme y le doy dos besos despreocupados, haciéndome un poco la loca. Se le nota en la cara que ha estado trabajando demasiado, tiene el contorno de los ojos oscurecido, y las marcas del casco no le favorecen.

—Mira que eres escurridiza, ¿eh? —me saluda.

—¿Yo?

Me tiende el casco y ya está aquí de nuevo el cosquilleo.

—Sí, sí, tú.

Supongo que lo dice porque me voy mañana, pero tampoco tenemos mucho tiempo para darnos explicaciones. Me lo pongo bien a la primera y monto de un salto un poco torpe.

El cuerpo de Adrián me sirve de escudo contra el viento, así que me pego bien a él mientras recorremos las calles del centro de Valencia. ¿Cómo ha podido cambiar tanto la ciudad en cuestión de meses? Muchas tiendas ya no están, en su lugar hay otro comercio de fundas de móviles u otra sucursal de Inditex que ha ocupado un lugar donde ni recuerdo lo que había antes. Las heladerías están cerradas, claro. Con este tiempo, como para tomarse un granizado.

Adrián pone el intermitente poco después e inclina la moto para que me baje.

—Vamos aquí cerca, voy a aparcar.

De nuevo, intento no hacer un *show* mientras pongo una pierna en el suelo y después la otra, esta vez con mucha más gracia que las anteriores. Adrián se adelanta para aparcar la moto mientras me quito el casco y se lo acerco.

—Hay un bar aquí al lado que me encanta. Ponen música de los setenta y no está lleno de abuelos nostálgicos.

Adrián se arregla su pelo oscuro, que ha sufrido estragos por el breve viaje en moto. No me quiero imaginar cómo estará el mío.

—¿Abuelos nostálgicos? —me río al escuchar la expresión.

—Sí, ese tipo de viejo que se sienta en la barra del bar y se pasa dos horas con la mano enganchada en el vaso de la bebida, como si se la fueran a quitar, y no despega los ojos de la televisión.

—¡Sí! Donde ponen videoclips en bucle.

—¡Exacto! —exclama él.

A pocos metros está ese bar, que es realmente un pub irlandés, y efectivamente no hay ningún individuo como el que hemos descrito.

—Se nota que conoces este lugar —le digo.

—Claro, es de mi barrio de toda la vida.

De mi barrio. O sea, que su casa está cerca.

Entramos en el pub y nos recibe una música alta, voces y risas. Está revestido de madera y no queda un trozo de pared que no esté cubierto por un cuadro, un disco o alguna foto firmada de famosos que no he visto en mi vida. La barra es larguísima y está llena de surtidores de diferentes cervezas. Nos sentamos en una mesa libre pegada a la pared. Hay una hilera de mesas y bancos altos que dan cierta privacidad, porque, aunque alguien se siente a tu lado, puedes seguir viendo todo el pub.

—¿Qué quieres tomar? —pregunta Adrián, que se ha vuelto a levantar.

—Una cerveza, la que sea. Sorpréndeme.

En realidad, es que no tengo ni idea de qué pedir, y mucho menos de tipos de cervezas, así que dejo que elija él antes de parecer un poco básica si voy a lo fácil.

—Mi cerveza favorita —dice él, regresando a la mesa con una copa en cada mano—. Una Hoegaarden Wit-Blanche.

La pone sobre la mesa como si estuviera depositando una obra de arte.

—A ver a qué sabe este brebaje… —le vacilo.

—En teoría, tiene toques de cilantro, naranja y clavo.

—Sí, ya, y de esencia de unicornio —bromeo, pero cuando doy un trago me doy cuenta de que es verdad.

—¿Y bien? —me pregunta él.

—No está mal. Sí que sabe un poco cítrica, quizá la cambie por el zumo de naranja que tomo todas las mañanas.

—¿Sabes que tomar zumo de naranja por las mañanas es malo? Pierde toda la fibra y te bebes prácticamente el azúcar.

—Vale, doctor, ¿está usted de guardia y no me había enterado?

Adrián se echa a reír mientras un camarero nos acerca las cartas. Me distraigo un rato y pido la cena, aunque realmente no tengo mucha hambre. Hablamos otra vez de la gente que iba a clase con nosotros en el colegio y me vienen a la mente demasiados recuerdos que había olvidado por completo, como lo mal que me caía el profesor de Educación Física o las lecturas obligatorias que luego nos hacían exponer delante de toda la clase.

—Oye, ¿qué fue de tu hermano? ¿Tenía dos años menos que nosotros… o tres? Ya no me acuerdo.

Adrián tensa un poco la mandíbula, pero el resto de su expresión no cambia.

—Mi hermano falleció en el accidente de tráfico que te mencioné.

Y lo dice con una normalidad apabullante, como si lo hubiera tenido que repetir tantas veces que le saliera de forma automática. Intento volver atrás y buscar un momento en el que Adrián me haya dado alguna pista de que había pasado una tragedia así en su familia y recuerdo la conversación que tuvimos junto a la playa.

—Lo siento mucho.

—Está bien, fue hace muchos años.

—Fue por eso por lo que dejaste Trabajo Social e hiciste Medicina. —No es una pregunta, sino una afirmación. Aun así, Adrián me responde.

—Exacto.

Me imagino que todo el mundo le dirá lo mismo. Que es muy valiente, que eso dice mucho de él… Seguramente lo que yo le solté el otro día. Así que intento no volver a caer en el mismo cliché.

—¿Te gusta hablar de la muerte? ¿O te da respeto?

Pillo al chico completamente fuera de juego.

—Me encanta. Dentro de los límites no escabrosos del verbo encantar, claro. Creo que es supernecesario hacerlo.

Asiento y espero a que siga hablando.

—Ojalá en el colegio tuviéramos una asignatura que nos hablara de esto, ¿verdad?

—Bueno, está Filosofía —le digo—. Aunque la forma que tienen de hablar ahí de la vida y la muerte es mucho más teórica. No creo que nos prepare para entenderla.

—¿A que sí? Quizá más adelante, con las asignaturas tipo Ciudadanía o Ética o cosas así. Pero habría estado genial que alguien nos hablara de esos temas. Aunque no sé si nos los habríamos tomado en serio, yo el primero. Acuérdate de cuando vino la Cruz Roja a hablarnos de sexualidad…

—Y el padre Tomás prohibió que pasaran los preservativos abiertos por las mesas para que no los viéramos. —Menudo *flashback* acabo de tener.

—Dios mío, ¿te imaginas abrir un agujerito al pasado y ver esas clases ahora, tantos años después? No me puedo ni imaginar las burradas que dirían en ese momento.

Los dos nos reímos durante un rato y Adrián imita al padre Tomás, un señor bajo y gordo que siempre se subía las gafas por el puente de la nariz y se sorbía los mocos por encima de sus posibilidades.

—Pero, volviendo al tema de la muerte, sí, creo que habría estado bien algo así. O sobre las enfermedades mentales. Bueno, eso ya es mucho pedir —bromea Adrián, aunque lo dice en serio—. Yo pillé una depresión enorme cuando falleció mi hermano. Mucha gente piensa que como me cambié de carrera y empecé Medicina me encontraba anímicamente motivado, pero en realidad estaba hecho una mierda y tardé bastante en matricularme en la selectividad. Tuve que repetir selectividad, por supuesto, y si conseguí entrar a la primera creo que fue suerte, no otra cosa.

—O que te esforzaste de verdad, Adri, no te hagas de menos.

Él agradece mis palabras con una sonrisa tímida.

—¿Sabes que en la facultad nunca dije que me había cambiado de carrera? Pensaban que tenía dieciocho años, como todos. No quería que me hicieran preguntas incómodas, así que guardé el secreto hasta el día de la graduación y cuando lo conté pensaron que era fruto de la imaginación y la barra libre. Ni siquiera bebía alcohol entonces, dejé de tomarlo durante unos años y ahora bebo alguna cerveza y poco más. La persona con la que chocó el coche en el que iba mi hermano había bebido y me costó mucho tiempo reconciliarme con el concepto de alcohol. Al final, después de mucha terapia y varios años, fui normalizándolo.

—Vaya, no lo sabía. ¿Te ayudó entonces ir al psicólogo?

—Mucho —reconoce Adrián—. De hecho, gracias a él conseguí convertir un tema prohibido en algo que realmente me interesara. Al final, hasta me he convertido en un *amateur* del *homebrewing* y hasta tengo una pequeña fábrica de cervezas caseras en mi piso.

Seguimos hablando durante una hora y se me pasa como si fueran cinco minutos. Cenamos y tomamos tres rondas más de cerveza que me obligan a visitar el baño del pub un par de veces. Me miro al espejo la segunda vez que voy al lavabo y veo a una Anna muy diferente a la que dejó Valencia en septiembre, poco después de su no boda. Todavía me cuesta acostumbrarme a los mechones de colores, pero en lo que más he cambiado no es en mi aspecto físico, sino por dentro. Ahora mismo, podría comerme el mundo entero si me lo pusieran en un plato. Qué narices, que se olviden del plato y que ni traigan cubiertos.

Salgo del baño empoderada, aunque desde fuera creo que se empieza a notar que mi equilibrio no es el mejor y mis mejillas se han sonrosado sin necesidad de colorete. Miro la hora en mi móvil y Adrián se da cuenta de mi gesto.

—No voy a poder llevarte a casa en moto, porque ya llevo varias cervezas, perdona. ¿Quieres que te pida un taxi?

—¿Qué? —Su pregunta me pilla desprevenida.

—Que si quieres que te pida un taxi.

—¿Me estás echando? —pregunto medio en broma, y me divierto al ver que lo pongo en apuros.

—¡No! ¡Al revés! —Adrián se echa hacia delante, gesticulando mucho con las manos—. De hecho, te iba a proponer si querías quedarte a dormir en mi casa para no tener que volver sola, pero imagino que tendrás que hacer la maleta y mil cosas más.

Sonrío con picardía. Hace un minuto ni había pensado en irme con él, pero ahora esta es mi nueva decisión impulsiva de la semana, como buena aries que soy. Lucía estaría orgullosa. Aunque, más allá de horóscopos y experimentos, tengo que reconocer que Adrián despierta en mí una curiosidad que hacía tiempo que no sentía. Siento que es como una caja de sorpresas que acabo de encontrar en mitad del desierto y quiero descubrirla toda.

—Oye, si quieres que suba contigo a tu casa, podrías habérmelo pedido directamente, no inventarte todo esto del taxi —lo pico.

De pronto, es como si hubiera ofendido su ego.

—¿Sabes qué? Voy a invitarte a mi casa, voy a meterte en mi cama y no voy a tocarte ni un pelo.

Ahora no sé hasta qué punto bromea o está diciendo la verdad.

—¿En serio?

Él asiente, como un niño orgulloso de una trastada tras pillarlo con las manos en la masa.

—¿O prefieres que llame a un taxi?

—Dios, te odio —respondo, dándole un golpe en el hombro más fuerte de lo que pretendía.

—¡Au! —se queja enseguida.

—Lo siento, te lo merecías.

Él tuerce la cabeza.

—No, va, ahora en serio, Annuska. ¿Otra ronda? Yo mañana no entro hasta las doce, así que...

Terminamos pidiendo la penúltima, porque luego hay otra más, aunque dejamos de lado las cervezas para pasar a los *gin-tonics*. La conversación se desvía hacia temas más estúpidos y se nos hace la una de la madrugada en un abrir y cerrar de ojos. Estoy demasiado cansada como para caminar hasta mi casa y bajo ningún concepto voy a gastarme quince euros en un taxi. Voy un poco pedo, pero no tanto. Así que no me queda otro remedio que aceptar la invitación de Adrián, aunque para él no sea más que un reto.

—Prohibido acercarte a mí, tú mismo lo has dicho, ¿eh? —le recuerdo.

—Oh, tú no me conoces bien. Soy demasiado competitivo, así que vas a perder este juego sin que yo me despeine.

¿Juego? ¿Es que ahora estamos jugando?

—Genial. Que gane el que tenga la sangre más fría de los dos.

Subo a su casa y conozco a Menta, la única hembra en la vida del chico, como él mismo dice. Todavía con el efecto de las copas corriendo por nuestras venas, vemos un documental un poco esotérico sobre alienígenas y astros y, al final, se cumple la palabra de Adrián. En algún momento, mientras explican que en Marte los extraterrestres serían más altos por las estaciones y la gravedad del planeta rojo, me quedo dormida en el sofá y a la mañana siguiente me despierto, sola, en una cama doble, con Menta mirándome fijamente a los ojos como si fuera una intrusa en su morada.

CAPÍTULO 9

EL DE LAS DESPEDIDAS

Esa noche sueño con que un ovni ataca el avión que nos lleva a Los Ángeles y nos estrellamos en algún punto del océano Atlántico. Vamos, todo muy normal y muy esperanzador. Entre mi pesadilla y que me despierto con una gata encima, me da un miniataque de pánico. ¿Soy yo o me está lanzando una mirada cargada de odio?

Me muevo con cuidado para salir de la cama y se aparta de un salto. Seguro que ha ido a avisar de alguna manera a Adrián de que ya me he levantado, la chivata esta. En el fondo, me alegro de que me haya despertado, así tendré tiempo de sobra para pasar por casa y por el hospital, así que quizá no la odio tanto.

Salgo al salón y me encuentro con una nota de Adrián, que ya no está.

> Buenos días, terrícola:
>
> Al final sí que he tenido que ir pronto al hospital porque un compañero se ha puesto enfermo y voy a cubrirle. Nos vemos allí antes de que te vayas, ¿no? Puedes robarme lo que quieras de la nevera, pero Menta será testigo de todo lo que hagas. Tiene una webcam instalada en la frente, como el robot ese que vimos anoche en Marte. Te vigila.
>
> Chaooo,
>
> Adri

Menta maúlla como si supiera que la han mencionado.

—Sí, sí, ya me voy.

Vuelvo a la habitación de Adrián y hago la cama como puedo, intentando dejarla intacta. Paso por el baño y me voy sin desayunar.

—Adiós, Hierbabuena. —Me río yo sola.

Intento acariciarle la cabeza, pero recibo un arañazo por mi atrevimiento.

—¡Ay! ¡Serás...! —Empieza a sangrar enseguida, aunque duele menos de lo que realmente es—. No me extraña que Adrián no traiga muchas chicas a casa. Seguro que eres escorpio, o algo así.

Cojo mis cosas y me marcho, cerrando con fuerza. Maldita Hierbabuena. El arañazo me escuece todo el camino a casa, incluso cuando termino de hacer la maleta y me voy con Raül y Connor al hospital. Parecemos unos turistas de resaca, los tres con gafas de sol en el autobús de línea, cada uno con una maleta. Connor todavía no me dirige la palabra y Raül mira constantemente la hora en su móvil como si a cada minuto perdiera una valiosa parte de su vida.

Cuando estamos a punto de llegar, Lucía me llama y se ofrece a llevarnos en coche a la estación para que ahorremos tiempo.

—¡Qué puntuales! —nos saluda mi padre en la puerta del hospital.

Ese tono de sorpresa...

—¿Qué haces aquí, papá? Te vas a congelar —le dice Raül.

—Nada, había salido a airearme...

—Has vuelto a fumar —lo acuso, pero él ignora mi comentario, lo cual solo me da la razón.

—Venga, vamos dentro. Ahora que vuestra madre está en planta podemos pasar a cualquier hora de uno en uno, aunque no conviene abusar, claro.

Arrastramos nuestras maletas por medio hospital y durante un momento me da miedo que nos digan algo. El corazón me late rápido, no sé si por los nervios de regresar a Los Ángeles o por ver a Adrián. Llegamos a la planta donde está ingresada mi madre y enseguida caigo en que no lo voy a ver, porque no es aquí donde él trabaja.

Quizá es mejor así. Una despedida menos.

Gastón no ha podido venir, así que estamos solo mi padre, mis hermanos, Connor y yo.

—¿No trabajas? —le pregunto a Martina.

—Entraré más tarde. Venga, id a verla. Está un poco más animada que ayer.

Me pregunto qué significará «animada» en el idioma de Martina.

—Voy.

Mi hermano se adelanta. Hago tiempo mirando el móvil y escribo a Adrián para despedirme de él, ya que no creo que volvamos a vernos.

¡Adrián! Jo, no sabía que ya no íbamos a volver a vernos. Estoy ahora en el hospital, pero nos iremos enseguida a la estación, que viene a buscarme una amiga. Gracias por anoche, lo pasé genial. Espero que nos podamos ver de nuevo cuando vuelva de Los Ángeles.

¡Ah! Me llevo un *souvenir* de Menta en forma de arañazo. Despídete de ella de mi parte, jajaja.

Espero unos minutos para ver si lee mi mensaje, pero no se conecta. Mi hermano vuelve y me dice que ya puedo pasar a verla.

Trago saliva. Espero que esté mejor, pero, sobre todo, que no se enfade por que nos vayamos ya tan pronto. Entro en su habitación, que comparte con otra persona, aunque ahora mismo su cama no está ahí. Menos mal, así tendremos un poco de privacidad.

—Hola, mamá.

Ella hace una mueca con la boca. ¿Es una sonrisa? Sí, eso creo.

—Hola —susurra.

Dios, tiene la voz fatal.

—¿Cómo te sientes hoy?

Se encoge de hombros. Me parece que, aunque se encuentre bien, esta va a ser una conversación más bien unilateral.

—Nosotros nos vamos después a Madrid para volar a Los Ángeles, ¿te lo ha dicho Raül?

—Sí.

—Vas a tener que ponerte buena para visitarnos, ¿eh? Para cuando llegue el verano seguro que estás ya recuperada —digo así un poco a lo loco.

Ella se ríe.

—Anda que... No hacía falta que vinierais.

—Claro que sí —respondo enseguida, pero ella mueve la cabeza de lado a lado. Temo por el tubito que la ayuda a respirar que tiene bajo la nariz.

—Bueno.

Me muerdo el labio. Intento no pensar mucho en que no sé cuándo la volveré a ver. Quizá no podamos regresar cuando Martina se ponga de parto.

—Os lo estaréis pasando genial por Los Ángeles —dice mi madre, y le cuesta elaborar una frase entera del agotamiento.

—Sí, claro —le respondo, y enseguida me doy cuenta de que este es mi momento para interpretar mi papel. Al fin y al cabo, ¿no estoy viviendo en Hollywood?—. Estamos supercontentos, la verdad. Es genial vivir con Raül, nunca me imaginé que nos llevaríamos tan bien. Y a él le va increíble en su trabajo, lo está petando. Cualquier día salta a la fama y todos los cantantes más importantes de Estados Unidos quieren hacer su disco con él.

Mi madre se ríe, o lo intenta.

—¿Y tú?

—¿Yo?

Asiente.

—Yo también muy bien. Tengo un jefe maravilloso que me deja viajar y trabajar desde casa y me paga bien. Traduciendo documentos legales y todo eso —le aclaro, por si acaso no se acuerda de a qué me dedico exactamente en mi día a día—. Estoy encantada. Todo nos va genial, de verdad. Cuando te pongas bien, tienes que venir con papá a visitarnos y te llevaremos al paseo de la Fama… y todo eso.

Puede ser que la última frase sea la única verdad de todo lo que he dicho. Eso y lo de mi trabajo. Lo demás está tergiversado con la única intención de no alterar más a mi madre.

—Tú ahora tienes que ponerte fuerte para recuperarte. Haz caso a los médicos, ¿eh? Ahora que sé que Adrián trabaja aquí, le diré que no te pierda de vista. Como me entere de que no comes…

Se ríe otra vez.

—Voy a echar de menos… —murmura con un hilo de voz.

—Yo también te voy a echar de menos, mamá.

Agita la cabeza.

—No, no he dicho eso. —Hace un esfuerzo para hablar—. Digo: voy a echar de menos pasar tiempo juntos.

—Sí, mamá. Tendremos que recuperarlo.

Muevo la mano hacia la suya y se la aprieto.

—Agradezco el gesto, pero es la mano mala.

—¡Ay, mamá! ¡Perdona!

Me levanto superapurada y me coloco en su lado izquierdo, pero a ella parece hacerle tanta gracia que ya le da igual.

—Lo siento. Dios, soy demasiado torpe. Esto no le habría pasado a Martina ni a Raül —pienso en voz alta.

—No pasa nada. Eres así y te quiero así.

Se me cae el alma a los pies cuando escucho sus palabras. No sabía que necesitaba escucharlas hasta ese mismo instante en el que salen de los labios de mi madre como si fuera lo más normal del mundo y no lo hubiera tenido que forzar. Una verdad sincera y sin adornos.

Las dos nos echamos a llorar como unas tontas, sin añadir nada más. En ese instante se me cae el mundo encima y pienso en todo lo que hemos discutido, todos los malos momentos en los que me daban ganas de dar un portazo y no mirar atrás. Ahora mismo pondría la cinta de mi vida en modo rebobinar y los cambiaría uno a uno, porque nunca se sabe cuándo puede acabarse todo. Si mi madre se hubiera muerto la semana pasada, sé que me habría machacado con cada uno de ellos. Ahora, tengo, tenemos, la oportunidad de empezar de cero y no la voy a dejar pasar.

Después de un rato de lágrimas y risas tontas, un mensaje de Lucía me devuelve a la realidad.

—Me tengo que marchar ya, mami. Tú tranquila y céntrate en recuperarte, que nosotros vamos a estar bien. A miles de kilómetros de distancia, pero siempre bien. ¿Vale?

—Vale.

Nos despedimos rápidamente y me marcho de ahí antes de deshidratarme de tanto llorar. Con que no se preocupe por Raül y por mí me quedo tranquila. Ya tendré yo ahora un viaje eterno con varias escalas para pensar en cómo solucionar las deudas de mi hermano y todo el resto de las mentiras que le he contado a ella para no preocuparla.

Si lo pienso en frío, soy consciente de que me he pasado toda mi vida mintiendo a mi madre. Para volver antes a casa, para que me dejaran ir a un viaje… Hubo una vez que la fiesta se alargó tanto que terminamos en Castellón, durmiendo en la playa. A ella le dije que me quedaba en casa de Lucía y, poco convencida, llamó a sus padres y Lucía se hizo pasar por su hermana mayor. Hoy por hoy, todavía no entiendo cómo no nos pilló, la verdad. Pondría la mano en el fuego por que se nos oía de fondo, riéndonos junto a las olas del mar. Otro día, cuando era pequeña, rompí el tren de juguete de Martina y juré mil veces que había sido Raül, que no tendría más de dos años.

Y así, una lista interminable. A mi madre le había colado muchas trolas, pero nunca imaginé que le mentiría para que estuviera más tranquila y no se preocupara por nosotros.

Voy tan sumida en mis pensamientos que no me doy cuenta de que me cruzo con Adrián hasta que me para él.

—Pero, bueno, ¿dónde vas tú tan corriendo? ¿Te querías marchar sin despedirte? Acabo de leer tu mensaje, ¿te vas ya?

—Sí, ahora enseguida —le digo.

No tengo ganas de más despedidas, así que espero que esta sea rápida.

—Espera. Tengo algo para ti. ¿Bajas un segundo?

Miro la hora en el móvil.

—Tengo cinco minutos, está una amiga esperándome para llevarnos a la estación.

—Vale. Ven.

Sigo a Adrián por un laberinto de pasillos y ascensores que, si tuviera que repetir yo sola, sería incapaz de recorrer incluso tras veinte intentos. ¿Cómo lo hace la gente que trabaja aquí? ¿Les dan un mapa en su primer día?

Al final, llegamos a una consulta pequeña, con una mesa, dos sillas, un perchero y una camilla. Al fondo, junto a una báscula un poco rara, hay un armario lleno de botecitos y cajas con nombres impronunciables. Sobre la mesa hay un bote lleno de bolígrafos que le han regalado los laboratorios, ya que no hay ni uno que no lleve grabado el nombre de la marca.

—Es una tontería, pero lo he visto y me ha hecho ilusión —dice él mientras saca un llavero del bolsillo de su abrigo.

—Es… ¿una paella?

Efectivamente. Me ha regalado un llavero de una puta paella. No me lo puedo creer.

—Correcto. Para que recuerdes nuestros días de turistas alemanes en la playa de la Malvarrosa.

Me parto de la risa, no sé si demasiado alto para estar en un hospital.

—No te creo, Adrián.

—Ya, es que lo he visto esta mañana de camino al trabajo cuando he parado en un semáforo en rojo. Me he bajado y todo para comprarlo en una tienda de *souvenirs.*

—Madre mía —respondo, todavía luchando por aguantar las carcajadas.

El llavero no puede ser más cutre ni estar peor fabricado. En la parte de atrás pone VALENCIA, en grande y con los colores de la bandera de España. Se nota que es de mala calidad porque las letras están un poco borradas, pero me encanta.

—Pero no te creas que soy un romántico, ¿eh? Soy un lobo solitario y la única...

—Sí, la única mujer de tu vida es Menta y estás casado con tu trabajo. Ya lo sé. Parece que tienes que repetírtelo mucho, ¿eh?

Adrián rebosa picardía por cada poro de su piel.

—Por si acaso —bromea—. No quería que te hicieras ilusiones, ya sabes, porque ahora te vas lejos y...

—Tranquilo, no me las hago. De hecho, tenía ganas ya de perderte de vista —le sigo el juego.

—¿En serio?

Asiento.

—Menos mal, Annuska. No quería que te enamoraras de mí, te pidiera matrimonio y luego me dejaras tirado en el altar.

—¡A... dri... án! —Me pongo hecha una furia. Porque lo conozco y sé que su humor es así, que si no...

—Tranquila, no me casaría contigo ni por todas las paellas del mundo.

—Genial, yo tampoco. No eres digno de que te deje tirado vestida de blanco.

Nos miramos dos segundos y, antes de que pueda parpadear, ya estamos uno encima del otro. Nos besamos con angustia, con rapidez, como si hubiera una cuenta atrás que nos fuera a separar para siempre en el próximo minuto. Bueno, en realidad, la hay. Más o menos. Aparto la cara mientras Adrián me sigue besando, y él gruñe.

—Tengo que avisar a Lucía de que me retraso un par de minutos más —le aviso, tecleando con rapidez en la pantalla.

—O quizá cinco.

—¿Crees que aguantarás tanto tiempo, Adri?

—Créeme, en cinco minutos no me da tiempo a hacerte todo lo que me gustaría, así que vamos a tener que pasar al plan B y que te vuelvas a Los Ángeles con un buen recuerdo de tu cita con el doctor Jiménez. ¿Me dejas hacerte un regalo de despedida? Para esto no hace falta que te desnudes, Anna, solo que te bajes un poco los pantalones... si quieres, claro.

—¿El plan B? ¿Es una nueva investigación que está desarrollando, doctor? —le sigo la corriente, pasando a tratarlo de usted.

—Sí. Consultando sus antecedentes médicos y con lo que me comenta, tendré que intervenir de emergencia. No nos dará tiempo a llevar a cabo el procedimiento habitual. ¿Le parece bien a la paciente? ¿Me da su consentimiento médico?

—Por supuesto, doctor. Me pongo en sus manos —respondo, recalcando la última palabra.

El ambiente de la consulta cambia de forma radical, como si hubiera subido veinte grados de golpe y al otro lado de la puerta no hiciera un frío invernal. Me agarra con esas manos tan grandes y empieza a desabrocharme los botones de los pantalones con movimientos torpes. Ansiosos. Doy un salto poco grácil y me subo a la camilla mientras Adrián empieza a desabrocharse la bata.

—No, no, de eso nada.

Él me mira como si hubiera visto un marciano, como en los documentales.

—¿En serio?

—¿Te molesta? —le pregunto. Va a responder, pero no le doy tiempo—. Déjatela puesta, va. Además, me gusta verte así, con tu bata, y no hay tiempo que perder. Tenemos cinco minutos. Ya cuatro.

Entonces, en un arrebato, Adrián me agarra las bragas de encaje que llevo puestas y las arranca.

Literalmente.

Las bragas caen al suelo en dos pedazos, con las costuras dadas de sí y un poco más mojadas de lo que me gustaría admitir.

Dios, con esas manos parece el puto Hulk.

Por un momento no sé qué está pasando por su cabeza, lo único que espero es que no entre nadie en la consulta. O quizá el morbo está precisamente en eso, porque podría entrar alguien por esa puerta en cualquier instante, pero aquí estoy, sentada en la camilla de su consulta, medio desnuda y muerta de nervios, rezando para que nadie nos pille así. Por suerte, la excitación del momento lo hace mucho más llevadero.

Adrián me empuja hacia atrás y me abre las piernas. Pasa sus manos por el interior de mis muslos y tengo que esforzarme para no gemir. Tiene las palmas ardiendo y allá donde roza va dejando un camino de fuego imposible de apagar. Sigue deslizándolas hasta llegar a mi vulva. Apenas se anda con juegos ni tonterías. Da un par de vueltas alrededor para tantear el terreno y va directo a ello. Mete un dedo y en cuanto ve que está empapado se atreve con otro. Se me tensa la espalda y dejo caer la cabeza hacia atrás del placer.

—Ufff… —gimo y él me tapa la boca con la mano libre en cuanto lo hago. Su mano me ocupa media cara.

Asiento, dándole a entender que lo he entendido y que no gritaré, pero él no la quita de ahí. Con la otra, me toca el clítoris con el pulgar mientras mantiene dos dedos dentro, moviéndolos sin parar. Me obligo a levantar la cabeza de nuevo y mirarlo para grabar esta imagen en mi cabeza. Dios mío, cómo voy a lamentar que esto no vaya a repetirse nunca más. Si por mí fuera, terminaría ahora mismo el experimento y me iría con el chico acuario, por mucho que los astros digan que son desapegados y muy recelosos de su libertad e independencia.

Soy incapaz de despegar la vista de lo que está sucediendo entre mis piernas. No quiero olvidarlo, joder. Lo miro a los ojos y me doy cuenta de que está concentrado en mi cuerpo, mirando lo que hace, como si quisiera asegurarse de que está bien. Tiene el ceño fruncido y se muerde el labio.

Su mano izquierda abandona mi cara y recorre mi pecho, pasa por el estómago y baja hasta situarse en mi nalga. Cojo aire para no gemir y Adrián se lo toma como una indicación para que coja carrerilla y me funda entre sus dedos. Sus gestos se vuelven más rudos y siento que estoy a punto de correrme.

—Sigue… haciéndolo exactamente igual, no cambies —le ruego en un susurro.

Adrián gruñe para indicarme que me ha escuchado y me hace caso. Sigue metiendo y sacando dos dedos, que los noto gruesos entrando y saliendo dentro de mí, y con el pulgar hace círculos en mi clítoris.

Voy a reventar.

Intento aguantar todo lo que puedo, dentro del tiempo que tenemos, pero mis esfuerzos son en vano. Enseguida empiezo a sentir un cosquilleo por todo el cuerpo. Creo que no tardo ni un minuto y medio en correrme desde que empieza hasta que termina, pero se me pasa como un suspiro. Aprieto los labios para no hacer ruido mientras siento cómo mi cuerpo se aprieta alrededor de sus dedos hasta que por fin me da tregua. Adrián rebaja la velocidad y levanta el pulgar de mi clítoris.

—¿Has terminado? —me pregunta, con la frente brillando de sudor.

—Sí, pero no me importaría que siguieras.

Él se lo toma como un cumplido.

—Venga, que vas a perder el tren.

Me da dos palmadas en el muslo y se aparta para que pueda bajar de la camilla y ponerme la ropa.

—¿Qué? ¿Y tú? —le pregunto.

No estoy dispuesta a dejarlo así, no me parece bien que se quede a medias.

—No hay tiempo, Annuska. Venga. Igual no te has dado cuenta, pero tu móvil no ha parado de vibrar en todo este rato.

Suspiro, intentando leer en sus ojos si me dice o no la verdad, pero Adrián me devuelve una mirada serena y divertida.

—¿Seguro? —insisto una vez más.

—Sí, seguro. Venga, vístete.

Adrián rebusca en un cajón y se limpia las manos con unos pañuelos. Mientras tanto, en cuestión de segundos, localizo mis pantalones en el suelo y todo vuelve a la normalidad, como si no hubiera pasado nada. Aunque hay una baja: mis bragas de encaje tendrán que quedarse en tierra, porque han sufrido un desgarro mortal. Me pongo los pantalones mientras hago muecas. Dios mío, en mi vida he ido sin bragas y hoy es como el peor día del mundo para hacerlo. Al fin y al cabo, dentro de unas horas estaré cruzando de nuevo el océano Atlántico.

—Si le duele, tómese un paracetamol cada ocho horas, señorita —me dice él.

Estoy a punto de darle una colleja, pero no tengo tiempo para eso.

—Sácame de este hospital o me perderé —le ruego y salimos pitando hasta la puerta, donde todos me miran con cara de preocupación, excepto Lucía. Ella tiene una sonrisita que conozco muy bien.

Cuando me giro para decirle adiós a Adrián, ya se ha ido, y me río yo también. Es mejor así. Cada uno por su lado, sin malos rollos ni ataduras. Así debería ser con todos los signos, pero hasta ahora me habían tocado varios dramas, sobre todo en Escorpio y Sagitario.

Corro hacia el coche. Me despido de mi padre y de Martina. La próxima vez que la vea, ya será mamá. Raül y Connor se despiden también, mientras me acerco a Lucía para darle un abrazo y darle explicaciones. Aunque, aparentemente, no son necesarias. Me da una cachetada en el culo mientras me señala el asiento del copiloto con la cabeza.

—Anda que no se te nota en la cara ni nada…

SEGUNDA PARTE

Piscis

CAPÍTULO 10

♓

EL DEL VIAJE DE VUELTA SIN BRAGAS

Tal y como no estaba previsto, cruzo el Atlántico sin ropa interior. Doy una vuelta por las tiendas del aeropuerto, pero ni loca quiero pagar dieciocho euros por un *pack* de dos bragas de marca. Así que me toca ir como cuando Joey se pone toda la ropa de Chandler en la serie *Friends*: sin nada por debajo, en plan «comando». Ya que estoy, también me quito el sujetador para viajar más cómoda.

De perdidos al río.

Gestiono las escalas lo mejor que puedo, porque no pego ojo. Connor, sin embargo, podría quedarse dormido en cualquier sitio. Lo analizo mientras su pecho sube y baja sentado frente a mí, a la espera de que abran el embarque del último avión, el que nos llevará a casa.

Aprovecho estos instantes de calma para sacar mi cuaderno titulado *La chica del Zodiaco*. La cabina está a oscuras. Es de noche y han apagado las luces para intentar que durmamos un poco, aunque estoy tan nerviosa por llegar que me resulta imposible. El asiento junto al mío, por suerte, está vacío. Menos mal, porque no podría escribir con un cotilla al lado que pudiera leer todas mis tonterías. Con el ruido de los motores de fondo, quito el tapón a mi bolígrafo y empiezo a escribir.

Dicen de los chicos acuario que son revolucionarios, independientes y poco cariñosos. También, unos idealistas que quieren arreglar el planeta y el futuro con sus propias manos. Si tienes un acuario en tu vida, prepárate para que te ignoren, pero no en el mal sentido de la palabra. No es que no te quieran ni que no deseen sacar tiempo para estar contigo. Simplemente están ocupados «salvando el mundo» a su manera, dedicando todas sus fuerzas físicas y mentales a velar por un futuro mejor para todos.

Según Internet, los acuario aman a la humanidad, pero odian a las personas. Creo que esto me recuerda más a Menta que a Adrián, a decir verdad. Desde luego, el chico acuario tenía fobia a las relaciones amorosas, y no por haber tenido muchos desengaños. Siento que las personas nacidas bajo este signo vienen en un pack de estos del supermercado que no puedes separar: ellos, su libertad y su forma de ser. La oferta está clara: o lo pillas todo completo, o ya te puedes despedir.

También se dice que tienen un arma poderosa de la que hacen uso con bastante frecuencia: el silencio. Su indiferencia, que los convierte en fríos y calculadores, hará mella en el ego de cualquiera de los otros once signos. Creo que no diría que Adrián es una persona muy rencorosa, pero sí que había algo dentro de él que quería a gritos cambiar el mundo, sobre todo después del trauma familiar que vivió. Puede que sea por eso, por los astros, o por una mezcla de los dos. Quizá también influyera en sus decisiones laborales: Trabajo Social y Medicina tienen un denominador común.

Sea como sea, no creo que mi relación con él hubiera salido adelante, por mucho que las estrellas digan que podría terminar en un matrimonio fructífero. Lo siento, pero no veo a Adrián en el altar emocionándose mientras una mujer vestida de blanco se acerca lentamente hacia él. Me lo imagino más bien despidiéndose formalmente y corriendo en sentido opuesto. Bueno, por lo menos, él se habría despedido, no como otras.

Dicen que también son bastante rebeldes. Vamos, según la teoría, si les dieran un manual de instrucciones para la vida, le arrancarían las páginas, lo sobrescribirían y después lo dejarían abandonado en algún punto de su casa, con el resto de su desorden.

Ahora bien, pensándolo en frío, nunca mejor dicho, creo que una relación con un acuario sí que podría funcionar conmigo. Sin altares de por medio, claro. Y, a poder ser, sin gatos ni arañazos, ya que el llavero con forma de paella y un calentón de última hora no son los únicos *souvenirs* que me llevo de Valencia.

¿Podría ser Acuario el primer signo con el que intentaría algo en cuanto terminara el experimento? ¿O me daría demasiada pereza luchar contra su necesidad de espacio y solitud?

Cuando por fin aterrizamos en Los Ángeles, me arrepiento de no haber comprado las bragas de dieciocho euros. Me pica todo, joder. Aun así, voy con la cabeza bien alta hasta que llego a casa de mi hermano y me encierro en mi cuarto para darme una ducha.

Ahora que sé la realidad de esta casa, me da pena vivir aquí. Me siento como una secuestrada con síndrome de Estocolmo regresando al lugar que es la fuente de los problemas de Raül. Y, por parentesco, de los míos. Me cuesta dormir tranquila en la cama sabiendo que este lugar le provoca pesadillas a mi hermano, pero el cansancio que arrastro del viaje puede más que eso ahora mismo y se me cierran los ojos antes de que me dé tiempo a ponerme el pijama.

Retomo el trabajo en las oficinas de la familia Wolf, aunque no me cruzo con Cameron. Trato de dar el máximo e incluso me quedo más horas de las que me tocarían. No me las van a pagar, pero quiero demostrar de alguna manera que estoy contenta con el trabajo que tengo, ya suficientes libertades me he tomado con mis idas y venidas de las últimas semanas. No me puedo permitir perderlo... y menos ahora.

Raül invita a sus amigos a casa y por un momento regresa la normalidad. Sin embargo, es extraño no poder contarles nada sobre lo que estamos viviendo ahora mismo. No me gusta mentirle a Julia, así que me lo tomo como si solo le estuviera escondiendo la verdad, nada más. Cuando los veo salir por la puerta, uno a uno, me pregunto si esta será la última vez que coincidamos todos juntos en la mansión.

Una vez que pasa el *jet lag* y me acostumbro a mi nueva rutina en la oficina, mi hermano nos reúne a los tres para hablar. Connor agita la pierna de arriba abajo con rapidez. Sé que va a ser una conversación incómoda, pero en algún momento tiene que producirse.

—Vale, no sé cómo empezar con esto —dice Raül, extendiendo unos folios sobre la mesa.

Lo miro a los ojos y veo que los tiene llenos de lágrimas que todavía no han surcado su rostro. Conociéndolo, no creo que lo hagan. Sé que se está esforzando por no mostrarse débil, pero esta situación le supera a demasiados niveles.

—Solo os pido, por favor, que no me juzguéis por esto —prosigue mi hermano—. Bueno, sé que no juzgar es imposible. Pero, por lo menos, que intentéis poneros en mi lugar... De verdad que cuando hice todo esto pensé que podría pagarlo y ahora siento una rabia y una vergüenza terribles. Ojalá me hubiera sucedido con dos desconocidos y no con mi mejor amigo y mi hermana.

—Al revés, imbécil —lo interrumpe Connor—. Para eso estamos nosotros. Nadie se va a preocupar más por esto que Anna y yo. Y es mejor que Harry, Olivia y Julia no sepan nada. Las noticias corren enseguida y esto es preferible que quede entre nosotros. Yo, por lo menos, no le he contado nada a Oli.

Asiento y empiezo a mirar los papeles mientras mi hermano permanece en silencio. Algunos créditos son de España, pero la mayoría los ha obtenido aquí, en Estados Unidos. Busco los intereses de los préstamos y tengo que hacer un esfuerzo para no reaccionar cuando los encuentro.

—Solo quiero hacer una pregunta, antes que nada —le digo, intentando usar un tono lo más tranquilo posible—. ¿Has pensado alguna vez en vender la casa? ¿Ha sido una opción que haya estado encima de la mesa?

Raül agita la cabeza y coge aire antes de responder.

—No.

Connor y yo nos miramos, esperando que diga algo más, pero se hace de rogar.

—¿Por qué? —le pregunta él.

—Joder... pues porque, en el fondo, siempre pensé que podría reponerme, ¿sabes? Jamás pensé que iría a más. No quería rendirme tan rápido y no quiero hacerlo sin antes explorar todas las vías posibles. Además, perdería el dinero de la entrada. Y, créeme, puse mucho.

No digo en voz alta lo que estoy pensando, pero creo que tanto Connor como yo sabemos cuál es el problema detrás de esa decisión. Raül se ha sentido tan avergonzado de lo que ha sucedido que se ha negado a aceptar la realidad y ha intentado resolverlo por otros medios antes que rendirse. En parte, su perseverancia le honra, pero a veces la esperanza no es suficiente para resolver los problemas, y menos uno tan grande como este.

—¿Cuánto es el total de la deuda, entonces? —Tengo miedo a sumarlo y estoy segura de que Raül lo tiene que saber.

—Pues... unos setenta y ocho mil dólares.

—¿Qué? —Connor no se corta.

—Joder, os he pedido que no me juzguéis.

—No te estoy juzgando, tío, solo es que pensaba que no era tanto.

—Vale, ya está. —Pongo paz antes de que uno de los dos empiece a ponerse aún más nervioso—. A ver, ¿cuánto tiempo tienes para devolver cada uno? ¿Cómo funciona?

Raül nos empieza a explicar el entramado de préstamos, con cuál ha pagado el anterior y los que corren más prisa.

—Todos están vencidos, entonces —recapitula Connor.

Mi hermano mueve la cabeza despacio.

—De ahí el problema de los intereses —continúo yo—. Vale, pues habrá que empezar por el que más alto sea. Y hay que pensar de dónde vamos a sacar el dinero; si es posible, de una forma legal. Si acabáramos los dos en la cárcel, ya no sé qué haría papá, con una embarazada, una convaleciente en el hospital y dos delincuentes en un país donde sigue existiendo la pena de muerte.

Connor se ríe por lo bajo y me sorprende, pero a Raül no le hace ni gracia.

—¿Algo más? ¿Queréis que os deje solos para que podáis seguir haciendo bromitas en intimidad? —pregunta mi hermano.

—Que no, va —insisto—. Vosotros, que conocéis bien la ciudad, ¿cómo se puede ganar dinero aquí de forma fácil y legal? Algo tiene que haber, no sé…

—Créeme, si lo supiera, no pasaría mis días dejándome la espalda entrenando a niños en la playa. Bueno, sí, porque son mis hijos. Pero ya me entiendes. No puede ser tan fácil, si no ya lo haría todo el mundo. Aquí la mejor manera de ganar dinero es tener una propiedad y venderla o alquilarla.

—Sí, claro —farfulla mi hermano.

Entonces, se me ocurre una idea.

—Espera, espera, espera.

Hago cálculos en mi cabeza a la velocidad de la luz.

—¿No has pensado en alquilar la casa? ¿O ponerla en un sitio como Airbnb para turistas? —le propongo.

De pronto, es todo superobvio en mi cabeza. Demasiado bueno para ser cierto.

—Hombre, claro, pero para eso necesito todavía más dinero: permisos, arreglos, agencia, impuestos…

Nos quedamos en silencio, barajando las opciones.

—No me creo que no tengas ningún amigo al que le puedas alquilar la casa así, pagándote en mano —insisto.

—¿No hemos dicho que nada de ilegalidades? —repite Connor, pero Raül parece estar planteándoselo.

—Tampoco es tan ilegal. En España se hace a veces…

Nos giramos hacia mi hermano, que no parece muy convencido.

—Sí, pero… ¿cómo narices encontramos a alguien que quiera pagar esto y en efectivo? ¿Cuánto pedimos? —pregunta él.

—Miramos en Internet a cuánto están los alquileres por esta zona —digo—. Mientras tanto, yo puedo empezar a dar clases en español a estudiantes y prestarte una parte, y ya me la pagarás —me ofrezco.

—No, no. Lo que me faltaba, tener más deudas, y encima con vosotros.

—Oye, no es mala idea. Es lo que llevamos haciendo más o menos nosotros desde el principio —dice Connor—. Con lo que saco de las clases a los niños te pago una parte por el alquiler…

—Y yo siempre te la rechazo por algo —le corta mi hermano.

—Ya, pero no pasa nada porque te ayudemos —insiste él—. Si no lo hacemos nosotros, ¿quién? Es lo que decías tú mismo al principio. Somos tu hermana —Connor me señala con la mano— y tu mejor amigo. Nadie se va a preocupar más por ti que nosotros.

Pero Raül sigue en sus trece.

—Que no, que no quiero meteros en esto. Prefiero deber dinero a bancos que a vosotros.

Connor resopla y cruza los brazos.

—A ver, Raül —retomo la conversación—. A mí no me parece mal, ya te he dicho además que yo estaba pensando en hacer igualmente lo de las clases de español.

—Ya, Anna, pero es un dinero que iría para ti, que te has ganado con tu trabajo.

—Pero ¿qué opción nos queda? —vuelve a atacar Connor—. ¿Ver cómo cada vez te vas hundiendo más y más en las deudas? ¿Que te embarguen la casa y pierdas todo el dinero que ya has puesto en ella?

—Ese es el tema —dice mi hermano—. Tengo que pagar los créditos, pero también la hipoteca, o me quedaré sin la casa y con las deudas igualmente, pero no sé a cuál de los dos ir primero.

A eso ya no sé responder. ¿Hasta qué punto merece la pena seguir manteniendo una casa que solo le ha dado disgustos? Aunque perderla después de haber puesto la entrada, que me imagino que no habrá sido barata…

—Mucha gente tiene dinero en negro que no sabe ni en qué gastárselo. Quizá podrías alquilárselo a alguien que dé el perfil. No sé, los típicos oficinistas de nueve a cinco que reciben pagas en sobres por debajo de la mesa —propone Connor.

—¿Y cómo encuentro alguien así?

Connor me mira y después lo hace mi hermano, entendiendo perfectamente a quién se refieren.

—No. Ni de coña. No voy a escribir a mi jefe para preguntarle eso —me defiendo—. Por encima de mi cadáver.

CAPÍTULO 11
♓
EL DE LAS AMIGAS CÁNCER Y LEO

Spoiler: termino escribiendo a mi jefe, el chico capricornio, para preguntarle si conoce a alguien dispuesto a cometer una ilegalidad así. Genial. Todo bien. Nuestra relación cada vez es más extraña. Ahora, además de mi amante y mi compañero de perversiones, es mi jefe y mi confidente en un delito penado con cárcel.

A pesar de todo, y para mi sorpresa, resulta que tiene varios candidatos a quienes podría interesarles. Le doy el teléfono de mi hermano, porque no quiero ser la lechuza mensajera de nadie, y pasan los días hasta que por fin tenemos una candidata. Una mujer sin hijos, de unos cuarenta y cinco años, parece estar interesada. De un día para otro, viene a visitarla y acepta quedarse ahí hasta agosto ella sola. Le regatea el precio a mi hermano, pero Raül consigue dejarlo en ocho mil dólares al mes.

—¿Eso es mucho o poco, para una casa así? —le pregunto, sin saber muy bien cómo reaccionar a la noticia.

—A ver… Podría ser más —interviene Connor—. Le pregunté a Olivia y ella cree que se podría alquilar por trece o catorce mil, teniendo en cuenta la zona y lo que ve ella en su trabajo… El jardín y la piscina dan muchos puntos, el número de habitaciones también. Pero, bueno, algo es algo.

—¿Se lo has contado a Olivia? —le pregunto con una expresión de pánico en el rostro. Habíamos quedado en no compartirlo con nadie.

—Está bien, Anna, yo se lo pedí —me aclara mi hermano.

Asiento.

—Bueno, entonces, esa cantidad está genial, ¿no? —añado.

—Sí. Pero también tiene que dar para cubrir la hipoteca, así que tendremos que buscar a alguien después para que se quede un año o así —calcula mi hermano—. El problema es que la quiere para ya.

—¿En serio?

—Sí. Nos empezará a pagar a partir del día que entre, así que tenemos que pensar en qué queremos hacer.

Había estado tratando de evitar este momento hasta ahora. Haber encontrado a alguien tan rápido es una buena noticia, pero acelera una decisión que había estado retrasando. Desde que se mencionó el tema de dejar la casa, no sabía dónde me iba a caer muerta. ¿Busco algo con los dos chicos? ¿O mejor por mi cuenta? ¿Y si me meto en un sitio que da miedo?

—¿Anna? —La voz de Raül me trae de vuelta al mundo real.

—¿Sí?

—Hay una cosa más que quiero hablar contigo.

Connor pilla la indirecta y nos deja solos. Mi hermano se dirige al jardín y yo lo acompaño.

—¿Qué pasa? ¿Es algo de mamá? —le pregunto enseguida, mosqueada por el tono de voz que ha utilizado antes.

—No, no. No tiene nada que ver con ella. Pero, ya que la mencionas, ayer Martina me escribió y me dijo que todo seguía igual, pero bien.

—Genial —respondo, y tomo nota mental para preguntar con más frecuencia sobre ella cuando hable con mi familia.

—Es sobre otro tema diferente. Verás, cuando estábamos en Valencia, recibí una llamada no muy agradable de mi jefe.

Cómo olvidarla. Parece que estoy ahora mismo oliendo el champú de mango de Connor mientras escuchábamos la conversación a escondidas.

—Ya sabes que las cosas no me están yendo muy bien en el trabajo. Estoy teniendo problemas con un disco de un artista en particular y he tenido mala suerte con algunas decisiones. Necesito un proyecto nuevo para volver a tomar las riendas de mi puesto de trabajo y, sobre todo, no perderlo. Estuve hablando el otro día con mi jefe, antes de la videollamada de Valencia, y les propuse utilizar tu idea de la chica del Zodiaco para un podcast sobre amor y relaciones en el siglo XXI con el gancho de los signos, claro. A Anthony le gustó bastante la propuesta y me dijo que pensaría en quiénes podríamos buscar, que sean de Los Ángeles, para que fueran las caras del podcast. Y después de unos días, pensó en ti. Al fin y al cabo, tú eres la que tuviste esta idea, y qué mejor dúo que una persona completamente desconocida en este mundillo y alguien que tenga experiencia para crearlo desde cero. En fin, ya están trabajando en ello y tienen un montón de ideas para hacerlo realidad.

Abro la boca para responder, pero no me salen las palabras. No puede estar de broma. Raül no tontearía con un tema así, sobre todo después de lo que acabamos de hablar.

—¿Me quiere a mí? —pregunto, aunque la respuesta ha quedado clara.

—Sí. Cree que puedes ser una voz fresca y nueva, además de que el tema se puede viralizar enseguida. En resumen, que le encantó el proyecto y le gustaría contratarte a ti como una de las locutoras. Y yo dirigiría el proyecto.

De nuevo, me quedo en blanco. ¿Un podcast?

—Ya sé que así de pronto es un poco raro y fuera de tu zona de confort, pero solo le veo ventajas, Anna. Te pagarían un buen salario por cada episodio, además de las oportunidades de publicidad que seguramente te saldrían, ya que en Glass harían colaboraciones con marcas. Y a mí me ayudaría a asegurar mi trabajo, trayendo algo nuevo y fresco. Dios, sería genial, Anna. La primera vez que lo escuché me pareció un poco locura, pero cuanto más lo pienso… No sé, dime algo.

Me mira a los ojos, intentando leer en ellos una respuesta antes de que abra la boca. Seguimos caminando por el jardín y rodeamos la piscina.

—Pues… me parece lo más extraño que me han propuesto nunca, pero… ¿tendría que contar cosas mías personales? ¿Cómo sería exactamente?

—Me han pedido que vayamos un día para que nos cuenten todo a las oficinas de Glass.

Lo medito durante unos instantes, tratando de hacer una lista mental de pros y contras, pero tengo la cabeza todavía en la conversación anterior. Sin embargo, el dinero es dinero y todo suma, tanto para mi hermano como para mí.

—Sí, podemos ir a ver qué nos ofrecen.

—¿En serio? —contesta enseguida Raül. Por su tono, me da la impresión de que no se esperaba esa respuesta.

—Sí, vale —respondo entre risas.

Mi cabeza comienza a funcionar a mil kilómetros por hora mientras intento encajar todas las piezas de lo que está por venir. Un nuevo lugar para vivir y, encima, un nuevo trabajo. Y todo ello sin añadir al chico piscis, claro.

No puedo quitarme esas y un millón más de preguntas de mi cabeza, así que recurro a la táctica milenaria cuando estás rayada y no sabes qué hacer: llamar a tu mejor amiga. Voy a buscar a Julia a la salida de su trabajo y nos vamos en coche a un lugar más tranquilo. Terminamos en un In-N-Out, que no es precisamente silencioso, pero se nos antoja en cuanto vemos su logo a través de la ventanilla. Le cuento por encima la idea del podcast, pero nos centramos en lo que realmente me preocupa más ahora mismo: dónde me voy a caer muerta en cuanto mi hermano deje la casa.

—Pero... ¿tú qué quieres hacer? —me pregunta Julia, mirándome a los ojos.

No ha cambiado nada desde el día en que la conocí. Fue amable conmigo desde el primer momento e incluso se esforzó por hablar un rato en español para que no me sintiera lejos de casa. Su mata de pelo naranja y sus pecas la convierten casi en una Weasley. Quizá también su forma de ser: divertida, cercana, olvidadiza, pero atenta al mismo tiempo. Ojalá todo el mundo tuviera una Julia en su vida.

—A Valencia no voy a volver, ni loca. Ahora bien…, no sé qué voy a hacer. No quiero pensar en cómo estarán los pisos por aquí. Mañana empiezo un nuevo proyecto con Raül, pero a saber cuánto me pagan. Y cuándo. Seguramente tendré que irme a las afueras o incluso a una ciudad dormitorio o algo así.

—Si quieres puedes quedarte un tiempo en mi casa —se ofrece ella y casi se me saltan las lágrimas de los ojos.

—Pf… Te lo agradezco muchísimo, Julia, pero me sabría muy mal. Ya estaba casi acoplada en casa de mi hermano y porque es eso precisamente: mi hermano. Me costaría mucho vivir sin pagarte nada, porque te conozco y sé que no me dejarías darte ni un dólar de alquiler.

Julia se ríe.

—¿Me equivoco? —insisto y ella me da la razón enseguida.

—Hay muchas webs para encontrar habitaciones. No esperes una mansión, pero sirve para salir del paso. Quizá pueda preguntar a mis compañeros de trabajo si saben de alguien que busque inquilinos.

—Gracias, Julia. Eres un ángel.

Ella estira la mano y aprieta la mía.

—Y ahora quiero saberlo todo del chico acuario.

Le hago un resumen por encima, aunque tampoco hay mucho que contar. Este mes ha sido complicado y no he tenido mucho tiempo para amoríos. Aunque como el padre de Julia falleció hace poco, prefiero no hablar mucho de hospitales, enfermedades y ambulancias.

—Y tú, ¿qué?¿No hay ninguna persona especial en tu vida? —le pregunto a ella. Siento que últimamente todo gira alrededor de mí y empiezo a abrumarme.

—No, la verdad es que… sin más. Tampoco estoy buscando nada.

—¿Puedo preguntar por qué?

Julia se encoge de hombros.

—Estoy bien sola, no me gusta andar de flor en flor. Eso no quiere decir que me parezca mal lo que estás haciendo, ¿eh? —me dice enseguida, pero yo me río—. Hubo un chico, pero era un amor imposible. Lo conocí en Chile en uno de mis viajes a Latinoamérica, pero intento no pensar mucho en ello. Aunque…, bueno, cruza mi mente como mínimo una vez al día. Y ahora he conocido a una chica, pero nada, solo hablamos de vez en cuando.

Tuerzo la cabeza. Nunca había escuchado esta historia de Julia sobre su amante chileno.

—¿En serio?

Ella asiente.

—Vaya, vaya, sí que avisáis, cabronas —dice otra voz a mi espalda.

Me giro y aparece Olivia, como recién salida del rodaje de una película. Lleva gafas de sol, aunque estamos en febrero, y viste toda de negro. La cazadora de cuero lleva detalles en color plateado, el mismo tono de sus pendientes de aro. Mucha gente se gira a mirarla y no me extraña.

—¡Hola! —la saluda Julia, casi aliviada por cambiar de tema.

—¿Cómo nos has encontrado? —le pregunto.

Con Olivia siempre he tenido una relación complicada, aunque en realidad no me haya dado ningún motivo concreto. Quizá es por su forma de ser, apareciendo en mitad de nuestra comida privada.

—Os he visto en el mapita de Snapchat y he pensado: aquí falto yo, hombre. Además, quería verte, Anna, no sabía que volverías tan pronto.

Su tono no me deja claro si es una alegría o una decepción para ella que yo haya regresado al cabo de un mes.

—Sí, ya ves. Ya estamos de vuelta.

—Connor me lo ha contado todo sobre vuestro… problemilla.

Aprieto los labios sin darme cuenta.

—Sí —asiento y me obligo a ser amable. Al fin y al cabo, Olivia nos ha ayudado tasando la casa—. Gracias por echarnos una mano con los números.

—No hay de qué —responde enseguida—. En mi día a día veo casas así y nos pasamos semanas decorándolas con un presupuesto que asustaría a cualquiera. Para algo tendría que servirme en la vida real. Harry me echó una mano también.

Genial, pues ahora ya lo saben todos. Joder.

—Qué bien —respondo.

—¿No sabrás de alguien que tenga una habitación libre, Olivia? —pregunta Julia.

Ella se lleva la mano al mentón, pero niega enseguida.

—Qué va… Aquí está todo complicadísimo. En su momento, yo tuve muchísima suerte y encontré un lugar precioso la mar de barato. Pero se podría decir que es la excepción a la regla. Lo vas a tener difícil, Anna, de veras.

Me dan ganas de darle las gracias, pero prefiero ignorar su tono. ¿Para qué ha venido realmente? ¿Para fastidiar? ¿Para restregarme por la cara lo bien que le va a ella y lo mal que estamos el resto?

—Seguro que encuentras algo, Anna, no te desanimes. —Por supuesto, Julia siendo Julia. Por algo es la mejor persona que conozco en este lado del océano Atlántico.

—Sí… Bueno, ¿de qué estabais hablando?

—No sé… —digo.

—Algo de Chile, ¿no sería tu amor imposible? —insiste Olivia.

Pero… ¿qué mosca le ha picado hoy a esta chica? Se nota que Julia no lo quiere contar, pero Olivia insiste tanto que al final termina soltándolo.

—Fue todo muy intenso, el típico amor de verano. Recorrimos juntos casi toda la costa. Imagínate de cuántos kilómetros estoy hablando, con lo larga que es.

—¿También era larga otra cosa? —interrumpe Olivia y tengo que admitir que casi suelto una risita.

—No sé, igual podrías decirnos tú cómo de larga es la de Connor —le espeta Julia.

Se me quitan de golpe las ganas de reírme. Joder con la pelirroja. Mientras todo vaya bien, genial, pero cuando le tocan la moral… ¿Será una característica típica de los cáncer?

—Pues más que larga la tiene gorda como un...

—¿Podemos parar ya, por favor? —pregunto, antes de que siga describiendo la polla de Connor. Que, por cierto, he tenido la mala suerte de ver—. Estamos hablando del que ha sido mi compañero de piso durante cuatro meses y medio.

—Vale, vale. Tranquila, ni que fueras a vérsela algún día —me espeta Olivia.

En serio, no sé qué le ha pasado hoy a Olivia para plantarse aquí y estar así de agresiva. Julia intenta cambiar de tema para apaciguarla, pero entonces soy consciente de algo: Connor no le ha contado lo de nuestro pequeño resbalón. Bueno, mi resbalón. Doble. Sobre su cuerpo desnudo. Y medio mojado.

Me vienen recuerdos a la mente del día que fuimos al parque de atracciones y los encontré besándose, apartados del grupo, como si quisieran esconderlo. Al parecer, todo el mundo lo sabía, pero ellos dos se empeñaban en ocultarlo, quizá porque estaban todo el día cortando y volviendo.

Una hora más tarde, Julia me acerca a casa en su coche. Olivia ya no está con nosotras, por suerte.

—No le hagas caso. A Olivia, digo —me suelta Julia, como si me estuviera leyendo la mente—. Está pasando unos días complicados. Bueno, todos. Parece que nos ha caído una maldición o algo así.

—Ya, ya... Tendremos que decirle a Harry que tenga cuidado, ya que solo falta él. Y Connor... Bueno, él siempre está a malas, así que no habría mucha diferencia.

Solo delante de Julia me atrevería a decir algo así, pero es verdad. De hecho, todavía no he perdonado a Connor del todo por no contarme lo que estaba pasando con mi hermano.

—De hecho, creo que Harry está con la gripe.

Julia y yo nos miramos y nos partimos de risa. Sí, definitivamente nos ha caído un mal de ojo y de los gordos. Pero, por lo menos, nos tenemos la una a la otra.

Nos abrazamos y por primera vez en todo el día siento que he tenido los hombros en tensión y que por fin los he conseguido relajar.

—Investigaré si alguno de mis compañeros sabe de alguien que alquile una habitación, ¿vale?

—Sí, gracias, de verdad.

—De nada —me responde en español y regresa al coche. Espera hasta que me ve entrar en la casa y cerrar la puerta y después se marcha.

Tanteo el interruptor de la luz, a oscuras, antes de que me resbale por la escalera. En cuanto se enciende, me ofende los ojos. Por primera vez en mucho tiempo veo la casa como si no hubiera sido mi hogar durante los últimos meses. La cocina está demasiado limpia, parece más bien el escenario de una película que una cocina real, que se usa cada día. Camino por el salón, donde vi a mi hermano tirado en el sofá hace apenas un mes. Está perfectamente recogido, como si el fotógrafo de una revista importante estuviera a punto de visitarnos.

Unos pasos me indican que no me encuentro sola.

—Ni se te ocurra sentarte. Acabo de planchar las fundas de los cojines una a una.

La voz de Connor llena la estancia, elevando mi mal humor.

—Descuida.

CAPÍTULO 12

♓

EL DEL ÚLTIMO BAÑO EN LA PISCINA

Doy un paseo por la casa para disimular, como si tuviera un propósito claro, y vuelvo a mi habitación. No me apetece discutir con nadie. Me meto en la cama y miro el móvil durante un buen rato, aunque soy incapaz de quedarme dormida. Abro la ventana para despejar un poco el ambiente. Menos mal que las noches de Los Ángeles no son como las de Valencia, o estaría como un témpano ahora mismo. Pongo el móvil en modo avión y miro al techo, iluminado por las luces del vecindario. Hace tiempo que Raül desconectó las del jardín para ahorrar en la factura de la electricidad.

Cierro los ojos y estoy a punto de quedarme dormida cuando oigo un ruido en el jardín. Los abro de nuevo, como si eso fuera a cambiar algo, y lo vuelvo a oír. Son ruidos de pasos, no hay duda. Aguzo mis sentidos y dejo de respirar para escucharlo mejor. Alguien está caminando por el jardín. Espero un poco y, al ver que los sonidos no se repiten, miro la hora en el móvil. Entre unas cosas y otras ya son las dos de la madrugada. ¿Será mi hermano, Connor o...? Ahora mismo no sé si prefiero que sea un ladrón o un bicho de esos salvajes que se cuelan a veces en las casas. Siendo Estados Unidos, me espero cualquier cosa.

Con mucho cuidado, para que no cruja la cama, me levanto y camino hasta la ventana, que todavía sigue abierta. Veo una figura masculina sentada en el borde de la piscina y respiro tranquila al darme cuenta de que es Connor. Su silueta, marcada por su pelo rizado cortado por los lados, lo delata.

Vale, cancelamos la Operación Urgente Enfrentarme a un Oso Pardo en Pijama, si es que todavía hay de esos en California.

Estoy a punto de volver a la cama cuando lo escucho sollozar. Ahora sí que me quedo a cuadros, mucho más que si hubiera visto un oso bañándose en la piscina con un flotador en forma de dónut. ¿Connor llorando? Algo muy grave ha tenido que pasar para que esté así. Hace un par de meses lo escuché en la misma situación y decidí no meterme. Tampoco teníamos tanta confianza y estaba claro que quería estar solo. Pero ahora que lo conozco un poco más, aunque me saque de quicio el noventa y nueve por ciento del tiempo, me planteo seriamente bajar a verlo.

Connor lo tiene que estar pasando realmente mal. Me imagino que toda esta situación le estará afectando. Si a mí me da pena marcharme, no me puedo hacer a la idea de cómo se siente él, que lleva aquí mucho más tiempo. Hace unos días, cuando discutí con él, me dejó claro que haría cualquier cosa por mi hermano. Y eso, por más que a veces quiera arrancarle la cabeza, vale más que cualquier otra cosa.

No me lo pienso dos veces y busco mis zapatillas, me calzo y bajo al jardín. Quizá lo último que quiera ahora es verme, pero por lo menos quiero saber si lo puedo ayudar a sentirse mejor en todo este embrollo en el que nos hemos visto metidos de lleno. Camino con cuidado por la hierba y se sobresalta al verme aparecer a su lado.

—Joder, Anna. ¿Me quieres matar?

—¿Quieres la respuesta sincera? A veces sí, la verdad —respondo, tratando de relajar el ambiente.

—Muy graciosa.

Connor se seca las lágrimas, pero es consciente de que lo he pillado llorando.

—Voy a ser maja por un momento y a olvidar que me ocultaste lo de mi hermano durante un mes, y te voy a preguntar qué te pasa —bromeo, pero enseguida dejo a un lado el tono jocoso—. Ahora en serio, Connor. ¿Estás bien? ¿Quieres hablar de algo?

—¿Por qué iba a contártelo? —pregunta él y no le falta razón.

—Pues porque me preocupo por ti. Y, además, tus sollozos no me dejan dormir y me lo debes —respondo enseguida.

—¿Te lo debo?

Asiento, pero no suelta prenda.

—Va, ríete si quieres de la situación, lo estás deseando —me dice Connor, levantando los brazos hacia el cielo.

Por primera vez, lo miro y no lo reconozco. Está... vulnerable.

—No voy a reírme —respondo, y lo digo de verdad. Ya ni siquiera tengo ganas de saber qué le pasa, porque puedo imaginármelo.

Me siento a su lado y no digo nada. Miro cómo sus pies juegan con el agua de la piscina. Tiene que estar helada. Connor me pilla haciéndolo.

—¿Te llegaste a bañar alguna vez? —me pregunta, señalando la piscina con la cabeza.

—No, qué va. Cuando llegué ya no hacía tanto calor y nunca he sido mucho de piscinas.

—Déjame adivinarlo: eres de las que se pegan cinco horas seguidas en la playa, sin moverse, tostándose bajo el sol.

Arrugo la frente.

—Sí, claro, por eso estoy tan morena, ¿no?

Connor se encoge de hombros y clava otra vez su mirada en el agua. Es cierto que desde que llegué aquí podría haber hecho muchas más cosas. Por ejemplo, casi no he subido a la biblioteca. Me imagino las decenas de libros que podría haber leído y que ahora ni siquiera me voy a poder llevar conmigo a mi próximo hogar, ya que será enano. Solo había visitado la bodega en dos o tres ocasiones, una de ellas el día de la fiesta de los chicos sagitario. En el jardín sí que había estado bastante, pero no había tocado la piscina. Y eso que me había traído bañador.

—¿En qué piensas? —me pregunta el chico, y me sorprende que lo haga.

—En lo rápido y lo lento que pasa el tiempo.

Se ríe.

—¿Tú también estás en modo filosófico? —me pregunta.

—Un poco... Sobre todo ahora que nos vamos. ¿Tú tienes un sitio para quedarte?

Connor asiente.

—Me voy a Míchigan.

Tengo que hacer memoria para ubicar el lugar en el mapa de Estados Unidos.

—Dios, eso está casi en la otra punta. ¿No? ¿O me estoy colando una barbaridad?

Él se ríe, pero no es como las otras veces. Es una risa educada, para rellenar la incomodidad que se ha creado.

—Sí, en el norte y a muchos kilómetros.

Quiero hacer muchas preguntas, pero intento buscar respuestas por mí misma. Imagino que Raül lo sabrá, claro. Y por supuesto se tiene que haber enterado Olivia. Por eso estaba tan histérica.

—¿Por qué Míchigan?

—Tengo unos primos lejanos allí que regentan una cadena de lavado de coches. Me podrían hacer un hueco rápidamente.

¿Y el equipo de niños a los que entrena? ¿Lo ha dejado?

Siento un pinchazo extraño en el pecho. Me da pena que se vaya. Por mi hermano, que se quedará sin su mejor amigo. Connor se da cuenta y rompe la burbuja de compasión que se ha formado entre nosotros.

—Bueno, ya vale de confesiones —musita entre dientes—. Ni que fuéramos amigos ni nada por el estilo.

—Ya. Aunque parece que esta noche necesitas a un amigo, la verdad. Pero, oye, cada uno gestiona sus cosas como puede.

Los ojos de Connor todavía siguen vidriosos, pero se niega a abrirse.

—¿Sabes? Por una noche podemos fingir que somos amigos —le propongo, aunque cuento los segundos para que se eche a reír y se burle de mí.

—¿Tú y yo? ¿Amigos? —pregunta Connor, aunque no en el tono que esperaba—. Sería interesante. Intentémoslo. Empiezas tú.

—¿Yo?

—Sí, tú lo has propuesto, ¿no?

Me encojo de hombros.

—Pues yo, Anna, tu nueva amiga, te pregunto qué te pasaba para estar llorando antes.

—Y yo, Connor, te respondo que me da pena irme. Vaya, esto es más fácil de lo que pensaba.

—Ya ves. Pero tienes que decir algo más..., no sé, profundo. Por ejemplo, ¿qué va a pasar con el equipo de voleibol?

—Pues tú qué crees...

Traga saliva inquieto.

—Pero tendrás un sustituto, ¿no? Por ejemplo, cuando te torciste el tobillo, alguien te echaría una mano... —señalo.

—Sí, claro, pero no es lo mismo. Con ellos había desarrollado una relación... —medita antes de terminar la frase— digamos que especial. Ya los conocía a todos, ¿sabes? Llegó un momento en el que sabía que si Cindy venía contenta al entrenamiento era porque ese día había visto a su padre, que Ross se reía como un cerdo cuando algo realmente le hacía gracia o incluso que Lucio era alérgico a todos los frutos del bosque excepto las frambuesas, pero que no las comía por si acaso. Al final, acabas sabiendo tanto de ellos que ahora cada vez que vea una frambuesa no podré pensar en otra cosa. Es una conexión que no sé explicar de otra manera.

»Muchos vienen al entrenamiento porque les gusta, otros porque están obligados o incluso para huir de una situación complicada que tienen en casa. Ese rato que estamos por la tarde les cambia la vida a algunos de ellos y también a mí, de alguna manera. Los que no tienen un progenitor no se sienten tan solos gracias al grupo. Quienes tienen más suerte con su familia lo comparten todo: la merienda, incluso la ropa. Es increíble ver cómo con tan pocos años son conscientes de tanto y al mismo tiempo de tan poco.

»Por eso me da tanta pena dejarlos. Sé que vendrá otra persona igual o mejor que yo, que estará con ellos para cualquier cosa que necesiten, pero yo también los necesito a ellos. Sus risas, su buen rollo, su inocencia… Ojalá pudiera ser un poco como ellos.

Cuando deja de hablar me parece que es porque va a empezar a llorar, pero cuando lo miro a la cara me doy cuenta de que varias lágrimas ya han recorrido sus mejillas.

—Realmente te honra todo eso que acabas de decir —respondo, con la voz temblorosa. Hasta me he emocionado un poco de escucharlo hablar así de sus alumnos—. Ellos te recordarán siempre, ¿sabes? Cuando somos pequeños tendemos a acordarnos de esas personas con las que nos lo pasamos bien. Siempre tenemos un monitor favorito en los campamentos, o incluso una profesora preferida que siempre recordamos con cariño. Para ellos, ese vas a ser tú.

Connor se encoge de hombros. No dice nada más y me imagino que es porque no puede ni hablar.

—Permítete llorar —le digo, bajando el tono—. No hay nada malo en expresar lo que sentimos. No te lo guardes…

Pero él niega con la cabeza.

—Es que es un tema muy especial para mí, me cuesta mucho tocarlo.

—Pues te agradezco que lo hayas hablado conmigo. Muchas veces soltarlo viene bien, nos ayuda a normalizar las cosas y asimilarlas —continúo.

—Pues voy a tener que contarlo mucho hasta poder decirlo sin llorar —masculla Connor.

—Bueno, no hay nada de malo en eso.

Mis palabras se quedan flotando en el aire y Connor no añade nada más. Sigo su mirada, que sigue clavada en el agua y los reflejos que hacen las luces de las farolas.

—Pero, retomando lo de antes, un poco niño sí que eres a veces, ¿eh? —bromeo, para aliviar la tensión.

Él también se ríe.

—Ahora te toca a ti —exclama.

—¿Qué quieres que te cuente? —le pregunto, como si tuviera muchos secretos que ocultar.

—No sé. ¿Qué tal va tu experimento zodiacal?

—Pues ahora me toca el chico piscis, pero no estoy yo con muchas ganas, la verdad —reconozco.

—¿Te saltaste al acuario?

No puedo evitar soltar una risita.

—¿Te acuerdas del médico de mi madre? —le pregunto, y dejo que él mismo ate cabos.

—Joder con la niña del Zodiaco.

—La chica del Zodiaco —le corrijo.

—Eso.

—¿No tienes frío? —le pregunto, intentando cambiar de tema. Connor tiene los pies en remojo en el agua de la piscina, más bien la pierna, casi hasta la rodilla.

—Cuando llevas un rato, está buena —responde.

—¿Cuánto rato? ¿Media hora?

—Ya verás, mételos. Relaja un montón.

Me quito las zapatillas y los calcetines y lo imito, aunque los primeros segundos son mortales.

—Dios, está helada.

—¿Nos damos un bañito para refrescar las ideas? —propone Connor, y pienso que está de broma, pero se pone de pie y empieza a quitarse la camiseta.

—Estás loco.

Pero, antes de que me dé tiempo a decir nada más, deja el móvil en el suelo y se lanza directo al agua. El sonido rebota en la fachada de la casa, que se ilumina con los destellos que emite la piscina.

—¡Buah! ¡Está buenísima!

—Sí, seguro —respondo, alejándome del borde, porque nos conocemos.

—Al principio da un poco de cosa, pero luego…, uf. Venga, tírate.

—Que no me voy a tirar —digo enseguida.

No, no y no. Es innegociable.

—Vaaaaaa.

Se acerca, pero no tiene nada que hacer. Ni loca me voy a meter en la piscina en febrero. No quiero despertarme mañana con una pulmonía.

—No me creo que vayas a marcharte de esta casa sin darte un último baño.

—¿Qué más da?

—Va, si te metes en la piscina, te digo cuál es mi signo del Zodiaco.

Agito la cabeza. ¿En serio cree que voy a entrar en su juego? Connor se sacude y sus rizos lanzan agua en todas las direcciones, mojándome la ropa.

—¡Para! —chillo, alejándome todavía más del agua.

—Va, venga, chica aries.

—¿No se suponía que íbamos a ser amigos esta noche? Pues déjame un poco tranquila, anda.

—Venga, que sea a modo de despedida —insiste—. Un baño rápido y después ya te metes en la ducha y aquí no ha pasado nada.

—Que noooooooo. Además, no me gusta lanzarme a la piscina. Soy de las que van entrando poco a poco y si me salpicas ya te digo yo que eso no va a suceder.

De pronto, unos brazos que no son los de Connor me agarran por detrás. Entro en pánico. Intento hablar, pero solo me salen balbuceos, una mezcla de inglés y español que ni yo misma entiendo.

—¡Raül! —consigo chillar, pero ya es tarde. Mi hermano, que ha aparecido de la nada como un gato nocturno, me coloca en el borde de la piscina. Agarrarme a él es mi única esperanza. Por lo menos, si me caigo yo, nos caemos los dos.

—¡Llevo el móvil encima! —suplico, como último recurso.

Raül mira a Connor, que niega con la cabeza, y entonces sé que estoy perdida.

—Venga, hermanita. A la de tres vamos a saltar.

—No, no, no.

—¡Que sí! Venga, que es un subidón de adrenalina que flipas —dice mi hermano.

Me retumba la cabeza. Nunca en mi vida me he lanzado a una piscina, me da pánico. Ni siquiera cuando era pequeña y todos los niños saltaban de cabeza, pasando por el centro de un aro, en las clases de natación.

—Será la despedida oficial de la casa —insiste Connor—. Venga, Anna, ¡anímate!

Suspiro durante un segundo que se me hace eterno. Miro a Connor en el agua, dando brazadas para mantenerse a flote en una zona en la que no hace pie. Si él no llega, yo menos. No sé por qué le tengo tanto miedo, pero el pánico está ahí. Ni siquiera sabría decir a qué es. No se trata de chocar contra el fondo o de no saber nadar, todo eso no me preocupa. Es... el miedo a lo desconocido. El miedo a ese subidón de adrenalina que mencionaba mi hermano.

—Bueno —digo, y noto que los brazos de Raül se aflojan en mi espalda.

—Venga, lo haremos juntos —me propone—. Pero no vale echarse atrás, ¿eh?

Me imagino cómo se nos ve desde fuera. Quizá como tres niños que han jugado demasiado pronto a ser mayores y ahora tienen que afrontar la cruda realidad, pero por una noche, una única noche, se han permitido volver a ser ellos mismos antes de que les arrebaten todo lo que han tenido.

Intento convencerme a mí misma de que tampoco es para tanto. De que será un momento en el que me cagaré en todo, pero ya está. Lo habré hecho y siempre podré recordar la casa como el sitio donde llegué hecha trizas y salí como nueva.

—Venga, tres... —mi hermano empieza la cuenta atrás y decido que voy a saltar, sin pensarlo demasiado.

—Dos... —susurro, y me sorprendo a mí misma haciéndolo.

—¡Y una!

Raül salta medio segundo después de mí, como si dudara de que fuera a hacerlo. Hasta yo misma me siento una persona diferente cuando abandono el suelo y me dejo caer en el agua helada. Bueno, helada sería quedarme atrás. Toda mi ropa se empapa al instante y flota de forma extraña mientras lucho contra la gravedad para alcanzar la superficie y respirar.

De pronto, siento el subidón. Cada centímetro de mi piel rebosa una mezcla entre adrenalina y electricidad. Connor todavía está sorprendido de que me haya tirado y mi hermano suelta improperios sobre lo fría que está el agua y que su pene se le ha metido hacia dentro por el cambio de temperatura.

Esto es mejor que todas las montañas rusas de Six Flags juntas. Es una sensación inexplicable.

No puedo parar de pensar en lo que me ha dicho Connor de que nunca olvidaría este momento. Sin duda, tenía razón. Los miro a los dos, que están luchando entre ellos por hacerse una aguadilla.

Y sonrío.

Más bien, me río a carcajadas como una histérica y me uno a ellos.

CAPÍTULO 13

♓

EL DE LA LETRA PEQUEÑA DEL CONTRATO

A la mañana siguiente me cuesta madrugar. El frío de la piscina y el calor del agua de la ducha me dejaron exhausta, pero cambio el chip y recuerdo que tenemos unas deudas que pagar. Yo la primera. Me levanto antes de tiempo para entregar unas traducciones a Cameron, ya que voy a pasar toda la mañana fuera de casa, y a las diez salimos por la puerta y nos está esperando un coche gris oscuro.

—Buenos días, Duc.

—Buenos días, señor Ferrer.

El conductor pronuncia nuestro apellido con una mezcla de acentos superinteresante y me paso el viaje hablando con él sobre sus raíces vietnamitas para calmar mis nervios. Estoy tan histérica que me muerdo las diez uñas de los dedos, una a una, hasta que se detiene frente al edificio de Glass.

Hace ya varios años que Raül entró a trabajar en esta empresa, que es ahora una de las productoras más famosas de Estados Unidos y de todo el mundo. Como muchas otras, tiene un importantísimo estudio en Los Ángeles. Según me ha contado mi hermano, es normal ver a paparazis haciendo tiempo en sus coches hasta que aparezca algún famoso que haya venido de visita o a grabar su álbum. En esta ocasión, hay dos o tres *pick-ups* esperando a su próxima víctima.

Tengo que admitir que, conforme han ido pasando los días, la idea del podcast me ha empezado a gustar más, aunque me siguen aterrando las mismas dudas. Por eso, en el fondo, tenía ganas de que llegara este día.

Nada más entrar, Raül me presenta a los de seguridad y a los trabajadores del mostrador de recepción, que me identifican y me dan mi credencial. La de hoy es como visitante, pero toman mis datos para crearme un pase general como el de mi hermano.

—Por aquí. —Raül me señala los ascensores y pulsa la planta ocho.

Subimos acompañados de un ritmo hip-hop que seguro que ha sido producido por esta empresa y me miro en el espejo por quinta vez. He optado por un *look* elegante pero juvenil, así que he mezclado una blusa con algún detallito bordado y unos vaqueros clásicos ajustados. He dejado en casa, por fin, las zapatillas y me he puesto unas sandalias con unas medias transparentes por si acaso hacía frío. Como me lavé el pelo anoche, después de nuestro baño nocturno, lo tengo perfectamente peinado con la raya en el centro de la cabeza. El tinte arcoíris todavía aguanta, aunque ya se me empiezan a notar un poco las raíces.

Las puertas del ascensor se abren y una mujer menuda pegada a una carpeta nos recibe.

—Os he visto llegar —nos saluda—. Tú debes de ser Anna, la hermana de Raül, ¿verdad?

—Sí —respondo, estirando el brazo para estrecharle la mano. Ella suelta un segundo su carpeta para devolverme el saludo.

—Genial. Los demás todavía están reunidos, pero saldrán enseguida. Acompañadme.

La mujer lleva la coleta tan tirante que temo por su cuero cabelludo. Nos dirige hasta una sala de paredes acristaladas, completamente transparentes, que hace que cualquiera en la oficina pueda vernos, aunque no escucharnos.

—¿Queréis tomar algo?

—No, gracias. Acabo de desayunar —dice Raül.

—Un vasito de agua, por favor.

—Por supuesto.

La mujer desaparece un instante y vuelve pocos segundos después con dos vasos de agua.

—Enseguida vendrán —se despide, y cierra la puerta detrás de ella.

—Recuérdame a quiénes vamos a ver, por favor —le suplico a Raül en cuanto nos quedamos a solas.

Él se rasca la parte de atrás de la cabeza.

—Pues no lo sé exactamente. Estará mi jefe, Anthony, y quizá Alex. Aquel al que conocía de antes de entrar aquí. Y no sé quién más, porque había una…

Pero no le da tiempo a terminar la frase. La puerta de cristal se abre y un hombre negro de casi dos metros de altura irrumpe en la sala de reuniones. Viste de traje, aunque lo hace de una manera tan elegante que parece serio e informal al mismo tiempo.

—¡Pero bueno! ¡Los hermanos Ferrer!

Nos saluda como si nos conociera de toda la vida. Supongo que él es Anthony, porque el otro chico se presenta como Alex. Tiene la piel anaranjada, como si hubiera pasado demasiado tiempo en una sala de rayos uva.

—¿Qué tal el viaje? —nos pregunta, pero no da tiempo a responder—. Perdonad que no haya podido citaros antes. Quería que nos viéramos la semana pasada, pero tuvimos un problema con el disco de Zac Nelson. Otra vez. Ahora ya está arreglado, pero… ¡qué días! He estado casi tres noches sin dormir. Imagínate. —Anthony no para de hablar, como si le hubieran dado cuerda—. Y aquí está tu hermana. ¿Cómo vas? Me han dicho que eres traductora, así que el idioma no será un problema.

—En absoluto, no —respondo, y me alegro de que no me tiemble la voz al hablar—. Estoy muy emocionada por estar aquí.

La palabra correcta no sería «emocionada», la verdad. Quizá nerviosa, o incluso histérica. Pero intento ser lo más amable posible. Al final, esta propuesta significa dinero y es mi mejor baza para pagar mis deudas con Cameron y poder echarle una mano a Raül cuanto antes.

—Genial. Chicos, no me voy a entretener porque tengo mucha información que daros y después debo asistir a otra reunión a las doce y media, precisamente con Barcelona. Eso está cerca de donde nacisteis, ¿no? Bueno, vayamos al grano.

Anthony saca una hoja de anotaciones de la solapa de su traje.

—Queremos hacer un programa que dure un año entero, empezando en Libra, igual que has hecho tú, Anna. De hecho, nos gustaría que tú fueras el centro de la historia.

Me mira a mí, como si esperara una reacción por mi parte. Sonrío, mostrando interés, aunque por dentro estoy pensando en dónde estará el baño más cercano, porque me muero de pis. No sé para qué he pedido un vaso de agua, porque ahora solo con mirarlo me entran ganas de salir corriendo.

—Claro, muy bien —me salva mi hermano al ver que no digo ni una palabra.

—Genial. Habrá un episodio cada mes y tendrá diferentes secciones. La idea es que sean bastante largos. Empezaremos así y, si va muy bien, veremos cómo seguimos. En cada episodio estarás con una persona muy especial que hemos contratado para que te guíe, ella tiene experiencia en la radio y con el horóscopo, así que no podría ser mejor. Además, traeremos invitados de cada signo. Intentaremos que sean famosos, aunque les tendremos que pagar una pasta. En fin, como os he dicho antes, todo depende del éxito que tenga. Creemos que con una buena campaña en Spotify podemos alcanzar pronto el millón de reproducciones y retener a los oyentes para que se queden durante toda la duración del episodio. Por eso los primeros minutos son claves para retener a la audiencia.

Yo sí que tengo que hacer esfuerzos para retener toda la información que me están dando. En principio no parece haber nada turbio. Mi hermano ya me ha avisado del doble rasero que tienen muchas personas de este mundillo y, después de haber escuchado a escondidas su conversación privada por videollamada hace unos días, no me fío ni un pelo de Anthony. Pero ahora mismo es mi mejor opción para sacar un dinerillo extra.

—Genial, suena bien.

—Trabajarás siempre mano a mano con tu equipo, que será siempre el mismo. Todo lo que sea gestión, fechas y producción lo liderará tu hermano, así que podemos decir que os llevaréis el trabajo a casa, ¿eh?

Nos reímos un poco, aunque con un sabor amargo. Ojalá supiera la situación que tenemos en casa.

Me sorprende que Anthony hable como si ya todo estuviera pactado y hablado y esto solo fuera una reunión entre viejos conocidos. Pero, al mismo tiempo, me da tranquilidad que lo tengan todo tan preparado. Realmente creen en el proyecto y cuanta más información nos comparte, más me interesa participar, aunque me dé un poco de pánico ponerme delante de un micrófono a contar mi turbulenta vida amorosa y cómo han influido los astros en ella.

—Por nuestra parte, en Glass vamos a hacer una inversión enorme en este proyecto. Queremos sacarlo cuanto antes para que no nos copie la competencia, así que vamos a ir con prisas. Grabaremos esta misma semana los dos primeros episodios. Libra y Escorpio. Yo soy escorpio, así que me hace mucha ilusión saberlo todo del chico con el que estuviste, a ver si nos parecemos… Así, además, te da tiempo a ir avanzando en tu experimento para que cuando nos acerquemos al final coincida con tus últimos ligues, ¿sabes?

—¡Genial! —le pongo un poco de entusiasmo, porque sé que me va a caer una bronca de mi hermano en cuanto salgamos de este edificio.

—Queremos arrancar con una personalidad importante del mundo de la música que vaya en la línea de vuestro discurso. Necesitamos que sea fresco, diferente, muy espontáneo. No quiero que os cortéis en detalles. Haremos que los episodios sean explícitos, ese tema es todo vuestro. No entraremos en el contenido siempre y cuando veamos que es dinámico y que se escucha solo. ¿Me explico? —Anthony se rasca las comisuras de los labios en un gesto extraño y cambia de tono, como si fuera a compartir con nosotros una información confidencial—. Necesitamos que esto sea un bombazo. Estamos de capa caída y con los podcast, que ahora están tan de moda, puede que remontemos la situación. Si no, tendremos un problema grave.

Una forma educada de recordarnos que, si esto va mal, echarán a mi hermano. No hacía falta que me lo dijera, porque ya lo había escuchado al otro lado de la puerta cuando los espié en Valencia.

—Muy bien, chicos, pues creo que no me dejo nada más. Alex os va a explicar ahora las condiciones generales del contrato.

El amigo de Raül se recoloca en la silla y saca varios folios grapados de su carpeta.

—Aquí están todas las condiciones de la colaboración. Podéis leerlo con calma y traerlo firmado el próximo día. El pago se realizará una vez que el episodio se haya publicado en todas las plataformas y será de mil dólares cada uno para ti, Anna. Por parte de Glass haremos toda la promoción posible. Ya han creado un canal de YouTube y una cuenta en TikTok e Instagram para subir los capítulos enteros y los mejores fragmentos de cada episodio. Ya las podéis seguir, si queréis, aunque todavía son confidenciales. Además, estaremos en todas las plataformas digitales. Pensamos en buscar un patrocinador que comprara el programa en exclusiva, pero creemos que es mejor estar en todas partes y esperar un poco para que lo pete. Si no, si lo hacemos solo con Spotify, por ejemplo, nos arriesgamos a que no llegue a tanta gente. Es la plataforma más grande, pero no queremos cerrarnos puertas. En fin, va a ser una experiencia nueva para todos y queremos que vaya rodado, así que tendremos que poner un poquito de nuestra parte para que el podcast tenga buena publicidad, ¿vale?

No entiendo a qué se termina de referir, pero asiento.

—Toma, os dejo una copia a cada uno para que lo miréis. Si queréis os lo puedo mandar también por correo electrónico, incluso lo podéis firmar online. Como os vaya mejor.

—Gracias, Alex. Lo leeremos con calma en casa, sí —dice mi hermano, y se guarda mi copia y la suya, doblándolas por la mitad con dificultad. El contrato tendrá al menos treinta páginas, seguramente muchas más.

—Muy bien —dice Anthony—. Pues vamos a dar una vuelta por las instalaciones, ¿no? Que Anna no las ha visto.

—De acuerdo —respondo.

Interrumpo el inicio de la visita guiada para pasar por el baño y me cruzo con una chica que me guiña un ojo. Le respondo con una sonrisa educada y me uno de nuevo a los chicos, que están hablando en un corro.

—Por aquí.

Anthony nos lleva a través de varios pasillos y por un momento recuerdo los del hospital donde estaba mi madre y pienso en ella. Según el mensaje de Martina de esta misma mañana, está mejor. Me imagino contándole a mamá todo esto; ella no tiene ni idea de lo que estamos viviendo. No, mejor que no sepa nada, o le podría dar otro ataque.

—Esta es la zona de grabación. Tenéis una sala completamente aislada y equipada para lo que necesitéis. Todavía no está decorada, deben terminar de traer unas cosillas que hemos encargado, pero yo creo que dentro de un par de días ya estará lista.

Atravesamos una puerta extraña y nos adentramos en una sala cubierta de una goma con pinchos en las paredes. Son de color morado, no muy chillón, pero sí lo suficiente como para marear un poco. En el centro hay una mesa enorme con capacidad para varias personas y cuatro sets de micros instalados. Cada uno tiene sus cascos y un mando que no sé para qué servirá. Mire a donde mire, hay cables por todas partes. También hay varias cámaras que apuntan directamente a la mesa. Son casi tan grandes como las que usan para los telediarios.

En la mesa ya hay algunas decoraciones: una gran bola de cristal, cartas del tarot y purpurina con forma de estrellas. Junto a cada micrófono hay una taza con el logo del programa. Cojo una y pongo los ojos como platos.

—¿Te gusta? Han llegado justo esta misma mañana —dice Alex, señalándola.

—¡Me encanta!

El logo es una pasada. Han escrito «La chica del Zodiaco» en amarillo, como si fuera un neón, sobre un fondo morado. Todo está rodeado de pequeños planetas, estrellitas y constelaciones.

—Hemos encargado un neón gigante con esta tipografía para la pared. Va a quedar increíble en cámara. Ven, te presentaremos a Melissa Moon. Acaba de llegar.

Cambiamos de sala y enseguida reconozco a la chica que nos está esperando. Es con la que me he cruzado en el baño.

—Melissa, querida, gracias por venir hoy. Te presento a Anna Ferrer. Ella será tu chica del Zodiaco.

Melissa Moon me devuelve la mirada con una sonrisa traviesa. No hay más que mirarla de arriba abajo para entender por qué es una estrella de las redes sociales. Rebosa carisma por cada poro de su cuerpo. Lleva unas lentillas que le hacen los iris más grandes, de color violeta. Su media melena oscura está decorada con cuentas, abalorios y pinzas. Es un caos perfectamente organizado. Viste con un *crop top* que deja a la vista su cintura, casi esquelética, y unos *shorts* rotos con parches de flores. Ella misma es un espectáculo, todo lo opuesto a mi ropa, que es lo más sencilla posible.

—Sí, ya nos hemos conocido antes. —Melissa se acerca a mí y me da un abrazo. Huele a marihuana a kilómetros, pero su cercanía confirma que el olor proviene de ella.

—Y él es Raül, su hermano.

Lo saluda a él mientras la observo de nuevo. Es tan magnética que no puedo quitarle los ojos de encima. Me encantaría preguntarle su signo, pero me da miedo parecer demasiado básica.

—¡Qué ganas de empezar con el proyecto! Anthony y Alex me han estado contando todo lo que tienen preparado. ¡Qué nervios! Seguro que queda genial, ya verás. A mí me encanta todo este tema del horóscopo, de hecho en mis redes sociales hablo continuamente de ello, o sea, que me hace muchísima ilusión que lo hagamos juntas. Seguro que queda genial, ya verás.

Lo único en lo que puedo pensar ahora mismo es que es un alivio que hable tanto. Me vendrá bien para cuando grabemos.

—Sí, empezaremos el lunes que viene a las cinco de la tarde. ¿Vale? Bueno, venid una hora antes, que os haremos una sesión de fotos. Si necesitáis maquillaje o peluquería, avisadnos.

—Nah, estoy bien así —dice Melissa.

—Yo igual —respondo enseguida.

—Maravilloso. Pues nada, chicas, si todo va bien y los Ferrer firman el contrato, os mandaremos los guiones a lo largo de la tarde. Me habría gustado tenerlos hoy aquí, pero estamos terminando de retocar una cosilla. Ha habido un cambio de última hora con el invitado libra, pero ha sido para mejor. Ya lo veréis. No quiero haceros *spoiler*. Para entonces, traedlo bien revisado y cualquier duda que tengáis la comentamos por teléfono antes del día de la grabación. Podéis añadir todo lo que queráis. De hecho, la idea es que llegue un momento en que vosotras mismas preparéis el contenido sin que tengamos que intervenir nosotros, así tenéis libertad total.

—Per-fec-to —responde Melissa Moon, siempre con una sonrisa en la cara, como si hubiera nacido con ella tatuada.

Después de un rato más de conversación, nos despedimos del grupo. Anthony nos acompaña a los ascensores y me sorprende que pulse el botón de una planta superior en vez del de la recepción. Miro a mi hermano, pero él parece tan confuso como yo.

—Antes de que os vayáis, hay algo más que quiero comentaros. Bueno, sobre todo a ti, Anna. Verás…

Las puertas se abren a una planta completamente distinta. La anterior estaba llena de zonas de reuniones, algunas más distendidas, otras mucho más serias. Aquí todo es diferente. Un pasillo negro y largo discurre frente a nosotros y a cada lado hay unas cabinas enormes de grabación. Como la de mi futuro programa, pero mil veces más profesionales.

—¿Qué hacemos aquí? —pregunta Raül confundido.

Pero Anthony no contesta. En su lugar, comienza a andar, parándose casi al final del pasillo. Frente a nosotros, un cartel que reza «Studio 22» cuelga de una puerta negra. Hay una luz roja en la entrada, pero Anthony saca de su bolsillo una tarjeta con una banda magnética y la luz se vuelve verde para darnos acceso. Enseguida, una música lenta nos recibe. El jefe de Raül nos hace un gesto con el dedo para recordarnos que permanezcamos en silencio. Dos técnicos de sonido se giran al vernos entrar, pero siguen a lo suyo. Al otro lado del cristal hay un chico de apariencia educada, de estatura mediana y la típica imagen de estrella del pop juvenil. Lleva puesta una camisa de cuadros rojos y negros y unos vaqueros negros rotos, mucho más que los míos. Está cantando un tema que no he oído nunca y me doy cuenta de que lo hace descalzo.

Tiene una voz melosa, como si le declarara su amor al micrófono. No hace falta ser muy lista para darse cuenta de que tiene el perfil que vuelve locas a las chicas jóvenes.

—Este es Zac Nelson. ¿Te suena?

Agito la cabeza de un lado a otro.

—Es nuestra última incorporación. Llevamos meses trabajando en él y acaba de sacar un par de *singles* que han tenido muchísimo éxito. Ahora estamos terminando de perfilar su álbum, aunque todavía faltan dos canciones.

Miro a mi hermano, intentando encontrar un sentido a esto, pero él parece tan perdido como yo. De fondo, ajeno a todo, Zac sigue entonando la melodía de su canción, hasta que se repite de nuevo el estribillo y se termina.

—Vale, lo tenemos —dice uno de los técnicos, poniéndose de pie—. Anthony, ¿todo bien?

—Necesito robarte a Zac un minuto.

—Espera, necesito que repitamos esto varias veces más. ¿Te importa que sea dentro un rato? —Veo al chico sufrir al pedirle eso a Anthony, que seguramente también será su jefe—. Es que ya ha calentado y acabamos de repasar las armonías.

—Será solo un segundo.

La cara del chaval se descompone, pero aun así asiente. Pulsa un botón y le habla al micrófono que tiene delante.

—Zac, sal un momento, por favor.

El chico se fija entonces en que tiene visita. Abandona la zona de grabación, que está completamente aislada, y se une a nosotros.

—¿Qué tal, Anthony?

—Bien, bien. ¿Ya tienes las dos últimas canciones? —le insiste.

—Casi.

Su mirada se posa en mí de una forma extraña y no sé cómo interpretarla. Tiene la cara llena de pecas, algunas más marcadas que otras, y los ojos color miel.

—Esta es Anna Ferrer, la chica de la que te hablé. Empieza enseguida con su programa aquí en la empresa. Y a él ya lo conoces —dice, señalando a mi hermano.

—Claro. Encantado de hablar contigo por fin, Anna.

¿Por fin?

Anthony se gira hacia los dos técnicos y les pide que nos dejen un momento de privacidad. Se miran entre ellos y hacen caso. Está claro que su jefe les impone respeto. Me da la impresión de que es el típico hombre que de frente parece muy simpático, pero cuando se enfada se transforma en un monstruo y la gente le tiene miedo. Desde luego, hasta a mí me cabreó escucharlo hablar mal a mi hermano durante la videollamada. Está claro que es una persona amable y exigente a la que no conviene enfadar.

Enseguida nos quedamos los cuatro solos.

—Hay un poco de letra pequeña en el contrato. Bueno, en realidad no lo pone, va a ser algo entre nosotros. Lo he hablado con Zac y le parece bien, pero, claro, tienes que dar tú también tu consentimiento —dice Anthony, mirándome fijamente.

—Vale, dime —respondo, temiéndome lo peor.

—Hemos tenido una idea… que creo que os podría beneficiar a ambos. Es algo muy común en este mundillo y además seguro que lo pasáis muy bien. En fin, voy al grano: estaría genial que Zac y tú fingierais que salís juntos a partir de ya.

La noticia me cae como un ladrillo en el estómago. No, más que eso. Como una estampida de elefantes con sobrepeso cargados con una tonelada de ladrillos cada uno, si eso fuera posible.

—¿Cómo?

Miro a Zac, esperando algún tipo de mueca horrorizada en su cara, pero él parece estar de acuerdo con el plan.

—Yo… —estoy a punto de negarme, igual que hice con la piscina, pero recuerdo que al final me acabé tirando.

—Ya sé que es mucho pedir, pero los dos saldríais ganando. Él es piscis, Anna, y tú justo estás en ese momento del experimento, ¿no? Si todavía no has encontrado a tu pececillo, no hace falta que busques más: aquí lo tienes.

Tengo que hacer un esfuerzo por no crispar la cara cuando dice «pececillo».

—Mira, serían solo un par de semanas o así, no hace falta más para que la prensa se haga eco de vuestra relación. Os iría genial para el podcast. Todo el mundo querrá investigar sobre la nueva chica de Zac Nelson, la promesa del pop juvenil, y en cuanto pongan tu nombre en el buscador saldrá el *link* al podcast. Mis compañeros de *marketing* están preparando una campaña de anuncios para ponerla en marcha en cuanto les diga. Sé que puede resultar un poco abrumador, pero podría ser divertido, de verdad. ¿Qué dices?

Antes de que pueda responder, se adelanta mi hermano.

—¿Y qué ganas tú, Zac? Porque algo te habrán prometido para meterte en este lío…

Él se rasca la nuca.

—Verás, he tenido un problemilla con mi última novia… Bueno, lo ha tenido ella —dice el chico. Rezo para que no diga lo típico de que todas sus exnovias estaban locas porque, si lo hace, salgo de aquí corriendo—. Tuvo un follón gordo justo antes de que cortara con ella. Creó una línea de ropa para vender a sus seguidores y básicamente los timó, así, por resumir. Y ahora yo soy «el novio de la timadora». —Zac hace el gesto de las comillas con las manos.

—Exacto —retoma Anthony—. En cuanto me contó esto hace unos días, pensé que esta unión sería ideal. Él necesita limpiar su imagen y dejar claro que su exnovia es cosa del pasado, que ya no están juntos ni tiene nada que ver con ella. Para que te hagas una idea, la chica puede enfrentarse a varios años de cárcel. Consiguió recaudar casi un millón de dólares en una tarde gracias a la farsa que tenía montada y ahora el dinero y ella han desaparecido misteriosamente.

—¿Qué? —me sale solo y por un momento temo haberme tomado demasiadas confianzas, pero la expresión de Zac me deja claro que todos están igual.

Madre mía, la gente está mal de la cabeza.

—Bueno, ninguno tiene nada que perder, ¿no? Además, es piscis —insiste—. ¿Qué dices, Anna? ¿Cómo lo ves? ¿Será cosa del destino?

CAPÍTULO 14

♓

EL DE LOS MENSAJES MÁS LARGOS DEL MUNDO

Acepto el trato de Anthony sin parecer muy desesperada, pero tampoco una ameba. Tengo que hacer gala de la impulsividad que me caracteriza como aries. Ya me lo dijo Lucía, así que voy a utilizar esto como excusa antes de que lo piense demasiado y empiece a encontrar fallos al plan.

En el fondo, Anthony tiene razón en que todos salimos ganando y no me parece tan mala idea fingir que salgo con un chico. Al final, mi corazón ahora mismo está en cuarentena emocional, por lo que me vendría bien conocer a un chico sin presiones y sin obsesionarme con una parte concreta de su cuerpo. Sí, todavía estoy pensando en las manos del chico acuario.

Cero dramas, cero enamoramientos, cero obsesiones. Solo trabajo y dinerito para cubrir deudas y poder llegar al verano con un poco menos de estrés y ansiedad por la vida que ahora.

Hasta mi propio hermano se sorprende de mi decisión, pero no dice nada mientras intercambio mi número de teléfono con el de Zac. Se mantiene en silencio hasta que salimos y entonces explota.

—Dios mío, Anna. Qué fuerte todo. Lo de Melissa Moon, lo de Zac Nelson… Van a apostar muchísimo por este proyecto, así que tiene que salir a la perfección.

—¿Tú crees? —pregunto, aunque está clara la respuesta.

De camino a casa cotilleamos los seguidores en Instagram de Melissa Moon, que es un nombre falso, y supera los tres millones. Por otro lado, Zac tiene casi cinco, que se dice rápido.

—Me abruman todos estos números —reconozco—. Y todo lo que van a hacer. ¿Y si nadie lo escucha? ¿Y si no soy lo suficientemente graciosa? De nada sirve toda esta pedazo de campaña de *marketing* si a la gente no le hago gracia. Al lado de todos estos famosos yo no soy nadie.

Quiero llamar a Julia y contárselo todo, y también a Lucía, pero el contrato incluye una cláusula de confidencialidad. Aunque no creo que ellas digan nada, pero… Por si acaso, lo comento solo con Raül.

—Es una pasada lo de Zac Nelson —dice por quinta vez, mientras entramos por la puerta de su casa—. Y que te paguen mil dólares por episodio es una barbaridad. Que en realidad eso es una cifra pequeña para lo que se mueve en este mundillo, pero, eh, por nosotros, genial.

Me paso la tarde en la biblioteca, pensando en todo lo que ha sucedido por la mañana. Y también, por qué no admitirlo, por alejarme de mi hermano y de Connor un rato, aunque en algún momento de la tarde los oigo salir de casa y no vuelven hasta la hora de cenar. Adelanto trabajo para Cameron por si acaso estos próximos días estoy muy ocupada. Compaginar todos estos proyectos no va a ser fácil, pero soy traductora *freelance*, así que ser una muerta de hambre que hace *multitasking* a nivel extremo está en mi ADN.

Respondo todos los correos electrónicos de mi bandeja de entrada del trabajo y después abro mi cuenta personal, donde me espera el guion del primer capítulo del podcast. Mientras se descarga, releo el contrato y lo firmo con una emoción que me sorprende a mí misma. Después, abro el Instagram de Zac Nelson. ¿Voy a considerar nuestro falso romance como un tercer puesto de trabajo? Puede ser.

Casi todas sus fotos son cantando, tanto en el estudio como dando conciertos. Y tienen en común que está descalzo. ¿Por qué lo hará? ¿Será como su marca, o algo así? Cada día que pasa me doy más cuenta de que en Los Ángeles hay muchas más apariencias que sinceridad, así que no sé si se trata de una estrategia de imagen del autor o es que realmente hay algún tipo de beneficio en cantar con los pies al aire. Me estoy riendo, pensando en si le olerán bien o no, cuando una notificación de que el archivo se ha descargado me hace volver a la realidad.

—Veamos...

Hago doble clic en el PDF y se abre enseguida. Un archivo de casi quince páginas se extiende en mi pantalla. En él, veo que los guionistas que hasta ahora no sabía que tenía han delimitado al milímetro cada frase que debo decir. Hay algunos espacios en los que me dan libertad para contar anécdotas, pero está casi todo cerrado, incluso las bromas y juegos de palabras que tengo que hacer.

Esto solo demuestra, de nuevo, la falsedad de este mundo. Aunque me relaja saber que no voy a tener que improvisar todo esto por mi cuenta.

Le doy a «imprimir» y maldigo, porque mi hermano decidió que el mejor lugar para dejar la impresora era en el *hall* y ahora tengo que bajar y subir las escaleras, y cuando regreso veo que tengo nuevos mensajes en el móvil.

Por supuesto, de Zac Nelson.

Hola, cielo. Cari. Gordi. Bebé.
No sé exactamente cómo vamos a
llamarnos, tendremos que trabajar
en esto.

Vale, tengo que admitir que me he reído. Pienso en la cantidad de chicas que darían lo que fuera por recibir un mensaje de Zac y que encima fuera él quien les escribiera primero.

Hola, mi amor. He estado toda
la tarde pensando en ti. Creo que
si me llamas Anna estará bien, por ahora.

Bueno, la verdad es que nunca he hecho esto del *fake dating.* Quizá tú me puedas guiar un poco.

Yo tampoco. Es mi primera vez. Creo que lo importante es que se nos vea naturales cuando estamos juntos, ¿no?

Sip.

Pues igual podemos hablar un poco y ver qué cosas tenemos en común para que cuando quedemos por primera vez la conversación fluya.

Vale. Empiezo yo, pues. Nací en España, soy traductora. De hecho estoy trabajando en Gold Wolf Corporations como traductora de documentos legales, que es en lo que me especialicé. Vine aquí a vivir porque mi familia es un poco… complicada y no me puedo estar quieta en un sitio. La verdad, pensaba escoger un viaje al azar, pero gracias a Raül me mudé a Los Ángeles y estoy contenta, aunque tampoco he tenido mucho tiempo para conocer la ciudad. Empecé el experimento de salir con un chico de cada signo del Zodiaco por un cabreo que me pillé con una examiga y con la tontería ya casi voy por la mitad. De hecho, justo entre Piscis y Aries es el ecuador, no había caído hasta ahora. Y ahora, gracias a mi hermano, surgió la posibilidad de hacer el podcast y ha sido todo muy rápido.

Demasiado. Pero desde que estoy aquí es como si no pararan de sucederme cosas surrealistas. Igual por eso graban tantas películas en Los Ángeles, porque es la ciudad de las eternas casualidades.

Cuando le doy a «enviar», pienso que he sido demasiado intensa, o pesada. Estoy tentada de borrar el mensaje y escribir algo más corto e impersonal, aunque realmente no he compartido demasiada información privada, así que lo dejo estar. Zac no tarda mucho en leerlo y pasa un rato escribiendo, mucho más que yo.

No sé si es posible conocer a alguien solo a través de su currículum, jaja. Me has contado poco sobre cómo eres tú y qué te gusta hacer. Yo nací, crecí y he vivido toda mi vida en esta ciudad, aunque en las afueras. Me gusta cantar desde que era pequeño y tuve la suerte de rodearme de personas talentosas, amantes del arte y de la música. Y, desde luego, no podría haber deseado un sitio mejor para lanzar mi carrera. Anthony fue como un padrino para mí y tu hermano también me ha ayudado mucho. Ahora no estoy pasando mi mejor momento psicológicamente hablando. Tengo mucha presión por acabar mi disco. Me faltan dos canciones que tengo atascadas y no hay manera de que salgan. Pero, como siempre en estas cosas, lo importante es lo que se ve desde fuera. Y la imagen que tenemos que dar es la de que soy el cantante revelación del momento. Así que ahí estamos, luchando contra los demonios e intentando disfrutar del día a día, que a veces pasa demasiado rápido. Me gustaría tener un botón que ralentizara el tiempo para poder vivir con más intensidad cada minuto. En mi tiempo libre, cuando lo tengo, me gusta estar en casa haciendo cosas, no soy muy fan de salir de fiesta. Tampoco me gustan las películas de terror y tengo una fobia incontrolable a los tiburones. Todos los domingos voy a la iglesia, y hago yoga. Tengo una familia maravillosa. Y no sé qué más contarte.

¿Y qué tipo de amante crees que eres?

¿Amante? Pues nunca me lo había preguntado, la verdad. Creo que soy muy cariñoso, igual incluso demasiado pegajoso a veces. Me gustan los planes románticos incluso un poco desfasados.

¿Desfasados?

Sí, soy un poco nostálgico de los noventa. Por ejemplo, todavía tengo una colección enorme de VHS que pongo de vez en cuando. Y me hace más ilusión imaginarme mi primer disco en vinilo que verlo en la pantalla en las plataformas de *streaming*. Me encanta llorar con las películas, aunque luego siempre me duele la cabeza. Pero también soy muy cabezota con mi intimidad y tengo un poco de miedo al rechazo, para qué te voy a mentir, ahora que de pronto nos hemos puesto intensitos. ¿Y tú?

Pues... yo creo que soy muy cambiante. Me aburro haciendo todo el rato lo mismo. Tampoco estaría todo el día de fiesta, aunque no le diría que no a una de vez en cuando. Me gusta improvisar, prefiero no controlarlo todo demasiado y dejar que fluya, aunque a veces sea la causa de mi estrés.

Seguimos hablando durante una hora más, pero me cuesta hacerme a la idea de cómo es Zac Nelson solo por mensajes. Ya me pasó algo parecido con el chico escorpio y terminó siendo más perro ladrador que mordedor, y nunca mejor dicho. Me despido de él poniendo una excusa y él me dice que tiene que irse también a ver si desatasca esas últimas canciones del álbum.

El día siguiente estoy desaparecida. Mi cerebro activa el modo piloto automático y me dedico a recoger todas mis cosas en unas bolsas, mochilas y maletas que Raül me ha prestado. Esa misma noche entrará a vivir la nueva inquilina, así que me mudo a casa de Julia hasta que encuentre una habitación, muy a mi pesar. Me sabe mal ser la amiga plasta que va de casa en casa, pero no me queda otra opción.

Me descargo varias aplicaciones, mando por lo menos veinte mensajes y los dejo ahí, esperando tener suerte con alguno. Echo una mano a Raül con sus bolsas. Por suerte, no ha acumulado gran cosa, aunque sí que tiene una mesa de mezclas gigante que pesa demasiado como para moverla yo sola hasta el coche de Connor. Entre los tres terminamos de vaciarla y, casi diez horas más tarde, la casa está prácticamente como nueva. Connor ha cortado el césped y entre mi hermano y yo hemos barrido y fregado los tres pisos. No siento los brazos ahora mismo.

Me monto en el coche y siento que me podría quedar dormida en cualquier momento, pero saco mi móvil y me pongo a revisar los mensajes de la aplicación. Tengo varios, aunque solo uno parece confiable. El resto me responden intentando hacer chanchullos con el precio, o diciéndome que no tienen fotos actualizadas de la habitación, solo una de hace tres años. Hay otra que también me gusta, pero es más cara que el resto y la zona tampoco es la mejor, según Raül, así que respondo a la chica que me parece de fiar para preguntarle si puedo ir a visitar el piso.

Connor frena delante de la urbanización de pisos donde vive Julia. Parece más bien un motel, incluso me recuerda un poco a los edificios de la costa mediterránea, aunque con una altura mucho más baja. Cada bloque tendrá cuatro pisos, no más.

—¿Y qué vais a hacer vosotros? —les pregunto, antes de bajar del coche y recoger mis cosas del maletero.

—Primero vamos a alquilar un trastero para dejar todo lo que no necesitemos en los próximos días y después creo que estaremos en un hostal barato hasta que encontremos algo. Nos sale a siete dólares la noche, así que…

Me imagino cómo tiene que ser el hostal para estar a ese precio, pero no digo nada.

—Genial, pues nos vamos viendo.

—Espera, te ayudo.

Por un momento pienso que es Connor el que ha hablado, pero el conductor no ha abierto la boca en todo el viaje. Me dan ganas de preguntarle si ya no lo voy a ver hasta que se vaya a Míchigan, pero lo mando a la mierda mentalmente. Tanto jugar a ser amigos el otro día, y ahora no es capaz ni de mirarme por el retrovisor.

—Adiós —farfullo, y no me quedo a esperar una respuesta.

Cierro la puerta y me encuentro con mi hermano, que ya tiene el maletero abierto.

—Nos vemos el lunes en el estudio —se despide él, dándome un abrazo.

Es raro, porque nunca solemos hacer esto, pero desde el ictus de nuestra madre, los problemas de dinero y el podcast parece que estamos más unidos que nunca.

—Sí. Tened mucho cuidado en el hostal, por favor. No dejéis nada de valor mientras estáis fuera.

—No, no. Para eso alquilamos el trastero.

—Vale. Genial. Y acuérdate de llevar tu copia firmada del contrato.

Raül asiente y se queda reorganizando el espacio en el maletero, y yo camino cargada como una mula hasta el piso de Julia, que ya me espera con la puerta abierta. Viene corriendo hacia mí para ayudarme con las bolsas.

—Perdona, esto habría sido más digno si tuviera una maleta decente —le digo, pero ella ya ha empezado a colocar mis cosas en el cuarto de invitados—. No me quedaré mucho, no te preocupes.

—Tranquila, puedes estar aquí lo que necesites. Mi compañera de piso está en Bali y no sé cuándo volverá, pero no creo que sea hoy, ni mañana ni pasado.

—Qué suerte, en Bali.

—¡Sí!

Estoy tan cansada que pasamos lo poco que queda de día tumbadas en el sofá, pedimos pizza a domicilio y nos ponemos al día sobre nuestros trabajos. Julia me cuenta que ha entrado un capibara a su refugio de animales exóticos y que los tiene a todos enamorados. Nunca he visto un capibara, así que lo busco en Google y me sorprende ver que es una especie de castor gigante que te mira como si estuviera juzgando todos tus pecados. Me recuerda un poco a Olivia.

Me voy a la cama y solo contesto el mensaje de la chica de la habitación. Ignoro los de Zac durante todo el día porque no estoy de humor, así que entro y le escribo una respuesta rápida y educada. Ya mañana será otro día.

Me cuesta un poco ubicarme cuando me despierto. Paso casi una hora con el móvil y escribo a Zac, que todavía no me ha respondido a lo de anoche.

Perdona, ayer terminé molida. Estoy buscando habitación, pero creo que he encontrado una que puede ser la buena. Quizá vaya hoy a visitarla. ¿Qué tal tu sesión de composición?

Pasa un buen rato hasta que Zac se conecta y me responde.

¡A ver si hay suerte! ¿Quieres que nos veamos después de la visita, si finalmente es hoy?
Y la composición…, mejor no te respondo, jeje.

Me pongo nerviosa solo de pensar en todos los retos que tengo hoy por delante, pero me centro en ir paso por paso.

¡Sí, vale! ¿Alguna idea en particular?

Pues… Tengo que ir a comprarme un conjunto para un evento al que debo asistir la semana que viene… No sé si te parece aburrido acompañarme o qué. Si no, podemos ir simplemente a dar un paseo.

No, está guay, ¡hacemos eso!
Vamos hablando.

Quedo con la chica que alquila la habitación a las cuatro de la tarde, así que aviso a Zac para que nos encontremos alrededor de las cinco y media en el centro. Julia se ofrece para acompañarme a ver la habitación. De hecho, me hace un favorazo. Ella sabe lo que hay que mirar y preguntar para que no me timen. En Valencia conozco a mucha gente que tuvo problemas con eso y no quiero que se repitan conmigo.

Cogemos un Uber hasta el barrio de Westwood. Según la aplicación de los mapas, está situado entre Beverly Hills y Santa Mónica, aunque Julia me aclara que es una zona de estudiantes no tan pija y cara como pueda parecer desde fuera.

—Muchos de los universitarios en prácticas de la clínica veterinaria viven por aquí o han estado en esta zona. Está llena de eso, de estudiantes. Quizá por estas fechas no es tan fácil encontrar una habitación libre, seguro que en junio o julio se va más gente y se quedan libres. Pero, bueno, está bien —me dice, mientras bajamos del coche.

Hemos llegado pronto, así que hacemos tiempo dando una vuelta por la zona y mirando el portal.

—No tiene mala pinta. Me encanta este barrio —reconozco.

Hay vida en la calle, pero no tanta como para que se vuelva algo molesto. Allá donde mires te encuentras con una cafetería llena de gente joven con portátiles y apuntes.

—Aquí al lado está la UCLA. Es una de las universidades más importantes de Estados Unidos, y del mundo.

—Qué pasada. ¿Tú estudiaste ahí? —le pregunto, mientras nos pedimos unos zumos de frutas recién exprimidos.

—No, no. Es complicado entrar, la verdad. Hay mucha competencia.

—¿Y por qué viniste a Los Ángeles?

—Pues fue un poco de casualidad. Como mucha gente que hay aquí, supongo. Vine por unas prácticas en el refugio y me quedé. Es imposible no enamorarse de este lugar, aunque, como todas las grandes ciudades, tiene sus más y sus menos. Por ejemplo, hay zonas en las que no entraría ni aunque me pagaran un millón de dólares.

—¿Por ejemplo?

—Skid Row. ¿No has oído hablar de esa zona? ¿Y del hotel Cecil?

Niego con la cabeza, aunque me suena de algo.

—¡Uf! Pues que te lo cuente Connor. Él es un experto en desapariciones, misterios…

Suelto una risa extraña y Julia se me queda mirando.

—Nada. Es que hoy ni siquiera se ha despedido —le explico, antes de que me pregunte—. Está muy raro últimamente. ¿Sabías que se va a Míchigan?

—Sí, me lo contó Olivia el otro día. Por eso han cortado. Estuve con ella cuatro horas al teléfono el otro día, pobre.

—Pues a mí me ha tocado lidiar con la mala leche de él.

Julia tuerce el gesto y se recoge el pelo en un moño. Aquí dentro hace un poco de calor, así que nos tomamos las bebidas rápido y vamos al piso, aunque todavía quedan diez minutos. Aun así, una chica nos abre la puerta y nos recibe enseguida.

Por su aspecto, me recuerda un poco a Melissa Moon. No viste tan extravagante como ella, pero sí que ha combinado su ropa de una forma un tanto peculiar. Quizá es la moda de los estudiantes de ahora, aunque ella tiene pinta de haberse graduado hace un tiempo, como nosotras. Tiene la piel oscura y los labios grandes, tan magnéticos que no puedo apartar los ojos de ellos.

—¡Hola! Yo soy Rain, la chica del piso. ¿Sois… dos? —Mira a una y luego a otra, sin entender muy bien.

—Oh, ella viene a acompañarme —respondo enseguida—. Soy Anna y esta es mi amiga Julia.

—Encantada —dice Rain—. Pasad, pasad. Ahora estoy yo sola, así que será más fácil enseñaros la casa.

Atravesamos un pequeño pasillo que nos lleva directas al salón. No es muy grande, pero es precioso. Hay plantas por todas partes y se respira un ambiente limpio y ordenado. Cruzo una mirada con Julia con la que, sin decirnos nada, lo entendemos todo.

—Este es el salón. Cuando está Payton, pasamos mucho tiempo aquí. Ella es la otra chica que hay en el piso, aunque suele viajar bastante, porque su familia es de Santa Bárbara. Bueno, ella también lo es. Tras esta puerta está la cocina…

Nos señala una puerta medio transparente. La abre y ante nosotras aparece una cocina más grande de lo que esperaba.

Tiene casi el tamaño del salón. No soy mucho de pasar tiempo en la cocina, ni de cocinar en general, pero está genial.

—Tiene de todo, menos lavavajillas. Y en estos armarios hay una lavadora y una secadora, así que no hay que hacer la colada fuera. Hay platos, cubiertos..., todo. La casa es de una agencia que alquila a estudiantes, por eso están ya equipadas. Les estoy echando una mano enseñando la habitación sobrante. Me van a regalar el alquiler de este mes si consigo un inquilino. —Nos guiña el ojo de forma cómplice y nos reímos.

De primeras parece estar todo bien y Rain es bastante maja.

—Por aquí vamos al baño... No es gran cosa, pero está bien.

Quizá esta sea la zona más flojita del piso. El baño se ve viejo y le haría falta una reforma.

—Por lo menos parece limpio —me dice Julia en español. No es muy difícil leer mi cara de pánico al ver lo viejo que es, pero bueno. Tampoco estoy para ponerme especialita.

—Y tu habitación sería esta. La chica que estaba antes compró algunos muebles y los dejó, pero si no te convencen podemos tirarlos. Eso ya... como tú quieras.

Pasamos al que sería mi cuarto. Es precioso. Tiene un ventanal que da directo a la calle, lo cual significa ruido, pero también un poco de vida. A primera vista está muy vacía. Junto a la ventana hay una mesa escritorio, aunque le falta una silla. La habitación está equipada con dos armarios y una estantería con algún libro suelto, la cama no tiene sábanas y un cactus muerto reposa en la mesilla de noche.

—Ups, esto lo tiro ahora mismo —dice Rain al darse cuenta de que mis ojos han ido a parar al cactus.

—Está muy bien —reconozco.

La habitación es como una cuarta parte de la que tenía en casa de Raül, pero me puedo apañar sin problemas. De hecho, no me importa que sea pequeña, así tengo menos que limpiar, y aparte parece acogedora.

—El precio incluye el consumo de luz y agua, siempre y cuando no se dispare. Y no se pueden tener mascotas, eso sí. Es una pena, porque me encantaría tener un gatito, pero, bueno..., las normas son las normas. Os dejo un rato a solas por si queréis pensarlo un poco o volver a echar un vistazo.

—Gracias, Rain.

—Sí, gracias —secunda Julia.

Aprovecho que mi amiga habla español para comentar con ella el piso.

—¿Cómo lo ves? —le pregunto.

—No sé, es como demasiado bueno *por* ser el primero. Es raro —se ríe—. Normalmente hay cuatro o cinco pisos de mierda hasta que *encontrarás* uno bueno, pero este está muy bien. Sí, el baño es un poco viejo, pero parece *ser* limpio...

—Ya. Me gusta que en mi habitación haya una mesa para trabajar por si no me apetece salir al salón. Aunque tendría que comprar una silla... y sábanas, toallas, y...

—Bueno, es fácil comprar de segunda mano y barato. Si yo *soy* tú, lo alquilo sin pensar más. Es muy difícil encontrar algo bueno aquí en Los Ángeles. Y ella es simpática.

—Sí..., venga, pues me lo quedo —cambio del español al inglés, hablando hacia Rain.

—¿Sí? ¡Qué bien! Si quieres, en febrero, págame solo por los días que estés aquí. No hace falta que pagues el mes completo.

Lo agradezco, no solo por mi bolsillo, sino porque me daría mucha rabia pagar todo el mes de febrero cuando no he estado aquí y solo quedan un par de días para que sea marzo.

—Genial, gracias.

—Espera, que voy a por unos papeles que me han dado en la agencia. Así los firmamos ya.

Rain desaparece en la que parece ser su habitación. No nos la ha llegado a enseñar, pero está llena de plantas, igual que el salón. Se nota quién ha decorado las zonas comunes. De pronto, me muero de ganas por saber qué signo es.

Terminamos de revisar los contratos, algo que por suerte me resulta supersencillo gracias a mi trabajo, y al cabo de poco más de diez minutos ya estoy de vuelta con Julia en la calle.

—¡Qué ilusión! Esta noche lo celebramos, ¿no? Compraré una botella de un vino muy bueno que venden al lado de mi casa.

—¡Claro! Te aviso cuando vaya para allí. No creo que se alargue mucho mi cita, pero ya te iré diciendo.

Al final, le había contado la verdad a Julia sobre Zac Nelson y el podcast, incluso con un contrato de confidencialidad de por medio. Pondría la mano en el fuego por que ella no iba a decir ni mu del tema y, además, necesitaba su consejo para ver si estaba cometiendo una (otra) locura o no.

—Mucha suerte con tu chico piscis —me dice, y se despide de mí con la mano.

Le sonrío y saco el móvil. Zac ya me ha escrito para preguntarme qué tal voy y me manda una ubicación a treinta minutos a pie. Aprovecho para dar un paseo y hacerme a la idea de que ya tengo una habitación donde quedarme a partir de mañana y una nueva experiencia cien por cien Hollywood por delante.

CAPÍTULO 15

♓

EL DE LAS REGLAS PROHIBIDAS DEL AMOR

Saludo a Zac con un abrazo en cuanto lo veo, no sin antes mirar varias veces a mi alrededor. Joder, voy a tener que practicar un poco o se me va a notar que todo esto es falso. Viste con una camisa de cuadros, esta vez de color verde oscuro. Por lo menos no va descalzo para salir a la calle.

Nada más verme se ríe y le quita importancia con la mano, leyéndome los pensamientos.

—No te preocupes. Todavía no deberían venir. Los han llamado a partir de las seis.

El reloj de mi móvil marca las cinco y media.

—Ah, vale. Espera, ¿has dicho que los han llamado?

Zac asiente.

—Sí, claro. Es una práctica muy habitual, que los propios representantes llamen a los paparazis.

Abro la boca, flipando.

—¡Qué dices! No tenía ni idea, pensaba que se dedicaban simplemente a tener ojos en todas partes. Dios, me queda mucho por aprender. Creo que contigo me voy a poner al día rápido.

—También puede ser por eso, ¿eh? Muchas veces hasta duermen en los coches, como si fueran policías haciendo vigilancia.

—Qué fuerte.

El chico se ríe con inocencia. No sé si es por los años de diferencia que le llevo, que según Wikipedia son cinco, o porque es risueño, pero tiene un toque infantil que me descoloca. Aunque al mismo tiempo parece el típico niño que ha tenido que crecer demasiado rápido.

—Sí, sí. De hecho, puede pasar que, por ejemplo, alguien lleve un bolso digamos de Chanel. Si los trabajadores de la marca lo ven, son ellos mismos los que llaman, para que luego salga el bolso en todas partes: revistas, redes sociales, televisión... Es todo un mundillo perfectamente hilado para que veas lo que ellos quieren.

Medito todo lo que me está contando Zac.

—Entonces, estos programas de empeños, o subastas..., ¿también son falsos? Bueno, mejor no me lo digas —rectifico—. Prefiero vivir con la duda que con el disgusto.

Zac se ríe de nuevo.

—Me gusta esa frase. La usaré en una de mis canciones.

—¿Sí?

—¡Claro que no! —responde—. En fin, ¿vamos a tomar algo? Y luego entramos a un par de tiendas.

—Sí, vale.

Todavía tengo el zumo de antes en el estómago, pero accedo a que me invite a un café helado. Sí, en invierno, porque al parecer en Los Ángeles eso da igual. Para ellos es como si vivieran en un verano permanente.

—Creo que ayer batí mi récord del mensaje más largo jamás enviado —le digo, llevándome la pajita de papel a la boca.

—Pues sí, casi me dejo los dedos pulsando la pantalla. Normalmente soy más de audios, pero no sabía si te molestaban.

Él también da un sorbo a su café helado y nos quedamos en silencio. Vale, tengo que admitir que esto es un poco extraño. Quizá más de lo que esperaba.

—Perdona, no sé qué más decir —añade él—. Es que nunca he hecho estas cosas, es la primera vez.

—Ya, yo tampoco. Podemos actuar como amigos, y ya. Amigos exprés.

—Le he preguntado a una compañera que lo hizo una vez y me ha dicho que la clave está en conocer cuáles son los límites de la otra persona. Y en no enamorarse, claro —reconoce Zac.

—Bueno, eso último no creo que pase —bromeo, solo para establecer mi primer límite de la tarde.

—Exacto. Deberíamos hacer una lista de lo que no estamos dispuestos a hacer. Por ejemplo, ¿te incomoda el contacto físico? ¿Hay algo que no te guste?

No tengo que pensar mucho para darle una respuesta.

—A ver, no soy muy fan en general de que un desconocido me dé un abrazo, pero puedo soportarlo, supongo. No me importa si es contigo, porque sé que no tienes malas intenciones.

—Entonces, ¿te puedo abrazar en público? ¿O pasarte el brazo por los hombros, o por la cintura? No lo sé..., tenemos que hacerlo creíble.

Asiento. De pronto, noto que los dos tenemos el mismo pensamiento.

—Ya, y en algún momento vamos a tener que besarnos —lo digo ya, para romper la tensión.

—Sí, justo lo estaba pensando ahora. ¿Qué te parece si lo programamos? Así no es sorpresa para ninguno de los dos. Será como si estuviéramos siguiendo un guion y ya está. Podemos ponerle hora, minuto e incluso segundo —bromea, aunque no sé hasta qué punto.

—Me parece bien —respondo—. Pero que no sea hoy. ¿No?

—Sin problema. De hecho, mejor. Así les vamos dando poco a poco a los paparazis, no vamos a vendernos a la primera de cambio.

Zac me guiña el ojo y me permito relajarme, y por fin nos podemos conocer un poco mejor. Me cuenta anécdotas de su infancia, de su hermana, de la que es inseparable. Me explica que canta descalzo porque así se siente más conectado consigo mismo y más vulnerable, porque le gusta cantar desde lo más profundo de su alma.

Yo le resumo un poco mi vida, sin entrar en muchos detalles de mi familia. Sí que le cuento que mi madre tuvo un ictus y que sigue en el hospital, aunque ya está en planta y saldrá pronto si sigue mejorando a esa velocidad. Le hablo de Martina, porque a Raül ya lo conoce desde hace tiempo.

—Entonces, mi hermano trabaja contigo mano a mano, ¿no? ¿Te ha estado produciendo los *singles*?

—Sí. La verdad es que tu hermano hace un poco de todo en Glass. En teoría es productor, pero pasa más tiempo con los artistas, echándonos una mano para que todo salga perfecto. Es casi como un entrenador de músicos, si es que esa expresión tiene sentido.

La palabra «entrenador» me recuerda a Connor y me pregunto si se habrá ido ya a Míchigan, y sin despedirse. Me cuesta volver a concentrarme en la conversación que tengo delante, pero hago un esfuerzo, porque son casi las seis.

—Vale, pues cuando salgamos te daré la mano. ¿Bien?

—Bien. Ya están fuera, ¿verdad?

Zac asiente y trato de mantener la calma.

—¿Puedo acercarme a ti y colocarte un mechón de pelo detrás de la oreja?

—¿Peeeeerdón? —Me sale tan de dentro que los dos nos partimos de risa.

Dios, lo mío no es ser actriz. Espero que el podcast se me dé mejor que esto.

—Va, ¿lo hago?

—Venga. Pero que no sea muy pegajoso.

Zac comienza a alargar su mano hacia mí.

—Te voy a colocar el mechón y después te acariciaré la mejilla —dice, casi un segundo después de hacerlo. Su tacto es cálido y sincero.

Cuando termina, aprieto los labios para reprimir una risita y sé que les estamos dando contenido a los paparazis de forma natural, aunque ellos no puedan escuchar que estamos planeando cada pose. O quizá sí, porque hacen esto casi todos los días.

Sea como sea, aguantamos unos minutos más antes de irnos. Zac coge una servilleta de las de usar y tirar que hay en la mesa y se pone a escribir. Tiene una letra preciosa. Giro un poco la cabeza para ver la lista que está confeccionando.

Lista de prohibiciones de Anna y Zac

1. Prohibido enamorarse.
2. Prohibido contar que esta relación es falsa.

—Tres. Prohibidos los abrazos sin previo aviso —añado.

—¿De cuánto tiempo de preaviso estamos hablando?

—De dos a tres días laborables.

Él aprieta los labios y sonríe mientras sigue deslizando el bolígrafo por la servilleta.

3. Prohibido el contacto físico no consentido. En especial, los abrazos.
4. Prohibido acostarse.
5. Prohibido enamorarse. Sí, otra vez.

Me pasa la servilleta y veo que ha puesto abajo un espacio para que firmemos los dos. Él ya lo ha hecho. Últimamente parece que no hago otra cosa que firmar contratos.

—Muy bien. Tenemos un trato —le digo, mientras añado mi firma en la parte correspondiente—. Me quedo con el original y te mandaré una copia por chat.

—De acuerdo. Trato cerrado, señorita Ferrer —me hace gracia cómo pronuncia las erres de mi apellido—. ¿Salimos?

Guardo la nota a buen recaudo en mi bolso, ya que esto no lo puede encontrar nadie, y nos ponemos de pie.

Noto la presencia de las cámaras en cuanto salimos de la cafetería. Intento no mirarlas, pero mi curiosidad es más fuerte y termino haciendo un análisis de la situación. Estoy tan concentrada en los paparazis que cuando Zac me da la mano me pilla casi de improviso y compartimos una risa nerviosa. Me dejo llevar por él hasta la primera tienda y ahí ya nos dejan en paz, aunque desde el interior del establecimiento puedo escuchar los clics de sus cámaras.

Zac se prueba varios *outfits* y yo, que no tengo ni idea de moda ni sé a qué evento debe acudir exactamente, voy dando mi opinión como puedo. Al final se queda con un traje de color morado oscuro y una camisa blanca, lisa, bastante tradicional, por los que paga cuatro mil dólares. Casi me desmayo cuando escucho la cifra, pero trato de mantener la compostura.

Nos hacen unas fotos más cuando salimos y Zac llama un Uber para dejarme en casa de Julia. Se despide de los fotógrafos como si los conociera y pasamos el resto del trayecto en silencio, mirando nuestros móviles. Me bajo frente a la urbanización de Julia y Zac le pide al conductor que espere un segundo para despedirse de mí y continuar ya el trayecto hacia su casa.

—Bueno, ha estado bien como toma de contacto, ¿no?

—¡Sí! Genial —respondo con un tono más agudo del que pretendía.

—Si quieres, volvemos a vernos mañana o pasado, cuando te hayas instalado en tu nuevo piso.

Asiento y él se despide con una sonrisa.

—Hasta mañana, cari —digo en el último segundo, pero el coche ya ha arrancado y creo que no me ha oído.

Menos mal, porque me quiero morir de la vergüenza que me he dado a mí misma. Tierra, trágame y no me devuelvas nunca más.

Estoy atravesando la verja de la urbanización cuando recibo un mensaje de Zac.

Hasta mañana, gordi.

Joder. Me ha oído.

El resto de la noche intento no pensar en el ridículo que he hecho intentando quedar bien. Julia monta una pequeña fiesta para nosotras dos y celebramos que mañana me independizo otra vez. Pone la radio de fondo y, de pronto, escucho una canción que me suena de algo. Creo que la he oído en alguna parte en Instagram...

—Sí, es él —confirma Julia, antes de que me vuelva loca dándole vueltas al asunto—. ¿Cómo lo ves, ahora que ya ha pasado un rato de vuestra cita?

Titubeo antes de hablar.

—Es extraño. No siento nada por él. Quiero decir, no es como con el resto de los chicos, que enseguida había algo que me enganchaba a ellos. Con Zac es como si fuera un amigo. No lo siento realmente como un ligue.

—Bueno, igual surge la magia. Quién sabe —bromea ella, y da otro sorbo a su copa de vino—. Puede ser que tu cliché *fake dating* se convierta en un *real dating.*

Esta tía está majara.

—No, no, ni de coña. De hecho, hasta hemos firmado un contrato. Mira.

Rebusco en mi bolso y saco la lista de prohibiciones de Anna y Zac, que por el camino ya se ha arrugado un poco.

—Bueno..., hay una que ya te has saltado. Me lo has contado a mí, ¿no? Quién sabe si las demás reglas... —me dice con voz pícara, pero no caigo en su juego. Prefiero cambiar de tema.

—¿Tú nunca te has planteado con qué signo saldrías? —le pregunto.

Julia es cáncer, así que, según Google, se lleva bien con tauro, piscis y leo. Y también con escorpio.

—Pues ahora que lo pienso..., estuve con un escorpio y fatal, aunque también con una chica que era escorpio y no fue tan horrible —reconoce Julia.

—He leído que también depende de tu género, así como del mes —le cuento—. O sea, no es lo mismo un escorpio de octubre que uno de noviembre. Ni un libra hombre que mujer.

—¿En serio? Bueno, puede ser... Ahora que lo pienso, creo que nunca he estado con ninguno de los signos que has mencionado antes. No te voy a mentir: tampoco he ido preguntando. ¿Tú nunca has pensado en qué pasaría si te enamoraras? Quiero decir, en mitad del experimento.

Me río de su ocurrencia. No, eso no puede suceder jamás.

—Imposible. Mi corazón está cerrado a cal y canto con siete cerrojos, una alarma con aviso a la policía y minas a su alrededor. Hasta próximo aviso, prohibido el paso.

—Eres una exagerada —me pincha ella—. Pero me parece bien que estés así. Dicen que el amor llega cuando menos lo esperas, así que si dejas de esperarlo...

—¡QUE NOOOO! —Salto sobre ella y le empiezo a revolver la mata de pelo naranja para fastidiarla.

—¡Vale, vale! ¡Me rindo! —Me aparto de ella para dejarla respirar—. Pero que sepas que algún día te acordarás de estas palabras.

La amenazo con volver a hacerlo, pero ella se cubre con los brazos.

—Lo que tú digas —termino, porque no tengo ganas de discutir. Desde luego, no estoy para que nadie llame con los nudillos a las puertas de mi corazón y por eso creo que el chico piscis me va a venir muy bien. Solo seremos amigos y nada más.

Sin embargo, me quedo hablando con él por mensajes hasta las tres de la mañana, cuando se supone que debería estar durmiendo y cogiendo fuerzas para la mudanza del día siguiente.

Por la mañana, me despierto como «la chica misteriosa que acompaña a Zac Nelson a comprarse ropa». Salen nuestras fotos dándonos la mano en la calle, y también a través del cristal de la tienda de ropa y de la cafetería. Parecen tan reales que me asusta verlas. Apenas me reconozco. Es como si hubieran pillado a mi gemela idéntica por la calle junto a su novio famoso.

Cierro Twitter y me levanto de la cama. Julia ya ha desayunado en el salón y me lo ha dejado todo listo para que tome algo antes de salir. Tengo el estómago cerrado de los nervios y he dormido poco, pero necesito coger fuerzas. Lo metemos todo en su coche y salimos en dirección a Westwood media hora después, rezando para que no nos pongan muchos problemas por parar en mitad de la calle para descargar todas mis cosas.

Julia se tiene que ir a trabajar, pero Rain me echa una mano para subirlo todo a mi cuarto. Espero que este buen rollo dure mucho tiempo, porque me da pánico tener un compañero de piso que me haga la vida imposible.

Paso el resto del día organizando mis cosas entre mensajes de Zac y cuando termino se ofrece a pasar a buscarme para tomar algo sin fotógrafos previamente pactados.

Me lleva a un lugar decorado como si estuviéramos en la Toscana. Las paredes son de color amarillo suave y los carteles que anuncian las bebidas están decorados con unas plantas que me recuerdan a los viñedos. De fondo, un hilo musical mezcla música tranquila con el sonido de los pájaros. El techo de la cafetería simula un cielo azul con alguna nube.

—Pues te ha quedado preciosa —me dice, poco más tarde, cuando le enseño una foto en mi móvil de mi nueva habitación.

—Tendrías que ver la de mi compañera de piso, está llena de plantas.

—¿En serio? Sabe que eso no es muy bueno, ¿no? En plan, por la noche, te quitan el oxígeno. Vamos, que cualquier día te la encuentras tiesa en su cama.

—Ay, no, por favor. —Intento borrar de mi mente esa imagen mientras le enseño cómo ha quedado la estantería, que es la parte de la que más orgullosa estoy. No hay ningún libro, porque se quedaron todos en España, y los que dejó la anterior inquilina los pongo en el salón.

En ese momento, justo cuando los dos estamos mirando la pantalla, entra una notificación en mayúsculas.

ANDA QUE TE LO ESTABAS CALLANDO, ¿EH, GUAPA? CÓMO NARICES HAS CONOCIDO A ZAC NELSON? Y POR QUÉ NO ME HABÍAS CONTADO NADA?????

No puede ser de otra persona que Olivia.

—Ups, perdona.

Zac agita la mano, restándole importancia.

—No te preocupes. Eso significa que está funcionando, ¿no?

—¿Cómo? —No lo sigo.

—Que está llegando a la gente, me refiero.

—Ah..., sí, sí. Luego le responderé.

Trago saliva, intentando que este momento incómodo pase rápido. No sé cuánto lo será para él, pero para mí es bastante tenso. Me imagino que ya tiene que estar acostumbrado... o no. No sé cómo se gestionará tener tantos millones de seguidores con veintitrés años.

—Volviendo a tu estantería —Zac retoma la conversación—, me parece fatal que no tengas ninguna novela.

—¿Te gusta mucho leer?

—Me encanta —reconoce el chico—. Antes lo hacía más, pero ahora no tengo tanto tiempo.

—Bueno, me tendrás que recomendar entonces tus libros favoritos para llenar mi estantería. Es que a veces me paro delante de las librerías, pero hay tantos títulos diferentes que me pongo a mirar portadas y leer sinopsis y me abrumo.

—Y al final terminas no llevándote ninguno —adivina Zac.

—¡Exacto! Es como que me entra una ansiedad rara por elegir mal. Estoy sonando como un bicho raro, ¿verdad?

Zac se encoge de hombros.

—Un poco. Pero no te preocupes, tu enfermedad tiene cura. La próxima vez, te llevaré a mi librería favorita de la ciudad y saldrás con un libro que te gustará, estoy seguro. Otro día ya te daré la chapa con mi colección de casetes y VHS antiguos.

El cansancio me delata y Zac se da cuenta de que ya he bostezado tres veces demasiado seguidas.

—Te dejo que vayas a casa. Además, te vendrá bien para asentarte.

—Sí, la verdad es que sí.

Me pongo de pie y me ofrezco a pagar, pero Zac ya se ha encargado de ello cuando ha ido a pedir las bebidas.

—Gracias, no hacía falta. A la siguiente me toca a mí.

—Claro. La siguiente.

Zac se despide de mí con una sonrisa y yo agito la mano en el aire mientras nos separamos. No hay fotógrafos. Solo una chica lo ha reconocido en la cafetería, pero no la he visto sacar su móvil en ningún momento.

CAPÍTULO 16

♓

EL DEL TERCER CHICO LIBRA (YA BASTA, POR FAVOR)

Mis dos primeras noches en el nuevo piso son tranquilas. Me cuesta acostumbrarme a una ventana que da a la calle, pero no me molesta. Como ruido de fondo mientras trabajo no está mal. Paso cuatro horas concentrada sin levantarme de la silla y cuando voy al baño me doy cuenta de que estoy sola en casa, así que descanso un rato en el salón. Me provoca mucha curiosidad saber cómo serán las habitaciones de Rain y Payton, pero no puedo entrar. De hecho, es posible que hasta sea ilegal, sobre todo en un país donde tienen algunas de las normas más absurdas del mundo.

Me tendré que quedar con las dudas hasta que una de las dos esté en casa y se ofrezca a enseñármela. Ya vi un trocito de la de Rain, pero la de Payton ni siquiera me imagino cómo será. De hecho, a ella solo le puedo poner cara por una foto que tienen juntas en la cuenta de Instagram de Rain.

Como una ensalada rápida y salgo en dirección a Glass, con las manos casi temblando mientras sujetan el guion arrugado. Siento que la voy a cagar. Por mucho que lo haya leído mil veces o que no se grabe en directo.

Repaso las últimas hojas, las que llevo peor, hasta que llego al edificio de cristaleras. Se nota que en esta zona hace más frío que en el centro de la ciudad. Atravieso las puertas, recojo mi identificación definitiva y un minuto después estoy sentada en el set. Ya han instalado el neón con el logo del programa y todo parece aún más profesional que la última vez que estuve aquí.

Melissa Moon me recibe con un abrazo. Escucho las cuentas que tiene en el pelo chocar entre ellas y me hace gracia el sonido, aunque es más una risa nerviosa que otra cosa.

—No te preocupes. Todo irá bien.

Nos separan para hacernos una sesión de fotos y después las dos juntas, y entonces veo al invitado que vamos a tener hoy, un tal Walt Fraeser. Es un hombre que rozará los cuarenta años, con barba y sin pelo. Tiene los ojos muy claros y una sonrisa amable. Al parecer, es un actor bastante famoso de una serie que nunca he visto. Eso explica por qué soy la única de aquí que parece no conocerlo. Hasta mi hermano parece emocionado de verlo por el set.

Se une para las fotos y después nos quedamos los tres solos con Anthony.

—¡Todo listo para el primer programa! —exclama él. El equipo comienza a sentarse en sus sitios. Hay gente de todas las nacionalidades y edades rodeándonos—. Primero, las chicas grabarán una introducción que subiremos como programa cero. Nada, cinco minutos. Después ya puedes pasar, Walt.

Entramos en la cabina para grabar la introducción y después comienza el episodio de verdad con el chico libra que han elegido. Enseguida me relajo, porque me doy cuenta de que Melissa Moon tiene una labia impresionante. La chica se come el programa y me alegro de que Anthony haya pensado en ella para llevarlo, o no sería lo mismo.

Me suelto un poco cuando me toca narrar cómo empezó todo esto del experimento y me sorprendo compartiendo información con tranquilidad y seguridad, aunque me tiembla un poco la voz. Seguramente es fruto de los nervios y mañana me arrepienta de haber contado tantas cosas, pero ya es tarde para echarme atrás. Hablo de Carlos, aunque sin decir su nombre. Mi primer chico libra. Y de Jakob y su pequeño atributo.

Después, analizamos a Walt y le preguntamos si se siente identificado con alguno de estos dos chicos. Le hacemos un test de personalidad que han preparado los redactores y concluimos que es un ochenta por ciento libra, lo cual no está nada mal. Walt aprovecha el final del episodio para anunciar la nueva temporada de esa serie que todo el mundo excepto yo parece haber visto en esta ciudad, ya que también ha venido para promocionar su trabajo.

Cuando terminamos, el reloj roza los sesenta minutos justos. Escucho aplausos al otro lado del cristal y me vuelvo hacia ahí. Me he prohibido mirar durante toda la grabación para no distraerme y en cuanto veo una cara conocida me alegro de no haberlo hecho. En algún punto de la grabación, espero que al final, Zac ha escuchado todo lo que hemos dicho.

—Por favor, dime que no has oído la parte del segundo chico libra —rezo, cuando salimos juntos de Glass.

Mi hermano se queda para seguir trabajando y nosotros ya volvemos a casa.

—Sabes que podré escuchar el episodio entero como cualquier mortal en cuestión de días, ¿verdad?

Hago una mueca solo con pensarlo.

—Sí.

—Y tus padres —mete más leña al fuego.

—No, por ese lado estoy tranquila. No hablan inglés.

El ambiente se enfría y Zac se esfuerza en darle la vuelta.

—¿Y qué vas a hacer con el capítulo del chico piscis? Espero que me pongas bien, ¿eh? ¿Tendré que enseñarte mi miembro para que no pase como con el segundo chico libra?

—¡Lo has escuchado! —grito.

Le doy un codazo y la gente nos mira por la calle, no sé si por mi chillido o porque han reconocido a Zac.

—Venga, vamos a coger el metro. A estas horas el tráfico está horrible y tenemos una parada obligatoria, ¿no?

Me cuesta unos segundos recordar que se está refiriendo a la librería. Lo sigo por la red de metro de Los Ángeles, que es más simple de lo que parece desde fuera, y bajamos en Pershing Square. De camino, Zac me pide permiso para avisar a su representante de que llame a los paparazis.

—Espera, antes de salir quiero enseñarte una cosa —me dice, nada más bajar del metro. Abandonamos el andén y caminamos unos metros por uno de los pasillos. Zac se para y señala una esquina de la zona donde se cruzan los caminos que conectan varias líneas de metro.

—¿Qué pasa? —le pregunto, sin entender qué está señalando.

—Aquí es donde empecé a cantar. —Zac da un paso al frente y lo sigo—. Venía casi todos los días después de comer y me sacaba algún dinerillo, aunque no lo hacía por eso.

Lo miro con curiosidad, esperando a que siga con su historia.

—Era porque quería acostumbrarme a perder el miedo a cantar en público. Y, gracias a eso, lo conseguí. Aunque muchas veces la cagué, eso seguro. Incluso una vez estuvieron a punto de robarme la guitarra.

—¡Qué dices!

Zac asiente.

—En este lugar te roban y la mayoría de la gente no se para a ayudar o aprovechan para robarte también.

—Pues vaya... Bueno, por lo menos espero que aquí no cantaras descalzo. —No puedo despegar los ojos del suelo, que está más negro que mi futuro con un chico escorpio.

—No, no. Eso vino después. —Zac se ríe y mira también el suelo con cara de disgusto—. Dame un segundo, espera.

El chico cierra los ojos ahí, en mitad de la estación, y se pone a murmurar algo ininteligible. Me parece que está rezando, o algo así. Cuando termina, vuelve a conectarse con la realidad.

—¿Vamos?

—Sí, claro.

—Voy a cogerte de la mano hasta la librería. ¿Va bien?

—Claro, Zac. Pero no hace falta que me preguntes para cada cosa. Aunque te lo agradezco, sé por qué lo haces.

—Recibido —responde él.

Me siento un poco adolescente mientras dejamos atrás la estación y nos zambullimos en el ajetreo de la ciudad. Cruzamos una avenida casi corriendo porque el semáforo acaba de cambiar y nos llevamos algunos bocinazos de recuerdo. Enseguida veo a los fotógrafos esperándonos al otro lado. Es increíble lo rápido que han venido. Nos siguen de forma poco disimulada, lo que llama la atención de algunas personas que pasan a nuestro lado. Otras quizá están ya acostumbradas, porque Los Ángeles es un hervidero de celebridades.

—¡Tú eres Zac Nelson! —grita una voz a nuestra derecha.

—¡Sí!

Un grupo de chicas de unos quince años se acercan corriendo a él y le piden fotos. Me aparto para que él las atienda y los clics de las cámaras de los paparazis y de las seguidoras se acentúan.

—¿Para cuándo el álbum? Nos encantó *You complete me*, estará dentro, ¿no? —le pregunta una.

—Enseguida, enseguida. Estamos con los últimos retoques. Y sí, claro, estará en el disco. ¿Por qué es tu favorita?

Me sorprende la amabilidad y el cariño con que Zac trata a las fans. Responde todas sus preguntas y se deja fotografiar de forma individual y en grupo hasta que se despide de ellas.

—Si tomaras un chupito cada vez que te preguntan por el álbum… —le digo.

—Llegaría dando tumbos a la librería. O en coma, directamente —me sigue la broma—. Ni que fuera Rihanna, que lleva un tiempo sin sacar uno.

Giramos a la derecha y Zac señala a lo lejos los bajos de un edificio. Un cartel enorme reza «The Last Bookstore».

—¿Esa es la librería?

—Sí.

—Tiene un nombre curioso… Debe de ser muy famosa para estar por esta zona, ¿no?

—Sí, es bastante conocida. Sobre todo por ser caótica, en el buen sentido de la palabra. Hay zonas en las que te indican exactamente lo que te vas a encontrar y otras donde los libros están desordenados. También hay de segunda mano, siempre se puede encontrar alguna joyita. Y otras cosas muy chulas que no te quiero avanzar…

Cuando entramos, entiendo perfectamente a qué se refiere. La librería es preciosa. Tiene los techos altos y un segundo piso que ocupa la mitad del espacio superior, como un altillo, que termina en un balcón con vistas a toda la librería. Las estanterías no son demasiado altas y huele de maravilla a papel y tinta.

—Es bonita, ¿eh? —dice Zac, al ver que estoy embelesada mirando al techo—. Te voy a llevar a mi zona favorita.

Sigo a Zac a través de la tienda y nos paramos frente a una especie de escultura de libros. Están todos apilados de forma uniforme, dejando un círculo en el centro para asomar la cabeza.

—Venga, ponte ahí, que te hago una foto.

—¿Ahí detrás?

—Sí, ya verás qué chula.

Le hago caso y poso varias veces, primero un poco más formal, luego haciendo el tonto.

—Te toca —le digo, cuando su móvil ya me ha fotografiado varias veces.

Nos cambiamos los sitios y Zac empieza a poner muecas extrañas. Me río, pensando en lo hartos que estarán los trabajadores de esta librería de ver cada día a decenas de personas haciendo lo mismo, pero me da igual. Con Zac es como si volviera a ser un poco más niña.

—Mira, ven a ver esta, también es muy chula.

Zac me guía hacia una estantería muy peculiar. Está decorada de forma que parece que los libros salen volando de ella.

—¡Es precioso! Me encanta.

Le saco una foto y la subo a mis historias de Instagram.

—También hay un túnel hecho de libros. Está genial este sitio. Pero, bueno, vayamos a lo que te he prometido.

Zac me hace un gesto con el dedo y lo sigo, curiosa. Bajamos a la planta baja y recorremos varios pasillos hasta llegar al de ficción. Por el camino, me entretengo mirando las portadas de los libros. Algunas son tan bonitas que los leería solo por la tipografía que han elegido o por la paleta de colores.

—Creo que este podría gustarte. Es un poco triste, pero es muy bonito —dice Zac, y me tiende una novela con una portada preciosa.

—*La biblioteca de la medianoche*… —leo el título. Voy a darle la vuelta, pero Zac enseguida se lanza a por mí.

—No, no. De eso nada. Lo mejor es entrar en la novela sin saber de qué va. Así lo empecé yo y ahora tengo mi ejemplar lleno de marcadores y anotaciones.

—Vale, como quieras —me río.

—Vamos a pagar. A no ser que quieras llevarte alguno más —me tienta, pero con este ya tengo bastante.

Hace tiempo que no leo por placer. Toda mi lectura se basa en arrastrar la mirada por cada frase de los contratos que manejo en el trabajo y poco más. Leo correos electrónicos, también, pero ¿eso cuenta realmente como lectura? No lo creo.

Zac insiste en comprármelo, pero no le dejo, porque ya me ha invitado suficiente estos últimos días, y saco un billete de veinte dólares de mi cartera. Después, salimos de la librería. Todavía hay un grupo de fotógrafos atentos a nuestros movimientos.

—Bueno, yo te dejo aquí, que tengo que irme a casa a ver si termino de escribir esas dos últimas canciones.

—Se te han cruzado, ¿eh? —le digo.

—No sabes cuánto. Bueno… —Zac titubea—. No sé si… La verdad es que desde que hemos llegado he estado pensando en si podría besarte. Ya sabes, para las fotos.

—No hacía falta que me lo aclararas. Lo de las fotos —comienzo a balbucear.

¿Me estoy poniendo nerviosa? Dios mío, creo que es el chico más joven que voy a besar. Parece que no, pero son cinco años de diferencia.

—Vale. Pues caminemos hasta la esquina y justo antes de separarnos te lo doy.

Zac sonríe y caminamos juntos, con los hombros casi pegados. Nuestras manos se rozan sin querer y mi primer instinto es apartarla y pedirle perdón, pero cuando levanto la cabeza él me mira con unos ojos cargados de cariño. Desde luego, además de ser buen cantante, también tiene madera de actor.

Recorremos los últimos metros hasta la esquina y entonces nos paramos uno frente a otro. Allá vamos.

Me sorprende cómo se prepara para besarme. No lo hace con agresividad, como otros chicos con los que me he besado en el pasado, sino que se recrea en cada pequeño momento. Mira hacia abajo, buscando mis manos con las suyas, y las agarra con cuidado. Después, levanta la mirada hacia mí. Somos casi de la misma estatura, así que nuestros ojos están prácticamente unos frente a otros.

Me doy cuenta de que le brillan, como a un adolescente que está a punto de dar su primer beso. Los tiene de un color miel precioso. Bajo la mirada a sus innumerables pecas, porque de los nervios me cuesta sostenerle la mirada. Por un momento, mientras Zac da un paso hacia mí, olvido la existencia de las cámaras y de la gente a nuestro alrededor. Sin soltarme las manos, junta sus labios con los míos. Al principio es un beso tímido, superficial. Enseguida se deshace de mi mano izquierda y coloca la suya sobre mi mejilla, moviendo la mano hacia la oreja y después al pelo, mientras me besa con mayor intensidad.

Por primera vez en mucho tiempo, me siento cómoda y en paz. Tranquila, como si todo de pronto se hubiera vuelto demasiado fácil y la vida no estuviera hecha para complicarse.

Cierro los ojos y me dejo llevar.

CAPÍTULO 17

♓

EL DE LA SILLA

Esa noche no vuelvo a saber nada más de Zac. Y está bien así. Prefiero poner espacio entre nosotros para que esto no se vaya de madre. Al fin y al cabo, nos viene bien a los dos. El capítulo inicial del podcast se estrenará en breve, pero no puedo bajar la guardia ahora y fastidiarla.

Llamo a mi madre para ver cómo está. Estos últimos días le he escrito muchas veces, pero termina cansada de la rehabilitación y no suele mirar el móvil. Hablamos como si siempre hubiéramos tenido una buena relación y en el fondo es un alivio. Entre eso y que está recuperándose, me siento mejor.

Me dispongo a comenzar a leer *La biblioteca de la medianoche* cuando alguien llama a mi puerta con mucho cuidado, tanto que dudo si lo he imaginado.

—Anna… —susurra la voz de Rain.

—Sí, estoy despierta. Pasa, pasa.

La puerta se abre y asoma la cabeza de mi compañera de piso. Está completamente maquillada, pero lleva puesto el pijama. No entiendo nada.

—Ay, qué bonita te está quedando la habitación.

—¿Sí? Bueno, eso es porque no has abierto los armarios y has visto cómo están por dentro —respondo con una sonrisa, y ella se ríe también.

—Oye, ¿puedo pedirte un favor? Es que voy a salir de fiesta y necesito que me eches una mano subiéndome la cremallera del vestido. O sea, si no, me pongo otro.

—¡Claro!

—Vale, genial, pues me lo pongo y ahora vuelvo. Menos mal que te he pillado despierta, porque si no me habría tenido que poner otra cosa. ¡Gracias!

Sale disparada y regresa poco después. Parece otra persona, Dios mío, está increíble. Lleva un vestido rojo apretado que podría ser de neopreno o algo así, porque se ajusta a cada una de sus curvas. Junto al color oscuro de su piel, resalta una barbaridad.

—Listo —la informo, y se da la vuelta.

—Uf, cómo me aprieta. Lo recordaba menos incómodo —se queja ella.

—¿Vas a salir? —pregunto. Es obvio que sí, pero me esfuerzo por darle un poco de conversación. Con tanto trabajo dentro y fuera de mi habitación, apenas he podido pasar tiempo con ella.

—¡Sí! Vamos a una fiesta que organizan unos amigos de mis amigos. —Rain hace una pausa y después ata cabos—. ¡Ay!, ¿quieres venir? Claro, ¡vente!

—No, no, tranquila. Pensaba quedarme aquí, leyendo, hasta que se me cerraran los ojos.

Estoy a punto de añadir que al día siguiente tengo que madrugar para trabajar, pero es mentira. Mañana tengo un día tranquilo.

—Jo, en serio. ¡Va a ser genial! Vamos a una fiesta donde solo se puede entrar con invitación exclusiva... —Me guiña el ojo, pero no la sigo.

—¿Y dónde está la invitación?

Rain se lleva la mano al mentón.

—Esto..., no hay. Vamos a colarnos.

—Pero ¿no era una fiesta de unos amigos de amigos?

—Eh..., más o menos. Digamos que algunas caras nos suenan.

Se me escapa una sonrisa. Una sonrisa que, desgraciadamente, conozco demasiado bien.

—Quiero decir que no, pero me estás tentando. Hace mucho que no salgo de fiesta...

—¿Ves? Eso es porque tienes que venir. Tranquila, que he quedado allí con mi prima Naina. Hacemos esto siempre, ya somos unas expertas… Y así cenamos gratis.

—Bueno, eso último sí que ya me ha convencido —bromeo, y me pongo en pie.

—Vale, ¡pues vamos! ¿Crees que puedes estar lista dentro de veinte minutos?

Casi quince minutos después, salgo por la puerta de mi cuarto con un vestido negro de lentejuelas y unas sandalias moradas. No son las más cómodas, pero si tengo que estar a la altura del estilazo de Rain no me puedo permitir nada menos. A pesar de que no me gusta mucho el maquillaje, he intentado hacerme una sombra de ojos oscura mezclando tonos morados. Nada muy especial, pero por lo menos da la impresión de que me he esforzado un poco.

En el salón me están esperando Naina y Rain.

—¡Qué guapa! —exclama Rain, que me obliga a dar una vuelta para mostrar mi *outfit*—. Esta es mi prima.

—Encantada.

Naina me abraza y no para de darme conversación hasta que llegamos a la zona de la fiesta. Le indica al conductor de Uber que pare un poco antes de la dirección que hemos marcado como destino y caminamos por la acera con los tacones resonando. Esta zona me recuerda mucho a la de la casa de Raül y de pronto siento un pinchazo de tristeza imaginándome a otra persona viviendo allí, en el lugar donde están mis primeros recuerdos de Los Ángeles.

—Por aquí —nos indica Naina. Caminamos por una zona sin asfaltar por la que no creo que esté permitido pasar a personas ajenas a la propiedad y entonces me doy cuenta de que la técnica de la prima de Rain es colarse por el jardín. Genial. Mientras no nos detengan por allanamiento de morada… Entre los zapatos, el suelo desigual lleno de piedrecitas y la poca luz natural que queda ya, siento que en cualquier momento vamos a perdernos.

—¿Cómo sabes que este es el camino? —le pregunto, pero ella se lleva el dedo a los labios para mandarme callar.

—¿Escuchas la música? —susurra—. Es cuestión de seguirla y... Nah, es broma. Es porque me he colado en esta casa otras veces. Suelen hacer fiestas aquí cada poco tiempo y al final, si te haces pasar por uno de ellos y la gente te conoce de vista, ya nadie se pregunta quién eres ni a qué has venido.

Y lo dice tan tranquila, como si lo hiciera todos los días. Yo tengo que disimular para que no se den cuenta de que estoy histérica y que no sabía que esto formaba parte del plan.

—Ya estamos aquí. Esta es la parte más baja de la valla. Voy a buscar la silla.

Inclino la cabeza, pensando que he escuchado mal, pero no. Naina rebusca entre unos árboles cercanos y saca una silla de plástico medio destrozada. La coloca junto a la valla y se quita los tacones. Los lanza al otro lado con cuidado y, a continuación, la salta. Aterriza de pie, sin despeinarse.

—Madre mía —se me escapa sin querer.

Tengo el corazón a punto de salírseme por la boca y la adrenalina a nada de hacerme estallar las venas. Esto tiene que ser muy ilegal. Pero aquí estamos.

—¿Quieres saltar tú ahora? —se ofrece Rain.

Joder. Pensaba que sería la última. Pero en el fondo prefiero no quedarme atrás, así que asiento e imito a Naina.

—Si crees en algún dios, rézale para que no te tuerzas un tobillo.

Suelto una risa medio histérica y salto sin pensarlo demasiado. Enseguida siento el suelo chocando contra mis tobillos y entiendo por qué lo decía Naina. Me doy cuenta de que he cerrado los ojos sin quererlo y los abro, comprobando que estoy viva y que todo sigue en su sitio.

—Me toca —dice Rain, y cae a mi lado con un poco de estrépito.

Y ya estamos dentro.

—¿Qué pasa con la silla? ¿Cómo la volvéis a guardar ahora entre los árboles? —pregunto, mientras nos adentramos en la finca y nos metemos en el jardín como si nada.

—¡Ah! Luego, al salir, vuelvo y la escondo otra vez.

Madre mía. Prefiero no seguir preguntando. Hasta hoy, pensaba que tomaba decisiones impulsivas, pero desde que he conocido a mi compañera de piso y a su prima ya he cambiado un poco de opinión. Caminamos por el jardín y Naina y Rain saludan a varias personas que ya parecen conocerlas. Me presentan y hablan como si fueran amigos de toda la vida. Nos separamos para ir a por tres copas de champán.

—¿Y esto lo hacéis muy a menudo? —les pregunto.

—Bueno, cuando nos apetece. Esta es una finca que alquilan para fiestas, no vive nadie, así que casi siempre hay movida—me explica Rain—. O sea, que hay para elegir.

—Y… ¿de qué es hoy?

—Ni idea. Pero suelen estar relacionadas con el cine —dice Naina—. El preestreno de un corto o la fiesta de fin de rodaje… Ya sabes, cosas así. Más o menos podemos adivinarlo por la gente que hay, aunque hoy solo he reconocido a ese grupo que hemos saludado, por ahora no reconozco a nadie.

—Ni yo —añade Rain.

Estoy a punto de decir que, por supuesto, yo tampoco cuando veo una cara conocida. Estatura mediana, pelo corto, ojos claros… Y una cara llena de pecas. Solo le falta la camisa de cuadros.

Zac Nelson está charlando animadamente con tres personas más, rodeando una mesa alta con varias copas a medio beber. Hoy no lleva su típica camisa de cuadros, sino el traje que fuimos a comprar juntos. Es imposible que me vea desde donde estoy, así que aprovecho mi posición para observar cómo interactúa en público. Tiene una sonrisa dulce y sincera.

—Eh, que te embobas —me dice Naina, pasando la mano a escasos centímetros de mi cara—. ¿A quién estabas mirando con esa expresión de perrito abandonado?

Naina se pone a mi lado para indagar en mi campo de visión.

—¿Al chico ese de pelo largo? ¿Te gusta?

—No, no —intento quitármela de encima, pero insiste.

—Venga, ¿quién era? —pregunta Rain. Ahora ella también está interesada.

—Pues… Zac Nelson. El del traje morado —aclaro.

—¡Claro que sabemos quién es! ¿Lo conoces?

Trago saliva. Allá va la gran mentira.

—De hecho, estamos saliendo juntos.

A Naina se le abre tanto la boca que se le podría haber desencajado la mandíbula perfectamente.

—Estás de broma, ¿no? Vale, no lo estás. Oh, madre mía, ¿por qué no sabía yo esto? Mi hermana pequeña está loca con él, ¡como se entere de que te conozco! Ella tiene una notificación para cada post de Instagram que sube, imagínate lo obsesionada que está.

—¿En serio?

En ese momento, el grupito de Zac se disuelve y él mira a su alrededor. Apenas tarda unos segundos en darse cuenta de que hay tres personas mirándolo fijamente. Lo saludo tímidamente con la mano.

—Ay, madre, que viene hacia aquí. —A Naina le tiembla la voz—. Por favor, que no se entere de que nos hemos colado.

—Sí que te lo tenías escondido, ¿eh? —dice Rain.

Hay un tono raro en su voz. Me giro para responderle antes de que llegue Zac y me doy cuenta de que acaba de acercarse un individuo todo vestido de negro que medirá casi dos metros de alto. Tiene los brazos tan grandes que no sé dónde habrá encontrado talla para la camisa oscura que lleva puesta. En su oreja derecha tiene un pinganillo.

—Señoritas, no me suena haberlas visto en la entrada. Disculpen la intrusión, pero ¿me pueden decir sus nombres para comprobar que están en la lista?

Se me para el corazón. Genial, esto va a traer una publicidad increíble para el podcast. Raül y Anthony van a matarme y a cortarme en rodajitas. Nos miramos entre nosotras y espero a que Rain o Naina, que son expertas en esto, suelten una excusa lo suficientemente consistente para que el de seguridad no termine llamando a la policía.

—Están conmigo. Las he invitado yo. —Zac acude al rescate, como un ángel de la guarda. Aparece de pronto junto al hombre de casi dos metros—. Perdona, tendría que haber avisado. Han entrado antes de que empezara la fiesta, por eso igual no las recuerda.

El de seguridad nos mira con desconfianza, pero asiente. Zac Nelson al rescate.

—Mis disculpas, señor Nelson. Y permítame decirle que le queda fantástico el color morado.

Y, antes de que pueda responderle, ya se ha marchado, diciendo por su pinganillo que está todo bajo control.

—Jo-der —exclama Naina, llevándose la mano al pecho—. Eso ha sido superépico.

Zac sonríe, pero después me mira con cara de pánico. Vale, tenemos que saludarnos de alguna manera. Se acerca a darme un beso, pero leo bien su lenguaje corporal y terminamos dándonos un abrazo incómodo.

Mierda.

—Ay, qué monos —dice Rain, que se ha tragado por completo nuestro paripé.

—Venid con nosotros, estábamos jugando al Búfalo —nos ofrece Zac.

—¿Búfalo? —Creo que soy la única que no ha oído hablar de ese juego.

—Sí, ¿no te suena? Consiste en que todo el mundo está normal, hablando de sus cosas, pero cuando vaya a beber solo lo puede hacer con la mano izquierda. Si alguien lo hace con la derecha y lo pillan, tendrá que vaciarse el vaso entero de un trago.

—Ah, bueno..., no parece muy difícil —digo, pero cinco minutos más tarde estoy bebiéndome una copa entera del tirón porque ya he caído en la trampa.

Nos rodea un montón de gente que no conozco y al parecer algunos de ellos son famosillos. Me suena la cara de una chica, pero no sabría decir de qué.

—¿Y cómo os conocisteis? —pregunta ella poco después, al ver que pongo cuidadosamente mi mano encima de la pierna de Zac.

Los dos empezamos a hablar, pero Zac me cede la palabra.

Joder. Joder. Joder.

—Pues… nos presentaron unos amigos en común, nos conocimos en las oficinas de Glass.

Vale, hasta aquí todo bien. No he tenido que mentir. Sin embargo, la gente nos mira como si quisiera saber más, incluidas Rain y Naina.

—Fue amor a primera vista —añade Zac, y todo el mundo murmura un «ayyy» o un «ohhh»—. Anna entró cuando estaba grabando en el estudio. Terminé la canción y de pronto la vi y sentí que era un milagro de Dios. Fue como si todas las canciones de amor de pronto tuvieran sentido y hablaran de ella.

Naina se lleva las manos a la boca y yo me muerdo los labios para que no se me note la sonrisa. Ni siquiera yo misma sé si es de vergüenza o de la trola que está contando Zac.

—No llevamos mucho tiempo juntos, pero es como si estuviéramos hechos el uno para el otro. ¿A que sí?

—Claro que sí, cariño —respondo en tono dulce, y me giro hacia él para darle un beso. A nuestro alrededor, la gente vitorea y aplaude, como si esto fuera un partido de fútbol americano o algo así.

Intento cambiar de tema y me relajo cuando por fin empiezan a hablar de rodajes y otros asuntos de los que no tengo ni idea; ahora ya puedo desconectar. Pero enseguida Zac se excusa y me pide que lo acompañe.

—Gracias por rescatarme antes de que todos descubran que soy malísima mintiendo —le digo en cuanto nos alejamos lo suficiente.

En el cielo ya no queda ni rastro del atardecer que nos había acompañado al colarnos en la fiesta. Ya está oscuro, pero unas pequeñas farolas iluminan algunos puntos del jardín. Los mosquitos revolotean a su alrededor, por lo que las evitamos.

—Pensaba que ibas a quedarte leyendo, mentirosilla.

—Y yo que estarías terminando tus dos últimas canciones, farsante —le espeto de vuelta, con una sonrisa.

Nos sentamos en un banco de madera pintada de rosa palo. Hace tiempo que he dejado mi bebida, porque no quiero tener resaca mañana, aunque no trabaje.

—Uf, no me hables de eso. Estoy muy atascado.

—Igual es precisamente porque… no lo hablas con nadie —me meto, aunque nadie ha pedido mi opinión.

—Igual… Pero nunca lo sabremos —se cierra en banda Zac.

—Vale, míster secretitos. Pero hablarlo igual te vendría bien. No digo que sea conmigo.

Zac abre la boca para responder, pero Rain aparece de la nada para interrumpirnos.

—Chicos, van a poner una proyección del *teaser* de la película. ¿Queréis venir?

—Claro. Vamos.

Seguimos a Rain a través del jardín, que da a una zona llena de sillas plegables con una gran lona blanca al fondo. Nos colamos entre la gente para poder ver bien y la proyección comienza. Al parecer, Naina no estaba equivocada. Era una fiesta de fin de rodaje. Reconozco en el *teaser* a algunas personas que hay hoy por aquí y después de terminar todos aplauden y vitorean. La directora de la película se coloca entonces frente a la lona y comienza a dar un discurso de agradecimiento. Desconecto un poco y miro a mi alrededor, disfrutando del momento. El tiempo, el decorado, la improvisación del plan…, todo es perfecto.

Miro de reojo a Zac y me doy cuenta de que me está observando a mí. Le respondo con una sonrisa y él me coge de la mano. Un cosquilleo me sube por el brazo y apoyo mi cabeza en su hombro. Siento mi corazón palpitando más fuerte de lo normal. Nos quedamos así un rato hasta que termina el discurso de la directora y dos personas más cogen el micrófono para hablar. Tras un aplauso final, vuelve la música y la gente va directa a por la cena que acaban de servir.

Paso el resto de la noche con las chicas y poco después de las doce volvemos a casa. Después de colocar la silla-para-allanar-propiedades-privadas en su sitio, claro.

CAPÍTULO 18

♓

EL DE LAS REGLAS NO TAN PROHIBIDAS DEL AMOR

Una conversación en el salón me despierta antes de lo que había previsto, pero apuro un ratito más en la cama. Busco el móvil. Después de comer tengo que volver al estudio para grabar el episodio de Escorpio y no sé si estoy mentalmente preparada para hacer un viaje al pasado ahora mismo.

Tengo todavía recuerdos difusos de anoche y no entiendo por qué, si apenas bebí excepto cuando perdí al Búfalo. Quizá son los treinta, que me acechan sigilosamente.

Aprovecho la mañana para darme una ducha y poner una lavadora y el resto del día pasa más rápido de lo previsto. Mis ojos buscan a Zac por las oficinas de Glass, pero no lo encuentran. Mejor, así podré concentrarme en el nuevo capítulo. El chico escorpio que han traído hoy también es un cantante de un grupo de rock indie superfamoso y tengo que cortarme para no pedirle una foto ni parecer una fan loca. Al final, queda un episodio divertidísimo y mi regreso al pasado no es tan humillante como esperaba. De nuevo, solo rezo para que no lo escuchen Martina ni Gastón, los únicos que hablan inglés de mi familia. Con que Raül se haya enterado de mi experiencia sexual turbia con el chico escorpio ya es más que suficiente.

Salgo de Glass más contenta de lo que esperaba. Hasta a mi hermano le sorprende mi actitud.

—¿Y esa alegría tan tonta? —me pregunta, mientras montamos en el Uber que nos lleva a su hostal. Por ahora, les sale más barato camuflarse entre turistas que buscar una habitación, sobre todo a Connor, que se marchará pronto a Míchigan.

—No sé, el episodio ha quedado muy bien. Tenía pocas esperanzas en el podcast, pero creo que va a gustar. Aparte, Melissa es genial. ¿Sabes ya cuándo saldrá el primer episodio? —le pregunto.

—Pasado mañana.

—¿Ya? ¿Tan pronto?

Asiente y los nervios me atacan de repente.

—A ver qué tal va el lanzamiento... —murmura Raül—. Vendrá la prensa y todo, me han dicho hoy.

—Bueno, bien. Por lo menos tengo a Melissa de mi parte, que es una experta en el tema. Aunque me dan un poco de miedo las preguntas que puedan hacerme. Bueno, más bien, lo que yo pueda responder a esas preguntas —rectifico.

Después, hablamos sobre su casa y la nueva inquilina. Al parecer, todo está en orden y ya ha pagado la parte correspondiente de marzo incluso antes de que termine el mes. Aprovechamos que estamos juntos para mandar un audio a nuestra madre, ya que a estas horas debería estar ya durmiendo en España, y así lo podrá escuchar mañana.

Llegamos al hostal enseguida, subimos al cuarto que comparten Raül y Connor con otras ocho personas más, y tengo que hacer esfuerzos para no abrir la boca cuando veo a Olivia completamente desnuda en el centro de la habitación.

—Joder, un poco de privacidad, ¿no? —se queja ella, y va corriendo a taparse con la sábana de la cama de Connor.

¿Ahora han vuelto? ¿No se supone que ya lo habían dejado?

—Tía, estás en una habitación compartida. Las palabras «hostal» y «privacidad» no son compatibles —le suelta mi hermano.

—Os esperamos abajo —digo, para rebajar la tensión, y tiro de mi hermano.

Unos minutos después, Connor y Olivia bajan como si no hubiera pasado nada.

—Pero, bueno, si tenemos aquí a la famosa de turno —me saluda ella, dándome un abrazo.

—Y ya verás cuando estrenen el podcast —le dice mi hermano.

—No, cariño, me refería a lo de Zac Nelson. No pierdes el tiempo, ¿eh? Qué casualidad que fuera piscis…

—Para ya, Olivia, por favor —musita Connor.

—¿Qué? Es que es muy fuerte que estés con él. ¿Cuánto lleváis juntos? ¿Ya no vas a seguir el experimento?

Niego con la cabeza y trato de responder lo más tranquila posible.

—Solo es un rollo, ¿vale?

—Venga, vamos a tomar algo. —Mi hermano intenta calmar los nervios, pero yo no estoy para bromas. Aun así, los acompaño, porque van a Westwood.

Cenamos algo rápido y vuelvo andando a casa. Me distraigo tanto mirando las calles y la gente que ni siquiera me doy cuenta de que tengo cuatro llamadas perdidas de Zac. Le telefoneo enseguida. Desde el día en el que mi madre sufrió un ictus, tengo un trauma cada vez que veo que alguien me ha llamado y no me ha dado tiempo a responder.

—¿Cómo está mi amada? —me saluda la voz de Zac.

—Llegando a casa después de una tarde en Glass. No estabas por ahí, ¿no?

—Qué va. Me he quedado en casa terminando la letra de la penúltima canción. Ojalá pudieras escucharla.

—¡Mándame un audio! ¡Qué bien que la tengas ya por fin! —Siento una alegría genuina por él. Sé lo mal que lo ha pasado con esto y que por fin haya logrado desatascarse es un gran paso.

—Había pensado en…, bueno, en ir en persona a enseñártela. Si no te importa, claro.

Su propuesta me sorprende.

—¡Claro! Ven a mi casa si quieres. Rain no va a estar hoy ni mañana. Se ha ido el fin de semana a Santa Bárbara con mi otra compañera de piso.

—¿El fantasma que nunca aparece?

Inclino la cabeza.

—¿Cómo sabes tú eso?

—Lo comentaste una vez. Oye, entonces, ¿voy o no?

—Sí, claro. Te mando mi ubicación. Pásate cuando quieras, ya he cenado, pero si quieres podemos pedir algo.

—Tranquila, yo he cenado también. Va, pues me planto ahí con la guitarra, ¿eh? Espérame.

—Vaaale.

Gracias a la visita de Zac tengo una excusa para recoger mi habitación. Meto todavía más cosas en los armarios, jurándome que los ordenaré en otro momento, y lo limpio todo. Después, hago bien la cama y me doy una ducha mientras el chico me avisa de que ya viene hacia aquí.

¿Traes la guitarra?

Y el piano también.

Sí, ya. Claro...

Aunque no me quedo tranquila hasta que lo veo aparecer con la funda colgada a la espalda. De él me podría esperar cualquier cosa. Con sus gafas de sol y un buen humor desbordante, se baja sonriendo del taxi y me da un abrazo inesperado.

—Oye, nada de romper las reglas —le recuerdo—. ¿O es que se te ha olvidado el punto número tres?

Zac levanta las manos, demostrando su inocencia, y entramos por el portal. Una vez en el piso le hago un pequeño *tour*, casi como el que nos dedicó Rain a Julia y a mí el primer día. Lo llevo directo a mi cuarto para que deje la guitarra y la chaqueta. No puedo quitar los ojos de su cara llena de pecas y estoy a punto de preguntarle si en verano le salen aún más.

—Camisa de cuadros, un clásico —le digo, al ver que bajo su chaqueta se esconde su prenda estrella—. ¿Qué será lo siguiente? ¿Descalzarte para cantarme tu canción?

—Oye, que estoy muy ilusionado con ella. Solo deseo que le guste a Anthony.

—Sobre todo tiene que gustarte a ti, eso es lo importante. ¡Vamos, tócala! No puedo esperar para escucharla —le digo, y le hago un gesto con la cabeza para que coja la guitarra.

—¿Ya? ¿Ni un buenas tardes, ni un qué tal estás, ni nada?

—Ya de ya. Si quieres alguna bebida, dime, tenemos de todo en la nevera.

—Solo agua, gracias.

Voy a la cocina a por un botellín y al volver lo miro de reojo con emoción mientras se prepara. Se sienta en mi cama y saca el móvil para guiarse con la letra, o quizá con los acordes. Trata de acomodarse antes de empezar y carraspea.

—Bueno, tengo que admitir que estoy un poco nervioso. ¿Puedo quitarme los zapatos? Prometo que no me huelen los pies.

—Claro. Todo sea por el *marketing*.

—¿Qué?

—Nada, nada —respondo enseguida.

Zac se prepara de nuevo. Roza las cuerdas de la guitarra con las yemas de sus dedos, emitiendo unos sonidos suaves, y comienza con su canción.

Cierro los ojos. Zac tiene una voz tan peculiar que ahora entiendo por qué lo han fichado en Glass y por qué ha conseguido tantos seguidores. Es magnético. Entona una melodía que me recuerda demasiado a las canciones de Elton John, pero con un toque juvenil. Presto atención a la letra y me duele entenderla demasiado rápido. Trata de una chica que se fue con otro, y desde entonces ha construido una coraza alrededor de él que ha terminado siendo su cárcel. Ahora, él mismo se siente atrapado y no puede salir de los barrotes, que se han endurecido cada vez más por su culpa.

Cuando termina, me doy cuenta de que tengo los ojos vidriosos y él también. Permanecemos un rato en silencio hasta que él levanta la cabeza.

—No te ha gustado —afirma.

—¡No! O sea, ¡sí! Es superbonita. Todo lo bonita que puede ser una canción triste.

Él sonríe avergonzado.

—Te contradices mucho, gordi.

—Que no, es que me has pillado con la guardia baja. Es preciosa. Cántamela otra vez, por favor.

—¿En serio?

Asiento y Zac vuelve a tocar la canción. Esta vez la vivo con más intensidad. En la historia, Zac cuenta cómo sigue viendo a la chica en su día a día aunque ella ya no esté: en cada perro que pasa, que ella se pararía para acariciar, o cuando ve a otra persona en la calle con un vaso trasparente de Starbucks en la mano. Cuenta la excusa que le puso ella para dejarlo, que no le hacía suficiente caso y que se sentía sola, y que con ese motivo justificaba sus infidelidades.

—Es que es increíble. ¿Así son todas las del disco? —le pregunto, alucinando—. Voy a tener que pedirte que me firmes cien fotos antes de que te hagas tan famoso que ya ni me contestes los mensajes.

Zac se ríe.

—A ti siempre te contestaría los mensajes, Anna. Aunque tuviera que hacerlo con señales de humo.

Su comentario me deja tocada, pero quiero pensar que es el efecto de la canción. Voy a la cocina a por una Coca-Cola para poner un poco de orden en el torbellino de mis pensamientos.

—Perdona, no quería ahuyentarte —se disculpa Zac en cuanto regreso a mi habitación.

—Tranquilo —insisto—. Es que la historia me ha dejado un poco triste.

—Ya..., pero, en el fondo, tiene su punto melancólico, ¿no? Melancólico en el sentido bueno de la palabra.

Medito mi respuesta.

—Es que conforme te escuchaba he pensado en cómo se tendría que sentir la otra persona —le digo.

—¿La chica de la canción? —pregunta Zac—. Bueno, no lo sé. Le puedo preguntar, pero desde que se fue con otro ya no es que nos hablemos, precisamente.

—¿Era la misma que timó a sus seguidores? —Recuerdo las palabras de Anthony cuando nos juntó porque quería que Zac no se viera envuelto en la polémica de su exnovia.

—No, no. Qué va. Esta es otra —me asegura.

—Ah, vale. Entonces ya fue hace mucho.

—¿Lo de la chica de la canción? Sí, hace ya un par de años. Pero ya sabes cómo somos los artistas. A veces nuestra mejor gasolina son los desamores.

—Dímelo a mí, que todo este experimento viene de plantar a un hombre en el altar.

Zac sonríe y todas sus pecas parecen cobrar vida en su rostro.

—Lo escuché en el episodio. Pero ese tío se lo merecía, la verdad. ¿Es cierto lo que dijiste de la luna de miel? ¿Y que ahora sigue saliendo con la chica esa con la que te puso los cuernos?

—Correcto —le respondo—. Que yo sepa, sí, siguen juntos, pero ya no me importa. Dios los cría y ellos se juntan. Seguro que el nuevo chico de tu exnovia también es un poco así. No creo que pudiera encontrar a nadie más atento que tú.

—Bueno, yo tampoco soy perfecto —reconoce Zac—. Nadie lo es. Pero sí que lo di todo por ella. Aunque, visto lo visto, ella no sentía lo mismo por mí. Supongo que ese es el problema de ser un enamorado del amor.

—Por lo menos puedes aprovecharlo para ganar dinero con tus canciones. Como diría una amiga mía: monetiza tus dramas.

—Me encanta. Monetiza tus dramas—repite él.

Me siento a su lado y le doy un abrazo no consentido. Enseguida me aparto en cuanto me doy cuenta.

—Perdona. He vuelto a romper una regla —me declaro culpable.

—Tranquila. Yo también he roto unas cuantas.

Me alejo un poco de él para lanzarle una mirada asesina.

—¿De nuestra lista de prohibiciones?

Él asiente con una mezcla entre miedo y diversión.

—¿Cuál has roto? —insisto curiosa.

—Pues…, bueno, te he dado antes un abrazo sin consentimiento, así que ya he roto la número tres. Y… se lo conté a mi mejor amigo, porque me llamó en cuanto vio lo nuestro en la prensa. No podía engañarlo, así que también he roto esa.

Se me escapa una risita.

—Bueno, entonces estamos empatados.

—¿Quéééé?

Me encojo de hombros.

—No puedes echarme la bronca por hacer algo que tú mismo has hecho —bromeo—. Así son las cosas.

—Pues vaya —responde, y no añado nada más.

Zac me mira a los ojos y después baja a mis labios. De pronto, un escalofrío me recorre el cuerpo. Tiene una cara muy bonita… y un corazón de peluche. Me dan ganas de pelearme con la chica que le hizo daño en el pasado.

Abre la boca para hablar, pero enseguida se arrepiente.

—¿Qué? —susurro.

Estamos peligrosamente cerca. Lo suficiente para que cualquier acción pueda conllevar una reacción.

—Nada.

—Dime…

Zac se muerde el labio inferior, mirando hacia sus rodillas.

—Que… a veces me dan ganas de romper esa lista y saltármela un poco. ¿Tú también lo has pensado alguna vez?

Se me para el corazón. Recuerdo el momento en la fiesta en el que, mientras daban los discursos, yo no podía despegar los ojos de él.

—Zac…

Él lo pilla enseguida.

—Lo siento. —Niega con la cabeza y se aleja de mí.

—No, no es eso. Es que… pensaba que eras tú el que quería mantener esto como una farsa y ya está —le digo.

—Sí, pero… no sé. Estos últimos días he estado mucho más contento cuando estoy contigo. Solo han sido un par de semanas y sé que es imposible enamorarse tan rápido, pero a veces te miro mientras haces cualquier cosa, por pequeña que sea, y siento que me crece el corazón.

Me quedo sin habla. De pronto, muchas cosas de las que han ido sucediendo últimamente empiezan a cuadrar. Sus mensajes para decirme cualquier tontería. Ese beso en la calle, demasiado personal para alguien que está fingiendo. Que cruce la ciudad solo para tocarme su nueva canción.

—Perdona, Anna. Me voy a ir antes de cagarla más.

Zac se pone de pie y comienza a meter su guitarra en la funda.

—No —es la única palabra que sale de mi boca.

Me pongo de pie y camino hacia él. Me doy cuenta de que le tiemblan las manos y solo me entran más ganas de abrazarlo. Enrosco las manos alrededor de su cintura y acerco su pecho al mío. Él se queda quieto, sin saber qué hacer, y al final me imita.

Y entonces, levanto la cabeza y nuestras miradas se encuentran. Recorro todas sus pecas: podría trazar constelaciones en ellas y todavía me sobrarían estrellas.

—¿Puedo besarte? —le pregunto, en un susurro tan bajo que temo que no lo escuche.

—Pero no hay cámaras delante —bromea él, fruto de los nervios.

—No me importa.

Acerco sus labios a los míos y nos dejamos llevar. Vuelvo a notar ese calor que sentí en la calle cuando lo besé por primera vez, aunque esta vez es mucho más sincero, más personal. Zac pone su mano en mi nuca y me devuelve el beso. Al principio, lento. Después, subiendo el ritmo. Sigue besándome con intensidad y solo puedo imaginarme sus labios por mi cara, mi cuello y todo mi cuerpo. No lo freno cuando va directo a mi clavícula y la recorre, y luego se dirige a la otra, pasando peligrosamente cerca de mi pecho.

—¿Te apetece romper la cuarta regla? —me pregunta.

No necesito mirar cuál es, porque me la sé de memoria. Asiento con una especie de jadeo y empiezo a desabotonarle la camisa de cuadros. Joder, no sabía que tenía tantas ganas de hacer esto hasta ahora. Se la quito y después le arranco la camiseta blanca que llevaba debajo. Zac hace lo mismo con mi ropa, pero con mucha más delicadeza que yo, como si estuviera desvistiendo a una reina.

Le pido que se tumbe en la cama y le quito los vaqueros largos con una lentitud forzada que solo me pone más y más. Yo también me desprendo de los míos y nos quedamos en ropa interior, él sentado en la cama y yo de pie frente a él, entre sus piernas.

Siento su erección demasiado cerca de mi cuerpo y se me nubla la vista cuando empiezo a rozarme contra él. Joder, tendría que haberme tocado esta mañana, porque así no voy a durar ni un minuto. Intento encontrar un equilibrio entre disfrutarlo y no excitarme demasiado rápido, pero llega un momento en el que si sigue así voy a pedirle que follemos ya.

Subo mis manos por sus piernas hasta llegar a la goma de sus calzoncillos y comienzo a bajárselos con cuidado. Él se levanta un poco para facilitarme las cosas y los deslizo hacia sus pies, donde caen al suelo. Hago lo mismo con mis bragas y nos quedamos desnudos, uno frente a otro.

Con un gesto de cabeza, le indico que se eche hacia atrás y juego con la mano alrededor de su erección. Es de tamaño mediano, fácil de manejar. La recorro de arriba abajo y la agarro con la fuerza suficiente para no hacerle daño, pero que me sienta bien, y comienzo a mover la muñeca. Al principio los movimientos son tranquilos, pero poco a poco voy subiendo de intensidad. Zac jadea cuando me acerco a la punta y clava la mirada en el techo.

Sigo unos segundos más y después agacho la cabeza para metérmela en la boca. La mojo para facilitar el movimiento y acaricio el glande con la punta de mi lengua, poniéndola dura.

Zac suspira mientras hago círculos a su alrededor y la voy chupando con cuidado.

—Uf, para ya, o me voy a correr —me ruega Zac.

—¿Y no quieres hacerlo?

—No, prefiero aguantarme. Súbete tú a la cama y follamos si quieres.

—Vale —respondo enseguida.

Me siento sobre la cama y después me tumbo, quedándonos uno al lado del otro. La temperatura de la habitación ha subido peligrosamente y no parece tener intención de bajar.

Zac recorre mi cuerpo con la yema de sus dedos y va directo a mi clítoris. Si no estuviera tan caliente me habría dolido, pero cuando lo alcanza ya está bastante mojado. Lo miro mientras me toca con cuidado, sin prisa.

Me echo hacia atrás del placer y dejo que haga lo suyo. Con la mano derecha, alcanzo su pene para seguir tocándolo. Siento cómo juega conmigo, me tienta, como si quisiera calentarme más de lo que ya estoy, mientras yo hago lo mismo con él. Inclino la cabeza para mirarlo y me pone demasiado darme cuenta que me ha estado observando todo este tiempo.

Es que no puedo más. Estoy echando humo.

—¿Quieres hacerlo ya? —le pregunto.

—Sí. He traído condones.

Se aleja con cuidado y rebusca en su cartera. Rasga uno y no le quito ojo de encima cuando se lo pone. Me alegra que tenga una polla normal. Ni muy grande, de las que hacen daño, ni muy pequeña. Perfectamente en la media.

—¿Lista?

Murmuro que sí y le pido a Zac que él se ponga debajo. Tengo ganas de ser yo la que esté encima y controle la situación. Con cuidado, cojo su pene con la mano derecha y lo guío hacia mí. Dejo que vaya entrando poco a poco y muevo las caderas para ajustarme bien a su cuerpo.

Me siento como una diosa empoderada encima de él, guiándolo, llevando mi propio ritmo. No puedo quitar los ojos de lo que está sucediendo entre nuestras piernas. Un cosquilleo me recorre el cuerpo en cuanto nuestras miradas se cruzan un momento.

Madre mía, no sabía lo que necesitaba esto. Coloco las manos encima de su pecho, preguntándole antes si le molesta, y comienzo a moverme de delante hacia atrás. Lo hago despacio, pero con una cadencia constante. Mis ojos buscan los suyos y los encuentran de golpe, mirándome de lleno. Los tiene entornados mientras gime de placer. Dios, me encantan los hombres que gimen. Un descubrimiento más sobre mí que no sabía hasta hace dos segundos.

—¿Vas bien? ¿Estás cómodo?

—Sí, ¿y tú?

Asiento y me agacho para besarlo otra vez. Seguimos un rato en la misma posición hasta que Zac me propone cambiar y se coloca él encima de mí.

La mete y la saca sin pausa, haciendo que me excite cada vez más. No sé cómo explicar que, ahora mismo, podría permanecer en esta posición durante el resto de mi vida, sin moverme ni un centímetro. Zac sigue, y sigue, y sigue, y me gime cerca del oído. ¿Cómo es posible que con una postura tan simple y constante me pueda poner tanto? Me lo hace lento, como si tuviéramos por delante todas las horas del mundo.

Coloca su mano en mi mejilla y la acaricia. Después, va bajando, pasa por el cuello, por mi pecho, y atraviesa mi tripa hasta llegar a mi clítoris. Lo empieza a frotar con la yema del dedo, y siento que estoy a punto de correrme. No lo puedo evitar. Zac empieza a gemir más alto y me supera. Me corro mientras sube la intensidad de sus embestidas. Él se corre antes que yo, pero hace un esfuerzo por seguir penetrándome un minuto más hasta que llegue mi turno. Mis piernas tiemblan cuando alcanzo el orgasmo. Jadeamos al compás, yo de placer y él de agotamiento, hasta que Zac reduce la marcha y, finalmente, para.

—Has terminado, ¿no? —se asegura.

—Sí. ¿Te encuentras bien? —le pregunto. Tiene pinta de estar reventado.

Asiente, todavía acalorado. Me coge la cara con las manos y me besa con suavidad. En cuanto sus labios rozan los míos, hinchados y rojos por la excitación, me vuelvo loca. No sabía que necesitaba algo así hasta ahora que lo he probado, y sé que me voy a volver adicta a esta sensación. Si tuviera una máquina para viajar al pasado, me quedaría anclada en lo que estaba sucediendo hace cuestión de segundos. En bucle.

—Uf, necesitaba esto —reconozco, volviendo a recuperar el compás de mi respiración.

Miro al chico para ver si es correspondido. Hacía tiempo que no me sentía así de cómoda con una persona como para tomar las riendas en el sexo. No me he dado cuenta hasta ahora de que he echado de menos un poco de romanticismo. Desde que Carlos salió de mi vida, todas mis relaciones han sido muy sexuales y tenía ganas de que las cosas cambiaran, de poder tener un polvo no tan agresivo, sino más lento y romántico.

Y, entonces, Zac se separa y me mira a los ojos. Y dice dos palabras. Las suficientes para terminar de romper todas las prohibiciones de la lista.

—Creo que… te quiero.

TERCERA PARTE

Aries

CAPÍTULO 19
♈
EL DE LA DESPEDIDA

No he vuelto a coincidir con Zac desde el día en que confesó que se estaba empezando a enamorar de mí. Desde entonces, he hablado alguna vez con él por mensajes, pero siempre he buscado una excusa para que la conversación no se vaya de madre.

Me siento mal cada vez que intenta sacar el tema de lo que sucedió aquella vez en mi habitación. Tengo en la cabeza un embrollo que no sé cómo gestionar y esta vez no me apetece contárselo a nadie, ni siquiera a Julia.

Había algo en la mirada de Zac que activó todas mis alarmas. Ese miedo a volver a querer, a tener que empezar otra vez de cero una relación. Hasta ahora no me había planteado si estaba preparada, pero creo que la reacción de mi cuerpo ha hablado por sí sola. Y no puedo evitar sentirme mal, en parte. Zac es muy buen chico. Demasiado. Y eso que no lo conozco lo suficiente, pero me cuesta imaginarnos a los dos creando toda esa confianza que hace falta para plantar los cimientos de una relación seria. Al escuchar su declaración de amor me habría gustado sentir lo mismo, haberme dado cuenta de que yo pensaba igual y que sus palabras eran todo lo que estaba esperando, pero no fue así. De hecho, fue todo lo contrario.

Los siguientes días pasan despacio, así que intento engancharme a alguna serie para desconectar y pasar el mayor tiempo posible trabajando. De hecho, me entierro voluntariamente en el trabajo para no pensar en lo demás. Comienzo a ir todos los días a las oficinas de Gold Wolf Corporations y le pido a Cameron si me puede dar más encargos. Busco cualquier excusa para hacer horas extra, quedarme hasta tarde. Incluso empiezo a hacer amigos a la hora de comer con gente que solo conocía por su nombre en los correos electrónicos que intercambiaba desde casa. Contacto con Zac cuando es necesario para no hacerle más daño. Es como si no quisiera saber nada más de él, pero, aun así, no puedo evitar de vez en cuando meterme en su Instagram para ver lo que está haciendo en su día a día. Me siento una mierda de persona desde que me levanto hasta que me acuesto.

Julia me escribe un par de veces para quedar, pero pongo la misma excusa que llevo repitiendo a Zac desde hace una semana. La situación se repite durante un tiempo hasta que llega el primer día de Aries y me tengo que centrar en recordar por qué empecé este experimento. Es demasiado pronto para enamorarme, así que debo cortar de raíz toda comunicación con el chico piscis.

Bueno, eso es lo que dice mi cabeza. Mientras tanto, mi corazón parece hablar un idioma completamente distinto y no consiguen entenderse entre sí.

Y las dos palabras de Zac siguen flotando en algún punto de mis recuerdos.

Al final, no puedo evitar cruzarme con él. De hecho, de camino a Glass a grabar el episodio de Sagitario, casi que me alegro de haberlo hecho, porque siento que me quitaré un peso de encima cuando lo haga. Durante la grabación, consigo desconectar gracias a que el chico sagitario que han invitado es divertidísimo. Casi me recuerda un poco a Ali cuando nos conocimos al principio, cuando todavía no habíamos tenido la discusión a la hora de acostarnos porque él no quería ponerse condón.

Después de grabar, hacemos una pequeña reunión de equipo para estudiar las estadísticas y ver cómo ha ido con el primer capítulo, y me sorprende ver que Anthony está muy contento. Suspiro de alivio, sobre todo por mi hermano, aunque gran parte del mérito lo tienen Melissa Moon y los invitados que ya se han ido anunciando. El equipo de *marketing* también ha hecho un gran trabajo de redes sociales y está muy presente en TikTok, de donde proviene la gran mayoría de nuestra audiencia.

Cuando por fin terminamos, veo que Zac ya me está esperando en la puerta. Aquí no hace falta que disimulemos, así que no tengo que saludarlo con un beso. Sin embargo, nos damos un abrazo y bajamos a la planta baja para tener un poco de privacidad. Siento el estómago revuelto en cuanto lo veo y no sé si es una señal buena o mala.

—¿Cómo estás? —le pregunto, ya que no tiene muy buena cara. Todavía me siento peor por cómo me he comportado en estos últimos días, pero necesitaba espacio.

Él se encoge de hombros.

—Todavía no he escrito la última canción, así que ya te imaginas. Pero, bueno, hoy he grabado la penúltima, así que Anthony me ha dejado un poco tranquilo. Me ha contado que vuestro podcast está yendo genial. Enhorabuena.

Sé que lo dice de corazón, pero su lenguaje no verbal no muestra tanta ilusión como pretende con sus palabras. Me muerdo el labio. Podríamos estar aquí media hora teniendo una conversación superficial, pero ambos sabemos a qué hemos venido.

—Oye, Zac, sobre el último día que nos vimos… —empiezo, y ya no hay marcha atrás—. Quería decirte que me puse un poco nerviosa al escuchar eso, porque… tú a mí me gustas, ¿vale? Me gustas mucho. Pero es que no estoy preparada para una relación ahora mismo. Después de dejar atrás a Carlos y todo lo que ha venido después, siento que todavía no me encuentro en ese punto de empezar a conocer a alguien y darle una oportunidad seria a la relación... Y me da rabia, porque me gustaría, pero no me sale. Y no quiero forzarlo, Zac, no sería justo para ninguno de los dos, pero sobre todo para ti. No quiero engañarte, que pienses que nos estamos enamorando poco a poco, cuando ahora mismo soy casi incapaz de sentir de nuevo esas dichosas mariposas en el estómago. Como ves, no tiene nada que ver contigo —insisto, antes de que pueda pensar lo contrario—. Eres un amor de persona, de verdad. Y no quiero perderte.

Zac cierra los ojos, asimilando todas mis palabras. Joder, me siento como una mierda. Esto es como cortar con alguien, pero sin haber tenido nada serio.

—Pensaba que tú…, no sé, sentías lo mismo, o que por lo menos estabas empezando a sentirlo —dice él—. Debí de leer mal tus señales.

—¿Señales? —pregunto, pero él me responde con un gesto de cabeza que no sé interpretar—. Sí que es verdad que contigo me he sentido, y me siento, bastante diferente que con el resto de los chicos. Eso no te lo puedo negar. Pero no sé cómo gestionar todos estos sentimientos ahora mismo, no sé si son lo suficientemente fuertes como para sostener algo a largo plazo… ¿Me explico?

—Perfectamente —responde Zac.

—No sé… Cuando empecé este experimento lo hice por conocerme un poco más a mí misma y ponerme a prueba, pero por ahora no quiero nada serio. Lo siento si di a entender que sí con algún gesto. Me gustas mucho, Zac, de verdad. Eso no es mentira. Pero no creo que pudiera volver a enamorarme tan pronto, ni aunque quisiera. Y creo que ahí está el tema: si me enamorara, tendría que salir de forma natural, y hasta hoy no… no he sentido eso por ningún chico. Creo que hay un gran salto entre querer a alguien y estar profundamente enamorada, y yo estoy ahora mismo en la primera base.

De nuevo, nos quedamos en silencio.

—Entonces…, ¿esto es un adiós? Más que nada por tener las cosas claras, Anna. No quiero meter la pata.

Me muerdo el labio. ¿Las cosas claras? ¿Yo?

—No es que sea un adiós, Zac. Simplemente tengo que seguir adelante con el experimento, ¿vale?

—Joder, ¡que le den al puto experimento! —exclama, y es la primera vez que lo veo así—. ¿No puedes pararte a pensar en que si has sentido algo, por pequeño que sea, quizá es por algo? ¿En que a lo mejor deberías pararlo ya? No hace falta que lo termines para demostrarte nada a ti misma, Anna.

Entiendo su punto de vista, pero no pienso igual que él. Ni estoy buscando una relación ahora mismo ni quiero abandonar el experimento.

—Te digo que tú me gustas, Zac, pero ya sabíamos adónde podría ir esto. De hecho, no —me corrijo—. Esto no era lo que se suponía que iba a pasar. Lo nuestro era solo por conveniencia y ya está.

—¿Y qué? No sé, es que no quiero perderte. ¿No podríamos, por ejemplo, intentarlo unas semanas? Y si sale mal, puedes volver a lo tuyo.

Zac lee la respuesta en mi mirada.

—Vale, pues tengo otra idea —sigue hablando—. Continúa con el experimento. Y cuando estés con el chico aries, cuando lo beses, dime si sigues pensando en mí. Y así sabrás si realmente quieres estar conmigo o si…

—Zac, no voy a hacer eso… —lo interrumpo—. No te lo voy a hacer ni a ti, ni a mí. Sería hacernos daño y no nos llevaría a ninguna parte.

Ahora sí, parece que dejo a Zac sin palabras. Él resopla y durante unos instantes me parece que está a punto de echarse a llorar.

Me siento como una mierda. Hacerle daño es lo último que pretendo, sobre todo después del que me hizo Carlos a mí con la infidelidad y la falta de sinceridad…, por eso creo que seguir con esto sería un error.

—Entonces, vamos a tener que seguir fingiendo ser pareja, como todo este tiempo…, mientras quiera Anthony —dice Zac. No es una pregunta, sino que él mismo se está dando cuenta de cómo van a ser las próximas semanas.

—Sí, supongo. O hasta que nosotros decidamos parar con esto.

—¿Sabes lo difícil que va a ser besarte sabiendo que sientes algo por mí, pero no quieres seguir adelante con esto? ¿Solo porque ya es 21 de marzo y se ha pasado mi turno? —me pregunta Zac, mirándome a los ojos.

—No estoy cortando contigo por el día del calendario en el que estamos, sino porque no puedo corresponderte emocionalmente. De hecho, ni siquiera estoy cortando…, porque no teníamos nada, Zac. —Me duele decirle estas palabras, pero necesita escuchar la verdad—. A mí me gustas mucho, pero no me puedo hacer responsable de tus expectativas… Quedamos desde el principio en que no pasaría nada más.

—Pues lo parece, Anna. Lo parece. Es como si tuvieras una alarma en el móvil que dictara lo que tiene que sentir tu corazón.

Entiendo a qué se refiere, pero no es así. No puedo negar que siento algo por él, pero no puedo forzarme a que eso crezca. Dudo que sea posible enamorarse de alguien en un par de semanas. Desde luego, si lo es, yo no sería capaz de hacerlo.

Después de esto, dudo de si en su momento llegué a estar enamorada de Carlos. No sé si alguna vez he llegado a experimentar ese sentimiento. ¿Dónde está el límite entre el amor y la obsesión? ¿Entre el amor y el afecto? Todo el mundo dice que, cuando estás enamorada, lo sabes… Y por eso estoy segura de que este no es el caso, por mucho que me duela ver a Zac así.

—Joder —murmura.

Ahora sí, rompe a llorar desconsoladamente. Quiero acercarme a él y abrazarlo, decirle lo importante que es para mí y que no quiero perderlo, pero siento que solo empeoraré la situación. Pero también quiero recordarle que no enamorarse fue una de las condiciones que escribimos en la servilleta de las prohibiciones, aunque me sienta una cabrona por ello.

Intento mantener la cabeza fría. Si él ha ido más rápido que yo, no puedo responsabilizarme de que no estemos en el mismo punto, por mucho que me rompa por dentro.

—Zac…

Él hace un gesto como quitándole importancia al asunto y se aparta un momento hasta que consigue serenarse.

—Da igual —logra decir.

—No, no da igual. Joder, no quería que termináramos así. No quería hacerte daño. Tú mismo pusiste las reglas y, si no recuerdo mal, una de ellas era no enamorarse —lo intento decir de la manera más suave posible—. Dos, de hecho.

Zac se termina de secar la cara con las mangas de su sudadera.

—Vale. Está bien —dice con la voz todavía tomada—. Entonces, te voy a pedir un favor.

—Lo que sea —respondo demasiado rápido, esperando que no sea nada desorbitado.

Zac se humedece los labios antes de hablar.

—Quiero que no vuelvas a escribirme a no ser que sea estrictamente necesario. Y si tenemos que volver a quedar estos días para seguir con la farsa, porque Anthony nos lo pide, te llamaré yo mismo, no lo hagas tú, y quedaremos solo el tiempo que sea necesario. Y nada de besos. Nos veremos como mucho una o dos veces más y hablaré con Anthony para terminar con esto de la forma que menos afecte a nuestras carreras.

Asiento con la cabeza.

—Me parece bien, Zac. Como sea más fácil para ti. En serio.

—Vale. Pues lo hacemos así.

De nuevo, nos come el silencio. Pasan unos coches enormes por nuestro lado, con unas ruedas que casi me llegan por la cintura y los cristales tintados. Los usamos de excusa para intentar rebajar la tensión del momento, pero, en cuanto pasan y no hay ninguna otra distracción, volvemos a mirarnos.

—Y otra cosa más —añade él—. Dime que te terminarás el libro.

—Claro que sí. Y tú la canción —respondo, y cuando acaba la conversación siento un terrible vacío dentro de mí.

Zac se despide de mí con la mano y regresa al edificio. Pido un Uber, tengo la cabeza en otra parte y no puedo centrarme hasta que llego a mi casa y me tumbo en la cama. Agradezco pillar a Rain en la ducha, porque ahora mismo no estoy para conversaciones. Miro al techo intentando repasar todo lo que siento y entonces sé que ha llegado el momento de teclear en las notas de mi móvil.

Dicen de los chicos piscis que son soñadores, tranquilos, cariñosos y enamorados del amor. Que su signo es de agua mutable y que han aprendido muchas lecciones sobre el resto porque son los últimos en la lista de los doce signos del Zodiaco. Según los astros, son personas sensibles con una gran capacidad de comunicación y les encanta la música. Piensan en su infancia como un lugar seguro, por eso a veces pueden dejar a la vista comportamientos relacionados con esa etapa de su vida. Y, en el amor, se los tacha de pegajosos y excesivamente observadores.

Siento que he encontrado en Zac muchas de esas características, a pesar de que no lo he llegado a conocer tan profundamente como a otros chicos. La música es su refugio, pero también los libros, así como su colección de casetes y los VHS que nunca llegué a ver.

Zac era todo cariño. Es. Todavía no sé qué verbo utilizar para referirme a él.

Siempre ha sido atento conmigo y no me ha faltado de nada. Le encantan las muestras de cariño y, aunque yo no soy muy fan del contacto físico, con él me sentía a gusto.

Aunque también siento que tiene un gran miedo al rechazo. Y no solo en el amor, también en su trabajo. Me pregunto si es eso lo que le frenaba a la hora de escribir la última canción y si lo habré terminado de bloquear por completo ahora que hemos decidido dejar lo que sea que tuviéramos él y yo.

Si Zac es un piscis de manual, echo de menos de su signo que sean un poco más aventureros. A pesar de que no me viene mal un poco de relax, me habría gustado hacer planes más atrevidos, variar un poco. Salir a tomar algo e ir a librerías está bien, pero me gustaría saber qué pasaría si lo sacara de su zona de confort, como ver una película de miedo, o nadar con tiburones, o algo así. Estoy segura de que tardaría un mes en recuperarse de lo primero y directamente se moriría en lo último.

Según Google, no somos la pareja perfecta. Entonces, ¿por qué siento que es de las pocas con las que he conectado? ¿Por qué estoy llorando mientras escribo esto, cuando en otras ocasiones ha sido más un acto de despecho o de despedida, pero mirando hacia atrás con una sonrisa? ¿Por qué se me encoge el pecho cuando estoy con él y no paro de revivir esa escena en el jardín?

Supongo que es algo que se escapa de los astros. Malditas constelaciones. Las odio.

Siento que Zac podría haber sido un buen candidato para tener una relación, aunque sé que ahora no es el momento. No sé si algún día lo va a ser, en realidad. Últimamente ni yo misma estoy segura de lo que siento. Quizá es que me he roto por completo y para recomponerme no solo tengo que encontrar las piezas, sino parar un momento, ordenarlas bien y pegarlas en el sitio que les corresponde.

CAPÍTULO 20
♈
EL DEL CHICO ARIES

—¿En serio? ¿Estás segura de que quieres quedarte?

Rain me pregunta por tercera vez lo mismo. No sé cómo decirle que no tengo ganas de salir de casa. Necesito tiempo para pensar y la lectura del libro que compré con Zac no me está ayudando. Creo que tendré que dejarlo de lado y buscar algo más alegre, al menos por ahora.

—Sí, de verdad.

Por mi tono, creo que Rain por fin entiende que necesito estar sola. El trabajo me está agotando, pero tampoco quiero demasiado tiempo para descansar o mi cabeza se pondrá a pensar más de lo que tiene permitido.

Cuando por fin se va a pasar la tarde al Museo de Arte Contemporáneo de Los Ángeles, aprovecho para ponerme en bragas y sujetador deportivo y dejarme caer encima de la cama. Cierro los ojos y las frases de Zac pasan por mi cabeza, como si estuviera escuchando un podcast de nuestras conversaciones pasadas.

«¿Sabes lo difícil que va a ser besarte sabiendo que sientes algo por mí, pero no quieres seguir adelante con esto? ¿Solo porque ya es 21 de marzo y se ha pasado mi turno?»

Ya basta.

No puedo seguir torturándome así.

Dejo que vayan pasando los días sin pena ni gloria y me recuerda a cuando corté con Carlos. Echo cuentas y advierto que ya ha pasado medio año desde entonces. No me hago a la idea de que sean seis meses, pero, a la vez, es como si el tiempo hubiera pisado el acelerador y estuviera circulando muy por encima de la velocidad máxima permitida.

Escribo a mi familia casi todos los días para ver cómo avanza mi madre y me alegro de que vaya cada día a mejor. Eso me hace también pensar en Adrián, de quien no he vuelto a saber nada, y lo bien que gestionamos el tiempo que estuvimos juntos y separados. No he vuelto a saber nada de él y por supuesto yo no le he escrito, y es perfecto así. Cuando pienso en el médico solo puedo recordar aquellos momentos con una sonrisa y agradecer que estuviera ahí para apoyarme durante los días más duros tras el ictus de mi madre.

En el trabajo, Cameron se acerca a saludarme un día. Me pregunta por mi familia y después por mí. Creo que hasta mi propio jefe se ha dado cuenta de que me sucede algo raro. Me obligo a salir de casa un día que por fin conseguimos juntarnos todo el grupo de amigos de mi hermano y me habría arrepentido cada segundo de haberlo hecho de no ser porque Julia y Harry están ahí.

Por supuesto, tienen la decencia de no preguntarme por Zac. Quizá Julia los ha avisado de lo que ha sucedido.

—Mira, la desaparecida —me saluda Harry. Se acerca corriendo a mí y me eleva en el aire con un abrazo demasiado efusivo. Hoy lleva el pelo suelto en lugar de su pequeña coleta y no me había dado cuenta hasta ahora de lo largo que lo tiene.

—Bueno, bueno, tampoco he estado tanto tiempo desaparecida —me defiendo.

—¡No te veo desde que volviste! ¿Cuándo fue eso? Cariño, es que eres difícil de encontrar, ¿eh?

Julia también me saluda con un abrazo y el resto con la cabeza o con la mano. Raül está sentado entre Olivia y Connor y puedo percibir el mal rollo entre los dos desde aquí.

—¿Qué tal va por el estudio, cielo? —pregunta Harry—. Escuché el primer episodio y me encantó, me muero de ganas de que salga el de Sagitario. El mejor signo del mundo.

Chasquea los dedos en el aire y los demás le llevan la contraria, cada uno defendiendo el suyo.

—De eso nada —replica Olivia.

Ella es la leo del grupo, así que por supuesto tiene que ser la que destaque. Y no solo por sus comentarios, sino por su indumentaria. Hoy lleva un conjunto negro con bordados semitransparentes de infarto. Sabe que le queda bien y lo muestra con orgullo. Desde luego, no me imaginaría a nadie más que a ella con un conjunto así. A veces me gustaría tener aunque fuera un cinco por ciento de su seguridad en sí misma. Con eso me conformaría, aunque después me doy cuenta de que desde que llegué a Los Ángeles he avanzado bastante en ese aspecto y me siento mejor con mi físico que antes.

Charlan de sus trabajos, sobre todo del de Olivia. Parece ser que su jefa está empezando a echar a gente y tiene miedo de perder su puesto, a pesar de que lleva un tiempo trabajando junto a ella como asistente de decoración de casas de lujo. Julia cuenta su última aventura con un simio del zoo de San Diego que han tenido que operar de urgencia y Harry se queja de que en su última exposición no vendió ni un cuadro, aunque conoció a un chico muy interesante y eso lo compensó todo. Mi hermano y Connor, como casi siempre, se mantienen al margen. Ni siquiera sé si todos aquí saben que Connor se marcha, así que no quiero ser yo quien comunique la noticia sacando el tema.

—¿Y tú qué, Anna? ¿Ya has encontrado a tu príncipe azul aries? —pregunta Olivia.

Niego con la cabeza.

—Igual puede presentarte Julia a uno de sus primos... —añade Raül por fin, y todos nos reímos.

—No, pero mi nueva compañera de piso está obsesionada con encontrar al chico aries perfecto —les cuento—. Desde que descubrió el experimento, está medio loca con él. Me ha dicho que quiere juntarme con un amigo suyo que es bastante extrovertido.

—Dicen que la pareja de dos aries es explosiva, así que ten cuidado, no te vayas a quemar —añade Olivia guiñándome el ojo, y no sé muy bien cómo tomármelo.

—Sí, ¡es verdad! —secunda Harry—. No sé si tendrá mucho futuro, pero desde luego te lo pasarás genial.

—Hasta ahora, ¿cuál te ha ido mejor? —pregunta Olivia, y me sorprende este interés tan repentino.

—Pues… creo que a libra lo podemos quitar de la ecuación. Lo siento, Julia —le digo, recordando que ese chico era uno de sus múltiples primos—. Escorpio…, para un rato bien, pero poco más. Quizá con sagitario habría estado muy bien si ese chico en particular no hubiera sido tan imbécil en el último momento. Creo que el capricornio ha sido el mejor, hoy seguimos siendo amigos. Bueno, si es que se puede llamar amigo a tu jefe. Acuario fue rápido, pero intenso, también guardo un buen recuerdo.

Harry silba, calentando el ambiente.

—¿Y el chico piscis? —quiere saber Olivia, y de pronto todos se quedan en silencio y me miran. Siento los ojos de Connor clavados en mí, esperando una respuesta.

—No terminó de funcionar. Él buscaba algo más y yo no —respondo, y creo que es una forma coherente de decir la verdad sin contar nada más—. Pero igual volvemos a quedar, no sé. Es muy mono.

Tengo que cubrirme las espaldas por si vuelven a verme con él. De nuevo, regresan a mi mente las imágenes de nuestro primer beso falso.

—¿Estás bien? Te has puesto blanca —me susurra Julia, aprovechando que la conversación ha vuelto a cambiar y ahora la nueva víctima de las preguntas de Olivia es el pobre Harry.

—Sí, sí —miento—. Estoy cansada, en realidad. Estos días en la oficina han sido demoledores.

Porque yo misma he sido la que ha decidido de forma unilateral enterrarse en montañas de trabajo, añado mentalmente.

Intento distraerme un rato, pero en cuanto cae la noche pongo rumbo a mi casa. Nunca soy la primera en irme, pero se me caen los párpados del sueño. Llego a mi habitación y esquivo a Rain como puedo. Hasta ella capta la indirecta solo con mirarme a la cara. Eso sí, al día siguiente, me pilla por banda mientras estoy desayunando.

—Lo tengo. Ya lo he encontrado —dice animadísima.

Ya sé a qué se refiere, pero necesito asegurarme.

—Tienes... ¿al chico aries?

Ella asiente con efusividad.

—¡Sí! Te he hecho todo el trabajo de investigación, búsqueda y contacto. He quedado hoy con él para que lo conozcas.

—¿Ya? ¿Tan pronto? —Ahora sí que me sorprendo.

—Sip. Necesitas desconectar, Anna, últimamente estás muy metida en el trabajo. Además, ¿qué mejor que un aries? Se supone que estáis muy locos, ¿no? Si lo piensas, has tenido suerte de que ahora te toque este signo y no otro.

Pues sí, la verdad. No voy a negar que ahí Rain tiene toda la razón. Ahora mismo no podría con otro chico intenso.

—¿No quieres saber cómo se llama o cómo es? —me pregunta Rain, deseosa de contármelo.

Se hace una trenza en el pelo mientras me mira con ojos de corderito degollado.

—Por supuesto —miento—. Cuéntamelo todo.

Los siguientes minutos son un monólogo de mi compañera de piso explicándome todo sobre el chico aries, que se llama Nikolai. Niko para los amigos, claro. Cómo se mudó de Polonia a Estados Unidos cuando tenía cuatro años con sus padres, todo lo que ha viajado por el mundo y cómo ha terminado aquí, en California. Me cuenta tantas cosas que llega un momento en el que dudo si tengo que quedar con él o no, porque ya lo sé casi todo sobre el pobre chico.

—Pues se pasará sobre las seis —me informa, aunque es más una advertencia que otra cosa—. Ah, y le he contado todo lo de tu experimento, porque si no sería un poco raro que quisiera presentarle a una chica así de la nada, ¿no?

—Sí, sí —respondo—. Pero no será un loco, ¿no? O sea, es de tu confianza.

—Por supuesto. Lleva aquí cinco meses y coincidimos en la reunión anual de vecinos del barrio de Westwood. Se acababa de mudar entonces y se animó a venir para conocer gente. He quedado con él varias veces, y también con Naina y alguno de los amigos de Niko. En serio, es buena gente.

Me quedo más tranquila con el comentario de Rain.

Paso el resto del día distraída con el móvil y, para no mentir, mirando la hora, hasta que al final se hacen las seis menos cuarto. No me apetece arreglarme mucho y menos para una persona que no conozco, así que apuro hasta menos dos minutos para peinarme, recogerme el pelo en una coleta y cambiar las zapatillas de andar por casa por unas deportivas.

Aun así, el chico aries no aparece por la puerta hasta que dan casi las seis y veinte. Quizá tenemos más cosas en común de lo que pensaba.

—¡Niko!

Rain corre hacia la puerta y lo recibe con una sonrisa. Yo los espero en el salón, sintiéndome muy rara. Casi que habría preferido conocer a alguien a través de Tinder, la verdad. Pero, bueno, ya estamos aquí y no hay vuelta atrás.

El chico aries entra con una confianza que llama mi atención desde el primer momento. Con tan solo poner un pie en el piso, lo llena con su presencia. Es alto, altísimo, de hecho. Viste con unos vaqueros oscuros y camisa rosa y sus ojos son tan azules que hasta parecen blancos. El pelo, rubio platino, está cortado al uno o al dos y resalta todavía más sus facciones, de pómulos duros y marcados. Y tiene una nariz de esas que dan personalidad a la cara.

Vale, debo admitir que no es para nada mi tipo, físicamente hablando, pero eso todavía pica más mi curiosidad. Esos ojos tan claros me dan hasta respeto; parecen gélidos, vacíos, como si no hubiera ni medio sentimiento detrás de ellos.

—Hola, Anna. Soy Niko, encantado de conocerte.

Dios, esa voz tan grave y el rollazo que tiene me va a traer muchos problemas. Lo veo venir.

—Encantada igualmente, Niko —respondo, mientras se acerca a darme un abrazo rápido.

Apenas tengo tiempo de reaccionar cuando siento su cuerpo contra el mío. No tiene mucho músculo, es más bien delgadito, y huele de maravilla.

Maldita Rain. Tengo ganas de chillar en quinientos idiomas, incluido el polaco.

—Siéntate, Niko, estábamos aquí charlando —le ofrece Rain, que es mucho mejor anfitriona que yo—. ¿Sales ahora del trabajo?

—Sí, bueno, he pasado por casa y he venido. Ahora estoy viviendo muy cerca de aquí, a unas seis calles.

—¿A qué te dedicas? —le pregunto, con miedo a que esto parezca una entrevista de trabajo.

Joder, en el fondo, un poco sí que lo es, teniendo en cuenta que luego esto lo usaré para el podcast. Intento no reírme y también recordar este comentario para hacérselo luego a Rain cuando Niko se vaya.

—Trabajo en una empresa de arquitectura efímera, haciendo mantenimiento, sobre todo.

Asiento, aunque no tengo ni idea de en qué consiste ese trabajo. Es como la manía que tiene ahora todo el mundo de poner nombres raros a sus puestos, sobre todo añadiendo palabras en inglés. Al final, no hay quien se entienda.

—¿Y qué haces en tu día a día?

—Pues es muy variado, pero básicamente asegurarnos de que lo que montemos no se caiga. Por ejemplo, el otro día había un evento de una floristería en Santa Mónica. Estuvimos preparando todos los expositores, las carpas... Vamos, todo lo que es la estructura. La montamos y la desmontamos siguiendo todos los protocolos de seguridad.

Me quedo estancada en su voz, volviendo a olvidarme de prestar atención a en qué consiste su trabajo. Mierda.

—¿Y tú? —me pregunta, sacándome de mi burbuja.

—Yo soy traductora. Ahora también estoy ayudando a mi hermano con un proyecto...

—¡Sí, el podcast que te comenté! —interviene Rain.

—Ah, sí, tu pequeño… experimento —recuerda él.

Joder, nunca había tenido tantas ganas de que alguien hablara mucho y se callara al mismo tiempo. ¿Cómo es posible que una persona tenga ese tono de voz? ¿Será así o lo exagerará?

—De hecho, tienes una voz increíble. Sonarías genial en el podcast —bromeo.

—Pero solo lleváis a famosos, ¿no? Yo soy un simple mortal, poco más.

—Veo que has hecho los deberes —reconozco.

Él se encoge de hombros con un aire de falsa modestia.

—Me gusta improvisar, pero la mejor forma de hacerlo es sabiendo a lo que te enfrentas.

Su mirada gélida me intriga y de su voz ya ni hablemos. Rain se da cuenta de que es su momento para dejarnos a solas y pone una excusa para largarse a su habitación.

—¿Bajamos a tomar algo? Hay un sitio por aquí que sirve un vino blanco buenísimo.

Me río. Es un poco temprano para empezar con el vino, pero no me resisto. Le pido un momento para coger mis cosas y cinco minutos después estamos entrando en un lugar más elegante de lo que esperaba. Aun así, nos dejan pasar con nuestros vaqueros y deportivas y señalan una mesa apartada del centro. A cada lado hay un banquito para sentarse y apoyar la espalda.

Dejo que Nikolai pida ese vino que tanto le gusta y me pregunto qué tendrán los hombres con las bebidas alcohólicas, que siempre son fieles a una en concreto. Me recuerda mucho a cuando Adrián me llevó a probar una de sus cervezas favoritas en Valencia y de pronto me doy cuenta de que ya hace más de un mes que regresé a Los Ángeles.

Me da vértigo lo rápido que han pasado las cosas. La vuelta a la casa de Raül, el inicio del podcast, mi nueva habitación, Zac Nelson… y, ahora, Niko.

Demasiada información para mi pobre cerebro sobresaturado.

—Pues aquí estamos, Anna. Aries con aries —musita.

Sé que los signos son diferentes en función del género, pero enseguida puedo encontrar muchos puntos en común con Niko, incluso aunque lo haya conocido hace poco.

—Así es.

—¿No te resulta extraño haber llegado a este punto? —me pregunta, pero no lo sigo. Él se da cuenta enseguida de mi confusión—. Quiero decir, encontrarte contigo misma. Y, al mismo tiempo, con tu némesis.

Traen las copas de vino y agradezco que Niko vaya directo al grano, sin rodeos, sobre qué nos ha traído aquí.

—Sí, tengo curiosidad, la verdad —reconozco—. Quiero ver si es verdad lo que dicen sobre nosotros.

—¿Y qué dicen?

—Pues... que somos impulsivos, entusiastas..., a veces incluso demasiado, lo que hace que podamos rozar el infantilismo. Pero en el fondo creo que somos un buen signo, ¿no? —le pregunto—. Aunque también tenemos fama de ser un poquito rencorosos.

Niko se ríe y bebe de su copa. Lo imito poco después y al cabo de media hora, entre risas y bromas sobre el Zodiaco, nos hemos terminado la primera botella. Pido otra como si no hubiera que pagarla después. Espero que todo esto no se vaya de madre.

—Tengo una propuesta para ti, Anna —me dice Niko, y de pronto se pone serio—. A ver qué te parece.

—Vale. —Interrumpo la pausa teatral del chico aries y presto atención.

—Según lo que me ha contado Rain del proyecto que tienes entre manos, tu intención no es enamorarte. La mía tampoco, claro —afirma, y es hasta cierto punto un alivio que lo diga ya de primeras. Aunque también comencé así con Zac y... bueno—. De modo que ¿por qué no lo pasamos bien y demostramos que somos la mejor combinación posible? Aries con aries, puro fuego. Nos dejamos de historias y pasamos un mes lleno de locuras.

Asiento, aunque no termino de entender cuál es su propuesta.

—Esto es lo que había pensado. Hagamos un pequeño torneo, eres competitiva, ¿no?

—Bastante —reconozco, y me vienen a la mente las imágenes de aquella fiesta donde conocí al chico libra y los juegos en los que participé esa noche.

—Cada uno preparará dos citas. En total, serán cuatro, o sea, que nos veremos una vez a la semana. La única condición es que cada una sea más extrema que la anterior.

Vale, esto podría ser interesante, aunque la palabra «extrema» en boca de un desconocido me da un poco de pánico.

—Define «extrema».

El chico aries se ríe.

—Pues que sea adrenalina pura. Por ejemplo, conducir un coche de carreras o hacer *puenting*.

Adrenalina. Una palabra con un terrible doble filo. Aunque todavía no entiendo por qué quiere hacer esto sin conocerme de nada.

—Estoy dentro —respondo—. Pero... ¿qué ganas tú?

—¿Yo? —Nikolai se señala a sí mismo, sorprendido por mi pregunta—. Nada. Rain me habló de ti y me encantó este proyecto que tienes entre manos, así que me presenté voluntario para participar, aunque no sé si es lo que buscabas. Solo quiero pasar un buen rato, nada más. Acabo de mudarme a Los Ángeles y me apetece probar cosas nuevas.

¿Para qué lo voy a pensar dos veces? Además, esto es un contenido superinteresante de cara al podcast.

—Claro, me parece genial. Encima, vengo de un mes bastante intenso, así que necesito un poco de desconexión y adrenalina, no te voy a mentir.

—Genial. ¿Te apetece hacer una prueba piloto?

—¿Una... prueba?

Ya me ha picado la curiosidad y ahora no hay quien me baje de este tren.

Empezamos mal.

CAPÍTULO 21

♈

EL DE LA ÚLTIMA CANCIÓN

—Mira, ¿ves a ese de ahí? —me pregunta Niko. Con la cabeza, señala hacia un chico que se encuentra un par de mesas a nuestra derecha. Está sentado solo y se muerde las uñas.

—Sí, ¿qué pasa con él?

Niko se ríe con picardía.

—No para de mirar a una de las chicas que están en ese grupo de amigas. Mira, ahí, las que están en una mesa alta, la que va de naranja chillón.

Efectivamente, no hay que buscar mucho para dar con ese grupito.

—¿Y qué pasa con ellas? —repito.

Niko no dice nada y coge una servilleta. Saca un bolígrafo de su riñonera y empieza a garabatear sobre el papel. No consigo leer desde aquí lo que está poniendo, pero sí me fijo en que tiene una letra preciosa.

Cuando termina, lo gira hacia mí para que dé el visto bueno. Es una nota simple, donde una de las chicas de la mesa supuestamente le dice a él que le gusta a la que va de naranja y que vaya a saludarla.

—Qué tontería, no va a funcionar —le digo convencidísima.

—¿Segura?

—Segura.

—¿Apostarías ser la primera en elegir la cita si funciona? —me pica Niko.

—Por supuesto.

El chico aries extiende una sonrisa de oreja a oreja.

—Pues ve pensando ideas.

Llama al camarero y le pide que entregue la nota en la mesa del chico que está solo y nervioso, pero sobre todo que no le diga de parte de quién es, que él mismo lo adivinará.

Con una expresión de seriedad, el camarero se lleva la servilleta garabateada. Da un par de vueltas para llevar la cuenta a una mesa y tomar nota en otra, y termina aterrizando en la del chico.

Él la lee enseguida.

—No lo mires, que se va a dar cuenta —le digo a Niko, por mucha pena que me dé perderme este momento.

Lanzamos miradas fugaces a su mesa. Parece que lo hemos puesto todavía más histérico, ya que no para de mirar a las chicas y luego a su alrededor. De pronto, se pone de pie y camina hacia la mesa donde están ellas, ajenas a todo lo que está sucediendo.

—Dios mío, lo va a hacer —musito.

No daba ni un dólar por este chico nervioso y ahora ahí está, acercándose a la que viste de naranja.

—Vámonos.

Nos ponemos de pie y salimos del restaurante antes de que se desate el caos. Desde fuera, vemos cómo todas las chicas se giran hacia él con cara de no entender lo que está pasando. Una incluso mira alrededor, como si fuera una broma de cámara oculta. Al final, el chico les tiende la servilleta y todas se ríen.

Entonces, cuando parece que él no puede pasar más vergüenza, aparece otra chica por detrás.

—¿Y esa? —pregunto.

Niko se encoge de hombros.

La recién llegada coge la nota de la mesa, la lee con muy malos humos y empieza a discutir con el chico. Se marcha hacia la puerta en dirección a nosotros, que estamos fuera cotilleando a través del cristal como dos abuelas.

—Cuidado, que viene.

Abre la puerta con un gesto violento y sale dando grandes zancadas. El chico la sigue, con la nota todavía en la mano y una expresión de confusión absoluta.

—¡Naomi! ¡Espera, Naomi, por favor!

—Que no. Ya me has hecho esto muchas veces y paso de que me vuelvas a poner los cuernos. Pensaba que esta cena era para hablar las cosas, pero veo que ya no puedes parar de serme infiel ni cuando quedas conmigo.

—¡De verdad que no he sido yo!

—¿Y quién ha sido? ¿Un fantasma?

—Naomi, por favor…

—Que no, Lee. Ya estoy cansada. Debería haberme quedado en casa, ni siquiera sé por qué he venido. No tendría ni que haberte dado esta última oportunidad, tal y como dijeron mis amigas.

El tal Lee resopla.

—Joder, siempre tus amigas metiéndose en todo. ¿Es que no podemos solucionar las cosas entre tú y yo?

—¿Tú y yo? ¿Ahora quieres que seamos dos, cuando siempre has tenido a varias pululando a tu alrededor? No, lo siento, ya no quiero estar aquí. No tendría que haber venido.

—Estás loca, de verdad. Estás mal de la cabeza.

La conversación empieza a tomar un tono bastante feo y por fortuna la chica coge un taxi y se marcha, dejando a Lee con la palabra en la boca. Le grita incluso cuando el vehículo ya ha arrancado y me sorprende que la gente, en general, ni siquiera se gire para ver qué está pasando. Quizá ya están acostumbrados, en una ciudad así, a tener espectáculo gratuito cada día.

Lee lanza un último grito y después se gira hacia una señal de aparcamiento y comienza a darle puñetazos, gruñendo como un animal.

Madre mía, la gente de esta ciudad a veces está muy mal de la azotea.

—Jo-der —musito—. Igual hasta hemos hecho una buena acción y todo.

—Bueno, no tanto —dice Niko.

Tiene una sonrisa en los labios que ya conozco bien, aunque llevemos poco tiempo juntos.

—¿A qué te refieres?

—¿Tú has pagado? —me pregunta.

Abro mucho la boca. No, claro que no. Y él tampoco.

—¡Pues vámonos de aquí!

Niko echa a correr en dirección a mi casa y yo lo sigo, todavía procesando que acabo de hacer el primer simpa de mi vida y ni siquiera ha sido queriendo.

Cuando llegamos al portal, Niko se despide de mí, recordándome que me toca organizar la primera cita porque he perdido la apuesta. Intercambiamos números y se va caminando en dirección contraria al restaurante.

Subo a mi habitación, todavía con el corazón desbocado. Por supuesto, Rain está ahí para interrogarme sobre cómo nos ha ido. Se lo cuento absolutamente todo, porque necesito compartirlo con alguien o explotaré, y ella no puede parar de reírse. Después de un buen rato, me doy una ducha y me dejo caer en la cama, pensando en qué voy a hacer para cenar.

Abro Instagram y me sale la cara de Zac, un primer plano de una foto suya frente al piano. Bajo para leer el texto que la acompaña y necesito hacerlo dos veces para procesar toda la información.

Por fin ha llegado el día. Después de meses persiguiendo una melodía que no llegaba, ya he terminado de componer la que será la última canción del disco.

A veces solo necesitamos una chispa que encienda la mecha. En mi caso, la chispa no ha sido tan bonita ni ilusionante como esperaba y eso es lo que he intentado transmitir con esta canción. Muchas veces nada sale como lo tenemos planificado y eso no siempre es algo bueno. No todos los cambios traen oportunidades ni siempre que se cierra una puerta se abre una ventana. Puede que te quedes aislado, a oscuras, en una habitación que ni tú mismo reconoces.

De esa oscuridad trata esta canción. Tenía en la mente componer una historia más bonita, pero al final me he dado cuenta de que suele ser más sencillo trabajar desde la tristeza y la rabia que desde la alegría. Espero que, por lo menos, esta canción sirva para dar algo de luz en ese cuarto oscuro en el que todos nos sentimos encerrados alguna vez en la vida.

¿Os ha pasado alguna vez que os emocionáis mucho con algo y al final os quedáis solos con vuestras emociones, sin saber gestionar esas expectativas que habéis ido construyendo poco a poco?

Por supuesto, todos los comentarios están llenos de sospechas de lo que le ha sucedido y varias personas han llegado a la conclusión más obvia, que también es la verdad. Suspiro, dejando el móvil a un lado. Estoy contenta por Zac, ya que sé que Anthony le dará por fin un respiro, pero por otro lado..., adivino que la canción es por mí. Vamos, tiene que serlo. Está claro que habla de alguien que lo ha decepcionado después de ilusionarse mucho.

Me doy cuenta de que no solo ha subido una foto, sino también historias, así que las abro. Son solo dos vídeos en los que aparece él, con la cámara apuntándolo de perfil, frente al piano. Entona algunos versos de la canción y ya no me quedan dudas de que trata de nosotros.

Los escucho en bucle hasta que casi me la aprendo de memoria.

Esa noche, antes de ir a dormir, retomo la lectura de *La biblioteca de la medianoche.*

CAPÍTULO 22
♈
EL DE LA PRIMERA CITA

Cuando llego a Glass, solo rezo para no encontrarme con Zac. Mi hermano me avisa de que está por ahí, pero probablemente no lo veremos, ya que se ha encerrado en su box para terminar de grabar esta última canción.

Hoy no he venido para grabar, sino para celebrar una reunión de seguimiento con todo el equipo, incluida Melissa. Ya han salido los dos primeros episodios y están funcionando mejor de lo que esperaba. Aunque para Anthony nunca es suficiente, claro, y todavía sigue mosqueado con que mi relación falsa con Zac haya durado tan poco. Tengo que dar gracias al cielo por que el chico piscis haya terminado la última canción, ya que así, por lo menos, no está tan enfadado.

Su publicación de anoche ha creado mucho revuelo y un pico en las escuchas del programa, eso sí. Alex dice que ha sido para bien, que no hay demasiado odio en redes sociales. Muchos fans acérrimos de Zac lo apoyan a él y lo defienden como si fuera su propio hijo, mientras que otros ya han consultado el signo del Zodiaco del chico y han supuesto lo que pasaba.

—Lo importante es que hablen —dice Alex, y su jefe parece estar de acuerdo—. Por suerte, la situación nos está beneficiando a todos, por lo que seguiremos así.

Anthony asiente y cambia de tema, mirándonos a Melissa y a mí.

—Sobre todo, quería traeros aquí porque nos ha salido un patrocinador muy potente. American Airlines quiere grabar un spot con las dos en Las Vegas.

—¿Sí? —pregunta Melissa, aunque su voz no muestra mucha emoción.

Yo, sin embargo, estoy que me muero por dentro. ¡Las Vegas! Madre mía. Sé que no está muy lejos de aquí, pero no se me había pasado por la cabeza viajar hasta la ciudad del pecado.

—¿Y eso? —pregunto.

—Todavía están ultimando los detalles, pero nos han pasado un guion provisional —explica Anthony, poniendo un papel sobre la mesa—. Básicamente consiste en que volaréis a Las Vegas con su compañía y una vez allí tendrán un set preparado con una máquina tragaperras personalizada para vosotras. Tiraréis de la palanca juntas y empezarán a girar las ruedas hasta que salga un signo del Zodiaco, como si os hubiera tocado el premio. En este caso sería Sagitario, me parece. Entonces, aparecerá un chico como por arte de magia y de ahí ya pasaríamos al mensaje final, que es básicamente que con la compañía aérea puedes volar a cualquier parte del mundo para encontrar tu signo más compatible. Al mismo tiempo anunciarán nuestro programa, claro.

—Está genial —añade mi hermano, girando el cuello para intentar leer el documento.

—Además de los honorarios por grabar el anuncio, he conseguido que os añadan un extra por compartirlo en la cuenta de Instagram del podcast, así que... la verdad es que tiene muy buena pinta. Es la mejor promoción que podríamos pedir y encima nos van a pagar bien.

—¿Y cómo es que nos han elegido a nosotras? —quiere saber Melissa.

—Les ha encantado la idea del programa y creen que vuestras personalidades son perfectas para esta acción. Si os parece bien, repasad las condiciones y empezamos a mover el contrato.

Miro a mi hermano, imaginando cuánto dinero puede suponernos esto. Por supuesto, Glass se llevará una gran parte del pastel, pero cualquier extra que pueda tocarme ya es un regalo caído del cielo. Todo parece normal, así que aceptamos y Alex nos asegura que el equipo legal de la productora lo revisará, aun así, varias veces.

—Perfecto, pues solo queda mirar un día que os vaya bien a las dos. Tienen bastante prisa, así que puede que sea dentro de un par de semanas o así. Lo digo para que lo tengáis en cuenta, sobre todo tú, Melissa, que imagino que irás a tope.

—Sí, seguro que podemos encontrar una fecha —asegura ella, un poco más emocionada que antes.

Me imagino viajando a Las Vegas y me da un ataque al corazón, pero no quiero que se note demasiado que estoy a punto de explotar ahora mismo. ¿Me van a pagar por viajar? ¿En serio?

Sigo en una nube hasta que abandonamos la sala de reuniones y recuerdo que Zac está en Glass y regresan mis nervios por cruzármelo, aunque afortunadamente no sucede.

De camino a casa, empiezo a buscar ideas para mi primera cita oficial con Niko, pero no encuentro nada que sea barato y que cumpla con las condiciones que pusimos. Le doy vueltas toda la tarde hasta que Naina, que ha venido al piso a ver a su prima, me da una idea: una *escape room* de terror. Al parecer, en la ciudad hay bastantes, incluso con actores que interactúan contigo a lo largo del recorrido. Buscamos algunas que estén dentro de mi presupuesto y termino reservando una para esta misma tarde. Como no han llenado el hueco de las nueve de la noche hay un descuento del cincuenta por ciento. Me aseguro de que Niko está libre y me preparo mentalmente para lo que me espera. Madre mía, seguro que salgo de ahí en camilla, pero al mismo tiempo me muero de ganas de probarlo. He estado antes en una *escape room*, pero nunca así.

No le cuento la idea a Niko hasta que llegamos al lugar, quince minutos antes de la hora de la reserva. Por suerte, o quizá por un milagro, los dos hemos sido puntuales. Firmamos unos documentos en los que dejamos claro que no tenemos problemas de corazón, embarazos ni nada por el estilo que pueda suponer un riesgo. A continuación, nos ponen unas batas blancas.

—Pasad por aquí —nos indica una mujer vestida con un traje negro. Nos acompaña hasta una sala con un televisor donde no hay nadie más que nosotros—. Ahora se encenderá la pantalla y el doctor os dará las instrucciones para que lo ayudéis con su investigación, que está a punto de terminar. ¡Mucho ánimo, aprendices!

La mujer del traje se va, dejándonos frente a la pantalla. Tras unos segundos, esta se enciende y aparece un científico sudoroso explicando que uno de sus experimentos se le ha ido de las manos y que si estamos viendo esto ya es demasiado tarde. Para poder salvar a la humanidad de las criaturas medio humanas medio bestias que hay dentro, tendremos que llegar hasta su laboratorio, encontrar el antídoto y salir de allí con vida.

De pronto, unas alarmas comienzan a sonar y se abre una puerta a nuestras espaldas.

—¡Vamos! —exclamo, animando a Niko a que me siga.

—Joder, como haya zombis por ahí me voy a morir.

—Pues… no quiero hacerte *spoiler*, pero…

Las puertas se cierran a nuestras espaldas con un estruendo y comienza el juego. Una cuenta atrás de una hora es la única manera de saber cuánto tiempo llevamos ahí dentro.

Perdemos los primeros quince minutos inspeccionando el lugar. Es una sala de espera completamente desvalijada, cubierta de sangre falsa y objetos aleatorios dispersos por el suelo.

—Joder con las luces estas de emergencia. Me van a provocar un ataque epiléptico —se queja Niko.

—Es broma, ¿no? —le digo.

Ahora que estamos aquí dentro, estoy pensando que tal vez no ha sido muy buena idea. Mi cuerpo está en alerta constante, esperando a que aparezca una persona. Cada estímulo me parece un indicio de que algo está a punto de suceder, aunque luego no sea nada.

Niko decide que lo mejor es encontrar la manera de abrir una puerta marcada con una flecha ensangrentada. Reunimos varios objetos de valor que vamos encontrando y en uno de ellos, una bata de médico tirada en el suelo, encontramos la llave.

—Vale, por fin —murmura él, metiéndola en la cerradura—. Hemos perdido un montón de tiempo para nada.

Abrimos la puerta y nos recibe un zombi que se lanza encima de Niko. Gritamos y salgo corriendo por el pasillo para alejarme de él, y entonces otro me intercepta a mitad de camino por la espalda. Consigo zafarme de él y huyen por la puerta que daba a la sala de espera, cerrando tras ellos con llave. Con el corazón a mil, busco la mirada de Niko. Tiene la cara manchada de sangre falsa y la bata de una sustancia verde pegajosa. Miro hacia abajo y me doy cuenta de que yo estoy igual.

—Joder, casi me muero aquí mismo —le digo, todavía jadeando.

—Y yo…

Nos ponemos de pie y miramos el reloj. Nos quedan treinta y cinco minutos. Caminamos por el pasillo, que tiene tres puertas. La primera está abierta y en su interior hay una camilla y un par de armarios llenos de botes y remedios, aunque la mayoría están rotos y esparcidos por el suelo. Es entonces cuando me fijo en que sobre la camilla hay algo o alguien. Está cubierto por una sábana manchada de la sustancia verde y no se mueve. A su lado, una máquina desconectada pita como loca. Las luces parpadean y el ambiente es cada vez más asfixiante. Comenzamos a buscar pruebas sin quitar ojo de la camilla y entonces nos damos cuenta de que estamos perdiendo el tiempo y que la solución tiene que estar debajo de la sábana.

Nos miramos y me armo de valor para retirarla. La agarro con cuidado de no mancharme las manos y voy tirando poco a poco. La sábana cede unos centímetros. Contengo la respiración, y, antes de que pueda descubrir lo que hay debajo, algo se agita con un movimiento brusco y sale disparado hacia mí.

Grito desesperada, maldiciendo que esto haya sido idea mía.

—¡Déjala! ¡Déjala! —le grita Niko al cadáver viviente, o lo que quiera que sea eso. Ni siquiera me da tiempo a verlo bien.

Niko lo coge por la espalda y lo aparta de mí con un gruñido gutural.

Solo entonces puedo verlo bien. Ahora entiendo a lo que se refería el doctor con que eran bestias: a él no le queda mucho de humano. Tiene heridas abiertas e infectadas por todo el cuerpo y le falta un ojo. Joder, este maquillaje es tan real que siento una náusea. De pronto, comienza a tener unos espasmos raros y cae muerto al suelo, dejando caer una llave.

—¡Corre! ¡A la siguiente sala! —me grita Niko por encima del pitido de la máquina, y no hace falta que me lo diga dos veces. No pensaba quedarme aquí mirando.

Salimos disparados y entramos en la segunda. Por suerte, aquí no parece haber gente, pero tenemos que concentrarnos para resolver varios acertijos de lógica y deducción que nos permiten entrar en la última sala. Intentamos pedir una pista mirando a las cámaras de seguridad, pero no obtenemos respuesta. Al final, Niko da con la solución, ordena unos libros y se oye un mecanismo accionándose.

—Es la última puerta —le informo.

Salimos temerosos de la segunda sala y, efectivamente, la tercera ya está abierta. Eso sí, en su interior todo está a oscuras. Cuando entramos, tanteo la pared en busca de un interruptor, pero no encuentro nada. Niko pisa algo y grita, pero solo es una linterna. La encendemos y buscamos una manera de dar otra luz, pero no parece haber más.

Niko ilumina la estancia: nos encontramos en la consulta del doctor que aparecía en el vídeo del principio. Entonces, escucho un ruido proveniente del techo y apuntamos con la linterna hacia arriba. Casi se me sale el corazón por la boca. El doctor está pegado al techo, mirando hacia abajo con expresión de pánico. Todas sus extremidades lo sujetan frente a la fuerza de la gravedad para que no caiga al suelo. Lo observo fijamente durante un rato y me doy cuenta de que no parpadea. Pero es humano, ¿no? Joder, no parece un muñeco. Es imposible que sea falso, aunque ¿por qué no parpadea?

—Anna —me llama Niko, y doy un bote del susto—. Tenemos que resolver esto. No te preocupes, que no creo que baje de ahí.

—Vale —respondo, pero no pienso quitarle el ojo de encima—. Voy a salir a ver cuánto tiempo nos queda.

Me asomo al pasillo para asegurarme de que no haya nadie y corro como una gallina hasta llegar al reloj. Después, vuelvo como alma que lleva el diablo y cierro la puerta detrás de mí.

—Quedan diez minutos —le informo.

—¿Solo? Joder, tenemos que ponernos las pilas.

Hemos llegado a la prueba final y tenemos que hacer nosotros mismos el antídoto siguiendo un diario que el doctor dejó con sus propias anotaciones.

—Solo tenemos una oportunidad —me recuerda cuando ve que voy a mezclar los ingredientes.

—Tú mete más presión —respondo, revisando que lo estemos haciendo bien.

—Vale, ya está. Ahora pon de este.

Trabajamos con una serie de tubos llenos de líquidos de diferentes colores y texturas, mezclándolos como si fuéramos químicos experimentados.

—Y solo falta este.

Niko me tiende el último. Solo tengo que poner un pequeño chorrito, hasta que llegue a la línea marcada en el vaso donde estoy preparando la mezcla. Pero, en cuanto ambas sustancias entran en contacto, el vaso comienza a humear.

—¿Qué está pasando? ¿Ya hemos terminado?

Una alarma suena en algún punto de la habitación y se apaga la linterna. El líquido final brilla en la oscuridad, pero no lo suficiente como para ver lo que tenemos alrededor.

—¡Vámonos de aquí! El vídeo decía que teníamos que escapar.

—Pero ¿adónde?

Con un gruñido gutural, el doctor cae al suelo, muy cerca de nosotros, y se levanta como si fuera un villano de película. Gritamos y salimos corriendo de ahí, pero nos persigue.

—¡Vamos a la sala del principio! —propone Niko.

—¿Estás loco? ¡Ahí estaba el primer bicho de estos!

Aun así, él trata de abrirla, pero está cerrada a cal y canto.

—¡Joder! ¡Hay que hacer algo! —exclama.

Aparecen dos cadáveres andantes más y uno de ellos me roba la fórmula de las manos.

—¡No! —grito, pero entonces me doy cuenta de que la usa para verter unas gotas sobre las palmas de sus manos. Se las frota y comienza a gruñir, como si le doliera. Está así unos segundos, agonizando, y de pronto recobra la conciencia humana.

—¡Estoy vivo! ¡Estoy bien! —grita.

Algo hace clic en mi cabeza y sé enseguida lo que tenemos que hacer. Vierto el líquido en las manos de la otra bestia, que está atacando a Niko, y su reacción es la misma. Por último, lo hacemos con el doctor. Tras una agonía intensa pero efectiva, también recupera su humanidad.

—¡Me habéis salvado! ¡Me habéis devuelto a la vida! —exclama—. Entonces, mis cálculos no fallaban. ¡Es posible terminar con ellos!

Después, nos mira fijamente.

—¿Qué hacéis ahí parados? ¡Salid y contadlo fuera! Yo tendré que quedarme a recoger todo este lío... Hay sangre por todas partes...

Nos giramos y nos damos cuenta de que la puerta de la sala de espera se ha abierto y somos libres. La mujer del traje nos espera al otro lado.

—Enhorabuena, científicos. Os han sobrado solo veinte segundos.

Miro el reloj, casi me había olvidado de su existencia. La cuenta atrás ha quedado congelada en 00:20.

—Dios mío, qué mal rato he pasado. Siento que podría dormir veinte horas seguidas después de esto —se queja Niko.

—Sí, es como si saliéramos del gimnasio.

Tengo los músculos doloridos de mantenerlos en tensión. Nos sacamos unas fotos finales y salimos de nuevo a la calle. Se agradece un poco de aire fresco. Ya ha anochecido y Niko sugiere que tomemos algo, pero estoy tan cansada que le propongo dejarlo para la próxima semana.

—Ahora te toca a ti intentar superar esto —le digo, pero él ya parece tener en la mente alguna que otra idea.

—Si esto te ha parecido fuerte, yo que tú me iría dejando libre… el sábado por la mañana, por ejemplo.

—Mmm…, vale —asiento.

Nos despedimos con un abrazo rápido y tomo la dirección de mi casa. El camino más rápido pasa por delante del restaurante del simpa, así que cruzo por la acera de enfrente y aprieto el paso, solo por si acaso. Ahora siempre me quedará esta paranoia gracias a Niko.

Llego a casa y, tras el interrogatorio de Rain, me dejo caer en la cama. Estoy muerta, pero reconozco que tengo una pequeña adicción a la adrenalina. Y también reconozco que esto de quedar con el chico aries para hacer locuras me gusta más de lo que pensaba.

Sin compromisos, pero esta vez de verdad.

CAPÍTULO 23
♈
EL DE LA SEGUNDA CITA

Durante la semana, hablo casi todos los días con mi hermano. Un día quedamos y nos sentamos a hacer cuentas. La deuda todavía pinta mal, pero por lo menos hemos conseguido reducirla un poco.

—Mientras no vaya a más… —suspira Raül.

No tiene buena cara. Parece que le hicieran falta tres días seguidos de sueño y una alimentación un poco más saludable. Ha perdido peso y se le empiezan a marcar los pómulos. Su cara está más afilada que hace un mes.

—¿Dónde te estás quedando ahora? ¿Sigues en el hostal?

Él asiente.

—Sí, pero Connor ya ha encontrado otro sitio hasta que se marche a Míchigan. Así que estoy solo yo. Bueno, y todos los turistas que se pasan por ahí. Aunque no está tan mal, estoy haciendo amigos y todo.

Por su tono, no me creo ni la mitad de lo que está diciendo.

—¿Adónde se ha ido?

Se encoge de hombros. Uy, esto huele raro.

—¿No lo sabes?

—¿Puedes dejar de insistirme? —me pregunta, dejando caer el móvil sobre la mesa.

—Vale, vale. Joder. En fin, pronto es mi cumpleaños. Te lo digo para que no se te olvide, cabezón, que ya van dos años seguidos que se te pasa.

Me acerco a revolverle el pelo y Raül se defiende.

—¡Déjame!

—Estoy pensando en preparar algo, todo muy *low cost*, claro. Pero estoy bastante perdida. Igual le pregunto a Olivia si sabe de algún sitio chulo para cenar y celebrarlo, ya que ella conoce la ciudad como la palma de su mano.

Raül se ríe por lo bajo.

—Uf, olvídate de Olivia.

—¿Por?

—Está..., ¿cómo decirlo? Muy ocupada quedando con otro chico con el que intenta olvidar a Connor.

Inclino la cabeza, sin entender muy bien la situación.

—¿Han... cortado? El otro día estaban...

—Ya, pero han sido siempre así —me explica mi hermano—. Cortan, se separan un tiempo, no pueden vivir el uno sin el otro y vuelven juntos hasta que algo los hace discutir y vuelta a empezar. Aunque esta vez parece ser la definitiva, sobre todo ahora que Connor ya tiene fecha para irse a Míchigan.

Otra vez ese tono de resentimiento.

—Pero... ¿habéis discutido o algo? ¿Qué te pasa?

Raül me lanza una mirada asesina.

—Solo quiero ayudarte, tonto.

—Pues no pasa nada, solo que hemos estado resolviendo situaciones del pasado y hemos removido bastante mierda. Ya está, nada más. Vamos a dejarlo.

—Vale.

Terminamos de hacer las cuentas y después paso por Gold Wolf Corporations para recoger unos papeles. Me hace ilusión encontrarme con Cameron, a quien hacía semanas que no veía en persona. Hablamos de mi madre, de nuestras vidas y del trabajo como si fuera un viejo amigo y no mi jefe. Es casi reconfortante recordar que en este experimento he encontrado a buenas personas, a pesar de que haya tenido alguna mala experiencia. Quizá con el chico aries pueda conseguir algo así.

A las once de la noche, cuando estoy a punto de meterme en la cama, me llega un mensaje suyo.

¿Lista para nuestra próxima cita?

No lo sé. Todavía tengo pesadillas con zombis que me persiguen.

Jajajaja. Tranquila, aquí solo estaremos tú y yo. ¿Te va bien entonces el sábado por la mañana? ¿O trabajas?

Estoy libre, sí.

Vale. Pues quedamos entonces el sábado. Trae ropa deportiva, por si acaso.

¿Me das una pista de lo que es?

Mmm..., mejor no. Prefiero ver tu cara en directo. Te dejo, que estaba en el descanso del trabajo.

La espera hasta el sábado se me hace eterna y, por algún motivo que desconozco, me obsesiono con el Instagram de Zac Nelson. Cojo la mala costumbre de revisarlo al menos una vez al día, ya que lo tengo silenciado, para ver qué está haciendo. Voy un par de mañanas a la oficina y llega el mejor día del mes: el último. En Gold Wolf Corporations cobramos cada dos semanas, pero aun así me hace ilusión que se junten mis ingresos por el trabajo de oficina y el del podcast. Hoy me pagan el primer capítulo y mi cuenta bancaria parece otra cosa.

En el cajero saco cuatrocientos dólares y los aparto para mi hermano. El resto lo dejo en el banco. Al final, con el descuento de última hora, la *escape room* no me ha salido tan cara.

Como no tengo nada más que hacer, paso a ver a Julia al refugio. Hoy está tratando a una especie de mono con los ojos enormes y el pelo naranja, casi tanto como la melena de mi amiga. Mira hacia todos los lados, como si pidiera auxilio. Julia me hace un *tour* por la clínica y después me quedo en la sala de espera hasta que sale.

—Tengo que contarte una cosa —me dice, nada más cambiarse de ropa y venir a buscarme—. Pero fuera, en el aparcamiento.

Puedo leer en su cara que es algo jugoso.

—Me estás matando de los nervios.

Ella intenta guardárselo, pero en cuanto atravesamos las puertas del refugio ya no puede esconderlo más.

—Vale. Allá va —se prepara—. ¡Creo que tengo novia!

Ahogo un grito de emoción.

—¿Crees? —le pregunto, sin terminar de entender a qué se refiere.

—Sí, nos conocimos hace unos meses y hemos estado quedando estos días, y anoche tuvimos una conversación en la que nos dijimos lo que sentíamos la una por la otra.

Intento procesar toda la información lo más rápido posible, ya que Julia no habla precisamente lento.

—A ver, a ver. Pausa. ¿Cómo se llama? ¿Cómo la conociste?

—Se llama Emma, es una clienta que viene habitualmente al refugio. Y, antes de que preguntes, es escorpio, pero no tiene nada que ver con tu chico escorpio. Espero.

Las dos nos reímos.

—Eso es genial, tengo que conocerla. Quiero hacer algo por mi cumpleaños, así que tienes que traerla, ¿vale?

—¡Es verdad! Ya no queda nada, ¿no? Es dentro de dos semanas y algo.

—¡Sí! Pues tienes que traerla, claro. Estoy pensando que igual lo celebro en casa, tendré que avisar a Rain, pero no creo que le importe. Lo único es que no hay sitio por ahí para aparcar.

—Tranqui, iremos en metro.

—¿Y cómo surgió el amor? Ahora quiero saberlo todo. ¿Me enseñas una foto? —le pregunto.

Julia arranca el motor y, de camino a Westwood, me cuenta todos los detalles de su nueva novia. Al parecer, ya se habían visto muchas veces, incluso hablaban por Instagram, pero solo para temas puntuales o relacionados con la iguana que Emma tiene como mascota. Sin embargo, las conversaciones fueron alargándose hasta que surgió la química entre ellas.

Pillamos algo de comer para el camino y me deja en la puerta de mi casa poco después. Estoy subiendo por la escalera cuando me entra un mensaje de Niko.

Hola, guapa. Oye, tengo una noticia buena y una mala para ti. ¿Cuál quieres escuchar primero? Bueno, leer, mejor dicho.

A ver…, la buena.

La buena es que mañana va a ser un día que recordarás toda tu vida y que ya lo tengo todo reservado.

¿Y la mala?

Pues… que pasaré a buscarte a las cuatro y media de la mañana por vuestra casa. Sé que es jodidamente pronto, pero tiene un sentido. ¿Estarás en el portal a esa hora?

¡Madre mía!
Vale, sí. O sea, que hoy me voy a dormir prontito.

Sí, mejor. Aunque, tranquila, que mañana, después de lo que vamos a hacer, dormirás de lujo. Ah, y coge el pasaporte…

Me quedo pensativa, intentando reunir pistas sobre la cita de mañana a partir de lo poco que Niko me ha contado, pero es imposible. Le pido a Rain que me ayude, pero tampoco llegamos a ninguna conclusión. Lo único que se nos ocurre es alguna locura como hacer *puenting*, por ejemplo, o coger un vuelo de última hora para pasar el fin de semana.

—Tan pronto por la mañana… ¿Igual es un viaje? En plan escapada —duda Rain.

—Pero… ¿adónde? Me dijo hace unos días que me pusiera ropa de deporte.

—¡Ah! —exclama mi compañera de piso—. Entonces seguramente será *puenting*…

—Pero eso no es muy extremo, ¿no? No sé, Rain, tú lo conoces mejor. Piensa a ver qué puede ser.

Nos estrujamos el cerebro un buen rato, pero nada. Al final, me voy a la cama a las once, aunque sé que no me dormiré hasta la una, como mínimo, de los nervios. Cuanto más lo pienso, más segura estoy de que vamos a saltar de un puente. Me imagino a mí misma mirando al abismo, intentando encontrar fuerzas para lanzarme al vacío.

Cuando el despertador me suena a las cuatro en punto, es como si hubiera dormido solo cinco minutos.

Por suerte, la noche anterior lo dejé todo preparado. Me lavo la cara con agua helada para despejarme y cojo mi bolso con la cartera, el móvil y las gafas de sol. Me cambio el pijama por una camiseta deportiva y unas mallas negras que me cubren hasta el tobillo y después opto por mis deportivas favoritas, las más cómodas que tengo.

En el piso todo está oscuro. Salgo con cuidado para no despertar a Rain y bajo al portal.

Aún no ha amanecido, pero eso no impide que pase gente por la calle. Algunos vuelven de fiesta, otros van a trabajar. Es curiosa la mezcla que se produce a estas horas. Me apoyo en la pared del portal y al cabo de pocos minutos aparece un minibús granate con el logo de un avión estampado. Tengo el presentimiento de que va a parar justo enfrente de mí y se cumple. Se abre una puerta corredera y aparece la cara de un Niko mucho más despierto de lo que esperaba.

—¿Lista? —me pregunta.

—Sí, pero con mucho mucho sueño —me quejo, y es que me cuesta hasta abrir los ojos.

Por suerte, si a Niko se le ha ocurrido llevarme de viaje a algún sitio, podré descansar en el avión. Monto en la parte de atrás, a su lado, y el conductor del minibús arranca. Me doy cuenta de que no vamos solos, pero Niko no parece conocer al resto de los pasajeros.

De camino a nuestro destino, abro la aplicación de mapas. Efectivamente, estamos yendo al aeropuerto. Tiene sentido. Por eso me dijo que llevara ropa cómoda y el pasaporte. Media hora después, y sin haber pegado ojo ni un instante, llegamos al aeropuerto. El conductor frena de pronto y me sorprende que apague el motor si todavía no hemos llegado a la zona de salidas. A nuestro alrededor hay varios hangares. La gente va bajando y yo hago lo mismo.

—¿Adónde...? —empiezo a preguntar.

No entiendo nada. Caminamos por un suelo de cemento gris. El sol todavía no ha salido, así que nos iluminan unos focos gigantes, casi industriales. Y, de pronto, veo el avión. No es el típico avión en el que te vas de vacaciones, es más bien una avioneta pequeña que no tendrá más de diez asientos, a lo sumo. Miro a la derecha, veo a un grupo de personas esperando para recibirnos y entonces algo clica en mi cabeza.

Vamos a saltar de un puto avión.

—No.

Se me escapa la palabra de forma contundente, sin nada más que añadir.

—¿Qué significa ese no? ¿No de ni de coña me voy a subir ahí o de no me lo esperaba?

Tengo que pensar bien la respuesta, porque ahora mismo mi mente está ocupada procesando siete millones de sensaciones al mismo tiempo. Entre ellas, miedo, adrenalina, emoción, sorpresa, miedo otra vez… Si ya me daba pánico saltar a la piscina por lo fría que pudiera estar el agua, no me imagino dejándome caer a la nada. Me imaginaba un puente, no una avioneta que parece que se va a estrellar si hay turbulencias.

—Estás loco, Nikolai —le digo, y creo que con eso ya le quedan claras mis intenciones.

—¿En serio no quieres? No pareces una aries muy de manual… —me pica y desgraciadamente surte efecto. Me obligo a pensar que lo de la piscina me daba miedo solo porque estaba fría y ya está. Será una sensación fuerte, pero no creo que sea para tanto, sobre todo después de haber montado en las peores montañas rusas de Six Flags.

Antes de darme cuenta, acepto toda esta locura.

La siguiente media hora es frenética. Absorbo cada una de las palabras de los instructores del salto, tanto de los que nos dan las guías necesarias para entender cada paso que seguir como de los que nos acompañarán, justo encima de nosotros, bien pegaditos.

No me hago a la idea de lo que va a suceder hasta que nos terminan de equipar y firmamos unos papeles que prefiero ni leer. Subimos a la avioneta como quien monta en el metro, sin filas ni nada, y enseguida estamos preparados en la pista para despegar.

—¿Seguro que estás bien? No has dicho nada —se empieza a preocupar Niko.

—Sí, sí. Es que todavía estoy en *shock*. Dijimos extremas, ¡pero no sabía que tanto! Has dejado el listón altísimo.

—Tranquila, ya se te ocurrirá algo. Quizá el salto te despeje las ideas.

Niko me guiña el ojo y justo en ese momento arranca el avión. Dejamos atrás el suelo y aún no he asumido que cuando vuelva a tocarlo será después de haber saltado a no sé cuántos metros de altura. La verdad, prefiero no saberlo.

Antes de que me dé cuenta, ya ha empezado a amanecer. En un lado del cielo se puede intuir que va a salir el sol y cada minuto que pasa hay más claridad.

La avioneta enseguida despega y empieza a subir como si fuera de juguete. Los monitores, que ya nos han organizado por orden de salto, nos empiezan a llamar. Primero pasa un grupo de dos chicas. Las veo demasiado tranquilas para lo que van a hacer, pero entonces recuerdo que ya es su tercera vez. ¿Tanto engancha la adrenalina del salto? La puerta del avión se abre con un ruido ensordecedor y veo el vacío justo ahí, a metro y medio de distancia. Se me cierra el estómago y dejo de sentir los pies.

Rezo para que el tiempo pase más rápido, pero enseguida dan la orden y las dos chicas y sus monitores desaparecen en cuestión de segundos, como si nunca hubieran estado ahí.

—¡Nos toca! —me grita Niko por encima del ruido de los motores.

Asiento, pero es mi cuerpo quien lo hace, no mi mente. No quiero plantear la típica pregunta de si se han asegurado de que estoy bien amarrada y que todo el equipamiento va a funcionar correctamente. Estoy a punto, pero me muerdo la lengua.

Dejo que los que van a saltar con nosotros hagan lo que tienen que hacer y, de pronto, ya ha llegado el momento. Me colocan de frente, mirando al vacío, como si fuera a propósito para alargar más mi sufrimiento. Por primera vez desde que salí del colegio religioso, rezo un padrenuestro, si es que a estas alturas sirve de algo.

El monitor me da una palmadita en la espalda y me pregunta si estoy preparada. A mi lado está Niko, que por primera vez muestra signos de pánico en su rostro. Escucho la voz del chico con el que voy a dar el salto, está empezando una cuenta atrás.

Diez.

Nueve.

Ocho.

Siete.

Seis.

Cinco.

Cuatro.

…

Y, antes de que llegue a cero, nos lanzamos al vacío. Los primeros segundos los dedico a tratar de recordar cómo se respiraba. Siento que pierdo el control sobre mi cuerpo, así como una gran fuerza que tira de mí hacia abajo. Es como si la tierra me estuviera reclamando de nuevo. No sé si grito, porque es complicado escuchar algo por encima del ruido del viento entrando en mis orejas. El monitor me toca en el hombro para recordarme que mantenga la posición que hemos ensayado antes, pero que con los nervios mi cabeza ha decidido olvidar.

Intento mantenerme presente y disfrutar del paisaje, pero no puedo hacerlo hasta que el chico acciona el paracaídas y siento una fuerza tirando de mí hacia arriba. Me doy unos segundos para recobrar el aliento y veo a Niko a varios metros de mí, saludándome con la mano. Bajo nuestros pies y hacia el horizonte, la ciudad de Los Ángeles nos regala una vista espectacular. Desde aquí veo toda la zona de la montaña, con el observatorio Griffith y, por supuesto, el cartel de Hollywood. Y, hacia el otro lado, está el océano. Es increíble verlo así, desde tan arriba, lleno de puntitos que serán personas bañándose incluso a estas horas de la mañana. El muelle de Santa Mónica parece hasta pequeño visto desde tan arriba. Veo la noria y todos aquellos lugares en los que he estado antes, ahora a vista de pájaro. Allá donde ponga la mirada, hay algo que merece la pena descubrir. Hasta los rascacielos son bonitos, y más desde este ángulo.

—¿Estás bien? —me pregunta el monitor.

—¡Sí! —grito, y entonces me doy cuenta de que me he quedado prácticamente sin voz, ya que no me sale a la primera.

Planeamos unos últimos minutos y por fin puedo disfrutar un poco del resto del vuelo que me queda, hasta que nos aproximamos a tierra firme. Me da un poco de pánico ver lo rápido que se acerca y por un instante pienso que nos vamos a estrellar, pero el monitor aterriza con una facilidad apabullante.

—Quédate un rato así, sentada en el suelo.

Intento recolocarme y me doy cuenta de que no me responden las piernas. Mi cuerpo todavía está en *shock* por el salto. Niko no parece estar teniendo el mismo problema. Ha tocado tierra un poco antes que yo, pero ya se está moviendo para levantarse y quitarse el equipamiento.

Cuando por fin me puedo poner de pie, Niko viene a abrazarme. Mis piernas todavía son un flan y descubro que respirar sin sentir que te vas a ahogar está infravalorado.

No puedo cruzar dos frases con sentido hasta que montamos en el minibús, que nos va dejando en diferentes puntos de la ciudad para que sigamos con nuestras vidas como si nada hubiera pasado.

—Bueno, ¿cómo llevas hasta ahora la experiencia aries? ¿Está a la altura de lo que esperabas? ¿O es un signo demasiado aventurero e impulsivo para ti?

Trago saliva, con una sonrisa que ni yo misma sé definir.

—Dame unos días para que pueda decírtelo. Por ahora, siento que necesito meterme en la cama y no salir hasta la semana que viene.

CAPÍTULO 24

♈

EL DE LAS AMIGAS BORRACHAS EN EL BAÑO DE LA DISCOTECA

En efecto, necesito un tiempo para recuperarme. Las siguientes horas después del salto solo puedo estar tumbada en la cama, todavía redefiniendo la gravedad y feliz de tener bajo mi cuerpo un lugar donde apoyarme y de no sentir que estoy cayendo sin parar, en un viaje infinito hacia un suelo que nunca parezco alcanzar. Mis sueños van también un poco en esa línea. Duermo durante el día por culpa del madrugón y del cansancio y me dedico a recuperarme durante el fin de semana.

Cuando llega el lunes y tengo que volver a la oficina, Cameron me llama a su despacho. Normalmente, si quiere comentar algo del trabajo, me cita en una de las salas que han habilitado para celebrar reuniones. Por eso, en cuanto recibo su mensaje, me echo a temblar.

Me levanto con cuidado de no arrastrar la silla y abandono mi cubículo, que en realidad es el más pequeño de toda la planta. Cosas de ser la última incorporación de la plantilla, supongo. Me da mala espina recibir un par de miradas furtivas de mis compañeros. Recorro unos pasillos que conozco demasiado bien mientras pienso en aquella vez que quedé con el que es ahora mi jefe para…

—Buenos días —me saluda Cameron, con una sonrisa en la boca.

Sin embargo, lo conozco lo suficiente como para saber que hay algún problema. Si aprendí algo de los capricornio es que son expertos en esconder sus emociones y guardar secretos.

—Buenos días.

Él me hace un gesto para que me siente al otro lado de la mesa, en una de las dos butacas. Me ofrece tomar algo, pero lo rechazo con amabilidad.

—¿Todo bien? —pregunto.

—Mira, Anna, te he pedido que vinieras para hablar contigo y comentar tus perspectivas de futuro en esta empresa. —Cameron traga saliva y sigue hablando—. Me están apretando mucho para que haga recortes entre los *freelances* que tenemos contratados y algunos becarios o nuevas incorporaciones, incluso con contratos indefinidos.

—Vale —digo, y de pronto mi mente comienza a viajar a la velocidad de la luz.

Me van a echar. Lo veo venir. Me van a echar y no voy a poder seguir ayudando a Raül con sus deudas, a pesar de que tengo el dinero del podcast, pero no sé si va a ser suficiente como para...

—No sé cómo decirte esto sin hacerte daño, Anna. Lo siento mucho, pero vamos a tener que prescindir de tus servicios.

Se me viene el mundo abajo. Lo primero que pienso es en qué le voy a decir a Raül cuando le cuente que he perdido este trabajo. El podcast me da dinero, sí, pero después de pagar los impuestos no se me queda en tanto. Y, además, es algo pasajero. Me imagino a mí misma contándoselo y a mi hermano intentando animarme.

—Lo entiendo... No pasa nada —respondo, y lo digo de verdad.

Cameron ya me ha hecho suficientes favores desde que nos conocimos. Gracias a él, además de los (pocos) encargos que me entran como *freelance* desde España, tenía un contrato indefinido con el que podía residir en Estados Unidos y un montón de ventajas más. Ahora, con solo pensar en la burocracia que vendrá después de esto, me entran náuseas.

—Lo siento, me sabe muy mal que tenga que ser así... Créeme que lo he intentado. Pero ambos sabíamos que en algún momento tenía que pasar...

Sé que Cameron lo dice de corazón y me aferro a eso para no echarme a llorar. No solo me está despidiendo como trabajadora, sino que también me está dejando caer que no trabajaremos juntos, ni siquiera como *freelance.*

—Hay una cosa más —añade Cameron. Ahora sí que me ha pillado por sorpresa—. Quiero que lo sepas por mí antes de que te enteres por otros. Hace una semana, en la reunión de la junta directiva, salió a la luz lo de tu podcast. Algunos se enteraron de que estuvimos juntos una temporada y me recomendaron que separara mi vida personal de mi actividad profesional. Sé que entre nosotros ya no hay nada, pero… Bueno. Tengo las manos atadas en esto, Anna.

Ahora entiendo las miradas. No solo lo sabe la junta directiva, sino también algunos de mis compañeros de oficina, con quienes no he cruzado nunca una palabra más allá de lo necesario por motivos laborales. Aguanto sin llorar como puedo, pero sé que tengo los ojos vidriosos. Me delata una pequeña lágrima que se me escapa del ojo derecho.

—Lo siento. Es que no me lo esperaba hasta que he entrado por la puerta del despacho —me disculpo.

—No te preocupes. Ahora no sé si habría sido mejor que te lo hubiera comunicado Recursos Humanos, pero pensé que sería mejor si yo…

—No, no. Es mejor así, te lo agradezco mucho. En serio —insisto.

Nos quedamos un rato mirándonos, sin añadir nada más. Joder.

—Lo siento, de verdad —se disculpa otra vez.

Niego con la cabeza, pero no sé qué decir.

—Por supuesto, tienes derecho a tu prestación por desempleo correspondiente. No será mucho, pero algo te tocará. Eso sí que te lo dirán mis compañeros de Recursos Humanos, ellos son los que controlan ese tipo de cosas.

Me quedo un rato más manteniendo una conversación informal con él, hasta que le entra una llamada. Cameron la coge y yo me levanto para marcharme, y, aunque él levanta la mano para pedirme que le espere, empiezo a alejarme de su mesa.

—Dame un momento, Higgins. Ahora te llamo. —Acto seguido, cuelga el teléfono y se pone en pie—. Anna, espera. Por favor.

Me doy la vuelta justo cuando estoy a punto de abrir la puerta de su despacho. No quiero que me vea llorar.

—Dime —respondo, secándome los ojos con la manga de la blusa.

Él se acerca a donde estoy y hace ademán de cogerme por los hombros, pero se echa atrás en el último momento.

—Lo siento mucho. De verdad. Ya sabes que si dependiera de mí...

—Lo sé, Cameron —le corto—. Pero, en el fondo, creo que esto es lo mejor. Me has ayudado mucho, demasiado. No sé si algún día podré compensarte todo lo que has hecho por mí. Y justamente por eso... creo que no es un error dejar de trabajar juntos.

Él no parece seguirme.

—¿Por qué dices esto ahora?

—Todavía tengo pendiente pagarte mi billete de ida y vuelta a España en temporada alta cuando pasó lo de mi madre. Eso, y que me contrataras aquí, salvándome el culo de que me echaran del país porque se me agotaba el visado de turista. Siempre has estado ahí para mí, pero no puedo seguir pidiéndote favores. O dejándote que me ayudes siempre. Me siento mal. Sé que puede sonar un poco egoísta, pero no puedo vivir tranquila si sé que te debo tanto. Aunque seamos amigos.

—Anna, sabes que yo...

Abro la boca para cortarlo y él para de hablar, pero al final los dos nos quedamos en silencio.

—Entiendo lo que quieres decir —añade Cameron—. No he querido que te sintieras así.

—No, no hace falta que me pidas perdón. Solo faltaba —bromeo, y me permito reírme en mitad del mar de lágrimas que se ha formado en mi cara—. Es solo que me duele estar en deuda permanente contigo. Y no sé cómo gestionarlo. No estoy acostumbrada a que hagan tantas cosas por mí de forma altruista y mi mente está cada hora de cada día pensando en cómo voy a poder devolvértelo.

—Anna, basta. No hace falta, te lo he dicho un millón de veces. Todo lo que he hecho por ti ha sido porque te quería. Como persona en general, no de forma romántica, ya me entiendes. Y si ahora sales por esa puerta y decides que hoy es tu último día en la empresa, porque puedes quedarte algunos más si lo necesitas, ya lo sabes, no quiero que esta sea la última vez que hablamos.

Me seco de nuevo las lágrimas con la blusa y me hago un manchurrón de rímel en el puño derecho. Joder, lo que me faltaba. Aunque, realmente, en cuanto salga de aquí no creo que tenga muchas más oportunidades de ponérmela.

—No quiero que esta sea la última vez que estemos juntos —le digo—. Pero, sí, recogeré mis cosas hoy mismo. No quiero crearte problemas si la junta directiva está hablando de nosotros. Por lo menos, ¿hablan bien? ¿O se rumorean cosas que son falsas?

A Cameron se le escapa una sonrisita.

—Oh, Anna. No tienen ni idea de lo que fuimos tú y yo.

Me cuesta acostumbrarme a mi nueva vida, casi sin trabajo. El paro me va justo para poder pagar la habitación y mis gastos más básicos, así que doy gracias al cielo por tener el podcast, que me permite sustentarme en una de las ciudades más caras del país.

Escribo un mensaje a Julia para contárselo, pero luego recuerdo que había quedado con Emma y lo borro, para no preocuparla ni interrumpirla en su cita.

A mi hermano lo llamo nada más salir por la puerta del edificio, pero no me lo coge.

Tendré que volver dentro de un par de días para firmar papeles, pero nada más. Es curioso cómo en cuestión de unas horas puede cambiar todo y lo poco que me cuesta recoger todas las huellas de mi paso por esta empresa. En vez de una caja de cartón cutre, como en las películas, una compañera me da dos bolsas de tela para que pueda meter dentro todas mis cosas. Un par de archivadores, material de oficina y poco más. El resto tiene que quedarse para que lo trituren, no puedo sacarlo de ahí, claro. Lo cual es un alivio, porque no quiero cargar demasiado peso.

Voy en metro a casa, aunque tarde más, pero ya me puedo ir despidiendo de los Uber. Cuando llego, está vacía. Me alegro de no tener que dar explicaciones. Me voy directa a la cama y me duermo una siesta rara a mitad de mañana. Tengo sueños extraños que luego no logro recordar.

Me despierto tres horas después, con un dolor de cabeza punzante justo a la altura de la frente. Me doy una ducha de agua fría y rezo para no haberme puesto enferma a menos de dos semanas de mi cumpleaños. Mi hermano sigue sin dar señales de vida, pero veo que tengo varios mensajes de Niko. Hablo un rato con él y eso me anima. Quiere saber si ya he preparado la tercera cita, pero la verdad es que no tengo ni idea, aunque me hago la interesante. Pensar en eso y en mi cumpleaños me permite desconectar un poco.

Sin embargo, no puedo quitarme de la cabeza lo sucedido con Gold Wolf Corporations y el nuevo episodio del podcast no ayuda. Nos toca hacer el de Capricornio. Por supuesto, cambio el nombre de Cameron y no menciono ni una palabra de su empresa para no meterlo en más problemas. Melissa habla de su experiencia con un chico capricornio que no terminó muy bien y cuenta varias anécdotas. Hoy estoy un poco más callada que de costumbre, así que dejo que hable nuestro invitado, que resulta ser un escritor famoso de novela contemporánea. Casi me quedo de piedra cuando recomienda el mismo libro que me regaló Zac.

Salgo del estudio con un nudo en el estómago y tengo que ir al baño para recomponerme. Algo no va bien. Lo sé. Me conozco lo suficiente como para saber que estoy a unas horas de cortocircuitar.

Me recojo el pelo en una coleta y después me lavo las manos, echándome agua en la nuca. Siento hasta náuseas. Espero un rato a que se me pase, pero me miro al espejo y no puedo evitar echarme a llorar. Entro en un cubículo para secarme las lágrimas y escucho a alguien que entra. Melissa me pilla con toda la cara roja y las manos llenas de trozos de papel higiénico. Incluso con la nariz tapada, puedo sentir su olor tan característico a marihuana.

—Anna… ¿Va todo bien?

Me siento tentada a decir que sí, a ir a la respuesta fácil. Pero tengo una mezcla de tantas emociones que dejo que rebosen y se esparzan por todo el suelo.

—No, no va bien. Joder, no puedo más, Melissa. No puedo más.

Ella deja su bolso sobre el lavabo y se me acerca.

—¿Qué te pasa? Tienes muy mala cara, ¿quieres que avise a tu hermano?

—No, no. Déjalo. Es solo que… estoy gestionando demasiadas cosas.

—¿De trabajo? —pregunta ella.

—No. Emocionalmente hablando —aclaro—. Estoy que no puedo más, de verdad. Encima, he perdido mi trabajo. O sea, tengo esto, pero no es lo mismo.

Me echo a llorar otra vez. Me da igual que sea delante de Melissa, a quien realmente apenas conozco, aunque tengamos un programa juntas y nos veamos casi todas las semanas. Empiezo a hablar entre lágrimas y no puedo parar. Se lo cuento todo: lo que pasó con Carlos, todos los chicos con los que he estado quedando, el problema de la casa de mi hermano, lo que tenía ahora con el chico aries…

Melissa me escucha atentamente y me sorprende que lo haga. No tenemos tanta confianza. Ni siquiera somos amigas, pero la situación me recuerda a cuando dos chicas que no se conocen de nada se encuentran en el baño de una discoteca, borrachas, y de pronto se vuelven inseparables.

—Vamos a ver… —dice ella, intentando recopilar toda la información—. Es que veo que tienes un cacao tremendo en la cabeza. O sea, los humanos podemos aguantar hasta cierto punto y creo que estás forzando mucho tus sentimientos ahora mismo. Saliste de una relación larga y estuviste quedando con algunos chicos, pero ahora se te ha cruzado por el camino uno que te gusta y estás empezando a mezclar rabia y frustración por el pasado con un posible enamoramiento…, ¿no?

No me gusta psicoanalizarme, pero Melissa tiene algo de razón en sus palabras.

—No lo sé…, no creo que me haya enamorado de Zac, pero sé que lo que dices de la rabia es cierto.

—¿Sabes dónde creo que está el error de tu experimento?

Me quedo en silencio, esperando su respuesta. Sí, necesito parar. Mi propio cuerpo lo necesita. Por lo menos, darme unas semanas en las que pueda volver a ubicarme.

—¿Dónde? —pregunto por fin.

—En que ha llegado un momento en el que te has olvidado de ti.

Inclino la cabeza mientras analizo sus palabras. No hace falta que desarrolle la idea, porque lo capto a la primera.

Tiene razón. Al principio sí que lo hacía por mí, por sentirme mejor y libre, pero ha llegado un momento en el que se ha vuelto una obligación. Como unos deberes que tengo que llevar a clase y que últimamente estaba haciendo en el último momento, como quien los acaba deprisa y corriendo en el autobús de camino al colegio.

Intento buscar el momento a partir del cual todo se ha ido de madre, pero no lo encuentro. Con capricornio fue bien y acuario… sin más. Tampoco habíamos quedado mucho y las circunstancias eran distintas. ¿Quizá ha sido piscis? ¿Tanto pánico les tengo a los sentimientos que yo misma los rechazo?

—Sí —respondo, después de ver pasar por mi mente todos estos pensamientos a la velocidad de la luz.

—Sí, ¿qué…? —pregunta Melissa.

—Que sí, que tienes toda la razón. No sé qué más añadir, es que me he quedado sin palabras.

Por lo menos, ya he dejado de llorar. Camino hacia donde está Melissa y la abrazo mientras pienso en cómo es posible que a veces quien menos te conoce pueda calarte tan rápido. Cuando nos separamos, me doy cuenta de que me duelen los ojos y la cabeza de haber estado llorando todo este rato.

—¿Sabes lo que pienso, Anna?

—¿Qué?

Ella me sonríe.

—Que, aprovechando que estamos en Aries, creo que deberías centrarte en la persona más cercana que tienes de ese signo.

Inclino la cabeza hasta que entiendo por dónde va.

—Yo —digo, confirmando su teoría.

—Correcto. No sé quién será tu chico aries, pero quizá la mejor forma de demostrar si eres tal y como dicen los astros es conociéndote más a ti misma y pasando de hombres. Centrándote en lo que te apasione a ti, sin pensar en el resto. Por ejemplo, ¿qué es lo que más te apetece hacer ahora? ¿Qué es lo que más te ilusiona en este momento?

Me paro a pensar un segundo y me dan ganas de llorar al darme cuenta de que no se me viene nada a la cabeza. ¿Debería? ¿Es normal que, cuando me pregunten qué me apetece hacer, no surja nada en mi mente?

—Piénsalo —dice ella—. Quizá puede ser una tontería del día a día u otra cosa más grande y alocada.

Pienso en los próximos días, en los planes que tengo. En realidad, solo están mi cumpleaños y el viaje a Las Vegas. La verdad es que casi no había pensado en esto último, porque al fin y al cabo es un viaje de trabajo, pero…

—Creo que el viaje a Las Vegas puede ser la clave.

CAPÍTULO 25

♈

EL DE ELVIS Y MARILYN

Incluso de día, Las Vegas es alucinante. Desde el avión, veo a lo lejos la famosa calle y sus ramificaciones, pero también me sorprende la cantidad de gente que vive en esta zona. Además de la zona de ocio, Las Vegas está formado por decenas de barrios de casas unifamiliares que rodean una de las ciudades más famosas de Estados Unidos y del mundo.

El viaje se me hace más corto que el tren entre Madrid y Valencia. Despegamos y a la media hora anuncian que ya estamos llegando y que aterrizaremos enseguida. Por primera vez en meses, disfruto del viaje en avión. Y no solo porque vayamos en primera clase y me hayan dejado traer un acompañante gratis, sino porque no estoy huyendo de nadie ni cruzando el Atlántico después de lo sucedido con mi madre. Simplemente soy yo, muy bien acompañada, disfrutando sin más, sin darles vueltas a las cosas.

Solo me permito pensar en el chico aries cuando miro a Julia, que está sentada a mi lado. Cuando me dijeron que llevara a alguien conmigo lo podría haber escogido a él, solo para estar al día de nuestro pequeño reto. ¿Qué mejor plan impulsivo que coger un avión a Las Vegas casi de un día para otro? Sin embargo, me alegro de ver la melena pelirroja de Julia y sus mejillas llenas de pecas a mi lado y decido guardar este pensamiento en mi cabeza para siempre. Porque esta vez, me he elegido a mí.

Nunca tengo que olvidar de dónde vengo ni quién me ha ayudado a estar donde estoy.

Cuando aterrizamos, me da un subidón de adrenalina increíble. Bajamos del avión mientras las cámaras nos graban para el anuncio y tenemos que hacerlo hasta cuatro veces para estar seguros de que la toma ha quedado bien. Antes de despegar ya hemos grabado el resto del anuncio, así que solo nos faltan un par de escenas más: una por la calle junto a Melissa y otra en el casino, que ha reservado una zona solo para nosotras. También nos hemos hecho unas fotos para la cuenta oficial de Instagram del programa, así como para la de TikTok.

En total, somos diez personas, incluyendo a los que nos van grabando de vez en cuando, con la cámara siempre en mano. Por parte de Glass nos acompaña Alex, que no parece estar tan emocionado por venir a la ciudad de las segundas oportunidades.

—¿Todo bien? —me pregunta Julia cuando me ve mirando por la ventanilla con aire taciturno.

Asiento.

—Sí. Estoy procesando un poco todo lo de los últimos días. Ya sabes.

—Claro —dice ella, y me da la mano.

La aprieto con fuerza. No quiero perderla nunca de mi lado y me alegro de que esté aquí conmigo para vivir este momento. Sin ella, no sería lo mismo.

—Todo va a salir bien —me dice, y por un momento siento que estoy a punto de emocionarme.

—Lo sé. Solo necesito acostumbrarme a mi nueva vida y a todos los cambios que he tenido.

Ella también me aprieta la mano.

—Todo irá bien, ya verás.

Montamos en un minibús que me recuerda al que me llevó al aeropuerto para saltar en paracaídas, pero me quito enseguida esa imagen de la cabeza. Me centro en disfrutar del momento y de nuestra entrada en la ciudad. El cartel de Las Vegas nos da la bienvenida, con una larga cola de turistas que quieren hacerse una foto con él. Empezamos a pasar casinos y restaurantes. Allá adonde mire, hay pantallas por todas partes tratando de captar mi atención. Pasamos por una réplica de una pirámide egipcia, de la estatua de la Libertad y hasta de la torre Eiffel. Al fondo hay un rascacielos enorme y Julia lo señala, diciendo que en la parte de arriba hay una especie de parque de atracciones no apto para personas con miedo a las alturas.

El vehículo gira a la derecha, abandonando la calle principal de Las Vegas, y ante nosotros aparece un hotel enorme y brillante. Paramos en la puerta y el equipo comienza a sacar sus cosas del maletero. Mientras tanto, Julia y yo nos adelantamos para cotillear el interior del Venetian. Tal y como indica su nombre, es una copia de las calles de Venecia. Hasta hay unos canales de agua por los que pasan góndolas con las que los turistas pueden hacer un circuito por el hotel. Me impresiona el contraste del encanto de las casitas de Venecia con el macrohotel en el que realmente nos encontramos, que incluso tiene una escalera mecánica en forma circular, como si fuera de caracol. Tengo un cortocircuito en el cerebro al verla y me pregunto cómo la habrán construido. Desde luego, aquí todo es otro nivel. Es como una ciudad hecha por y para la mínima necesidad que una persona pueda tener. Estoy segura de que aquí se puede encontrar comida de cualquier parte del mundo, y eso que estamos en mitad de un desierto que en verano alcanza temperaturas inhumanas.

Alex nos guía hasta la recepción, donde nos esperan ya dos chicas que nos van a enseñar el casino. Hacemos un pequeño *tour* guiado. Trato de concentrarme, pero con tanta gente y los ruiditos y músicas de las máquinas es imposible. Se oye un grito de alegría en un lado mientras que en otro se llevan las manos a la cabeza junto a una mesa de *blackjack*. Me sorprende que no haya tanta gente joven como esperaba, sino de todas las edades. De hecho, veo a muchos hombres mayores sentados en las máquinas y tienen pinta de llevar ahí un buen rato.

Las chicas nos llevan a una zona restringida con tensabarreras de la marca de la aerolínea, donde nos están esperando para maquillarnos y hacernos algo en el pelo. Dos horas y cientos de curiosos después, terminamos de grabar y nos dan vía libre para pasar la tarde en Las Vegas. Vamos a un restaurante en un hotel donde hay flamencos paseando en una zona restringida. Nos acercamos a verlos, aunque me dan un poco de miedo. Todos los animales con pico me generan desconfianza. Nos sentamos a tomar unas copas y nos sirven las bebidas en unos vasos gigantes, decorados con frutas exóticas, paraguas y pétalos de flores.

—¿Habíais estado aquí antes? —les pregunto, sobre todo a Melissa, que parece conocer bien la ciudad.

—Esta es la tercera vez, pero siempre hay algo nuevo que hacer.

—La mía es la primera —dice su amiga, que no ha dicho ni una palabra hasta ahora. Se llama Diana y, al contrario que Melissa, es tímida y reservada.

—Yo igual —respondo.

—Yo estuve hace años, pero solo una noche para celebrar la despedida de soltera de una amiga mía —añade Julia.

—Bueno, si todas estamos de acuerdo, esta va a ser la noche de Anna. Se lo merece —dice Melissa, levantando su copa. Todas hacen lo mismo y brindamos—. Así que hoy mandas tú, nena.

Brindamos entre risas, pero Melissa va completamente en serio. En el vuelo hemos estado comentando la conversación que tuvimos el otro día en el baño y todas están dispuestas a echarme una mano para desconectar.

—Va, dinos qué es lo que más te apetece hacer ahora mismo —insiste—. Lo primero que se te venga a la cabeza.

—Pues… no sé, no soy mucho de apostar ni tampoco creo que podamos casarnos las cuatro disfrazadas de un personaje de Hollywood, pero… creo que tengo una idea…

Tres chupitos más tarde, llegamos a un estudio de tatuajes. Nos hacemos amigas de un taxista mexicano que nos recoge en la puerta del hotel Flamingo y nos recomienda uno de los mejores de la ciudad, aunque no es muy conocido por los turistas, donde podremos hacernos un tatuaje al momento. Julia y yo charlamos con él y se me hace rarísimo escuchar a mi amiga hablar español. Deberíamos hacerlo más entre nosotras. Entramos por una puerta giratoria y el aire acondicionado, como todo en esta ciudad, está al máximo de potencia. Un chico nos recibe nada más entrar.

—Buenas tardes, señoritas. ¿Cómo estáis?

—Queremos hacernos un tatuaje conjunto —se adelanta Melissa, hablando por todas. A veces me recuerda un poco a Olivia, pero a la Olivia buena, no a la que carga contra nosotras cuando tiene un mal día—. ¿Podemos pasar ahora o hay que esperar?

—Hay veinte minutos de espera, porque todos mis compañeros están ocupados, pero mientras tanto podéis ir eligiendo el diseño.

Nos señala varios álbumes que hay sobre la mesa para que les echemos un vistazo.

—¿Decías en serio lo de que sea algo conjunto? —le pregunto a Melissa.

En mi cabeza, hacer algo así va acompañado de un gran vínculo que me unirá a esa persona.

—Oye, ¿y si hacemos esto?

La voz de Julia nos hace girarnos a ambas. En una esquina del *hall* del estudio de tatuajes hay unas máquinas que me devuelven a mi niñez. Son exactamente iguales a aquellas en las que metías unas pesetas y sacabas un chicle, solo que ahora lo que ganas es un tatuaje sorpresa, y lo que te toque lo tienes que hacer.

—¡Qué chulo! —Melissa ya está convencida, pero Diana pone cara de pánico al escuchar el sonido de las máquinas tatuando en algún punto del local.

—Este es de personajes de *Animal Crossing* —dice Julia, que ya los ha estado mirando todos—. El negro, de palabras escritas en diferentes idiomas, el azul es de personajes famosos de Hollywood y este de aquí es de constelaciones. Y son baratos para lo que podrían costar en un sitio así.

—Pues yo creo que está clara la máquina que vamos a elegir, ¿no?

Melissa tropieza con sus propios pies por culpa de los chupitos y todas nos partimos de risa. Joder, espero que se nos baje pronto el pedo, porque no quiero tener lagunas de este viaje tan increíble.

—¡La de las constelaciones! —exclama Julia.

—Yo iba a decir la de los actores famosos —bromea Melissa.

—Bueno, pues vamos con estos, ¿no? Tienen pinta de ser bonitos. —Examino el póster que hay colgado en la pared, donde aparecen todas las opciones que pueden tocar. No hay ninguno del Zodiaco, pero casi que mejor. Al final, a veces termino cansada del mismo monotema.

Llamo al chico de la recepción para que nos ayude a usar la máquina.

—Venga, Diana, tú primero —la animo para que no lo pase mal, pero parece que tiene el efecto contrario. Casi con las manos temblando, gira la máquina y cae una bola transparente con un papelito dentro. Lo abre y veo el miedo en sus ojos, aunque le toca uno muy bonito. Son tres estrellas en línea, la del centro de color negro y las otras huecas. Suspira de alivio.

—¿Ves? No era para tanto —la anima Melissa, y ella asiente.

Intento ponerme en su lugar. Nunca he conocido a una persona tan tímida, pero valoro sus esfuerzos para salir de su zona de confort sin sucumbir a la presión de grupo de hacernos el tatuaje. Desde el principio le había parecido buena idea, pero le daba pánico enfrentarse a las agujas.

—¿Siguiente? —pregunta el chico y Melissa se ofrece voluntaria. Gira de nuevo la manivela y cae su bola. Le toca un dibujo chulísimo de un astronauta.

—¡Me encanta! —exclama—. Aunque, bueno, cuando tienes tantos tatuajes ya me haría cualquier cosa.

—¿En serio? —le dice Diana, que todavía no parece asumir del todo que se va a enfrentar a las agujas. Ese es su primer tatuaje, como el mío, pero ella no parece tan confiada como el resto.

—Tú ya eres una experta, por lo que veo —le dice el chico—. Bueno, ¿siguiente?

Miro a Julia, haciéndole un gesto con la cabeza para que pase.

—¿Elegimos a la vez? —me propone ella.

Nos acercamos a la máquina y la giramos dos veces. Nuestras dos bolas de plástico caen y escogemos una cada una, al azar.

—A la de tres —le digo—. Una, dos… y tres.

Las giramos para abrirlas y desdoblamos el papel. A Julia le ha tocado un planeta precioso y a mí un cohete similar al emoji. Es tan bonito que no puedo creer la suerte que he tenido.

—Listo, señoritas, pues ya lo tenemos —dice el chico—. Sentaos aquí, que os iré avisando cuando os toque.

Vamos pasando en el mismo orden en el que elegimos el diseño. Melissa acompaña a Diana para asegurarse de que no se echa atrás en el último momento al ver la máquina de tatuar y salen poco después. Pasa Julia y por último voy yo, que decido hacérmelo en el tobillo. Me ponen una crema con anestesia y apenas noto nada, excepto la sensación de estar haciendo algo inesperado, una emoción mucho más fácil de gestionar que, por ejemplo, saltar de un avión. Salimos poco después del estudio, cada una con una crema para aplicarnos sobre el tatuaje los próximos días. Nuestro vuelo sale mañana temprano, pero aun así damos una vuelta por la ciudad, nos perdemos varias veces por los casinos cuando buscamos un baño gratis y terminamos cenando en un restaurante donde te azotan si no te comes toda la comida que hay en tu plato.

Diana lo pasa mal para terminárselo todo y acaba escondiendo una parte de su hamburguesa en una bolsa de plástico que guardaba en su bolso. Julia, que se ha tomado un gofre a media tarde, no lo consigue y le toca ponerse roja cuando la sacan al centro del restaurante para echarle la bronca. Le hago un millón de fotos para luego mandarlas al grupo que tenemos todos los amigos de Raül y en el que ahora estoy también yo.

Tomamos varias copas y terminamos bailando en una sala con música tecno que encontramos en un hotel. De hecho, creo que hasta nos hemos colado sin darnos cuenta, porque ahora están pidiendo documentación para entrar. Cuando vamos por la tercera copa, salimos a que nos dé el aire y nos da el bajón, así que buscamos un taxi que nos lleve de vuelta al hotel. Diana se arrepiente todo el rato de no haberse puesto un calzado más cómodo mientras Melissa se despide del ligue noruego que ha conocido ahí dentro y con el que ya se ha besado tanto que parece que se han absorbido el alma el uno al otro.

En el taxi, bajo la ventanilla y miro afuera. De noche, Las Vegas es todavía más impresionante. Miles de luces brillan en contraste con el cielo negro que cubre el desierto e iluminan tanto que parece de día. Hay música y gente cantando y bailando por todas partes. Vemos a varias personas disfrazadas de Elvis y Marilyn sacándose fotos con los turistas. Melissa nos engaña para bajar un momento del taxi y hacernos unas fotos con ellos, aunque nos cobren cinco dólares cada uno. En el fondo, son un recuerdo precioso. Volvemos a montar y el taxista nos mira como si estuviéramos locas, aunque ya tiene que estar acostumbrado. Arranca y se dirige al hotel. Estamos a punto de llegar, así que aprovecho cada segundo de este trayecto.

Cierro los ojos y dejo que el aire me dé en la cara. Hace ya fresquito a estas horas, pero me viene genial para despejar la mente. Trato de mantenerme presente para no olvidar este momento, pero al mismo tiempo me siento afortunada. Julia y Melissa tenían razón, cada una a su manera. Todo estará bien, pero antes necesito estarlo yo. Necesito sentirme bien conmigo misma, hacer las paces con el pasado y tomarme con más calma el futuro.

Sonrío cuando noto una brisa de aire frío en la cara justo antes de que el taxi gire para entrar en el aparcamiento del hotel, sin saber que esa noche no la vamos a pasar ahí. Escucho un chirrido y eso es lo último que recuerdo.

Todo sucede en un instante.

Ni siquiera me da tiempo a abrir los ojos.

CAPÍTULO 26

♈

EL DE MI NO MUERTE

No estoy muerta.

Ese es el primer pensamiento que cruza mi mente cuando recobro la consciencia, aunque luego la vuelvo a perder otra vez.

CAPÍTULO 27

EL DEL CUMPLEAÑOS EN EL HOSPITAL

No estoy muerta.

De nuevo, el mismo pensamiento se apodera de mí cuando abro los ojos. Han pasado varios días desde el accidente y ya estoy de vuelta en Los Ángeles, pero las imágenes del choque todavía me persiguen, y eso que he olvidado gran parte de lo que sucedió.

Mi cerebro no ha sido capaz de recordar nada. De hecho, lo que pasó justo después me lo han tenido que contar, porque no puedo acordarme. Solo recuerdo el viaje de vuelta, el traslado al hospital y poco más.

Al parecer, Julia está peor que yo. Se ha roto el brazo y tiene bastante mal la pierna, ya que se la chafó cuando el coche se quedó de lado. Aunque la peor parte se la ha llevado Diana. Ella estaba sentada en el lado donde nos golpeó un vehículo que salía a toda velocidad del aparcamiento del hotel, sin mirar por dónde iba, ya que el conductor había bebido de más. Se ha fracturado varios huesos, entre ellos la clavícula, y tiene una contusión importante en la cabeza. Diana es la única a quien no han podido trasladar todavía por su gravedad. Se quedará en Las Vegas por lo menos una semana más. A Melissa no tuvieron ni siquiera que ingresarla, salió ilesa con un par de rasguños y hematomas. Del taxista no sé nada ni tampoco del otro coche involucrado en el accidente.

Mi diagnóstico no es grave, pero me tendrán unos días más en observación, porque me di un fuerte golpe en la sien derecha y estuve un buen rato inconsciente. Aparte de eso, tengo la muñeca escayolada, porque se me han roto varios huesecitos.

El primer día que consigo estar despierta del todo, aparece Raül por la puerta de mi habitación del hospital.

—Tienes mala cara —me saluda.

—Por favor, dime que no les has dicho nada a papá y mamá.

Mi voz suena rasposa, como si llevara varios días sin usarla.

—Tarde. Se lo he contado a papá.

—Joder —musito.

Intento reclinarme, aunque me cuesta con un solo brazo.

—Quieta —me ordena mi hermano en cuanto ve que hago ademán de moverme—. Tranquila, que no le van a decir nada a Martina. No quieren disgustarla y además ya les he dicho que no te ha pasado nada grave, ya me entiendes. Aunque papá se ha puesto un poco nervioso al principio y ha dicho que, claro, si no hubieras ido a Las Vegas, no te habría sucedido nada. En fin, ya sabes.

Me retuerzo y siento dolor en todo el cuerpo.

—¿Me puedes contar qué pasó exactamente? Me han dicho cosas, pero no sé si es todo.

Mi hermano se encoge de hombros y se sienta en la butaca que hay junto a mi cama.

—Nada, si es que no tiene más misterio. Os embistió un coche cuando salía del aparcamiento mientras vosotras entrabais, venía muy rápido e impactó de lleno en el lado derecho, delante, donde estaba Diana. Por eso al taxista y a Melissa no les ha pasado nada. Julia tuvo la mala suerte de ir en el centro con las piernas abiertas y entonces una se le chafó cuando cedió el asiento.

—Joder, qué fuerte... ¿Y el otro coche?

—Todos bien, con sus cosillas, pero bien —me aclara Raül.

—Ahora a ver qué tal evoluciona Julia. ¿Alguna novedad? No he podido verla desde entonces y no puedo parar de pensar en ella.

—Está ahora mismo en el quirófano. Lleva un par de horas, le están operando la pierna. No me preguntes exactamente el qué, porque no me he enterado.

Resoplo y se me acelera el pulso, y me da miedo que empiece a sonar el aparatito ese, como en las películas.

—Por cierto, están aquí todos, pero he pasado yo por si acaso estabas muy cansada como para verlos —me dice Raül.

—¿Todos? ¿Olivia y Harry?

—Y Connor, sí.

—¿Ya os habéis reconciliado?

Mi hermano evita la pregunta y cambia de tema.

—En fin, si quieres, les puedo decir que pasen, aunque solo pueden de uno en uno.

Asiento, tratando de recolocarme otra vez, pero sin éxito.

—Sí, claro.

—Vale. ¡Ah! Te hemos traído un bolso con varias cosas para que tengas tu móvil, el cargador y ropa por si la necesitas. Se te rompió la pantalla, pero Harry fue a cambiártela.

—¿Y lo que me llevé a Las Vegas? ¿Lo habéis recuperado?

—Sí, creo que está todo. Muy chulos los tatuajes, por cierto. Tranquila, eso no se lo he dicho a papá.

Raül me guiña el ojo y se levanta, da unos pasos y se pone junto a mí.

—Por cierto, tengo algo más que decirte, aunque sé que va a joderte un poco —me avisa.

—A ver…

—Feliz cumpleaños.

Me cuesta procesar la información. Tiene que estar de broma, no es posible que hayan pasado tantos días. A ver, cuando me fui a Las Vegas faltaban cuatro. Hago cuentas rápidamente y miro por la ventana. Parece que es por la mañana.

—No me jodas —respondo, y me sale del alma.

—Me temo que sí. Te toca hacerte más vieja, vete acostumbrando a estar en el hospital porque te acercas peligrosamente a los treinta.

—Imbécil.

Él asiente, asumiendo su papel de hermano pequeño tocapelotas, y se marcha de la habitación con una sonrisita en los labios.

Un minuto después aparece Harry, que corre a abrazarme como si hubiera estado a punto de morir. Bueno, un poco cerca de la muerte sí que he estado, aunque la he esquivado, por ahora. Me trae un ramo de flores enorme de parte de todos y me pongo roja de la vergüenza cuando lo veo, ya que el ramo incluye globos y peluches y a mí esas cosas no me van. Aun así, me hace tanta ilusión que siento que revivo un poco cuando los voy viendo pasar uno a uno. Hasta Olivia, que últimamente estaba un poco rarita, se echa a llorar cuando me ve postrada en la cama y con la muñeca escayolada. Le pregunto si saben algo más de Julia, pero no parece haber novedades.

Después de que se vayan, aparece por la puerta la cabeza de Rain, que está agobiadísima, y tras ella también está Naina, aunque me saluda solo a lo lejos mientras mi compañera de piso pasa a verme. Me siento tan afortunada por tener a toda esta gente a mi lado que me planteo si es este uno de los mejores cumpleaños que he tenido en mi vida, aunque me siento cansada y en *shock* y estoy segura de que tengo una cara horrible.

Después de Rain, aparece Melissa por la puerta. Tal y como me había dicho mi hermano, solo tiene unos rasguños en la cara. Noto que han pasado los días porque no parecen muy recientes. Algunos ya casi han cicatrizado del todo.

—¡Mi chica aries! —exclama nada más verme, y viene corriendo hacia mí—. Felicidades, guerrera. Ojalá hubiéramos podido celebrarlo de otra forma.

—¿Cómo estás? ¿Qué tal Diana?

—Yo, bien. Bien, en serio. No te preocupes —me asegura Melissa—. Y, sobre Diana, pues ahí va. La fractura de clavícula no pinta muy bien. A ver qué tal los próximos días.

Me inclino hacia atrás y no me doy cuenta hasta ese momento de lo verdaderamente fatigante que es hablar. Melissa lo nota y enseguida se marcha.

—Me imagino que estarás cansadísima, no te entretengo más. Creo que tienes otra visita, además, de un chico.

¿Un chico?

Me imagino a Connor haciendo el imbécil, sintiéndose especial por quedarse el último, pero no es él quien atraviesa la puerta de mi habitación del hospital.

Es Zac Nelson.

Aparece por la puerta vestido con un chándal negro en lugar de su habitual camisa de cuadros y con unas gafas de sol enormes, pero puedo intuir sus pecas por debajo en cuanto se acerca a mi cama. Parpadeo un par de veces para asegurarme de que es él y no una visión fruto de los analgésicos que me están dando por vía intravenosa.

—Hola, Anna. ¿Cómo estás? —me pregunta.

He echado de menos su voz y no me doy cuenta hasta ahora.

—Viva —respondo, intentando tomármelo ya a broma.

—Te he traído algunas cosas que quizá te sean útiles.

Deja sobre la butaca su mochila y comienza a vaciarla. Me ha traído diferentes bebidas energéticas, una tarjeta regalo de tres meses gratis en Netflix, una camiseta larga de andar por casa y un libro. Por supuesto.

Ya casi no me queda energía, pero le doy las gracias con las pocas fuerzas que puedo reunir.

—Muchas felicidades, por cierto. Ya sé que no es la mejor situación, pero quería venir a visitarte. No sabía si estarías despierta o no, así que he esperado a que viniera alguien primero a verte. Me habían chivado que te acababas de despertar y que habían llamado a tu hermano.

Giro la cabeza hacia él para verlo bien. Me duele el pecho al respirar y quiero pensar que es una secuela del accidente y no otra cosa.

—¿No se supone que eso viola los derechos del paciente o algo así? —le pregunto.

Una sonrisa inunda su cara y hacía mucho tiempo que no la veía así.

—Sí, pero la enfermera me ha reconocido. Su hija debe de ser muy fan mía. Le he firmado en una hoja y… Bueno, me ha ayudado.

Hago un ruido parecido a una risa.

—Es que no funciona mucho tu disfraz, la verdad. Se te distingue igualmente aunque vayas de negro y con gafas de sol en un sitio cerrado. De hecho, llamas más la atención así.

Mi voz ya está en las últimas, pero me esfuerzo en tener una conversación con él después de todo lo que ha hecho por mí. Sin embargo, él se da cuenta de que estoy molida.

—Bueno, te dejo que descanses. No quiero molestarte —dice Zac—. Y, en general, no quiero ser un estorbo más en tu vida. Por eso… esta visita también es la última. Siento que la única manera de que cada uno podamos recorrer nuestro propio camino es que zanjemos bien el asunto. Si te parece bien.

Asiento, cerrando los ojos al mismo tiempo. Zac tiene razón. Es mejor no estar que estar a medias. No sirve de nada y al final terminaremos los dos haciéndonos daño.

—Bueno, nunca me habían dejado el día de mi cumpleaños —bromeo, intentando rebajar la tensión, aunque me da un ataque de tos justo después.

—Ya no puedes decir que no has estrenado los veintinueve haciendo algo nuevo —me sigue él.

—Muy gracioso. ¿Cómo sabes que cumplo veintinueve años?

Él me mira como si hubiera hecho la pregunta más obvia del universo.

—Porque me lo dijiste una vez y tengo buena memoria para lo que me interesa. Por eso prefiero quedarme con un buen recuerdo de nosotros.

Muevo la cabeza, dándole la razón.

—Me parece bien —le digo, recobrando un poco las fuerzas—. Me alegro de que esto te haya servido para terminar el disco, si se me permite el atrevimiento de asumir que la última canción surgió de lo que pasó con nosotros.

—Atrevimiento aceptado.

—¿Y verdadero? —pregunto.

—Verdadero —me confirma él.

Zac me acerca la butaca con mis regalos para que los tenga cerca y se despide de mí.

—No quiero robarte más tiempo; además, tienes que descansar.

—Vale.

—Ha sido un placer coincidir contigo, Anna. Ojalá en otro universo paralelo las cosas hubieran sido distintas.

—Lo sé —respondo, y lo pienso de verdad.

Quizá, en otro momento, en otra situación distinta, podría haberme enamorado de verdad, haber correspondido a Zac…, pero ahora mismo no soy capaz de hacerlo. Todavía tengo mucho que sanar y seguir el consejo de Melissa de centrarme en mí ha sido el mejor pistoletazo de salida para esta nueva carrera de fondo.

CAPÍTULO 28
♈
EL DE LA CHICA ARIES

Tengo mucho tiempo libre en el hospital, aunque está previsto que pueda salir dentro de un par de días. Tiemblo por los gastos médicos, pero el causante del accidente se hace cargo de una parte y la aerolínea de la otra. Supongo que los directivos se sentirán culpables de que todo esto haya pasado en un viaje de trabajo y no querrán que lo contemos mucho o, si lo hacemos, les gustaría que dijéramos que sufragaron mis gastos. Sea como sea, me alegro de no tener que vivir la experiencia estadounidense de mirar la cuenta como quien mira la del restaurante después de una primera comunión.

Salgo del hospital antes que Julia, pero lo primero que hago es ir a verla en cuanto me dan el alta. Está mucho mejor, pero tendrá que llevar una muleta durante un tiempo.

Harry me lleva de vuelta a casa, donde ya me espera Rain para ayudarme. Cuando por fin llego a mi habitación, casi había olvidado lo que era una cama de verdad. Me dejo caer sobre el colchón y duermo un poco más, aunque eso sea lo único que he estado haciendo estos días. Después, me pongo un poco al día de los mensajes, sobre todo los de mi familia y Melissa, quien me cuenta que Diana todavía sigue grave, aunque su pronóstico es favorable.

Miro mi nuevo tatuaje, el primero que tengo, y pienso que por lo menos ya han pasado los primeros días, que son los peores. Aluciné al darme cuenta de que en el hospital me lo han estado cuidando mientras yo pasaba mis días medio grogui por la anestesia.

Aprovecho para tumbarme en la cama y empezar una nueva serie y me sienta genial, porque me despierto renovada. Me doy una ducha para que me devuelva mi dignidad y me visto. Joder, no sabía que se podía echar de menos llevar sujetador. Hasta me pongo unas zapatillas y salgo un poco de casa, solo a dar la vuelta a la manzana, para estirar las piernas. Me doy cuenta de que he perdido muchísimo fondo cuando regreso al portal casi sin aliento e hipoglucémica perdida. Quizá habría estado bien comer algo antes, sí.

Vuelvo al piso y Rain me recibe con una lasaña casera recién sacada del horno. Me la como igual que si llevara dos meses sin probar comida sólida y casi me quemo el paladar de las prisas. Poco después, regreso a mi cuarto y ahora que tengo más energías sé lo que tengo que hacer. O, por lo menos, lo que a mí me habría gustado que hicieran.

Abro el móvil, busco el chat con Niko y reviso nuestros mensajes tras el accidente.

¡Buenos días! ¿Qué tal la resaca postsalto?

¿Hola?

Ya he visto que estás en Las Vegas.

¿Hola? Oye, si no quieres quedar más,
avísame, por favor.

Vale, tras dos días desde mi último
mensaje entiendo que no te interesa que
sigamos viéndonos.

Niko, perdona que no haya podido responder
antes, he tenido un accidente de coche en Las
Vegas y he estado en el hospital. Voy a
necesitar unos días de reposo, así que me

temo que nuestros planes extremos están
cancelados. Lo siento mucho.

Niko se conecta en cuanto le envío el mensaje y veo que se pone a escribir.

Joder, no sabía nada. Tendría que haber preguntado a Rain, pero pensaba que igual me estabas haciendo *ghosting*.

No, no, qué va.

Pero ¿estás bien seguro?

Sí, pero necesito reposo.

¿Fue grave?

Para lo que podría haber sido, no, pero una de
mis amigas sí que está peor.

Vale. Joder, espero que se recupere pronto.
Entiendo que esto termina aquí, entonces.

Sí, eso creo. Lo siento.

¡No te disculpes! Son cosas que pasan. Ha estado guay conocerte y además seguro que coincidimos en el futuro alguna vez.

¡Sí! Aunque no creo que sea en el
sitio de los vinos...

No, ahí ya no voy a volver, jajaja.

Cuídate mucho, Niko.

Y tú, a descansar y a volver a la rutina
cuando estés bien.

Me siento bien, como si me hubiera quitado un peso de encima. Por un instante, siento la tentación de meterme en la cuenta de Instagram de Zac para ver si ha subido algo, pero me contengo. Ya no puedo engancharme en esos bucles de nuevo.

Dejo el móvil de lado y suspiro, pero enseguida alargo el brazo y lo cojo de nuevo. La conversación con Niko y haber estado a punto de ver el perfil de Zac me han hecho darme cuenta de que es el momento de cerrar un ciclo, quizá el más especial de todos los que he vivido con cada signo del Zodiaco.

Algún día ya lo pasaré a mi libreta, pero por ahora… Empiezo a teclear y, como siempre, las palabras me salen solas.

Dicen de los chicos aries que son enérgicos e impulsivos, así como que han sido dotados con una gran intuición y capacidad para salirse siempre con la suya.

Creo que aquí, como aries de nacimiento, puedo decir que los astros tienen razón. ¿Cuántas veces me he metido en líos por no pensar demasiado las cosas? Además de en mi boda, claro. De eso mejor no hablo.

Recuerdo aquella vez, cuando era pequeña, que encerré sin querer a Martina en el baño de casa de mis abuelos porque estaba jugando con la llave y luego no sabía abrir la puerta. O cuando Raül celebró su cumpleaños y se enfadó porque adiviné sus regalos sin tener ni idea de lo que eran y a él le hacía ilusión abrirlos. Hoy todavía me lo recuerda.

Cuando dicen que la relación entre dos aries es como un volcán en erupción, tienen toda la razón. Aún diría más: es un volcán en erupción mientras llueven meteoritos y pasa un tornado. Precisamente por eso no creo que hubiera funcionado. Suficiente tengo con soportarme a mí, no me puedo imaginar convivir con una persona exactamente igual que yo en el amor, en el trabajo y en la vida en general.

Hay una cosa en la que sí que estoy de acuerdo con los astros: las primeras citas de los aries nunca son aburridas. Desde luego, ahí no tengo nada que añadir. Eso sí, me quedaré toda la vida con la duda de cuál sería la última cita que tendría Niko pensada para mí. ¿Algo más extremo que saltar de un avión? Quizá, algún día, se lo pregunte.

De todo este mes, que ha sido cualquier cosa menos tranquilo, me quedo con lo que me dijo Melissa. Puede que la profundidad de sus palabras estuviera un poco motivada por el porro que se acababa de fumar, pero tenía razón. Y me alegro de que haya tenido que venir ella para abrirme los ojos. ¿Qué mejor plan para este mes que conocerme a mí misma? Vale, en parte toda esta palabrería se quedó truncada por el accidente. Pero me ha servido para abrir un poco los ojos y escucharme de una vez por todas.

Si de algo me ha servido el accidente, por más que sea raro decirlo así, es para valorar la vida más que nunca. No te das cuenta de lo frágil que es hasta que ves *flashbacks* de los sanitarios sacando tu cuerpo del coche siniestrado. Esos instantes en los que solo puedes pensar en no perder la cadencia de tu respiración, en intentar sentir cada parte de tu cuerpo para asegurarte de que estás bien…, te cambian para siempre.

No puedo dejar pasar un mes más sin ser fiel a mí misma, sin dar gracias por estar viva. No puedo vivir arrepentida ni anclada en el pasado. Y, aunque mi experimento surgiera del despecho, siento que gracias a este mes he conseguido sentirlo cien por cien mío y de nadie más. Así que eso es lo que voy a seguir haciendo a partir de ahora: hacer las cosas por mí, sin rayarme por lo que pueda pensar el resto.

Ojalá pudiera mandar una carta a la Anna del pasado y decirle que, a pesar de toda la mierda, las cosas van a salir bien y que es mucho más fuerte de lo que ella cree, y toda la sabiduría que va a adquirir gracias a esta experiencia. Ojalá pudiera decirle que se quiera un poco más.

Por lo menos, todavía estoy a tiempo de decírselo ahora a mi yo del presente. Esto va a ser un poco raro, pero es algo que quiero hacer y qué mejor momento que este, en el que estoy comprendiendo mi propio signo y a mí misma.

Allá va.

Querida chica aries: estoy aquí, te veo, te escucho. Sé que no eres perfecta, que muchas veces actúas de forma infantil o sin pensar en las consecuencias. También tengo presente que no lo has tenido siempre fácil. Por fuera te ven como un terremoto, pero sabemos que dentro hay un corazón que lucha por poner buena cara incluso cuando está herido.

Mira todo lo que has conseguido hasta ahora. Recuerda los nervios de cuando montaste en un avión con un destino aleatorio. Reconoce lo fuerte que te has vuelto. Imagina dónde estarás dentro de seis meses.

Que esta pausa en el camino que ha coincidido con tu signo te sirva para recordar que no hay amor más fuerte e importante en tu vida que el amor propio. Quiere a los demás, enamórate, ama con locura, pero no te olvides de guardar un sitio para ti en tu corazón. El afecto de otras personas podrá ser tu apoyo, pero no pierdas de vista que, igual que las plantas crecen hacia el sol, echan raíces hacia la tierra. Haz que las tuyas sean robustas, que puedas valerte de ellas incluso en el peor de los temporales, para que te mantengan en pie. Después, las flores vendrán solas.

Quiere tus raíces. Aprende a vivir con las que están rotas, fortalece las que ya existen y crea otras nuevas.

Querida chica aries, eres pura dinamita. Nunca dejes de brillar y de tener esa chispa que enciende una luz hasta en el más oscuro de los túneles.

Querida chica aries, esta vez no te voy a fallar.

CUARTA PARTE

Tauro

CAPÍTULO 29

♉

EL DE LA VIDA Y LA MUERTE

Todo parece volver un poco a la normalidad cuando Julia sale por fin del hospital. Solo le dan el alta una semana después que a mí, pero se me hacen eternos los días hasta que por fin puedo ir a visitarla a su casa. Su compañera de piso intenta pasar el máximo tiempo posible con ella, pero cuando tiene que irse a su trabajo me ofrezco voluntaria para cuidarla. Su brazo evoluciona bien, pero la pierna todavía le da problemas, por lo que tendrá que ir en silla de ruedas durante una temporada.

En uno de los viajes a su casa conozco a Emma, tan risueña como Julia me la había descrito. Cuando las veo interactuar, por poco tiempo que lleven juntas, siento que son perfectas la una para la otra. Emma está pendiente de cualquier movimiento que haga Julia y la acompaña para ir al baño o ducharla siempre que lo necesita. Mientras me quedo con mi amiga, su novia sale y aprovecha para hacer la compra y pasar por la farmacia. Ni siquiera le pregunta si necesita algo. Simplemente lo anuncia y se va a por su coche como una flecha.

—Al final me voy a reconciliar con los escorpio —bromeo con Julia, recordando que Emma es del mismo signo que Theo, el chico escorpio.

—¿A que es maravillosa? —me pregunta.

Me encanta ver la emoción con la que Julia habla de ella. Se le ponen las mejillas rosadas bajo las pecas.

—Sí, pero más le vale ser siempre así, o tendré que tomar medidas —le advierto, y las dos nos echamos a reír.

—¿Sabes algo más de Diana y Melissa? Sobre todo de Diana.

Niego con la cabeza.

—Nada más —respondo—. O sea, sé que sigue regular, pero que está fuera de peligro. No hay novedades. Melissa está bien, aunque debe de estar pasándolo bastante mal con el estrés postraumático.

—¿En serio?

Asiento, recordando lo que me ha contado esta mañana cuando hemos grabado en el estudio.

—Me ha dicho que revivía el accidente en sueños, tiene pesadillas y terrores nocturnos. El trabajo con la psicóloga no la ayuda mucho y la psiquiatra le ha recomendado unas pastillas para descansar, pero no quiere tomarlas. Es como si le hubiera cogido miedo a dormir, ¿me explico? Porque sabe que, en cuanto lo haga, vendrán las pesadillas.

—Jo, pobrecilla… —murmura Julia—. Yo la verdad es que no recuerdo nada del accidente. Tengo una laguna total.

—Ya, yo tampoco recuerdo gran cosa… Casi que mejor.

—Sí —afirma mi amiga—. Dicen que el cerebro lo hace como mecanismo de defensa, ¿sabes? Lo olvida a propósito para evitar precisamente lo que le está pasando a Melissa.

Nos quedamos un rato en silencio y entonces Julia hace un comentario que me corta la digestión.

—¿Te imaginas que nos hubiéramos muerto? ¿O que una de nosotras dos hubiera muerto en el accidente?

—¡Ay, Julia, por Dios! —la regaño—. Ni se te ocurra pensar en esas cosas.

—¿Me negarás que tú no lo has pensado alguna vez?

Trago saliva. Pues claro que sí, pero no le he dado demasiadas vueltas. Me conozco y, si empezara así, me volvería como la protagonista del libro que me regaló Zac: intentaría preguntarme qué habría pasado con mi vida según cada decisión y acabaría más confusa que al principio.

—Intento no obsesionarme con el accidente. Pero sí, cuando me desperté en el hospital, lo primero que pensé después de que estaba viva es si lo estarías tú.

Julia se echa a llorar en cuanto termino la frase.

—Oye, que no quería desanimarte —le digo, pero ella niega con la cabeza.

—Qué va, tranquila, si he sido yo la que he sacado el tema, pero… es que llevo todos los días en bucle con ese pensamiento. No puedo quitármelo de encima. Todas las noches me pregunto qué habría pasado si… ya sabes.

—¿Y cómo puedo ayudarte a olvidarlo? ¿Quizá si lo hablamos te ayude a gestionarlo mejor?

Ella se sorbe los mocos y se limpia las lágrimas con el dorso de la mano.

—Puede ser. ¿Te importa que lo hagamos? ¿O tampoco quieres rememorarlo? —me pregunta.

—Hagámoslo. A veces viene bien hablar de la muerte —confieso, aunque es un tema que me da un poco de respeto, sobre todo sabiendo que Julia ha perdido a su padre hace poco. Me acuerdo de cuando Adrián y yo tuvimos una conversación parecida en Valencia.

—¿Sabes lo que se me pasa muchas veces por la cabeza? Si es mejor morir tú o que muera la otra persona —murmura—. Es la típica cuestión filosófica sobre la que realmente siento que no hay respuesta.

—¿Por qué no la hay?

—Porque si te mueres tú, no sufres. Me refiero, y dejando de lado la espiritualidad y las religiones: todo se apaga y ya está. Pasa en un instante y ya no tienes que preocuparte de nada más: otros recogen tu cuerpo, te llevan al hospital, si eso, o al tanatorio. Te entierran o te incineran y punto, no hay más. Sé que nadie quiere morirse, pero, de las dos opciones, es la más fácil, aunque implique que todo se acaba.

Me sorprende la frialdad con la que Julia habla del tema ahora que se ha serenado un poco más.

—¿Y la otra opción?

—Ahí quería llegar yo. Nadie quiere morirse, pero… ¿qué pasa cuando ves marcharse a la persona que quieres? Recuerdo cuando falleció mi padre y pensé en por qué le había tocado a él y no a mí, independientemente de la diferencia de edad y de nuestro estado de salud. Si tú eres el que se queda, sí que sufres. Hay personas que nunca llegan a superar del todo una muerte. No me puedo imaginar lo que es, por ejemplo, que una madre pierda a un hijo. En el refugio de animales conocí a una mujer a la que le había sucedido. Rellenaba ese hueco a base de colaborar con nosotras, pero una vez me confesó que nunca conseguía sentirse en paz y que había pensado en quitarse la vida muchas veces, porque ya no le encontraba sentido a seguir adelante. Así que ¿qué es mejor? O, dicho de otra manera, ¿qué es peor? ¿Irte o quedarte?

Trago saliva. Joder, ahora sí que no sabría responder a la pregunta de Julia.

—Me parece que decidir irte es la opción más fácil, pero creo que es un tema que no se puede juzgar a la ligera —le respondo—. O sea, dejas detrás a otra persona que sufre por ti. Yo, por ejemplo, preferiría ser la que se quedara, porque no me podría imaginar lo que sería hacerle eso a alguien que quiero.

—Yo pienso igual que tú —me confirma Julia—. Cuando estaba con el chico este chileno del que te hablé, muchas veces me preguntaba qué pasaría cuando se muriera.

Inclino la cabeza y entorno los ojos.

—Creo que me he perdido algo —le digo, con todo el cariño que puedo, porque sé que no es un tema fácil para ella.

—Tenía una enfermedad rara y sabía que no pasaría de los treinta años.

Quiero preguntarle más, pero prefiero no hacerlo.

—Tuvimos esta conversación hace tiempo, la primera noche que estuvimos juntos, de hecho —sigue hablando Julia—. Lo pasé muy mal cuando me enteré, pero, claro, peor lo estaría viviendo él. Por eso intenté no mencionarlo nunca. Pero sí que me quedé pensando en ello durante muchos meses, incluso cuando nos tuvimos que separar.

Permanecemos un ratito en silencio. Dejo a Julia su espacio para que se recupere, ya que no ha parado de llorar desde que ha sacado este tema.

—Podríamos hacer un pacto para morirnos a la vez —digo, y enseguida me doy cuenta de lo mal que suena eso—. Ay, no, borra lo que he dicho. Cancelamos. No sé por qué me ha salido así de la nada.

Sin embargo, ella se está riendo.

—Hay sectas que hacen precisamente eso. No sé cómo pueden, de verdad. Están mal de la cabeza.

—¿Alguna vez has conocido a alguien que estuviera en una? —le pregunto. Con todo lo que ha viajado y vivido Julia, seguro que tiene alguna historia turbia que contarme.

—Desgraciadamente, un montón. Aunque tengo que decir que algunas sectas no eran tan malas. Estaban en el límite entre una asociación y una secta, pero tenían prohibiciones extrañas, como no dejarte comer ajo o prohibirte salir a cenar un miércoles de un mes impar.

—¿Qué? Estás de broma, ¿no?

Pero Julia va totalmente en serio.

—Tía, tendrías que escribir un libro sobre todas las vivencias así raras que has tenido —le digo en broma, aunque no tanto—. Yo lo compraría.

—Lo haré, y cuando sea una autora de éxito espero que me invitéis al podcast.

—¡Uf! Entonces tendrías que publicarlo pasado mañana, así que ya vas tarde.

La conversación se va relajando y me alegra ver a Julia más distraída, sin tantos pensamientos negativos. Enseguida vuelve Emma y avisamos al resto del grupo para que se pasen a cenar con nosotras. Olivia y Harry llegan los primeros, directamente del trabajo. Poco después aparece mi hermano y el último en venir es Connor. En cuanto atraviesa la puerta se nota la tensión entre Olivia y él.

—¿Cómo van mis enfermitas favoritas? —nos saluda Harry, y nos da un sonoro beso en la mejilla.

Julia aprovecha para presentar a Emma a todo el grupo y me imagino si sería así como me vieron a mí cuando me conocieron.

—Ay, Julia, qué raro es verte así, en silla de ruedas —añade Olivia—. Me da como repelús.

—¿Por qué? —pregunta Connor.

—Pues porque me da la impresión de estar muy enferma —le responde ella con un tono cortante.

—Bueno, he traído cervezas, patatas fritas y nachos —dice mi hermano, y me sorprende que sea precisamente él quien trate de calmar el ambiente.

—Eso, eso, guapas, que hoy venimos a celebrar que las dos estáis en casa y fuera de peligro —añade Harry emocionadísimo.

—¿No tenéis algo sin alcohol ni calorías? —pregunta Olivia—. Estoy intentando ponerme a régimen ahora de cara al verano.

—No, cariño, todo lo bueno engorda —le suelta Harry—. Por eso he ganado unos kilitos, porque soy lo mejor que te puedas encontrar.

Todos nos reímos.

—Desde luego, seguro que es mejor que lo anterior —suelta y se acaban las risas.

—Bueno, que rulen esos nachos. —Esta vez me toca a mí devolver el buen rollo a la mesa alrededor de la cual nos hemos sentado. Parece que hoy somos los hermanos Ferrer los encargados de mantener el grupo unido, o en cualquier momento se empezarán a matar entre ellos. Bueno, principalmente, entre Olivia y Connor.

—¿Hay guacamole? —pregunta Harry.

—Sí, en la nevera. Ve tú, que yo no paso bien por la puerta —le responde Julia.

—¡Uy! Eso dije yo cuando me puso los cuernos mi ex... —dice, mientras se levanta.

El resto del tiempo el ambiente se relaja y podemos charlar con tranquilidad sobre nuestros planes para el verano, el trabajo y nuestros desamores. Noto cómo Connor se pone tenso cuando Olivia anuncia al grupo que está conociendo a un chico. Intento con todas mis fuerzas no mirarlo, pero sé que casi todos los ojos de la sala se han clavado en él antes que en Olivia cuando ha dado la noticia.

Emma, que no parece estar al tanto de la situación, le pregunta cómo es. Ella lo empieza a describir como el hombre perfecto y ahora sí veo de reojo a Connor cerrando el puño.

—¿Y tú, Anna? ¿Ya tienes a tu chico tauro?

Niego enseguida.

—Qué va.

—Pero... ¿cómo diste con el chico aries? ¿Me explicas? Es que últimamente ha sido todo como superrápido —se queja Harry, a quien le gusta estar siempre al día de cualquier cotilleo—. Hace nada estabas con el famosete pecoso y ahora, ¡chas! Ya no es que no exista, sino que ha pasado otro más y no nos hemos enterado.

—Bah, no ha tenido mucha relevancia —trato de quitarle importancia para que no me hagan preguntas, pero sé que con Harry y Olivia aquí es imposible que no siga el interrogatorio—. Al chico tauro no sé ya ni cómo voy a encontrarlo, se me empiezan a agotar las opciones —reconozco.

—¿A qué opciones te refieres? —pregunta ella—. Yo conocí a este chico del que os he hablado en Tinder.

—Pero ya usé Tinder para buscar al chico escorpio y salió mal —le recuerdo.

—Bueno, pero eso fue solo una vez. —Me sorprende que sea Julia quien hable ahora del tema—. Hay miles de personas en esa red social, si es que se le puede llamar así. Y porque hayas tenido una mala experiencia no significa que todo vaya a ser lo mismo.

—¿Por qué siempre terminamos hablando de esto? —me quejo.

—Es que no hay nada mucho más interesante en nuestras vidas, la verdad —se queja Harry.

Aun así, consigo desviar el tema porque no me apetece darle vueltas ahora al chico tauro. Me lleno enseguida, entre la cerveza y los nachos con guacamole, y miro la hora en mi móvil. No quiero acostarme muy tarde, aunque no tenga ya que ir a la oficina al día siguiente.

Cuando anuncio que me voy a ir marchando, Connor interrumpe la conversación.

—Oye, espera —me ruega en cuanto ve que me pongo de pie—. Antes de que te vayas, Anna, quiero decir una cosa, así ya lo sabéis todos a la vez. El 15 de mayo me iré de la ciudad, así que el día anterior me gustaría organizar algo. No sé exactamente qué, pero reservaos la tarde, aunque sea para quedar a tomar algo en un bar.

—Ay, que se nos va el buenorro del grupo y encima esos días estoy fuera, así que no podré ir —se lamenta Harry—. Tranquilo, tomaré el testigo de tu papel con honor y lealtad. Sin malos rollos, ¿eh, Raül?

Todos miran a mi hermano, pero yo clavo los ojos en mi antiguo compañero de mansión. Lo pillo mirándome también y, por un instante, siento de nuevo la fugaz conexión que tuvimos el día que nos dimos aquel último baño en la piscina.

CAPÍTULO 30

♉

EL DEL REGRESO AL INFIERNO

Cuando veo que la palabra «mayo» es *trending topic* en Twitter, no me puedo creer que el tiempo haya pasado tan rápido. Hace un año me encontraba en Valencia, trabajando aunque fuera festivo, y ahora estoy aquí, más de seis meses después de haber cruzado el Atlántico.

El tiempo no ha cambiado mucho, pero cuando sube la temperatura se nota el triple por la humedad que hay en esta ciudad. Ni veintiocho años de vivir junto al Mediterráneo me han preparado para esto. Empujo la colcha con los pies, creo que no la necesitaré más a partir de ahora.

Apuro unos minutos más en la cama mientras investigo sobre Tauro en Internet y pienso en cómo podré conocer a uno. Después le pregunto a mi compañera de piso, que es de ese signo.

—Bueno, hay cosas con las que me identifico y otras que no —me dice, con la tostada en la boca, cuando salgo al salón—. En teoría somos personas caseras, pero no sé… Yo soy activa, me gusta estar en movimiento, no procrastinar. Aunque a veces sí que es verdad que lo hago un poco.

Rain se ríe. Es verdad que ella no es una tauro de manual.

—Pero tiene pinta de ser como un signo muy sensual, ¿no? Sensual, que no es lo mismo que sexual —aclaro.

—¡Sí! En eso sí que te voy a dar la razón. Y también se comenta que damos los mejores consejos de todo el Zodiaco.

—Pues me vas a tener que aconsejar qué hacer con mi vida, y ya de paso ayudarme a encontrar un buen chico tauro que haga gala de su signo.

—¿Sí? —pregunta ella—. Ostras, ahora no sé si conozco a algún amigo que sea tauro…

—Tranquila, creo que para este signo voy a usar Tinder de nuevo. Toca volver al infierno.

—¿Tinder? Claro, sí, porque se puede poner qué signo eres.

—Exacto, así puedo ir más rápido —afirmo—. Aunque sí que es verdad que hay gente que no lo pone, así que igual descarto a un tauro que no lo haya destacado en su perfil, pero bueno.

—¡Ay, pues si quieres, te ayudo a mirarlos!

—¡Claro!

Saco mi móvil y descargo la aplicación de Tinder. Por suerte, me sale que mi perfil se ha guardado desde la última vez, aunque no haya estado visible desde que terminé con el chico acuario.

Enseguida, tras actualizar un par de cosillas, estamos preparadas para deslizar. No tarda mucho en aparecer el primer tauro.

—Primer candidato —le digo a Rain, y procedo a leer su biografía—. Ingeniero de software, amante de la pizza y de las tardes de Netflix.

—Muy de Tauro. Le doy el visto bueno.

Deslizo a la derecha y seguimos. No espero tener muchos *matches* ahora, ya que acabo de descargar la aplicación, pero con toda la gente que hay en esta ciudad no creo que tarde mucho en coincidir con uno. Dejo pasar unos veinte perfiles hasta que aparece otro tauro.

—Segundo: tiene un año menos que yo y trabaja como vigilante de seguridad en un museo, pasa muchas horas de pie, aunque dice que le gusta porque le apasiona el arte. Su última foto es un *edit* del póster promocional de la película *Noche en el museo*, pero ha cambiado la cara de Ben Stiller por la suya.

—Es guapísimo —observa mi compañera de piso.

—Sí, ¿verdad? Le doy *like*. Sigamos con la búsqueda... Aquí. Este no tiene descripción, solo una foto de él y está de espaldas.

—¡Uf! Nada, eso significa que se lo curra poco. No queremos hombres así en nuestras vidas.

Me río y sigo rechazando todos los que no sean tauro hasta que aparece el siguiente.

—¡Mira este! Es entrenador personal. Joder, como para no serlo, mira qué brazos tiene.

Giro el móvil hacia Rain para que vea las fotos que se ha hecho en los baños del gimnasio donde debe de trabajar.

—Está mazadísimo, sí.

—A ver el resto, que no solo vale una cara bonita... Emmm... Amante de su familia y sus mascotas, le gusta salir a comer fuera y dar caminatas por las afueras de la ciudad.

Rain inclina la cabeza.

—Oye, pues no está mal. Le damos *like* —afirmo, moviendo su foto hacia la derecha de mi pantalla.

Sigo descartando perfiles y pasa un buen rato hasta que aparece otro.

—Jolín, ¿qué ocurre con los chicos tauro? —me quejo—. ¿Tan cotizados están? Bueno, vale, ya tenemos aquí a otro. Australiano, está trabajando en Los Ángeles hasta junio. Busca una compañera de aventuras para descubrir los mejores restaurantes de la ciudad.

—¿A ver?

—Es este. —Se lo enseño a Rain y ella asiente.

—Normal que estén cotizados, si cada uno está más bueno que el anterior —se ríe—. No sabía yo que mi signo era tan... atractivo. Igual es solo en los hombres.

—No seas tonta, si tú eres guapísima —le digo a Rain, echándole un poco la bronca.

—Ya sé de qué signo será mi próximo ligue. Aunque liarme con un tauro es como..., no sé, liarte con tu hermano, ¿no?

La miro como si acabara de decir la tontería más grande del planeta.

—¡No! —exclamo—. Además, Raül es tauro, así que solo de imaginarme eso en la cabeza… ¡Uf!

—¿En serio? Me lo vas a tener que presentar, ¿eh? Que en el hospital apenas tuve tiempo de conocerlo bien, el día de tu cumpleaños—bromea Rain, aunque ahora ya no sé hasta qué punto.

—No sé si está muy interesado en buscar pareja, te aviso. Está casado con la música.

—Pues vaya…

Sigo buscando más candidatos tauro y siento que me reconcilio un poco con la aplicación, al menos por ahora. Durante los siguientes minutos, me distraigo recogiendo la cocina. Rain se va a trabajar y yo me quedo en casa poniendo una lavadora. Mientras tanto, el móvil me notifica un par de *matches* y uno de ellos me abre conversación. Es el vigilante de seguridad del museo, Thomas.

Hola, ¿qué tal?

Uf, las conversaciones que empiezan así… Esto sí que no lo había echado de menos. Me obligo a mí misma a animarlas para que mi chat no se convierta en un muermo.

Pues aquí estoy, ahora con ganas de ver *Noche en el museo.*

Eh, es una de las mejores películas que existen. Está infravalorada. Dentro de unos años todo el mundo hablará de ella como si fuera *La naranja mecánica* o *Pulp fiction.*

¿Verdad? Esto sí que es un clásico del cine.

¿Te gusta ir al cine?
O sea, a casi todo el mundo le gusta, pero me refiero a si sabes de cine.

No, no mucho. ¿Por?

No sé, como estamos al lado de Hollywood…

¿En qué barrio vives?

En Miracle Mile, ¿y tú?

Tengo que hacer una pausa rápida para consultar el mapa. Vale, es la zona donde están los museos, curiosamente no muy lejos de aquí. Aunque en una ciudad como Los Ángeles, la cercanía y lejanía son términos con significados completamente distintos a los que les damos en España.

En Westwood.
Estamos cerquita.

¡Sí! Justo te iba a decir eso.

🙂

Thomas no sigue con la conversación, aunque tampoco hay mucho más que decir después de un emoji. No la fuerzo y abro otro chat con el chico tauro que es entrenador personal. Se llama Enzo y tiene dos años más que yo.

¡Hola! ¿En qué gimnasio es tu foto?

En el Planet Fitness de Nickerson Gardens.
¿Por? ¿Vas por ahí?

No, por curiosidad.

Am… Entonces, ¿para qué preguntas?

La conversación se queda ahí. Vale, esta no ha sido mi mejor entrada, así que aprovecho el chat que ya ha abierto otro chico tauro mientras hablaba con el del gimnasio. Hasta me agobio un poco de la cantidad de candidatos que hay por aquí. Esto nunca podría pasar en una ciudad como Valencia, desde luego. Hasta dudo que en Madrid haya tanta gente registrada en Tinder.

Ostras, ¿tú eres la chica de los signos?
La del podcast.

Me sorprende que me haya escrito en español. Miro su perfil y ato cabos en cuanto veo la bandera de Canarias. Se llama Javier, tiene veintisiete años y pocas fotos haciendo deportes extremos. Nada de escalada ni de *snowboard* a la vista. ¿Será un animal en peligro de extinción? En casi todas sale en manga corta, bastante moreno. Tiene el pelo castaño y los ojos marrones, y una barba de uno o dos días que me encanta.

¡Sí! ¿Lo escuchas?

Claro, en mi grupo estamos todos enganchados, ojalá hubiera más capítulos.

Ostras, muchas gracias, me alegro un montón.

Ahora que lo pienso, es la primera vez que recibo *feedback* del podcast. Hasta ahora había leído todos y cada uno de los comentarios que ponía la gente en los vídeos de YouTube, donde se nos veía a Melissa, al invitado de cada signo y a mí grabando el episodio, pero nunca ningún desconocido me lo había dicho así directamente.

¿Y qué hace la chica del Zodiaco por Tinder? ¿Buscar a su siguiente presa?

Jajaja. No te voy a mentir, la verdad es que sí. Aunque me lo quiero tomar con calma, que estos últimos meses han sido un poco locos.

Pero ¿ya vas por Tauro? Pensaba que estabais en Capricornio todavía. Me he perdido.

¡Sí! Las grabaciones van por Capricornio, pero realmente yo lo hago al día.

Entonces, ¿soy el afortunado chico tauro?

Mmm…, no lo sé. ¿Deberías? ¿Querrías?

Me ofrezco voluntario como tributo.
¿Cuáles son los requisitos?

Pues… no pensar demasiado en esto del experimento y centrarnos en conocernos bien, que me hace falta. Últimamente parece que no termino de conectar con ningún chico, aunque los astros digan lo contrario, así que prefiero buscar una conexión genuina y ya. Y también que sea una persona sincera y que vaya de frente.
Por cierto, fan de *Los juegos del hambre* por aquí.

Uy, ¿eso es un avance de los próximos episodios?
Vale, pues creo que puedo cumplir los requisitos.

Jajaja, un poco de *spoiler* sí que es.
¿Y tú qué buscas en Tinder, entonces?

Mmm… Me gustaría encontrar a una persona con la que tener una relación estable, pero no descarto nada ahora mismo. Quiero conocer gente y ver lo que va surgiendo. ¿Y tú? Buscar a tu tauro, supongo, ¿no?

Correcto. Ahora mismo no quiero una relación larga, a no ser que encuentre al amor de mi vida. Pero mis planes son terminar el experimento primero.

Genial. Echaba en falta tener una conversación sincera con alguien, sin rodeos.

¿A qué te refieres?

Por aquí muchas chicas no quieren hablar del tema, la gran mayoría quieren que las sigas en Instagram y ya. Bueno, hay de todo. Pero ya me entiendes.

Sí. Al revés tampoco es muy diferente, ¿eh? Solo que, en lugar de buscar seguidores en Instagram, buscan un rollo de una noche y ya está.

Oye, pues me encantaría que quedáramos en persona. No sé si te da un poco de cosa vernos así, casi sin conocernos, o si prefieres estar un tiempo más hablando.

Me paro un buen rato a pensar mi respuesta y me alegro de que sea Javier quien haya propuesto esperar un poco, porque ahora mismo no me apetece quedar todavía.

Por chat está bien durante unos días,
si quieres.

Claro, genial.
Tengo que avisarte de que yo soy muy casero, me gusta pasar tiempo en mi casa.
Es como mi refugio.

Lo dices como si tuviera algo de malo. 🙁

No, pero hay mucha gente que se agobia de estar todo el día entre cuatro paredes, jeje.

Bueno, a veces se agradece estar en casa, sobre todo después de pasar mucho tiempo fuera.

¿Echas de menos España?

A veces. Estoy bien aquí y por ahora no volvería, pero sí que hay momentos en los que pienso en Valencia. Sobre todo en los pequeños detalles del día a día, como cuando aquí tienes que coger el coche para absolutamente todo a no ser que vivas en una zona bien comunicada o con servicios.

Literal. Yo vivo a las afueras y solo hay casas, es como las películas. ¿Quieres ir al banco? Coche. ¿Al supermercado? Coche. ¿Cine? ¿Restaurantes? ¿Tiendas? Siempre con el coche de lado a lado.

¿Tú echas de menos las Canarias?

Bastante. Pero, bueno, me está viniendo bien estar aquí.

¿Por qué te mudaste? Si se puede preguntar…

Por amor, jeje. Pero, como te podrás imaginar, salió mal.

Vaya. Si te sirve de consuelo, yo vine directamente ya por desamor. Aunque imagino que no es lo mismo.

Lo sé, lo escuché en el programa. Perdona si suena un poco violento que sepa ya cosas sobre ti, te prometo que no soy un fan loco. De hecho, soy más bien todo lo contrario. Me interesa saber de ti más allá del podcast.

Pues entonces ya sabrás lo que pasó. Espero que lo tuyo no fuera muy duro…

Bastante, pero bueno. Ya ha pasado. Si quieres, algún día te lo cuento. Te tengo que dejar, que entro a trabajar ahora. Luego te escribo.

Vale, mucho ánimo.

CAPÍTULO 31

♉

EL DE LA REE (REUNIÓN DE EMERGENCIA EMOCIONAL)

Javi (sí, ya tenemos esa confianza para evitar su nombre completo) y yo pasamos casi todo el tiempo chateando. En estos últimos días, su notificación se ha convertido en la más repetida. Tarda poco tiempo en responderme y eso me gusta, porque podemos mantener conversaciones sin tener que esperar dos horas a que me conteste. Pasamos de Tinder a WhatsApp, aunque no me borro la aplicación por si acaso este príncipe tiene más de rana venenosa que de sangre azul y tengo que volver a empezar con esto.

Cotilleo su foto de perfil en cuanto me da su número y veo que sale con sus padres y una chica, que supongo que será su hermana mayor, de la que ya me ha hablado. Punto a favor.

Aprovecho la tarde para desconectar un poco y quedar con Julia y Olivia. Esta última nos pone un mensaje de emergencia emocional y nos juntamos en casa de Julia.

Cuando abro la puerta, me recibe con un animal parecido a un gato, aunque me recuerda más a un lince.

—Espera, no pases todavía. Perdona, es que está suelto por casa. Ahora lo guardo en su transportín o se pondrá muy nervioso —me informa Julia. La escucho revolviendo cosas en el interior de la casa, seguidas de un golpe metálico, y enseguida regresa a la puerta—. Ya, perdón.

—¿Qué bicho es ese?

—Nuestra última incorporación en el refugio, ahora lo llevaré para allá —dice mi amiga. Me lee la expresión antes de que pueda decirle nada—. Sí, ya sé que debería seguir de baja, pero es que estamos bajo mínimos y si no voy yo les dejo un marrón a mis compañeros...

Me acerco a ella y le doy un abrazo.

—Eres demasiado buena. ¿Cómo va esa pierna?

—Mejor, aunque todavía no me acostumbro a usar la muleta. De hecho, casi no la estoy utilizando.

—¿Ha llegado ya Olivia? —pregunto, mirando alrededor, ya que he escuchado un ruido.

—No, pero está mi compañera terminando la maleta, porque se va a pasar el fin de semana con su familia a Frisco.

—¿Frisco? —No la sigo.

—San Francisco —aclara Julia—. Pero no le digas que lo he llamado así o se enfadará.

Asiento, pensando en toda la jerga que todavía me queda por aprender de este país. Me recuerda a lo que hablaba ayer con Javi sobre no terminar de sentirse del todo en casa cuando te vas a vivir al extranjero.

—Bueno, pasa, pasa. Siéntate —me insiste, y justo en ese momento Olivia llama a la puerta.

Nos reunimos alrededor de la mesa del salón y no puedo quitar ojo de la cara de Olivia. No solo no se ha maquillado, sino que la tiene completamente roja, como si hubiera estado llorando en el Uber.

—¿Qué ha pasado? —le pregunto.

Hasta en su forma de vestir se nota que hay algo que le preocupa. Está rara, distraída.

—¿Estás bien? —secunda Julia.

No, claro que no lo está. Olivia coge aire para evitar echarse a llorar, pero no lo consigue. Nunca la había visto tan vulnerable.

—El chico que os presenté el otro día me ha dejado. —Olivia va directa al grano, sin andarse por las ramas.

—Ostras —reacciono.

—¿Por?

Ella se encoge de hombros.

—Dice que soy muy intensa para él y que lo estoy usando como tirita para superar a Connor.

Olivia se echa a llorar y se tapa la cara con las manos.

—A ver, cuéntanos con calma lo que ha pasado —le pide Julia.

—Sí, anda —añado, pero Olivia no parece tener intenciones de calmarse.

—¡Es que es todo mentira! Joder, que lo de Connor ha sido pasajero, pero ya está. Me estaba empezando a gustar ese chico y por fin sentía que me podía enamorar, pero ahora lo único que siento es que soy imposible de querer —se lamenta—. ¿De verdad soy tan difícil?

Prefiero no contestar a la pregunta, aunque me da mucha pena ver a Olivia así.

—¿Por qué no nos cuentas primero lo que pasó con Connor? —le pregunta Julia, y Olivia por fin consigue serenarse un poco antes de responderle.

—Nada, realmente no estábamos juntos. Él es muy suyo y no le apetecía tener una relación, aunque yo siempre he sospechado que estaba enamorado de otra. Pero, bueno, ese es otro tema. Vale, sí, estábamos todo el día rompiendo y volviendo, pero nunca nos consideramos novios, o pareja estable.

Trago saliva, analizando las palabras de mi amiga. No me imagino a Connor enamorado. Vamos, tendría que ocurrir lo imposible para que alguien con su mala leche y su cambiante sentido del humor pudiera sentir una emoción tan humana como el amor.

—Pero ¿habéis cortado porque se va? Perdona que te pregunte, es que es para ubicarme un poco —me explico—. Porque no es lo mismo si ha sido una ruptura provocada por consecuencias externas que porque lo hayáis decidido vosotros independientemente de que se marche a Míchigan.

Olivia se sorbe los mocos.

—Si en realidad lo he dejado yo…

Sus palabras me sorprenden y miro a Julia para ver si su reacción es la misma que la mía. Al parecer, ella tampoco lo sabía.

—Entonces, ¿por qué se pone así el otro chico? Si fuiste tú la que diste el primer paso…

—¡Justo eso es lo que le digo! —responde Olivia, varios decibelios por encima de su tono de voz normal.

—Pues él se lo pierde —añado, y lo pienso de verdad—. Seguramente será un chico inseguro al que no le gusten las mujeres con carácter que no necesitan a ningún hombre.

Olivia parece animarse al escuchar mis palabras y me lanza una sonrisa tímida. Me impacta verla así, cuando ella suele ser la que está al otro lado en este tipo de conversaciones.

—Literal —dice Julia.

—Anna, tú que has estado conviviendo con Connor, ¿sabes si ha estado quedando con alguna chica? ¿Crees que mi teoría es cierta?

No tengo que hacer mucha memoria para saber la respuesta. Además, no es que hayamos sido precisamente íntimos durante nuestros meses en casa de Raül.

—Yo… no sé, nunca vi a ninguna chica en especial que trajera a casa… Aunque ya sabes que para sus cosas es muy introvertido, así que tampoco me extrañaría que lo hiciera cuando mi hermano y yo estábamos fuera.

—Pero ¿crees que hay alguna en especial?

—Mmm…, no.

Se frota las mejillas para terminar de secarse las lágrimas. Ya ha dejado de llorar, pero sigue angustiada.

—No quiero meterme donde no me llaman —empieza a decir Julia—, pero… ¿realmente crees que lo has superado? A Connor, digo.

—Sí —responde Olivia, aunque sus ojos dicen otra cosa.

—¿Aunque lo dejaras tú? —insiste la pelirroja.

Ahora sí, Olivia no responde y nos tomamos eso como una respuesta.

—Sé que igual no te gusta mucho oír esto —le digo—, pero quizá el otro chico tenía razón e incluso te ha hecho un favor. Si todavía no lo has superado…

—No es que no lo haya superado —se defiende Olivia—. Es que... Da igual.

Esperamos un rato a que siga, pero no lo hace.

—¿El qué da igual? —pregunto, intentando no perder el hilo de la conversación.

Pero Olivia niega con la cabeza.

—Creo que tú misma sabes lo que sientes, pero no te permites decirlo en voz alta por si se vuelve real. Y no te lo digo como algo malo, ¿eh? Cada uno tiene sus tiempos y su forma de gestionar las emociones... Por ejemplo, yo no habría podido callarme y habría estado llorando y sin comer durante días —reconoce Julia.

Nuestra amiga sigue en silencio, mordiéndose el labio. Nos quedamos un rato así, sin forzarla más. No tiene sentido darle más vueltas. Quizá el tiempo termine de solucionarlo todo.

—Joder, es que... yo estaba preparada para tener algo más con él, ¿sabes? —explota por fin Olivia—. Pero justo ahora se tiene que ir a tomar por culo e imposibilitarlo todo. Joder, es que es culpa mía. Llevamos un año que sí que no, y cuando por fin siento que podemos ser algo más..., tiene que irse. Y me duele reconocerlo, porque me habría gustado no sentir nada y dejarlo marchar como un amigo, pero el otro día tuvimos una conversación en la que él me dejó claro que no quería una relación conmigo, mucho antes de que yo le contara esto. Me hice la dura, como si me alegrara, porque yo tampoco quería nada serio, pero por dentro me morí un poquito. Y entonces él me dijo lo inimaginable. Que se marchaba no solo por temas de trabajo, sino porque había una chica que le estaba empezando a gustar bastante, en plan sintiendo cosas serias, pero no podía estar con ella. No sé quién será esa tía, pero me gustaría que me contara qué tiene ella que no tenga yo. Joder, en el fondo me siento muy egoísta, se suponía que podíamos quedar sin problema con otras personas y yo lo he hecho. Pero ¿ahora me enfado porque lo haga él? En fin. Y, sí, puede que llamara al otro chico para darle a entender a Connor que paso de él. Lo que sucede es que no estaba preparada para que todo esto me explotara en la cara.

Mi mente va a mil por hora, analizando cada frase que dice Olivia. ¿Connor enamorado? No puede ser. Me habría dado cuenta, se le habría escapado algo en los meses que hemos vivido juntos, o cuando se vino con nosotros a Valencia.

—¿Y no sabes nada de quién puede ser esa chica? —le pregunta Julia.

Olivia niega con la cabeza.

—No. Pero me da la impresión de que está enamorado de ella. Por eso se va lejos, porque no sabe gestionar sus propias emociones y su primer instinto es huir. En todos los años que lo conozco, solo he visto desaparecer a Connor una vez, cuando se enteró realmente de cómo murieron sus padres.

CAPÍTULO 32

♉

EL DEL CHICO TAURO

Esa noche no puedo dormir. Javi me da conversación, pero soy incapaz de hacerle mucho caso y por primera vez en unos días dejo de contestarle para desconectar un poco del móvil.

La conversación con Olivia me mantiene en vilo. ¿Realmente he conocido tan poco a Connor como para no saber casi nada de su vida? ¿O es que yo peco de ser demasiado transparente?

Estoy tentada de abrir su chat y escribirle y al final lo termino haciendo, no sé muy bien por qué. No tarda mucho en responderme.

Hola, ¿cómo vas?

Aquí, preparando las maletas. No quiero que me toque hacerlo todo en el último momento. ¿Por?

Por nada. Para ver cómo estabas.

¿Qué quieres?

Nada, te lo acabo de decir.

Y me deja el último mensaje sin leer. Siento pena por la chica de la que Connor se haya enamorado y me imagino por qué ella no le corresponde. Yo no soportaría tener una pareja así de gruñona.

Javi me ve en línea cuando le he dicho que me iba a desconectar y me escribe para saber si va todo bien, mientras que Connor ni siquiera me ha preguntado cómo estoy. Me pregunta si quiero hacer una videollamada y le digo que sí, aunque voy corriendo a por mi cepillo para peinarme un poco y busco el mejor ángulo antes de aceptar su FaceTime.

—Buenas noches, guapa. ¿Todo bien? —me pregunta él.

Está sentado frente al escritorio de su habitación, que me enseñó el otro día en una especie de *room tour.* De fondo tiene puestas luces de neón moradas y se le ilumina la cara con la luz del ordenador de sobremesa.

—Sin más. ¿Qué hacías?

—Estudiando un poco, pero ya lo dejo.

—¿Qué estudias?

—Estoy haciendo un máster en Marketing e Investigación de Mercados. Pero no me gusta mucho.

—¿Y eso?

—No sé, es demasiado teórico. Y yo soy más de pasar a la práctica, ¿sabes a qué me refiero?

Trato de no reaccionar demasiado a ese comentario.

—Creo que sí.

—¿Estás sola en casa?

Ya están aquí. Siento cómo las mariposas del estómago reviven y empiezan a revolotear a sus anchas.

—No, ¿por?

—Pero ¿estás en tu habitación?

—Sí, mi compañera de piso está en la suya. ¿Tú vives solo?

—Claro. Alguna ventaja debía de tener vivir a las afueras de la ciudad, por lo menos me lo puedo permitir.

No puedo apartar la mirada de su barbita incipiente y de esos ojos almendrados. Uf, este chico es demasiado mono. No es el tipo de cuerpo que se nota que se ha machacado en el gimnasio, sino que es natural, sencillo, y precisamente por eso me atrae tanto. Sonríe de medio lado y me pierde.

Me armo de valor para responderle:

—Qué pena, porque me encantaría estar ahí contigo.

—Ojalá, nena. Pero, bueno, nos quedan las nuevas tecnologías. Estás preciosa, por cierto. Te queda increíble ese pelo de colores.

—Gracias. La verdad es que lo he tenido mejor, pero...

—Te cuesta recibir un piropo, ¿eh? —me pregunta.

—No, es que... Vale, sí. Un poco. Pero ¿cómo se recibe uno sin sonar pedante?

—Supongo que con confianza.

—A ver, voy a hacerte uno para analizar tu reacción.

—Estoy listo.

—Estás guapísimo con ese corte de pelo y tienes una sonrisa preciosa.

Javi sonríe de nuevo con una naturalidad desbordante. Se muestra sereno, tranquilo, y al mismo tiempo es capaz de excitarme muchísimo. No puedo pasar por alto que está sin camiseta mientras se tira en la cama, dejando a un lado el escritorio y sus estudios.

—Muchas gracias. La verdad es que me gusta mucho cuidarme el pelo —responde—. ¿Ves? No hace falta complicarse mucho.

—¿Estás acostumbrado a que te echen muchos piropos? Tendrás a un montón de chicas detrás, ¿no? —tiro de la mítica pregunta para ver cómo reacciona.

—Pero solo me interesan los que me hacen chicas guapas e inteligentes como tú.

—Joder, pues qué suerte he tenido —le digo, y siento un pinchazo entre las piernas que sé perfectamente lo que significa.

—Tienes una cara preciosa. Me encantaría cogerla entre mis manos y llenarla de besitos.

¿Hola? ¿Cómo puede ser que un comentario así me ponga tanto?

—¿Eres muy cariñoso? —le pregunto.

—Demasiado. Me encanta dar mimos, tocar, acariciar..., dar placer a la otra persona... De hecho, prefiero darlo que recibirlo. Ver la cara de la chica mientras recorro su cuerpo con mis dedos…, ya sabes.

Por favor, que se calle ya. Bajo el volumen por si acaso Rain saliera al baño y escuchara esta conversación.

—Tú estás un poco salido, ¿no? —lo pico, pero realmente es porque no sé qué decir.

—¿Te molesta?

¿Sinceramente? Me encanta.

—No. Solo me ha sorprendido que seas así.

—Si te molesta, podemos parar.

—¿Parar de qué? —Ahora tengo curiosidad.

—De… esto. Tirarnos la caña. Jugar.

—¿Ahora se llama jugar?

Él se inclina y otra vez está ahí esa media sonrisa. Tiene los dientes perfectos y relucen bajo las luces azules y moradas de los neones.

—¿Alguna vez has hecho sexo telefónico? —dice Javi, y me da un paro cardíaco.

Noto la sangre subiéndome a las mejillas y me empiezo a poner roja. Menos mal que con la luz de la mesilla de noche no se me nota mucho. Aun así, no quito ojo del cuadradito en el que sale mi imagen para asegurarme de que no se me ve como un tomate.

—Ha habido algún intento, pero no.

—¿Te gustaría probarlo?

Tardo más de un segundo en contestar y Javi enseguida se da cuenta de que hay algo que me frena.

—Tranquila, no quería presionarte —se disculpa.

—No, no, está bien. Es que nunca lo he hecho con vídeo —le explico.

—¿Te sentirías más cómoda si lo hiciéramos solo por teléfono?

—Creo que sí.

—¿Y te apetece?

—Ajá —respondo, con una sonrisa en los labios.

—Vale. Pues te voy a colgar y voy a llamarte después, ¿vale? Ponte cómoda y asegúrate de que tu compañera de piso está durmiendo. ¿Sí?

—Sí.

La videollamada se termina y aprovecho para soltar todo el aire que mis pulmones estaban conteniendo. Tengo los labios ya hinchados del calentón y ni siquiera hemos comenzado. Me da el tiempo justo para levantarme y asegurarme de que Rain está en su cuarto con la puerta cerrada. Después cierro bien la mía, apago todas las luces y espero a que se encienda la pantalla del móvil con el nombre de Javi.

—¿Qué tal, nena? ¿Ya estás preparada?

—Espera, creo que me voy a poner los cascos —le digo.

—Bien, porque los vas a necesitar para tener las manos libres. Recuerdas que te he dicho que me gustaba más dar placer que recibirlo, ¿verdad?

Trago saliva.

—Sí.

—Pues quiero que te tumbes y hagas todo lo que yo te diga. E intenta no hablar, quédate si puedes en silencio. ¿Lista? —la voz de Javi se vuelve más áspera, más seria.

—Sí —repito.

—Vale, pues empezamos. Quiero que te tumbes boca arriba y cierres los ojos. Extiende los brazos y las piernas y relájate. Quítate la camiseta y el sujetador y siente tu cuerpo rozando las sábanas, notando su tacto. Ahora, con tu mano derecha, comienza a acariciarte la tripa. Haz surcos alrededor del ombligo y ve subiendo y bajando como quieras, donde te guste más, aunque te haga cosquillas. No tengas miedo de sentirlas también.

Le hago caso y comienzo a acariciarme la tripa. Me sorprende que mi propio tacto sea tan suave y me siento tranquila al hacerlo, ya que sé que somos solo yo y la voz de Javi de fondo, con ese acento canario tan excitante.

—Quiero que utilices ahora las dos manos para trazar líneas por tu cuerpo. Sube, baja, no tengas una pauta concreta. O sí, como tú prefieras. Trata de sorprenderte, pero sin salir de tu zona de confort. Sube hasta los senos y comienza a rodearlos, a subir hasta el pezón por un lado y bajar por otro, como si estuvieras escalando montañas. No te pares demasiado en los pezones. Céntrate en la piel de alrededor, en cada centímetro de tu cuerpo. Deja que de vez en cuando suba hasta el cuello, quizá incluso la oreja, y la rodees con cuidado.

—Sí —respondo.

—Shhh —me manda callar enseguida—. Ahora, con los ojos cerrados, comienza a trazar círculos alrededor de los pezones, terminando en ellos. Hazlo sin prisa, variando la presión y la cadencia. Quédate así el tiempo que quieras.

Sigo las instrucciones de Javi a rajatabla, como si fuera un manual. Me centro en sentir mi propio tacto y dejarme llevar por su voz como si fuera un podcast.

—Ahora, ve bajando poco a poco. Deja que tus manos te quiten los pantalones, si llevas, y libéralos alrededor de tus pies con mucho cuidado. No tengas prisa. Siente cómo la tela va rozando cada parte de tu cuerpo, dejándolo atrás, a la vista, solo para ti. Y juega alrededor de la goma de tu ropa interior. Cuando sientas que quieres dar un paso más, quítatela también, sintiendo tu cuerpo completamente conectado con las sábanas y con tu tacto.

Me zafo con poca elegancia de la ropa que me queda y la tiro al suelo, volviendo enseguida a mi posición inicial.

—Ahora, no hay prisa. Solo escucha mi voz y sigue mis instrucciones, ¿vale? Con los ojos cerrados, mueve tu mano por la zona que está justo debajo del ombligo..., acarícialo... Se siente bien, ¿verdad? Sigue bajando poco a poco mientras vas abriendo las piernas, aunque no vayas a tocar nada todavía. Ahora que tienes tu cuerpo expuesto, permítete unos segundos de relajación en esta postura, para después empezar a rozar el interior de tus piernas.

Sigo escuchándolo y obedeciéndolo en silencio, con el labio inferior mordido para evitar que se me escape ningún sonido traicionero.

—Pasa el tiempo que necesites jugando alrededor, relajándote, preparándote para entrar en lo más profundo de ti.

Javi se queda en silencio. Después de unos segundos, recupera su charla donde la ha dejado.

—Ya estás mojadita, ¿verdad? Es el momento de tocarlo para hacer una prueba.

Llevo los dedos a mi vulva y la siento húmeda, preparada.

—Sí —respondo con un hilo de voz, pero Javi me manda callar de nuevo.

—Ahora, comienza a deslizar las yemas de los dedos por los labios. Mójalos, acarícialos. Siente cómo es tu cuerpo, trata de memorizarlo. Descubre cada protuberancia como si fuera la primera vez que lo tocas.

De nuevo, el silencio. Sigo las instrucciones de Javi y siento que me invade una ola de calor terrible. Joder, qué pena que él no esté aquí ahora mismo.

—Ahora es el momento para que des rienda suelta a tu imaginación y a tus deseos. Disfruta de tu cuerpo, dale placer, tómate el tiempo que necesites para ello. ¿Quieres que siga hablando o te dejo tranquila?

—Sigue hablando, por favor —le ruego. Necesito ese acento canario en cada esquina de mi cerebro.

—Vale. Quiero que pases los dedos por toda tu vulva, recorre los labios interiores y termina frotando tu clítoris como más te guste: en círculos, líneas, pellizquitos… Tócalo con cuidado, empezando con cariño, y sigue aumentando la intensidad cada vez más. Siente cómo va creciendo de tamaño entre tus dedos. ¿Lo tienes?

—Sí.

—Muy bien. Ahora muévelo, siéntelo bajo tus dedos.

Le hago caso y sigo tocándome, a veces cambiando la intensidad y otras repitiendo el mismo movimiento todo el rato, hasta que alcanzo el orgasmo.

—Gime para mí —me pide Javi, y lo hago, aunque no muy alto para que no me escuche Rain.

Al final, termino entre jadeos y no me doy cuenta hasta entonces de que estoy sudando en partes del cuerpo que ni sabía que podían sudar, como detrás de las rodillas.

—Uf…, me asfixio —musito cuando recupero el aliento.

—¿Se ha quedado bien la marquesa? —me pregunta él.

—Ajá —respondo, y me alegro de que no estemos en videollamada, porque debo de tener una cara de empanada increíble. Me tengo que armar de valor para proponerle devolverle el favor—. ¿Quieres que lo hagamos al revés?

—Prefiero guardármelo para cuando nos veamos en persona.

CAPÍTULO 33

♉

EL DEL CUARTO OSCURO

A la mañana siguiente, el primer pensamiento que viene a mi cabeza es la conversación telefónica con Javi. Su voz, su acento canario… Me vuelve loca solo con pensarlo. No me ha escrito para darme los buenos días, pero está en línea y me entran dudas sobre si debería hacerlo yo o no. Cierro su chat y abro el de Raül para felicitarle su cumpleaños, aunque lo voy a ver enseguida en el estudio.

El Uber pasa a buscarme a las diez, aunque no bajo hasta cinco minutos más tarde, porque me he dejado el guion y no lo encuentro por ninguna parte. Al final aparece en el baño, junto al retrete, donde lo estuve repasando por última vez.

—Buenos días —me saluda Rain desde el salón.

Doy un bote del susto en cuanto escucho su voz. A estas horas ya nunca anda por casa.

—¡Rain! ¿Qué haces aquí?

—Me he pedido el día libre, porque no me encontraba muy bien…

—¿Qué te pasa?

—Me sentó algo mal anoche, supongo. Estuve sin poder dormir hasta las cinco.

Me despido de ella deseándole que se mejore pronto, pero mi mente solo puede pensar en si me escuchó. Yo creo que no, porque me habría dicho algo, pero ahora ya tengo tema para darle vueltas a la cabeza durante todo el viaje hasta Glass. Una vez que llego al edificio, estoy tan concentrada en buscar a mi hermano que ni siquiera me doy cuenta de que está con Zac cuando doy con él.

—¡Felicidades, cara pan! —lo saludo, dándole un abrazo. No somos mucho de contacto físico, pero si ha habido un año en el que hemos estado unidos, es este.

—Gracias, cara mierda.

Es entonces cuando me doy cuenta de que la cabina de grabación está ocupada por Zac Nelson. Como siempre, lleva una camisa de cuadros y está descalzo.

—Ostras, perdón, perdón. No quería interrumpir.

—Tranquila, estábamos grabando las segundas voces.

Zac dice algo que no escucho, porque la cabina está insonorizada.

—Espera, que te pongo en alto —le dice mi hermano—. Ya.

—¿Todo bien, Anna?

—Sí, ¿y tú?

Qué tenso es esto de hablar a través de un cristal enorme.

—Sí. Oye, Raül, felicidades, tío. No sabía que hoy era tu cumpleaños, no habías dicho nada.

—Bueno, os dejo. Tenemos hoy también grabación —me despido, intentando estar ahí el menor tiempo posible. No por mí, sino por él. Lo último que quiero es alterarlo.

Me hace ilusión volver a ver a Melissa y sobre todo saber que Diana ya está por fin en casa, recuperándose de las heridas del accidente y acudiendo tres veces por semana a rehabilitación.

Grabamos el episodio de Acuario con un chico del mismo signo que es escultor. Empieza a hablar del cuerpo humano, de cómo conseguir la textura perfecta de la piel, y me recuerda a cuando Javi anoche me decía cómo pasar mi mano por todo mi cuerpo. Entre eso y la anécdota del polvo en la consulta de Adrián, salgo de ahí con más calor que nunca, y no porque ya estemos en mayo. Solo puedo pensar en volver a hablar con Javi por teléfono y repetir lo del otro día.

Espero a mi hermano en la calle, a la sombra, y observo a un grupo de paparazis que imagino que han venido a esperar a Zac.

Me sacan un par de fotos, pero trato de no pensar demasiado en ello. Igual sospechan que hemos vuelto a estar juntos, espero que no. Por fin, sale mi hermano y volvemos al centro.

—¿Esta noche haces algo especial? —le pregunto mientras mira el móvil.

—Creo que Harry quería salir, sí. Igual vamos a tomar algo y, después, lo que surja.

—¡Claro! Así celebramos tu cumpleaños. Además, entre semana será más barato entrar a cualquier sitio.

—Eso espero.

—¿Cómo va el tema de… ya sabes? —le pregunto, intentando no dar demasiadas pistas. El conductor del Uber irá a su rollo, pero prefiero no decirlo en voz alta por si acaso.

—Bien, bien. Cuando llega fin de mes es una alegría. Todavía queda, pero por fin los números empiezan a hacerse más pequeños.

—Genial. Luego me los enseñas si quieres —le insisto, y él me responde que sí.

El coche entra en mi calle y me despido de él.

—Entonces, nos vemos esta noche, ¿no? —le pregunto para confirmar.

—Luego te digo, pero sí. Trae a gente si quieres, porque no sé si podremos estar todos —me informa Raül.

—¿Y eso?

—Connor no quiere venir y Julia todavía tiene la pierna regular como para salir de fiesta, así que…

—¿Por qué no quiere venir? —le pregunto—. ¿Todavía estáis enfadados?

—No es que estemos enfadados, solo que no nos hablamos —matiza.

—Eso es casi lo mismo.

El coche frena justo frente a mi portal y me bajo, despidiéndome de él. Raül sigue de camino al hostal, donde, con la tontería, ya lleva casi dos meses. No sé cómo puede hacerlo, la verdad. Vivir en un hostal, con turistas y borrachos diferentes cada día, es una tortura que yo no podría aguantar.

Subo a casa y me alegra ver que Rain está mejor. La invito esta noche y le digo que se traiga a Naina, pero insiste en que prefiere quedarse descansando, por si acaso, y que su prima trabaja. Va a ser una noche aburrida.

Por el grupo, solo Harry y Olivia confirman su asistencia. Julia explica lo mismo que le ha dicho antes a mi hermano y Connor ni se digna responder, aunque ha leído todos los mensajes. Olivia confirma que traerá al chico que supuestamente la había dejado, del que todavía no me he aprendido el nombre, y Harry que irá solo para encontrar al amor de su vida entre música y copas.

Me planteo invitar a Javi. Quizá sea un buen momento para hacerlo, así nos podemos conocer en persona rodeados de gente de mi confianza. Me armo de valor y lo invito a que venga, y me sorprende que se anime así, de primeras, sin contarle casi nada del plan.

Pensaba que eras de los que no les gusta salir de casa.

Bueno, me cuesta decir que no a una fiesta. Además, tengo ganas de conocerte en persona, me pareces una chica superinteresante.

No sé yo, jaja.

¿Por qué dices eso? ¿No me crees?

Le respondo con un emoji de una chica encogiéndose de hombros, pero me doy cuenta de que estoy sonando insegura y trato de remediarlo.

Pues esta noche saldrás de dudas.

Lo primero que pienso al ver a Javi por la noche es que parece recién salido de una agencia de modelos. Es más bajito de lo que parece en sus fotos, medirá uno sesenta y mucho, y está mucho más moreno. Tiene una forma de andar que demuestra que se siente seguro de sí mismo y esa tranquilidad le queda genial. Viste con vaqueros negros ajustados y una camiseta roja de manga corta que deja a la vista sus brazos tatuados.

—Pero ¿quién está aquí? —me saluda en español.

Nos damos dos besos y no me doy cuenta hasta entonces de que es la primera vez que hago esto desde que estoy en Los Ángeles. Me cuesta concentrarme en su cara, porque no puedo parar de mirar sus tatuajes.

—¿Te gustan?

—Sí —respondo con un monosílabo mientras se me acelera el corazón.

Joder, ¿qué hago yo con un bombón así? Me va a durar cinco segundos en una discoteca. Javi sonríe, mostrando todos sus dientes perfectamente blanqueados y alineados, y se me viene a la mente nuestra conversación subidita de tono por teléfono. Me sonrojo enseguida.

—¿No serás vergonzosa en persona? —me dice—. Porque no me gustan las chicas tímidas, ¿eh?

—Es que se me hace muy raro verte después de… —confieso.

—Vale, vale. Pues vas a tener que acostumbrarte.

Ahí está de nuevo su seguridad en sí mismo, que ya me gustaría tener a mí muchas veces. Entramos en la discoteca y voy directa a la zona donde están mis amigos. Le presento a Javi a mi hermano, que ha venido con dos compañeros más de Glass que conozco de vista y también con Alex. Olivia ha traído al chico sin nombre y Harry viene solo, pero no se separa de ella. Me lanza una mirada furtiva en cuanto me ve aparecer con el español.

—Qué fuerte me parece todo esto —me dice, en cuanto tiene una oportunidad.

Los demás están distraídos hablando o pidiendo copas en la barra. Javi se ha marchado un momento para pedir un par de vodkas con piña, que al parecer es la bebida estrella de este sitio. De hecho, aunque la discoteca no es muy grande, hay bastante gente y allá adonde mire hay símbolos de piñas. Al fondo hay un neón gigante y también me fijo en que el papel de pared está lleno de estas frutas.

—Yo también lo estoy procesando todavía, ¿vale? —le respondo a Harry.

—Cariño, es que tienes una suerte para encontrar buenorros..., no lo entiendo. O sea, yo llevo aquí casi toda mi vida y nada reseñable, y tú llegas y arrasas. A ver si me prestas alguno, guapa.

—Sí, te puedo regalar varios —bromeo—. Por ejemplo, al primo de Julia, o al chico escorpio. Todos para ti.

—Uf, pues el escorpio no me importaría —dice, y no sé hasta qué punto es una broma.

—Unas copitas por aquí —anuncia Javi, sentándose a mi lado. Va mezclando inglés con español de una forma extraña.

Tomamos una primera ronda a la que invita él y yo después me acerco a la barra para pedir una segunda. Hablo con unas chicas que me preguntan de dónde es el top color amarillo neón que me he puesto para la fiesta mientras me sirven las copas.

—¿Y por dónde sueles salir en la ciudad? —le pregunto a Javi.

—Normalmente por la zona de la costa, me gusta terminar la noche tumbado en la playa, aunque la policía suele controlarlo bastante.

—¿Alguna vez has pasado la noche en la arena? —se incorpora Raül a la conversación—. Buf, yo lo hice una vez y fue horrible. Pasé un frío... Por no hablar de que luego te sale arena hasta de las orejas.

—Sí, alguna que otra vez. Me acuerdo de que una noche nos quedamos en las rocas, eso sí que fue jodido. No pude pegar ojo porque pensaba que, si me dormía, me caería por un agujero y me moriría ahogado. Tenía una fijación con que las rocas cambiaban de forma y que había algunas que se deformaban como si fueran plastilina, otras que tenían pinchos, otras que eran venenosas... Uf, fatal.

—Eso suena a ir hasta el culo, ¿eh? —bromea Raül, y no me gusta nada que haga ese comentario. Sobre todo, conociendo su historial.

—Pues sí, no te voy a mentir. Pero ahora ya no tanto. Unas copitas y para casa, que hay que estudiar —explica Javi.

—¿Qué estás haciendo?

—Estudio un máster en Marketing, ya lo termino el mes que viene.

—¿Y te gusta? —sigue preguntando mi hermano, que parece mostrar interés genuino por este chico. Me sorprende, porque pensaba que pasaría más de mis ligues zodiacales. O quizá tan solo le hace ilusión hablar con alguien en español que no sea yo.

—Está bien, pero ya tengo ganas de hacer las prácticas. No soy muy de teoría, no me gusta memorizar y luego vomitarlo sobre el papel. Aprendo mejor aplicándolo a la realidad.

Me guiña el ojo sin que mi hermano se dé cuenta. Ambos sabemos perfectamente por qué lo dice.

Siguen hablando y Harry y yo salimos a bailar al centro de la pista. Al rato, se unen Raül y sus amigos, y por supuesto Javi. Es increíble cómo consigue llevarse bien con todos. Los acaba de conocer y ya se ha presentado, ha encontrado temas en común y se tratan como si hubieran ido juntos a clase durante un año.

Javi viene a por mí y bailamos un rato. Nos venimos arriba cuando ponen algunas canciones en español de Bad Bunny y podemos cantarlas, sintiéndonos los protagonistas de una película. Olivia y su chico también se animan y Harry parece haber conocido a alguien y está en la otra punta de la discoteca hablando con él. Lo miro de reojo, pero su nuevo ligue está de espaldas y no puedo ver cómo es.

—¿Todo bien? —me pregunta Javi, gritando por encima de la música.

Asiento y seguimos bailando. Menos mal que la zona donde nos encontramos está más oscura, porque nunca he sabido muy bien qué se supone que tengo que hacer, pero Javi rebosa carisma, el suficiente como para que todas las miradas se centren en él.

Bailamos unas cuantas canciones más y me disculpo para ir al baño, porque me muero de pis. Casi cinco minutos de fila más tarde, me está esperando en la salida del lavabo.

—Vas a flipar con lo que he descubierto —me tienta.

Inclino la cabeza, intrigada.

—¿El qué?

Javi señala una puerta que hay en la otra punta de la discoteca.

—Es un cuarto oscuro. ¿Has estado en uno antes? —me pregunta.

—No.

—¿Sabes lo que es?

Aprieto los labios.

—Creo que sí. Para cuando te da el calentón, ¿no? —intento hacerme la entendida, pero ahora dudo si tiene alguna otra función.

Javi asiente.

—¿Te apetece…?

Se me escapa una sonrisa que lo dice todo, pero intento hacerme la difícil.

—No sé, vamos a bailar un rato y a ver…

—Me lo vas a poner difícil, ¿eh? Bien, bien.

Volvemos a la zona de baile y nos dejamos llevar, aunque esta vez de una forma mucho más desinhibida. Va subiendo la temperatura no solo en la discoteca y empiezo a acalorarme. Javi y yo frotamos nuestros cuerpos, como si estuviéramos experimentando con ellos. Nuestro baile se convierte en algo cada vez más salvaje, más pasional. Me atrevo con un par de movimientos que no haría si no fuera porque está oscuro y su presencia me hace sentir empoderada.

Llega un momento en el que se juntan nuestras caras y rozo mis labios por todo su rostro, evitando tocar los suyos. A él le gusta el juego y me sigue, hasta que ninguno de los dos podemos aguantar y empezamos a besarnos. Siento sus manos en mi cara, en mi cintura, y una necesidad de dejarme llevar que va más allá del alcohol y del calor que hace aquí dentro.

—Ahora sí. Vámonos ya —le indico, y él sabe perfectamente a lo que me refiero.

—¿Y si no quiero? —me pica, pero lo está deseando. Puedo notar su erección desde que hemos empezado a besarnos.

—Vamos —susurro, y, aunque no me escucha por encima de la música, Javi sabe lo que tiene que hacer.

Caminamos de la mano hacia la puerta y la cruzamos. No parece ser su primera vez, así que dejo que me guíe por el interior. Tal y como su nombre indica, no se ve nada. Hacemos una especie de zigzag en unas paredes que aíslan la entrada del cuarto oscuro de la parte más profunda de la habitación y nos paramos en el fondo. Voy con una mano agarrada a Javi y la otra tocando las paredes para no darme un buen golpe. Cuando noto que hemos llegado al final, me relajo y solo espero no tocar nada húmedo o algún líquido no identificado.

Aquí dentro también se oye la música, aunque de forma diferente. Solo una pequeña luz al fondo, que puedo ver cuando mis ojos se acostumbran a la oscuridad, me permite ubicarme un poco.

A nuestro alrededor hay varias personas más. Javi ahuyenta a una de ellas, que viene hacia nosotros pensando que igual queremos sumar a alguien más a nuestra ecuación. Al otro lado, escucho a dos hombres gimiendo.

De pronto, noto la mano de Javi en el cuello y sus besos por mis clavículas. Dios, estoy sudando, qué vergüenza. Aunque a él no parece importarle. Con la otra mano, juega con la goma del top y después la mete por debajo, tocándome el pecho. No es de una forma gentil ni suave como él me ha sugerido por teléfono. Es sedienta, como de alguien que lleva años sin hacerlo y no puede esperar ni un segundo más a desvestirme. Me quita la otra mano del cuello y me levanta la falda.

—¿Vamos directos al grano, o qué? —me dice en el oído con ese acento canario.

Así, a oscuras, es casi como si estuviera hablando con él por teléfono en mi habitación. Solo que estamos en un sitio público, con varias copas encima y un calentón que no va a haber manera de bajármelo.

—Por favor —le ruego.

Abro mi bolso para sacar un condón y escucho cómo Javi se lo pone en un momento. Trato de ver cómo la tiene, pero estamos a oscuras, así que solo me queda usar la imaginación. Javi me pone de espaldas, contra la pared, me pide que saque un poco el culo para fuera, y a mí ya solo me queda disfrutar de una fantasía que jamás imaginé que cumpliría.

CAPÍTULO 34
♉
EL DE LA FRASE

En cuanto siento su polla dentro, sé que la tiene corta pero ancha. No hace falta haber probado muchas para saberlo. Incluso con lo cachonda que estoy, la noto haciéndose hueco dentro de mí, buscando llegar hasta el fondo. Las embestidas de Javi son continuas y rápidas, no me da tiempo a recuperarme de la anterior cuando llega la siguiente. Se pone a un lado, a la altura de mi oreja, y comienza a hablarme como cuando lo hacía por teléfono.

No quiero gemir, no delante de extraños en mitad de un cuarto oscuro de una discoteca aleatoria, pero termino haciéndolo. Seguimos un par de minutos y, aunque soy incapaz de correrme en esta situación, lo disfruto como si lo hiciera. Javi sí que termina, o por lo menos eso creo, porque siento que las piernas le tiemblan en algún momento de nuestro acalorado encuentro. Le pido que pare y me pongo recta de nuevo, buscando que mi respiración vuelva a una velocidad más normal.

Salimos del cuarto oscuro como si no hubiera pasado nada y necesito regresar al baño para hacer pis si no quiero tener una infección de orina.

Cuando termino, camino hacia donde estaba mi grupo, pero no encuentro a nadie, ni a mi hermano, ni a sus amigos, ni a Harry. Javi tampoco está por aquí. Doy un par de vueltas, pero hace tanto calor que decido salir. En cuanto respiro aire fresco, me siento como nueva.

—¿Estás bien?

La voz de Javi aparece de pronto a mi derecha.

—Sí. Necesitaba que me diera un poco el aire.

—Ya, menudo fuego, ¿eh? —dice él, con la mirada cargada de lascivia.

—Se nota que no es tu primera vez en un cuarto oscuro —le insinúo, pero él se encoge de hombros y no responde. Aunque eso, como tal, ya es una respuesta.

—¿Fumas?

Niego con la cabeza. Él se saca una cajetilla de cigarros del bolsillo y se enciende uno. Nos quedamos en silencio, mirando cómo el humo se disuelve en el aire. Todavía hay fila para entrar en la discoteca, pero no tengo mucha prisa por volver.

—Oye, que, aparte de un cochino, también soy un chico normal y corriente, ¿eh? No te vayas a pensar…

Me sorprende que diga eso así, de la nada.

—¿A qué viene eso? —le pregunto.

—No sé. Por si acaso. Porque desde que nos hemos conocido no hemos hecho otra cosa que…

—Ya —lo corto. Hay gente demasiado cerca como para mantener esta conversación, incluso en español. Aquí cualquiera puede entendernos y no me apetece.

—Pues eso —insiste.

—En verdad, yo también tengo mis momentos en los que prefiero las citas tranquilas, sin… tanta adrenalina —confieso—. Pero he de admitir que esto tiene su gancho.

—Sí. Al final, recuerdas las noches que follaste en el cuarto oscuro de una discoteca, no las que te fuiste antes para irte a dormir.

No puedo evitar estallar en carcajadas al escuchar esa frase.

—¿Qué pasa? ¿Es verdad o no? —pregunta el canario.

—Bueno…

Inclino la cabeza, sopesando sus palabras.

—Vale, sí —reconozco.

—Pues ya está —sentencia él.

Javi sigue fumando y yo aprovecho para mirar a mi alrededor a ver si encuentro a alguno de mis amigos. Enseguida me doy cuenta de que Olivia está a unos treinta metros de nosotros, pero no me parece que esté con el mismo chico con el que ha venido. De hecho, no, no es él. Entorno los ojos para intentar verlo mejor y entonces me doy cuenta de que lo reconozco. Pelo corto por los lados, rizado en la parte de arriba. Alto, delgado...

Connor.

Pero ¿qué hace este aquí?

Los observo sin quitarles ojo de encima y enseguida me doy cuenta de que están discutiendo. Para variar. Olivia no para de gesticular con los brazos, mientras que Connor resopla y se lleva la mano a la nuca.

—Es tu amiga, ¿no?

—¿Qué? —pregunto, aunque he escuchado perfectamente lo que ha dicho Javi.

—Que esa de ahí es tu amiga, con un chico —repite.

—Sí.

Sigo mirándolos como si estuviera viendo una película. Ella deja de gesticular tanto y se acerca a él, mirándolo hacia arriba. Me imagino la cara que está poniendo, la conozco lo bastante bien como para saber que le está pidiendo algo a Connor. Pero él no parece querer dárselo. Se aparta unos pasos hacia atrás, esquivando lo que podría haber sido un beso.

—Uf, menuda cobra —dice Javi.

—Ya. Es que esos dos siempre han llevado un rollito muy raro.

Entre el cansancio y el alcohol, me dejo llevar y cojo confianza con Javi. Le cuento lo que ha estado pasando en los últimos meses, así como lo que nos dijo Olivia cuando estuve con ella en casa de Julia.

—Por lo que me cuentas de él, no lo veo como una persona que se pueda enamorar —concluye Javi, cuando termino mi alegato.

—¿Verdad que no?

—Es como si siempre estuviera furioso por algo. Como si tuviera asuntos del pasado por resolver.

El pasado… Una de las cosas que había ocultado a Javi era el tema de los padres de Connor, que habían fallecido. Me vuelvo a girar hacia Olivia y Connor y veo que ahora ella se ha echado a llorar. Él trata de consolarla, pero es peor, porque cuando la abraza se viene aún más abajo.

—Le va a hacer un favor yéndose. Él, digo —suelta Javi.

—Literal —respondo.

—Yo estuve en una relación así una vez. Es complicado. Sientes que quieres seguir luchando, aunque a tu alrededor todos los indicadores te dicen que salgas de ahí. Pero te niegas a aceptarlo y sigues dándole una oportunidad a la otra persona.

—Cuando el destino ya te ha dicho que es imposible —concluyo—. Sí, totalmente de acuerdo. A veces hay que escucharlo un poco. Aunque no siempre te guste.

—Al final será verdad que los astros van a tener algo de razón —se burla Javi, y me río con él.

—Y tanto que sí —respondo.

Javi me pasa el brazo por encima y me apoyo contra él. Por primera vez desde el chico capricornio, me siento cómoda con un hombre de mi experimento, y no solo como amante, sino como amigo. Ojalá pudiera conservarlo de una manera similar a la que Cameron, el chico capricornio, ha seguido en mi vida durante todos estos meses.

Cuando me armo de valor y le confieso esto a Javi, con miedo a que se ría de mí, me sorprende con una sonrisa de oreja a oreja.

—Me parece genial. De verdad —dice él—. Además, creo que hablar las cosas sin miedo es lo más sano del mundo. Podemos seguir viéndonos cuando queramos y aquí siempre vas a tener un amigo para darte los mejores consejos del mundo. Eso es lo que dicen de los tauro, ¿no?

—Sí, también que sois un poco cabezotas, no te voy a mentir —le respondo.

—En realidad somos uno de los mejores signos. No lo digo yo, ¿eh? Lo dice la astrología.

—¿En serio? —Lo miro a la cara, pensando en si me está tomando el pelo.

—Te lo juro. O eso dicen, yo qué sé. Aunque yo todos los tauro que he conocido han sido buena gente y, por ejemplo, los géminis se me han hecho insoportables. Casi todos mis amigos son tauro, cáncer o sagitario.

—O sea, que al final va a ser verdad que controlas de esto del Zodiaco —lo pico.

—Un poco. Me gusta el tema, por eso escuché el podcast. Me pareció muy gracioso lo de la boda, ya sé que a ti no te hará ni pizca de gracia, pero me pareció un comienzo brutal para el programa. Es como si hubiera estado guionizado. Porque no lo estaba, ¿no?

Me río.

—No, no. Fue todo real.

—Pues qué fuerte me parece. Chica, tienes los ovarios bien puestos. Me gusta.

Javi me pregunta más sobre ese tema y me sorprende la facilidad con la que hablo de mi no boda, como si hubieran pasado lo menos cinco años. De hecho, parece que ha sido hace un siglo y tan solo han pasado ocho meses.

—Madre mía, lo que nos cambia el tiempo —murmuro.

—¿Qué? —pregunta Javi.

—Nada, el alcohol, que me pone melancólica. No triste, al revés.

Siento la brisa nocturna que se cuela por las calles de la ciudad, y es que no estamos muy lejos de la costa. Por un momento, me siento libre, así, sentada en el bordillo de un portal, junto a Javi, como si fuéramos amigos de toda la vida.

—¿Te puedo contar un secreto? —me dice él, tras un rato en silencio.

—Claro.

—Yo también dejé a mi novia. No plantada en el altar, pero sí dos noches antes de la boda.

Me sorprende escuchar sus palabras, porque nunca he conocido a nadie a quien le haya pasado algo similar.

—¿Y eso?

Javi se encoge de hombros.

—Me agobié también. No porque no fuera la vida que quería, pero parecido. Me di cuenta de que me estaba quedando con ella solo por la comodidad de no ir más allá. Una noche, te estoy hablando ahora de meses antes de casarnos, llegó a casa y ni siquiera me miró a la cara, solo me saludó con un «hola» rápido. Llegó y se encerró directamente en nuestra habitación, apagó la luz y se quedó mirando el móvil hasta que se durmió. A partir de ese día empecé a fijarme en esos pequeños detalles. Me di cuenta de que yo también me había convertido en una especie de accesorio para ella. Ya no hacíamos cosas juntos. Éramos casi como compañeros de piso.

—¡Justo eso era lo que yo sentía! —exclamo—. Perdona, me sabe mal hablar de mí en este momento, pero es que es la primera vez que escucho estas palabras en boca de otra persona.

—Pues te garantizo que le pasa a mucha gente. Empecé a escuchar el podcast porque me mola el tema del Zodiaco y te juro, Anna, que cuando de pronto en el primer capítulo soltaste lo de tu boda, dije… buah. Es que me ha pasado casi lo mismo.

—Pues me alegro y lo siento, a la vez —le digo.

—Ni te rayes —me asegura—. Me alegré mucho de que nos cruzáramos en Tinder, la verdad. Está guay que hagamos estas cosas, como lo del cuarto oscuro, pero en el fondo me encantaría que nos pudiéramos conocer más como amigos, sin pretensiones. Sé que tú estás con el experimento y me parece genial. Si a ti te apetece, claro.

Joder, qué gusto da sentirse por fin cómoda.

—Claro que sí —confirmo—. A mí también me gustaría. Tengo un grupito de amigos aquí, pero me apetece conocer más gente y moverme por diferentes ambientes.

—Pues ya sabes dónde estoy. Un poco lejos del centro, pero te garantizo que siempre tengo el móvil al final de la mano. No te voy a mentir, tengo una seria adicción a TikTok. Y a Instagram, y a Twitter… Voy cambiando de uno a otro y puedo pasarme horas mirando el teléfono.

—Madre mía, pues ya puedes ir dejándolo para aprobar el máster, ¿eh?

—Sí, mami —responde él, y nos reímos.

Me apoyo en el hombro de Javi y cierro los ojos, tranquila, sabiendo que he encontrado un lugar seguro. Siento que, aunque no lo conozco apenas, el chico tauro se puede convertir en un gran amigo. Cojo una bocanada de aire grande y él se da cuenta de que estoy relajándome.

—Has estado acumulando mucha tensión últimamente, ¿no? —me pregunta.

—Claro —respondo.

Y eso que no tiene ni idea de la mitad de las cosas, sobre todo las que se refieren a los problemas económicos de mi hermano.

—Se te nota. Creo que te falta vivir, Anna, te lo digo con todo el cariño del mundo. Sé que estos últimos meses ya lo estás haciendo más, pero siento que, por lo poco que te conozco, todavía estás agobiada. Deberías, no sé... ¿Tienes algún *hobby*? ¿Haces algo en tus días libres?

—No —respondo de forma rotunda.

—Pues igual deberías —me sugiere con un tono calmado—. Perdona si me estoy metiendo donde no me llaman. Solo es que se me da muy bien leer a las personas.

—Das buenos consejos, puedes leer a las personas... Al final sí que va a ser verdad que los tauro sois la supremacía del Zodiaco.

Nos damos la mano, y no de una forma romántica.

—¿Cuáles son tus signos favoritos por ahora? —me pregunta Javi.

—Puf..., no sabría decirte. ¿En función de qué? ¿Amistad? ¿Amor? ¿Ligue? No sé hasta qué punto se puede conocer a alguien por quedar con él durante unas semanas...

—Bueno, bueno, pero mójate —me insiste él.

Un grupo de chicas salen cantando de la discoteca y me distraigo mirándolas, aunque enseguida retomo la conversación.

—Pues... voy a decir que... déjame que lo piense.

Justo entonces veo que Olivia nos ha localizado y se acerca a nosotros. Está hecha una furia. Tiene los ojos hinchados y se ha quitado los tacones, que le cuelgan del brazo derecho mientras camina descalza por la acera. Y entonces, sin esperar a llegar hasta donde estamos, abre la boca y suelta una frase cargada de odio y rencor que creo que no olvidaré nunca:

—Anna Ferrer, eres una pedazo de zorra.

CAPÍTULO 35
♉
EL DE LOS GRITOS EN LA CALLE

—¿Qué? —es lo único que consigo verbalizar.

Olivia tiene la cara crispada y los ojos muy rojos de llorar. Su mirada está cargada de odio. Me apunta con un dedo acusador mientras no para de repetir todo tipo de calificativos.

Me pongo en pie y Javi hace lo mismo.

—Eres una zorra —repite.

—Pero… —empiezo a hablar, pero me corta de nuevo.

—Ya sabía yo desde el primer minuto en el que pusiste un pie en casa de Raül que me ibas a destrozar la vida.

—Pero ¿a ti qué te pasa, Olivia? —le pregunto.

Pienso de pronto en Julia, en cómo se va a alterar cuando se entere de todo esto. Menos mal que no está aquí. Ella odia los conflictos y si estuviera aquí delante seguro que se habría interpuesto entre nosotras y se habría echado a llorar.

—Sí, sí. Ya sabes perfectamente de qué te hablo —me espeta.

Me mira de arriba abajo con cara de asco y parece que hasta va a escupirme y todo. Nunca he visto esta faceta de mi amiga y no me gusta ni un pelo.

—¿Qué narices pasa ahora? —añade Javi.

—Déjalo —le pido a Javi, apartándolo con una mano. No quiero que se meta en esto ni que las cosas se pongan peor de lo que ya están.

Olivia se ríe.

—Anda, que… —sigue hablando ella mientras mira al chico tauro—. Qué bien te lo has montado para disimular, ¿eh? Cada mes con un chico…, no te jode.

—Olivia, relájate, por favor —le suplico.

A nuestro alrededor ya hay varios grupos de curiosos que lanzan miradas furtivas hacia donde estamos. Miran sobre todo a Olivia, descalza y con los tacones colgando del antebrazo, pero también a mí, en busca de respuestas. Incluso los que están en la fila de la discoteca nos miran, agradecidos de tener algún *show* al que atender mientras esperan a que se vacíe un poco para entrar.

—Primero me robas a mis amigos, sobre todo a Julia. Os convertís en superamiguitas y empezáis a quedar sin avisarme, que me tengo que enterar a través de una puta red social de que me estáis haciendo el vacío —empieza a soltar veneno por la boca sin parar.

—Eso fue casuali… —quiero defenderme, pero me corta enseguida.

—Te llevas siempre toda la puta atención, claro, eres la niña bonita, la españolita que ha venido aquí a vivir de rositas con un multimillonario que te salva el culo a la primera de cambio. De pronto, todo el mundo quiere ser tu amigo. Eres la estrella del cumpleaños de Jakob y después te lo tiras, también tenemos que organizarte una búsqueda de chicos sagitario porque, pobrecita, solo con uno no es suficiente, necesitas acapararlo todo. En cada conversación tienes que estar tú en el centro, como si fueras un puto agujero negro y atrajeras a todos con tu gravedad. No eres más que una farsante y una aprovechada, Anna. Y por si fuera poco te instalas aquí, en casa de mi amigo y de mi novio.

—¡Es mi hermano! —me defiendo.

Podría haber contestado una por una a cada acusación, pero no me puedo creer que me esté echando en cara haberme mudado con mi propio hermano.

—¡Y mi novio! ¡Mi puto novio!

—Pero ¿a mí qué más me da tu novio? —le espeto—. Si es un maleducado que ni siquiera me mira a la cara cuando paso por su lado.

—Cállate, pedazo de zorra. Que eres una mentirosa y voy a convencer una a una a todas las personas de las que te has hecho amiga para que se den cuenta de cómo eres en realidad.

Cada vez hay más gente escuchándonos.

—Olivia, relájate, que te estás poniendo muy nerviosa y estás diciendo tonterías de las que te arrepentirás mañana.

—Sí, bonita, que ya nadie se cree tus mentiras —me responde—. Esa carita guapa ha colado durante unos meses, pero ya no. Eres una puta zorra y vas a pagar muy caro por lo que has hecho.

Ahora sí, casi todo el mundo a nuestro alrededor está interesado en nuestra conversación y parecen estar del lado de Olivia.

—¿De qué cojones estás hablando? —le chillo.

—Anna, tranquila —interviene Javi—. Vámonos de aquí.

—No, no. Ahora quiero solucionar esto —le digo.

Me tiemblan las manos y empieza a crecer una rabia dentro de mí que hace que no me reconozca. Olivia me insulta de nuevo y entonces aparece Connor a su espalda y le pasa un brazo por los hombros.

—Vámonos —le susurra, lo suficientemente alto como para que me entere.

—¡No me toques! —le espeta, zafándose de su brazo—. ¿Ahora no vas a admitir lo que habéis hecho?

—¿Hemos hecho? —intervengo yo, dando un paso hacia ellos.

—No disimules, pedazo de zorra. Que sé que te has estado tirando a mi novio cuando estabais en España.

Se oye un murmullo a nuestro alrededor y siento un nudo en la garganta, pero no puedo hacer otra cosa que echarme a reír.

—Que nos hemos... ¿qué?

—Sí, ríete. Ya me ha contado lo de que te lanzaste encima de él cuando salía de la ducha y le quitaste la toalla, que hasta os pilló Raül de lo descarados que sois. Estabas deseando que se fuera con vosotros, ¿eh? Puta mentirosa. ¿Qué es lo siguiente? ¿Que el ictus de tu madre fue una excusa para tirártelo mientras yo estaba aquí llorando?

Cuando menciona a mi madre, pierdo el control.

—Eres profundamente gilipollas, Olivia.

—Anna... —Javi se pone a mi lado, pero no le hago ni caso.

—Vámonos ya, joder —dice Connor, y tira de Olivia, esta vez de verdad.

—Por qué no se lo dices tú, ¿eh, Connor? —le dice la chica.

—¿Decirle qué? —pregunta Javi.

Y entonces sé lo que viene. No sé por qué, si es por ciencia infusa o por los poderes que me ha dado la astrología, pero soy capaz de adivinar las palabras que van a salir por la boca de Olivia en forma de veneno antes de que las pronuncie.

—Que Connor está enamorado de Anna.

No tengo ni un segundo para reaccionar. Las personas que nos rodean, que ya están metidísimas en esta telenovela, ahogan un grito y todas las caras se vuelven hacia mí. Sin embargo, alguien más toma el testigo de la conversación.

—Llévatela ya, Connor.

Me giro en cuanto reconozco la voz de mi hermano. Connor y Olivia desaparecen mientras ella camina como puede descalza sobre la calle. Se alejan en dirección opuesta a la playa hasta que los perdemos de vista entre la gente que pasea, incluso a estas horas, por las calles de Los Ángeles. En cuestión de segundos, es como si tan solo fueran un par de transeúntes más, saliendo de una fiesta un sábado por la noche.

—Y nosotros vámonos ya. No soporto estos numeritos.

No me doy cuenta hasta entonces de que mucha gente ha sacado sus móviles para grabarnos y me imagino que habrán captado casi toda la conversación.

Joder.

Por suerte, en cuanto se termina el espectáculo nos dejan en paz y todos continúan con sus vidas.

—Lo siento, Javi, nos marchamos ya —le dice mi hermano—. Harry y los demás ya se han ido. Si quieres venir en Uber con nosotros, bajaremos por Westwood, no sé por dónde vives tú.

—Tranquilo, vivo a las afueras, cogeré otro. Pero ¿seguro que estáis bien?

Javi habla en plural, pero me mira a mí directamente.

—Gracias, Javi. Luego te escribo.

Nos alejamos del mogollón y esperamos el coche junto a la acera. La discusión me ha despejado del todo y, aunque todavía me tiemblan las manos de la rabia, estoy tan serena como si me hubiera tomado tres cafés en vez de tres cubatas.

—¿Es verdad lo que ha dicho Olivia? —pregunto.

Mi hermano suspira y aparta la cara, buscando nuestro Uber con la mirada.

—Raül —le insisto—. ¿Lo que ha dicho Olivia es verdad o no? Sobre Connor…

Suspira otra vez.

—¿Qué, Anna?

—Ya me has oído.

—¿Y yo qué puñetas sé? Llevamos dos meses casi sin hablarnos. Ni siquiera sabía que había venido hoy aquí. Estoy ya hasta los cojones de él, de sus misterios, de que haga lo que le da la puta gana… Me da ya todo igual, Anna. Que si le gustas, que si no le gustas… Que no tenemos seis años, hostia. Pero él parece que sí, que todavía sigue encerrado en un mundo infantil. Pues que le den, no quiero saber nada de él.

Raül toma aire. Le tiembla la voz, pero no porque se vaya a echar a llorar, sino porque se le nota que ya está cansado. A veces siento que me he perdido un capítulo de todo lo que está pasando.

—Y tú deberías hacer lo mismo —sigue hablando mi hermano—. Ya me tiene harto el puto Connor, en serio. Y Olivia…, en fin, me voy a callar. Ella misma se ha retratado. No sé qué líos os llevaréis ni me importa, pero es una niñata de manual.

Todavía no sé qué decir, así que me muerdo el labio y cojo aire con calma para intentar relajarme.

—En fin. Un día hablaré y callaréis todos, porque no es normal lo de este chico ni lo de la tía esa. Lo de ella aún tiene perdón, porque siempre ha sido así de niñata, pero Connor lleva unos meses que tela. Es imbécil perdido. Que le jodan.

Justo en ese momento, el vehículo frena ante nosotros y permanecemos en silencio el resto del recorrido. Cuando llegamos a mi casa, Raül también se baja e insiste en que se va a ir andando al hostal aunque tenga casi una hora por delante.

Se despide sin darme la oportunidad de pedirle más explicaciones, ni siquiera de darle un abrazo. Subo a casa dando tumbos y me dejo caer en el colchón. Rompo a llorar en cuanto mi cuerpo se relaja sobre la cama, todavía con la ropa y el maquillaje del cumpleaños de Raül.

No puedo parar de reproducir la escena de la puerta de la discoteca en mi cabeza. De pronto, se me empiezan a ocurrir un montón de frases que podría haber respondido en ese momento, pero ahora ya es demasiado tarde. Joder, esta chica necesita ayuda profesional. Ha perdido la cabeza.

Trato de recordar cada una de sus palabras y me topo con la frase de la discordia.

«Que Connor está enamorado de Anna.»

Connor está enamorado de Anna.

Connor.

Anna.

Niego con la cabeza, intentando que el eco de la conversación deje de resonar en cada esquina de mi mente.

Está claro que la chica está mal de la cabeza y solo ha tenido un ataque de celos. Pero, aun así, intento recordar la expresión de Connor cuando ha dicho esa frase. Justo antes de decirla, él se ha girado, apartando la cara. Ignorando la situación.

Pues claro que es mentira. Y lo de la escena de la toalla..., en fin, ni siquiera sé por qué Connor se lo ha tenido que contar, pero estoy segura de que Olivia la ha sacado de contexto y a partir de ahí se lo ha inventado todo.

A pesar de eso, hay una cosa que me preocupa, mucho más que la reacción de cualquier persona que estuviera ahí, que todas las acusaciones o que alguien haya subido el vídeo a las redes sociales para que lo disfruten sus amigos. Me preocupa que igual Olivia sí que tiene razón en una cosa: desde que llegué, el grupo se ha desmoronado y no por casualidad.

Después de esta noche y de todo lo que ha dicho Raül, no creo que pueda sobrevivir a este jaque mate final.

CAPÍTULO 36

♉

EL DE LAS MENTIRAS

Los días pasan como una película en la que no consigo concentrarme por más que lo intento. Son todos iguales y tienen como denominador común que duermo fatal y que me cuesta comer, como si tuviera gastroenteritis.

Para meter un poco más el dedo en la herida, se publica otro capítulo del podcast, que llega con polémica, ya que nuestro vídeo de aquella noche se ha hecho medio viral en la ciudad. Ahora que la gente ya me pone cara, es todavía más divertido. Anthony está emocionadísimo por esta publicidad gratis que estamos teniendo, y es que las reproducciones han vuelto a duplicarse y están alcanzando las cifras que tenían cuando empecé a salir falsamente con Zac. Aunque, por otro lado, está preocupado por la viabilidad del experimento. Lo engaño un poco diciéndole que así es mejor, porque le da más credibilidad que la gente piense que hay una tercera persona «saboteándolo», y termino por convencerlo. Aun así, me toca grabar el de Piscis y el viaje al pasado termina por desanimarme del todo.

No escribo a Julia, aunque tengo algún mensaje suyo. Le digo que estoy con migrañas. No quiero meterla en medio de esta guerra. Al final, Olivia lleva siendo su amiga desde hace mucho más tiempo que yo y no quiero entrar en una pelea de a quién quieres más, a papá o a mamá. Prefiero ignorarlo y dejar que las aguas se calmen, si es que algún día lo hacen.

Paso mucho tiempo con Javi, más del que me podría imaginar. Me escapo siempre que puedo a su casa para evitar estar sola con mis pensamientos en el piso. Payton vuelve por fin y, desde que está en el apartamento, Rain y ella insisten en hacer planes que no me apetecen. Ya me da igual parecer una persona asocial. Solo quiero irme con Javi y desaparecer durante unas horas. Comienzo a quedarme a dormir en su casa y, sin tener ningún otro encuentro sexual desde el cuarto oscuro de la discoteca, nos convertimos en inseparables. Pasan los días y no me puedo imaginar sin él a mi lado, ayudándome cada vez que me da un bajón e intentando que por lo menos salga de casa una vez al día y haga tres comidas más o menos equilibradas.

A veces, cuando disfruto de algún rato de lucidez y dejo de llorar, me paro a pensar en lo afortunada que soy de tener un amigo así. Dicen que los mejores amigos son los que haces cuando estás en modo supervivencia y es verdad. En cuestión de dos semanas, conozco a Javi mejor que a muchas de mis amigas de Valencia y no me imagino cómo he podido vivir todos estos años sin él.

Somos como uña y carne. Vale, sí, uña y carne que han follado, vale, pero que ya tienen muy claro que han dejado eso a un lado y ahora lo recuerdan entre risas.

Es él mismo quien me anima para escribir en mi cuaderno la entrada de su signo. No tengo muchas ganas y siento que va a ser algo más personal que astrológico, pero una noche me armo de valor y ganas y empiezo a deslizar el bolígrafo sobre el papel.

Dicen de los chicos tauro que son prácticos, estables y decididos. Si tienes un tauro en tu vida, contarás con un compañero leal y conservador, alguien en quien puedes depositar al cien por cien tu confianza. Los astros afirman que son personas tranquilas que aman la paz, la paciencia y la belleza de las cosas, pero al mismo tiempo activas, con una gran fuerza de voluntad que los puede mover a hacer grandes cosas. También, eso sí, tienen fama de ser tozudos y un poco rencorosos. Ahí tengo que darles un poquito la razón.

De todos los signos que he conocido a fondo estos meses, creo que Tauro ha sido uno de los que más me han impactado. También el que ha estado más presente en mi vida en Los Ángeles.

Empecemos por Javi, el chico tauro del experimento. He encontrado en él una gran persona que espero tener a mi lado durante mucho tiempo. A veces, las amistades más inesperadas surgen en los momentos más inoportunos y viene bien tener cerca a una persona que sea como una roca, alguien a quien agarrarte cuando llegue el huracán. Creo que Javi ha llegado para quedarse y me encantaría poder conocerlo mucho más, aunque como amigo, no como amante.

Después, está Rain, la chica tauro que me abrió las puertas de su casa. A pesar del pánico que me daba inicialmente salir de mi zona de confort y compartir piso con una desconocida, resultó ser la compañera perfecta. Vale, a veces podía pasarse de desordenada, o monopolizaba el sofá durante horas con una mano en el móvil y otra en una bolsa gigante de chuches. Pero gracias a ella pude sentirme en casa cuando más perdida me sentía y también me sacó del piso cuando lo único que necesitaba era salir de esas cuatro paredes y desconectar de mis rayadas.

Y, por supuesto, está mi hermano pequeño, Raül. Una persona que ha estado siempre en mi vida, pero a la que realmente no he llegado a conocer hasta ahora. Con sus errores, sus fallos y su voluntad de labrarse su propio camino sin ayuda de nadie. Con solo dieciocho años se marchó a Madrid para iniciar su carrera y ahora ha llegado muy lejos, aunque no todo ha sido un camino de rosas. En este experimento he conocido a muchos hombres distintos, pero si me tengo que quedar con una de las mejores experiencias, desde luego ha sido volver a conectar con mi hermano.

A veces nos centramos en buscar fuera lo que necesitamos y no nos damos cuenta de que ya lo tenemos, pero lo hemos dado por sentado. Me alegro de haber podido acercarme más a él y haber sido su apoyo en los malos momentos, porque lo fácil es serlo en los buenos. No sé si el día que grabemos el episodio de Tauro diré esto en voz alta, pero no me había imaginado hasta ahora lo que podría querer a Raül y lo importante que es para mí poder llamarlo mi hermano. Por primera vez en mucho tiempo, doy gracias al destino porque Raül me comprara aquel vuelo a Los Ángeles como regalo de no boda. Sin él, no estaría aquí y por eso le estaré eternamente agradecida.

Tauro, a pesar de ser un signo fijo, ha hecho tambalear mis cimientos y me ha mostrado la importancia de estar rodeado por las personas correctas y de cuidarlas como si fueran tu familia. Porque, en parte, muchas ya lo son.

Hasta que aterricé en Los Ángeles, nunca había tenido muchas amigas, a excepción de Lucía. Siempre pasé desapercibida en los grupos que se formaban, tanto en el instituto como en la universidad, y tampoco me esforcé demasiado en llevar las riendas ni proponer muchos planes. Simplemente, me dejaba llevar. Pero nunca es tarde para darse cuenta de que no hace falta tener mil amigos si tienes cinco o seis de valor incalculable que están ahí, de verdad, para ti. Eso es lo que Tauro me ha traído y en lo que espero convertirme yo también para los demás, que me han demostrado que harían cualquier cosa por mí. Si me tuviera que quedar solo con una cosa de este signo es que tengo que cuidarlos más y estar ahí para ellos. Tengo que encontrar mi camino y ser mi mejor versión. Incluso cuando no esté del todo de acuerdo con ellos.

En cuanto termino, cierro el cuaderno y dudo que vuelva a abrirlo otra vez más después de todo lo que ha pasado en estas semanas tan locas. Releo la última frase, que he escrito sin pensar, y enseguida me viene un nombre a la cabeza. Solo hay una persona con la que tengo pendiente hablar, pero debo esperar al momento indicado.

Por eso, cuando por fin llega el día de la despedida de Connor, me paso toda la mañana mirando el móvil. Desde el día del cumpleaños de Raül, nadie ha escrito ni una palabra en el grupo que tenemos todos y decido no quedarme esperando a que resuelvan si sigue en pie reunirnos hoy, porque sé que no va a suceder.

Abro el chat de Connor y le escribo un mensaje conciso. No me cuesta mucho redactarlo ni le doy excesivas vueltas.

Quiero verte hoy antes de que te vayas.
Tengo que hablar contigo.

Connor tarda casi una hora en responderme y reconozco que la espera se me hace demasiado larga.

Ok. Vente a mi piso cuando quieras.

Me manda también una ubicación que no está lejos del metro, así que me pongo de pie y me doy una ducha antes de comer. Intento terminarme el filete de carne con brócoli, pero se me hace imposible de las náuseas que tengo. Meto en mi bolso las gafas de sol, unos pañuelos por si acaso y las llaves, y casi me dejo el móvil. Vuelvo a por él a mi habitación y camino hacia la parada de metro más cercana. No estoy acostumbrada a usarlo mucho, así que prefiero salir con tiempo. Cuando por fin llego a su casa, le pregunto el piso y él me abre directamente con el telefonillo de la puerta.

No sé realmente a qué he venido aquí. He parecido mucho más segura por mensajes de lo que voy a sonar ahora, en cuanto comience a hablar, pero necesito resolver esto cuanto antes.

—Hola —me saluda él cuando termino de subir los dos pisos por la escalera.

Me tengo que esforzar para no sonar ahogada cuando llego al rellano.

—Hola —respondo, respirando otra vez.

—Estoy solo, todos mis compañeros se han ido a la oficina.

—Bien.

Connor me invita a pasar. Él tampoco tiene buena cara. Parece llevar varios días sin peinarse y otros tantos sin recoger su habitación, a juzgar por el aspecto que tiene. Hay una toalla tirada en el suelo, todavía húmeda, y ropa por todas partes. En una esquina, una pequeña maleta abierta todavía está sin deshacer. O quizá a medio hacer.

—Perdona el desorden. Todavía me quedan varias horas de trabajo para dejarlo todo perfecto.

No le respondo. Me quedo de pie, aunque me ofrece la silla de oficina que tiene en su cuarto. Él se deja caer en la cama y me mira con cansancio.

—¿Puedo preguntar a qué has venido?

Me quedo en silencio otra vez. No sé por dónde empezar y el desorden de esta habitación me distrae demasiado.

—¿Vas a celebrar finalmente la despedida? —le pregunto.

Él niega con la cabeza.

—No. Creo que nadie ahora mismo quiere verme. Sobre todo, Olivia y tu hermano. Julia no quiere salir todavía y de Harry no he vuelto a saber nada.

—Vale.

Me mojo los labios y finalmente me siento en la silla giratoria, que hace un ruido extraño. En otro contexto me habría reído, porque parece un pedo, pero ahora la situación no es la más graciosa.

—¿Puedes contarme qué cojones pasó con Olivia el otro día? —Me cuesta pronunciar la frase, pero consigo decirla sin que me tiemble la voz.

—Olivia… está mal de la cabeza.

Salto enseguida en cuanto escucho sus palabras.

—No seré yo quien la defienda después del numerito que montó —le advierto—, pero esto me suena a la típica charla de «mi ex está loca».

—No está loca, pero tiene demasiados celos infundados. Y ya estoy harto. La he intentado dejar muchas veces, pero siempre volvemos.

—¿Por qué?

—Porque me da pena, ¿vale? —responde él—. Sé que no es el motivo más noble. Y ya está.

—Entonces, ¿por qué se ha inventado esas tonterías sobre que estás enamorado de mí?

—Porque está celosa —repite Connor—. Y no sabe gestionar que tengo que irme. No es que Olivia esté enamorada de mí, es que está obsesionada y cuanto más se lo digo, peor se pone.

Connor mantiene la calma mientras habla. Se nota que es un tema que ya ha tenido que tocar muchas veces y que se ha vuelto impermeable a estos sentimientos. Aun así, tengo muchas preguntas de aquella noche a las que todavía no he conseguido encontrar respuesta.

—¿Qué hacías allí esa noche? Se suponía que no ibas a venir al cumpleaños de mi hermano.

—Quería ir para felicitarlo, aunque no me quiera ver ni en pintura. Si tu hermano supiera la mitad de lo que sé yo, no se comportaría así conmigo.

Suspiro.

—Connor, ¿no te das cuenta de que piensas que lo sabes todo y solo estás machacando a los demás? Has tenido a Olivia mareada durante meses y mi hermano no te quiere ni ver porque tú mismo te has ido alejando después de todo lo que ha hecho por ti.

Esa última frase parece tocar la fibra sensible de Connor.

—Anna, en serio. Déjalo. No quiero enfadarme ahora también contigo.

—¿Ves? Lo has vuelto a hacer —le echo en cara.

—¿El qué?

—Ir de duro con tus secretitos y tus mierdas.

Connor toma aire, tratando de recobrar la paciencia.

—Anna, de verdad. Te estoy avisando. Deja el tema. Déjalo todo en general, ¿vale? —me suplica. Lo miro a los ojos y me doy cuenta de que los tiene llorosos—. Mañana me iré de aquí y ya está, ya no tendréis más problemas. Se acabó. Podréis volver a estar tranquilos, retomar la relación con Olivia y que Raül siga trabajando para pagar su deuda, y ya. Fin. Se acabó todo.

Connor se deja caer hacia atrás en la cama y se tapa la cara con las manos. Se echa a llorar angustiosamente. Me quedo quieta, sin saber si consolarlo o no. No tiene pinta de que quiera que nadie se le acerque. Lo dejo que llore, que lo suelte todo, y no se incorpora hasta varios minutos después. Entonces, cuando le veo toda la cara hinchada y las mejillas rojas, algo hace clic en mi cabeza. De pronto, una teoría comienza a formarse en mi mente.

—¿Dónde dijiste que ibas a trabajar en Míchigan? —le pregunto.

—En un taller de unos familiares lejanos.

—¿Y cómo se llama? —insisto.

Connor me lanza una mirada de odio.

—¿Qué más te da?

—¿Cómo se llama, Connor?

—Déjame.

—Dímelo.

Nos miramos y entonces mi teoría se confirma. No necesito que el chico diga nada para saber que tengo razón.

—Dímelo —repito.

—No me acuerdo.

—Connor.

—Anna.

—Dímelo.

De nuevo el silencio.

—No hay ningún taller —le digo y no es una pregunta. Es una afirmación contundente, una conclusión a la que me da rabia no haber llegado antes.

Connor no dice nada y eso solo me da pie a seguir elaborando mi teoría.

—No sabes el nombre porque no existe. Igual incluso ni siquiera tienes esos primos de los que hablas. Me atrevo hasta a decir que ni siquiera te vas a Míchigan. ¿Estoy en lo cierto?

Connor me devuelve una mirada cargada de vergüenza. Nunca lo he visto así. Está vulnerable, roto. Como un niño que ha tenido que crecer demasiado rápido y de pronto se ha visto solo en un mundo demasiado grande para él.

—Sí.

Cierro los ojos. Por supuesto que sí.

—Entonces..., ¿por qué? —le pregunto.

—Por qué ¿qué?

—Por qué todo. Todas las mentiras.

Él niega con la cabeza y vuelve a llorar de nuevo, aunque esta vez son lágrimas silenciosas. Trato de entenderlo a través de sus expresiones, pero me resulta imposible.

—Porque estoy protegiendo a tu hermano —confiesa—. Pero, por favor, no me preguntes más.

—Lo voy a hacer —le aviso—. Estoy cansada ya de mentiras.

—A veces es más fácil mentir.

—No —respondo.

Pero luego recuerdo todas aquellas veces que he hecho algo parecido con mis padres. Todas las mentiras que les he contado a lo largo de estos años para que me dejaran en paz, para evitar que me controlaran en cada paso que daba. Incluso en los trabajos que he tenido y las amistades que me han rodeado, siempre ha habido mentiras.

Como las de Connor.

—Sé que ahora mismo solo quieres irte y huir. Pero alguien a quien quiero mucho me dijo una vez que coger un avión aleatorio no me iba a alejar de mis pensamientos y de mis rayadas, sino todo lo contrario: serían mi única compañía. No quiero que te pase lo mismo, Connor.

Él suelta una risa amarga.

—¿Quién te dijo esa tontería?

—Mi hermano, justo después de huir de mi boda.

Se le borra la sonrisa de la cara de un plumazo.

—Necesito respuestas, Connor —le insisto—. Tú puedes irte, pero a mí me has metido en medio de tus problemas y no puedes marcharte dejándome así. He perdido a Olivia y seguramente a Julia, porque no querrá meterse entre nosotras. A Raül no lo voy a perder porque es mi hermano, pero está igual de callado que tú cada vez que intento sacarle algo. Así que te voy a pedir, por favor, y por última vez, que me expliques lo que está sucediendo. Y sin mentiras ni medias verdades.

Connor apoya los codos en las rodillas y se pasa las manos por el pelo. Finalmente, después de unos segundos, se levanta con la cara todavía roja y dice una sola palabra:

—Vale.

CAPÍTULO 37
♉
EL DE LAS VERDADES

Lo miro a los ojos sin poder creer que haya sido tan fácil y agradezco haberle hablado de mi hermano para reblandecerlo un poco.

—¿Por dónde quieres que empiece? —me pregunta—. ¿Olivia o tu hermano?

—Mi hermano —digo sin dudar.

Ahora mismo es lo que más me preocupa. Connor bufa de nuevo, pero comienza a relatar su historia. Me apoyo en el respaldo de la silla mientras va hablando.

—Vale. Pero tienes que prometerme que no le dirás ni una palabra. Y necesito que sea una promesa de verdad, no de las que dices que sí y mañana se te olvidan.

—Te lo prometo —respondo y siento dentro de mí una sensación de tranquilidad y nobleza que me llena.

Connor se recoloca.

—No sé por dónde empezar. Pero, como te imaginarás, todo esto está relacionado con el día en el que Raül llegó colocadísimo a casa y os dieron la noticia de lo de vuestra madre. Ese día era el último que tenía tu hermano para devolver una deuda muy grande que había contraído con un cliente. Para que te hagas una idea, Raül simplemente era el que transportaba la droga de un sitio a otro y negociaba con los clientes del clan para el que trabajaba. Si no conseguía lo que su jefe le pedía, la diferencia se la restaba de lo que le tocaba a él. Un día, yo empecé a sospechar que todo se había ido de madre, porque Raül pasó cuarenta y ocho horas sin dormir y puso la alarma en la casa después de meses sin tocarla. La teníamos de adorno, de hecho, hasta entonces. Tú esa noche estabas fuera, así que no te enteraste del numerito que montó. A partir de entonces empecé a seguirlo y descubrí que las cosas no le iban tan bien como parecía. Al principio sí que ganaba mucho dinero, pero luego empezaron a timarlo por todas partes. Era como si lo hubieran querido captar rápido para luego aprovecharse de él. Le dejaban de pagar y achacaban esos impagos a que no conseguía negociar bien con los clientes, quienes se negaban a pagar precios elevados por la cocaína que vendía, principalmente. Aunque había otras sustancias, pero no me preguntes ni el nombre, porque no me acuerdo.

»Tu hermano se estaba metiendo en un pozo sin fondo, aquello era como la pescadilla que se muerde la cola. No ganaba dinero, porque el clan no le pagaba hasta que no consiguiera buenas ventas, y entonces se frustraba cada vez más y seguía buscando nuevos clientes. En unas semanas, pasó de ser un simple chico de los recados a que lo conociera casi todo el mundo, porque iba como un desesperado intentando rascar de donde fuera. Se le fue la cabeza y el clan lo sabía, por eso al principio lo engancharon haciéndole ver que era dinero fácil. Al final, todos ganaban, menos él.

»La noche de la alarma fue cuando conseguí que me lo contara todo. Yo no tenía ni idea. Y además me confesó que una parte de lo que vendía terminaba consumiéndolo él para poder mantenerse a flote. Que empezó como una prueba y terminó siendo algo que pasaba cada semana. Hasta que un día lo pillaron, claro. Estaba cantado. Y fue el mismo día de lo de vuestra madre.

»Dentro de la tragedia que fue que ella se pusiera tan grave, en verdad no podría haber pasado nada mejor. Un viaje al extranjero, desaparecer de pronto justo cuando lo estaban buscando. Porque iban detrás de él, Anna. No les había gustado nada que les robara, claro.

»Por eso también os acompañé. Quería estar al lado de Raül, que ha sido mi amigo durante tantos años, y del tuyo, aunque apenas te conociera. Pero, sobre todo, teníamos que salir de aquella casa. De camino al aeropuerto, cuando él todavía estaba medio grogui, cogí su móvil y leí todas las amenazas que le habían estado mandando. Créeme que me impresionaron bastante, pero lo que me dejó blanco fueron unas fotos que le habían mandado. En ellas había... imágenes de la casa, de noche. Habían conseguido entrar, Anna. Había fotos del *hall*, de la cocina y hasta de Raül durmiendo plácidamente en su cama. Lo borré todo de su móvil, los bloqueé sin que él lo supiera y empecé a preparar un plan de huida para cuando volviéramos a Los Ángeles. Ni yo mismo me creí que alquilara la casa tan rápido.

»En cuanto vi las fotos, hablé con unos amigos que conocí hace años en el equipo; habían entrenado a chavales provenientes de familias con problemas de ese tipo. Me dijeron que conocían el clan y que no nos harían nada, que solo pretendían asustarnos. No eran de los que se manchan las manos con sangre, más bien se trataba de unos niñatos con dinero y contactos. Fue el único motivo por el que conseguí pegar ojo el resto de las noches que nos quedamos en la casa. Temí por la señora que vino después, por si en el futuro se les iba la pinza, y estuve a punto de hacer algo para cancelar el alquiler, pero no me atreví, Anna. Raül necesitaba el dinero. Cualquier acción habría provocado un problema. Decidí fiarme de mis compañeros, que parecían muy seguros al decirme que lo de las fotos era solo por asustar, y al final, por suerte, no pasó nada más. Un día los busqué en un sitio al que había seguido a Raül para espiarlo y les pagué todo lo que él les debía, hasta el último céntimo. Pusieron todos los intereses que les dio la gana y todavía recuerdo cómo se reían cuando les di la espalda y me marché, tranquilo porque al fin se hubiera solucionado todo. Ahí se fueron todos mis ahorros.

»Y ya está. Eso es lo que pasó. Este es el resumen, claro. Luego, entre medias, hubo más cosas.

Trato de poner en orden todas las preguntas que se han ido acumulando en mi mente, pero no lo consigo. Lo único que me sale es preguntarle por él.

—Entonces…, aquella noche en la piscina, cuando nos bañamos. Tú sabías que estábamos en peligro —le digo.

—Sí.

—Pero mantenías la calma. Nadie lo habría dicho. No sé, yo no…

—Tuve que hacerlo, Anna. Por ti, pero sobre todo por tu hermano.

—Salvaste a mi hermano de una buena, pero nos pusiste en peligro a todos —le echo en cara. No sé si estoy enfadada o sorprendida todavía.

—Me fiaba de mis amigos —insiste él—. Conocen a toda esa gente mejor que nadie. Han estado con sus hijos. Saben el nombre de cada uno de los clanes y las zonas en las que trabajan.

—Nos pusiste en peligro —insisto.

Connor baja la cabeza.

—Sí. Pero lo hice por un buen motivo.

—¿Cuál? —le pregunto, entre risas, aunque no me hace ni pizca de gracia.

—Acababais de estar a punto de perder a vuestra madre. No quería añadir una preocupación más, así que me lo callé durante todo el viaje. Simplemente, al volver, pensé que si estábamos a punto de irnos no tenía sentido inquietaros más.

—Tú no eres nadie para decidir lo que puedes contar o no, Connor. Y menos en temas tan serios.

El chico traga saliva.

—Lo sé. Lo siento. Solo quería protegeros, sobre todo a tu hermano. Créeme que, si hubiera visto esos mensajes antes de que yo los borrara y bloqueara a quienes lo amenazaban…, entonces sí que se habría perdido por completo. Ya escuchaste cómo estaban de descontentos sus jefes con él. ¿Qué querías? ¿Que perdiera su trabajo y que la bola de su deuda se hiciera cada vez más grande? ¿Que cogiera una depresión y no pudiera encontrar otro trabajo? ¿Que se metiera de nuevo en ese mundo? Tenía las manos atadas, Anna.

Niego con la cabeza.

—No lo sé —digo.

Por primera vez en mucho tiempo, no sé qué pensar. No sé qué habría hecho en su lugar.

—No espero que entiendas lo que hice, porque quizá estuvo mal. Solo quiero que comprendas cuáles fueron los motivos. Y el principal fue protegerlo a él.

—Por eso estuviste tan raro cuando volvimos y se enfadó contigo. No quería verte ni en pintura. —Uno las piezas que me faltaban en mi puzle mental.

—Sí. Cada día que pasaba me entraban dudas de si había hecho lo correcto. Y por eso decidí marcharme. Me inventé lo de Míchigan y puse una fecha, aunque realmente no sé adónde me voy a ir. Cogeré mañana el primer bus que encuentre barato y me dirigiré a un destino donde pueda empezar de cero.

—¿Y tu coche? —le pregunto.

Connor se encoge de hombros.

—Lo malvendí para pagar la deuda de tu hermano.

La frase me cae en el estómago como una losa. Todavía estoy tratando de entender por qué Connor nos lo ocultó todo, pero no puedo ignorar que en sus ojos no hay ni un ápice de maldad. Me imagino a Connor planeando todo esto a espaldas de mi hermano, solo para salvarle el culo, y se me llenan los ojos de lágrimas. Me siento mal por haber sido tan dura con él en algunos momentos. Si lo hubiera sabido antes…

—Necesito un poco de espacio para poder pensar en todo esto y encajarlo —le digo—. Así que terminemos con lo de Olivia y ya me marcharé y te dejaré que prepares las maletas para dondequiera que te vayas.

—No, Anna. Lo de Olivia, no.

Le lanzo una mirada de enfado que me sale de lo más profundo de mi ser.

—Sí.

—No.

—Te lo pido por favor, Connor. Yo también necesito cerrar temas y el de Olivia no me deja vivir tranquila. Por favor —insisto—. Solo esto y ya no te molestaré ni te pediré nada más.

Siento que el corazón me va a mil por hora. Tengo el estómago tan revuelto que no creo que pueda tomar nada sólido en los próximos tres días, por lo menos. Connor no dice nada, así que me lanzo de nuevo, rezando para que por fin responda a mi pregunta.

—¿Qué ha pasado con ella? —le pregunto.

Él agita la cabeza, pero me responde.

—Todo lo que te he contado antes es verdad. Olivia y yo nunca estuvimos juntos en serio, pero ella siempre ha sentido que teníamos algo más y ahora que me voy se le ha venido todo encima. Pero nunca habríamos sido una pareja estable. Yo la quiero mucho, pero no así.

Trago saliva. Necesito que no me tiemble la voz para lo que estoy a punto de decir.

—Tú quieres a otra persona.

—Sí —reconoce Connor, llevándose las manos a la cara.

—O sea, que en eso Olivia tenía razón. Hay alguien más.

—Sí.

—¿Quién? —digo.

No es una pregunta. Él no la responde.

—Connor. ¿Quién? Di su nombre, por favor.

—No.

—Sí.

—No.

Me va a dar un ataque. Me pongo de pie, frente a él, y lo obligo a mirarme a la cara. Él me devuelve la mirada con los ojos llenos de lágrimas. Si pensaba que se había abierto conmigo el día de la piscina, es porque nunca lo había visto así de vulnerable.

—¿Quién? —susurro en un último intento, y casi no se me oye. Se me ha ido la voz. El corazón me va demasiado rápido y me tiemblan las manos, y entonces me doy cuenta de que a él también.

Connor se gira hacia un lado y después consigue encontrar la fuerza como para levantar la mirada hacia mí.

—Tú, Anna, joder. Tú.

FIN